목 차

Ⅰ.『三四文學』 해제

Ⅱ.『三四文學』 자료

■『三四文學』 영인

일 러 두 기

1. 이 자료는 『삼사문학』 1집~5집까지이다.
   1~3집은 영인본으로 나와 있고 4집은 국회도서관에 마이크로 필름으로 저장되어 있다. 5집은 불완전 본으로 일부만이 전해진 것을 실었다. 특히 신백수의 소설 <體溫說>은 한 장만 이 남아 있어 부득이 한 장만 실었다.

2. 이 자료는 원문을 그대로 살렸다.
   띄어쓰기, 맞춤법, 외래어 등 표기법에 맞지 않는 표기도 그대로 실었다.

3. 판독 불가능한 글자는 글자 수만큼 ○로 표시하였다.

4. 원 텍스트의 중요성으로 자료 전체를 영인해 붙였다.

Ⅰ.『三四文學』해제

1. 『三四文學』의 문헌적 고찰

1930년대 한국의 아방가르드 문학은 李箱과 『三四文學』 중심으로 이루어졌다. 아방가르드의 목적은 새로운 것에 대한 욕망을 전제로 하고 있다. 재창조하고 재구성하고 영원히 다시 결정시키려는 욕망, 이러한 실질적인 재생은 파괴와 단절, 반발과 부정, 비판과 폭파의 엄청난 노력을 기울이지 않고는 불가능하다. 진정한 새로움이란 상투형을 벗어나는 것이며 공격적일 수밖에 없다. 그러므로 그것의 긍정적 가치는 본질적으로나 필연적으로 부정적이 된다.[1] 이러한 부정성이 래디컬 모더니즘의 철학적 기반이 되는 것이다. 래디컬 모더니즘은 다다이즘과 초현실주의 등 과격한 모더니즘을 의미하며 계몽주의 정신에 대한 거부로서 인간의 무의식 세계에 대한 해방이라고 할 수 있다. 1930년대는 역사적으로나 문화적으로 다다이즘과 초현실주의가 정착할 수 있는 지반이 약했음에도 불구하고 '새로움'이라는 간절한 욕망에 초현실주의를 표방하는 동인지가 생겨나게 된 것이다.

『三四文學』은 1934년-1937년까지 동인 활동을 한 우리나라 최초의 초현실주의 동인지이다. 1934년에 동인회가 발족되었기 때문에 동인지명이 『三四文學』이다. 『三四文學』은 신백수가 편집 주간이 되고 이시우, 조풍연, 정현웅 등이 참가하여 창간호가 발간되었는데, 정현웅과 조풍연의 글을 통하여 『三四文學』의 발간 배경을 살펴 볼 수 있다.

---

1) 아드리안 마린, 오생근 역, 「아방가르드는 어떻게 정의 되는가」, 외국문학, 1984, 여름, p.63.

> 申君(申百秀-필자)을 내게 紹介하기는 趙豊衍君이었다. 그리고 처음으로 내게 同人雜誌를 만들어 볼 意思가 없느냐는 말을 끄집어 낸 것도 趙君이었다. 그때 나는 덮어놓고 좋겠다는 對答을 하였으나 이런方面에는 아모런 經驗도 없어서 엄두도 나지 않었고, 또 지나가는 말같이 된 이러한 이야기가 直時 實現되리라고는 內心 생각되지도 않아서 말하자면 건성對答에 가까웠던 것이다. 그때 趙君의 말이 우리班에(延專一學年)文學에 相當한素養도 있고 이런데 大端한 情熱을 갖인 親舊가 있으니 가치하자는것이었다. -중략- 하여간 百秀가 나타난 뒤부터 同人誌는 着着 進行되어갔다. 一切의 經費에서 부터 物質購入에 이르기까지 모든것을 申君이 도맡아서 정작 雜誌의 이야기를 끄집어낸 趙君이나 나는 從的存在밖에 아니되었다.[2)]

申百秀, 趙豊衍, 鄭玄雄, 李時雨가 주축이 되어 『三四文學』을 발간하게 되었는데, 신백수, 이시우, 조풍연 등은 延禧專門 出身의 文學徒들이었다. 이들은 젊은 학생들로서 기성문단에서 활동을 하던 시인들이 아니었다. 그리고 1930년대 당시 초현실주의 문학이 이단시되었던 문단 상황을 감안해 볼 때 이 『三四文學』이 처음부터 초현실주의를 표방하고 나서기에는 어려운 여건이었다고 생각한다. 이러한 이유 때문인지는 모르지만 종합문예지 성격을 띠고 출발하였다. 조풍연은

> 當時 내 나이 二十一歲. 小說 創作에 뜻을 둔 나는 偶然한 機會에 申百秀라는 나보다 한살 어린 青年을 알게 되었는데, 이사람의 體軀가 몹씨 矮小하고 나이에 比해 至毒한 近視眼이며, 文學과 映畵에 關한 이야기만 나오면 입에서 거품이 일며 熱辯을 吐하였다. 그 行動이 甚히 奇異할 뿐만 아니라, 이사람이 「同人雜誌」에 對하여 關心

---

2) 鄭玄雄, 「申百秀와 三四文學과 나」, 『상아탑』 제7호, 1946. 6. 25. p.14.

이 큰듯하여서 무턱대고 雜誌를 내자는데, 合意되었다.
－중략－ 어쨌든, 申, 李, 鄭 그리고 나의 四名은 謄寫版 한臺를 購入하여 여기서 주서모은 原稿를 대충 추리어 表紙, 그림等은鄭이 맡고 內容文은 내가 써서 貧弱하기 짝이 없는 雜誌를 二百部가량 店頭(꼭 한군데 安國洞 北星堂)에 내었더니 그것이 一週日이 못가서 다팔려버렸다.[3)]

동인지에 대한 신백수의 남다른 열정이 담겨진 글이다. 신백수는 『三四文學』의 편집 주간을 맡으면서도 소설과 시를 발표하기도 하였다. 여기에 이시우의 초현실주의에 대한 이론적 전개를 바탕으로 한 작품들로 인하여 점차 초현실주의 동인지로서의 틀을 잡아가게 되었다. 조연현도 "同誌의 문학적 방향을 代表할 사람은 申百秀와 李時雨였다. 이 두 사람은 초현실주의적 경향의 시를 써서 문단의 주목을 끌려했던 사람들이다."[4)]라고 하여 『三四文學』의 대표는 신백수와 이시우로 보았다. 신백수가 쓴 『三四文學』 창간호의 권두언 '「三四」의 宣言'을 보면 동인지로서 추구하는 목적이 나타나 있다.

모듸은 새로운 나래(翼)다.
——새로운 藝術로의 힘찬 追求이다.
모듸은 個個의 藝術的創造行爲의 方法統一을 말치않는다.
——모듸의동력은 끌는 意志와섞임의 사랑과 相互批判的分野에서 結成될 것이매.

이 한쪽의 묶음은 모듸의 낯이다.

---

3) 趙豊衍, 「『三四文學』의 기억」, 『현대문학』, 1957. 3. pp.263-264.
4) 조연현, 『한국현대문학사개관』, 정음사, 1964. p.268.

이 묶음은 質的量的經濟的의 모든 的의 條件 環境에서 最大値를 年二回에둔 否定期 刊行이다.

聲援과 鞭韃을 앞세우고 이 쪽아리를 낯선 거리에 내세운다.

「3 4」는 1934의 「3 4」며 하나 둘 셋 넷……의 「3 4」이다.
(백 수)

위의 글 '새로운 나래(翼)', '새로운 藝術로의 힘찬 追求'에서 처럼『三四文學』은 새로운 예술을 하기 위해 모인 동인들이다. 이 새로운 예술이 무엇을 말하는지는 정확히 제시하고 있지 않지만, 기성문단에 대한 저항임을 알 수 있다. 이시우는 "그가(신백수-필자) 主幹編輯하던 「三四文學」은 이러한 意味로서 沈滯한 朝鮮文學에 던지는 하나의 돌이었고 無氣力한 文壇人에게 對한 警告와도 같었다."[5], 또는 "『三四文學』이 한때 沈滯한 朝鮮文壇에 한 개 돌을 던저 窓을 부시고 淸新한 바람을 드리었다는것과, 그效用을더 實際的으로 말한다면 朝鮮이 장차 外國의 現代文學을 바더디릴 準備를 하여노았다고하는點만은 누구나 否認할 수 없는 事實일거라."[6]라고 회고하고 있다.

신백수, 정현웅, 조풍연, 이시우의 글을 종합해 볼 때『三四文學』 동인들은 문학에 대한 열정을 가진 학생들로서 기성문단에 대한 반성과 경고로 새로운 문학, 순수한 문학을 하고자 모인 新銳들이다. 여기에서 순수하고 새로운 문학은 반드시 초현실주의 문학을 말하는 것이 아닐 수도 있다. 그러나 1집부터 5집까지 초현실주의 문학으로 일관해온 이시우의 영향으로 점차 초현실주의 문학지로

---

5) 이시우, 「'曆'의 내력」, 『상아탑』 제7호, 1946. 6. 25. p.13.
6) 위의 책, p.15.

확고하게 자리잡게 된 것 같다. 그러나 당시 초현실주의 문학에 대한 기성 문단의 외면은 이들에게 당당한 초현실주의 동인지로서 나설 수 있는 토대가 되어 주질 못했다. 그래서 창간호부터 제3집까지는 종합문예지로서의 성격을 띨 수밖에 없었고, 제4집부터는 이시우, 신백수, 한천, 정병호 등이 주축이 되어 초현실주의 동인지로서 에콜화가 두드러지게 나타나고 있다. 제3집과 제5집에 실린 이시우의 초현실주의 시론(「絶緣하는 論理」, 「SURREALISME」)이 동인지의 성격을 나타내고 있다. 이시우가 확고한 문학관을 가지고 있었던데 비해 신백수는 동인지 발간에 주력하다가 점차 이시우의 영향을 받았고, 한천, 최영해, 정병호 등도 이들의 영향을 받아 초현실주의 시를 썼다. 신백수는 이 새로운 문학이 일본으로부터 건너온 것을 알았고, 새로운 문학에 비교적 냉담한 우리나라를 떠나 東京으로 갔다. 거기서 李箱과도 만나게 되어 더욱 초현실주의 문학에 정진하게 되었던 것이다.[7] 이후 일본으로 건너간 신백수는 『三四文學』이 폐간될 당시 『創作』과 『探究』라는 잡지에 관계하게 되었다.

> 순전히 申百秀가 自己 어른한테서 타낸 돈을 가지고 만들었던 것이다. 第五號부터는 百秀가 日本東京으로 가서, 거기서 내고 아마 七號까 진가 내고 그만 두었는데, 이때 그는, 亦是 同人誌인 「創作」에 關係하였고, 역시 同人誌인 「探究」에 關係하였고, 돈이 어디서 났는지 單行本도 出版하고있었다. —중략— 東京에 있는 동안, 서울에 남아 있는 同人과는 한마디 의논도 없이, 李箱, 黃順元, 朱永涉等을 同人으로 넣어버렸다. 그러나 우리가 조금도 섭섭하게 여길 수 없는 것은, 그런 新銳들이 끼움으로 해서 「三四文學」은 비로소 뚜렷

7) 구연식, 앞의 책, pp.166-167.

한 모더니즘의 文學同人誌가 되었다고 느낀 때문이었다.[8)]

위의 조풍연의 글을 보면 '7호까진가'라고 말하고 있지만, 이시우는 "1937년 1월달에 제6집을 내이고『三四文學』이 廢刊된後 申百秀의「曆」은 발표할 곳을 잃은 채 서랍 속에서 몇해를 굴렀다."[9)] 라고 말하고 있다. 조풍연은 제3집까지 소설을 발표하였고, 이시우는 마지막까지 신백수와 함께『三四文學』을 이끌어 간 점을 보아 이시우의 글이 더 타당성을 지닌다고 할 수 있다.

『創作』 제2집(1936)의 동인들을 보면, 신백수, 주영섭, 황순원, 정병호, 한천, 장영기 등이고 편집겸 발행인이 韓泉으로 되어 있다. 그리고『探究』는 신백수, 이시우, 주영섭, 정병호 등이 동인으로 되어 있다. 그러니까『三四文學』이 해체되면서 그 일부 동인이『創作』,『探究』로 옮기면서 계승한 것 같다. 왜냐하면 작품 경향도 비슷하고『三四文學』 제5집도 동경에서 편집했을 가능성이 크기 때문이다. 그리고 발행소는 京城府의 '世紀肆'로 한 것 같다.

『三四文學』의 동인들 중 대부분이 延禧專門[10)] 출신들이다. 편집주간을 맡았던 신백수가『三四文學』을 창간할 당시는 20세이다. 그는 소설뿐 아니라 시도 발표했다. 그의 작품에 대해서 살펴보면 다음과 같다.

一九四五年도 다 된 十二月 어느 날이었다. 그 때 우리는 乙酉文

---

8) 趙豊衍,「'三四文學'의 申百秀」,『현대문학』, 1962. 12. p.257.

9) 이시우,「曆의 내력」,『상아탑』 제7호, 1946. 6. 25.

10) 李時雨(강원, 1934), 申百秀(경성, 1936), 劉演玉(평남, 1938), 鄭熙俊(경북, 1938), 趙豊衍(서울, 1938, 소년한국일보주필), 韓相稷(서울, 1938), 洪以燮(서울, 1938, 문과대학교수), 崔暎海(경남, 1939). 괄호안은 본적과 졸업년도이다.

> 化社를 創設하여 빌딩 한 구석에 조그만 방 하나를 차리고 있을 때, 金某가 찾아왔다. ―중략― 金某 自身이 發行 겸 編輯人인『象牙塔』이라는 四六倍判 十六面의 新聞型 雜誌다. 그가 우리事務室에 왔을 때, 方今 印刷가 떨어진 第三號인가를 들고 왔는데, 거기 놀랍게도 申百秀의 遺作 短篇小說 한 편이 全載되어 있었다.
>
> 지금 그 題目이 생각 안난다. 그런데, 金某가 그것을 우리 앞에 던지면서,
>
> '놀라운 作品이요, 作家다.'
>
> 라고 하던 말은 아직 기억에 있다. ―중략― 어쨌거나 그것만이라도 내 손에 있었더면, 지금 여기서 論難하기 편하련만, 하고 아쉽기만 하다.[11]

위의 글에서 조풍연이 아쉬워하는 작품은 신백수가『상아탑』제7호(1946. 6. 25)에 발표한 <曆>이라는 단편소설을 말한다. 이 작품 외에도 <靈은 零이니라>('三四文學' 제3집), <松茸>('創作' 제2집), <아름다운 孤立의 配列>('創作' 제3집), <舞臺裝置>('探究' 제1집), <體溫說>('三四文學' 제5집), 등의 소설과 시로는『三四文學』에 발표한 <얼빠진>, <무게없는 갈쿠리를 차고>(제1집), <떠도는>, <어느혀의재간>(제2집), <12月의 腫氣>(제3집), <Ecce Homo後裔>(제4집), <잎사기가되는心理>(제5집) 등이 있다. 제1집-제2집까지는 서정시 계열과 초현실주의 계열의 시를 함께 쓰다가 제3집부터는 초현실주의 시를 쓰고 있다.

특히 제5집에는 이시우의 평론「SURREALISME」이 실려 있다. 이시우는 기존의 시에 대한 '苛酷한 抵抗'[12] 만이 새로운 시(SURREALIS-

---

11) 趙豊衍,「'三四文學'의 申百秀」,『현대문학』, 1962. 12. pp.256-257.
12) 이시우,「SURREALISME」,『三四文學』제5집, 1936. p.27.

ME)를 쓸 수 있음을 주장하고 있다. 그리고 신백수의 소설 <體溫說>(5집)은 한 장 만이 남아 있어 완전본이 아니다. 이로서『三四文學』의 구성원들은 모두 초현실주의 계열의 시를 쓰는 동인으로 구성된 셈이다. 그리고『三四文學』의 廢刊은『創作』제2집(1936)과『探究』로 옮기면서 계승한 것 같다. 이렇게『三四文學』은 일찍 막을 내리긴 했지만 '구인회'와 함께 한국 현대시에 끼친 영향은 중요한 의의를 지닌다.

『三四文學』제1집부터 제5집까지의 특징을 종합적으로 정리하면 다음 도표와 같다.

	발행일	편집겸 발행인	인쇄인	발행소	작품종류	동 인 명 단
제1집	1934. 9. 1	申百秀	申百秀	三四文學社	시(11) 소설(3) 희곡(1) 수필(1)	김영기 김원호 신백수 이시우 유연옥 이종화 정현웅 정희준 조풍연 한상직 한탁근
제2집	1934.12. 1	申百秀	金鎭浩	三四文學社	시(24) 소설(1) 영화평론(1)	김원호 신백수 유연옥 이시우 이효길 정현웅 조풍연 한 천
제3집	1935. 3. 1	申百秀	朴仁煥	三四文學社	시(18) 소설(2) 평론(4)	김원호 신백수 유연옥 이시우 이효길 정현웅 조풍연 한 천 최두춘 최영해 홍이섭
제4집	1935. 8. 1	李孝吉	朴仁煥	三四文學社	시(14) 시평(1) 수필(2)	신백수 이시우 정현웅 정영수 이효길 정병호 한 천 임옥인 김진섭 장응두 이 찬 유연옥 여상현 홍이섭 최영해 조풍연
제5집	1936. 10.	申百秀		世紀肆	시(11) 소설(1) 평론(1)	신백수 주영섭 유연옥 정병호 이 상 황순원 이시우

	시	소설	평론 · 시평	기 타
제1집	한천<잃어버린眞珠>, 이시우<アール의悲劇>, 한상직<喝采>, 신백수<얼빠진>他一篇, 유연옥<二重星>, 정희준<흐린날의苦悶>他二篇, 종화<풀밭에서>他一篇.	김영기<乞人>, 김원호<없는사람들>,조풍연<對角線上의女子>.		정현웅<活의破片>(수필). 한상직<風浪>(희곡)
제2집	이시우<第一人稱詩>, 정현웅<CROQUIS>,장서언<風景>, 한천<푸리마돈나에게>, 신백수<떠도는>他一篇, 최영해<九官鳥>,유연옥<가을>, 홍이섭<가을의마음>,두춘<幽靈>, 김대봉<傷春曲>, 김해강<아름다운술을虛空에뿌리노니>,늘샘<落照에물든구름>, 이효길<偶感二首>, 김도집<秋愁>.	조풍연<遊戱軌道>.	한수<發聲映畵藝術의 根本問題>. (영화평론)	
제3집	한천<단순한鳳仙花의哀話>, 두춘<鷄과太陽>, 이시우<房>,유치환<가을三題>, 정영수<여주(枝枝)>他一篇, 김정도<보름달>, 任惠羅<病監의 딸>, 홍이섭<새벽길>, 유연옥<最後의 停車場>, 장응두<갈매기>,종화<첫눈>	신백수<靈은零이니라>, 조풍연<看板選手>	이시우<絶緣하는論理>,손명현<괴로움가운데의 微笑>,정현웅<사실주의(繪畵)>,한수<劇藝術의 根本問題>.	
제4집	신백수<EcceHomo後裔>, 정영수<紅菊>, 이효길<어느日曜日날의話題>, 정병호<수염.굴관.집신>他一篇, 한천<城>,임옥인<孤獨>, 장응두<춘조>,이찬<憂鬱의片片>, 유연옥<미-라祭>, 여상현<보리고개>, 홍이섭<橋畔>, 최영해<아모것도없는風景>, 이시우<驪駒歌>.		이시우<十九世紀의藝術至上主義와廿世紀의 藝術至上主義>.	김진섭「雨頌」, 정현웅「사.에.라」.
제5집	주영섭<거리의風景>,<달밤>,<급행열차>,유연옥<마네킹人形>, 정병호<여보소>, 이상<I WED A TOY BRIDE>, 황순원<봄과 空腹>,<位置>, 신백수<잎사기가되는心理>, 이시우<昨日>.	신백수<體溫說>.	이시우<SURREALISME>.	

2.『三四文學』의 작품

1) 시

『三四文學』에 발표된 시들을 계열별로 정확히 구분하기가 어렵다. 편의상 초현실주의 시 계열과 전통서정시 계열로 나누고자 한다.

	초현실주의 시	전통 서정시
1집	한천<잃어버린眞珠>. 이시우<ア-ル의悲劇>,한상직<喝采>,신백수<무게없는 갈쿠리를 차고>.	신백수<얼빠진>,유연옥<二重星> 정희준<흐린날의苦悶>,<찾는밤>,<실비오는 어린 봄날>. 종화<풀밭에서>,<그물질>.
2집	이시우<第一人稱詩>,<續>. 한천<푸리마돈나에게>,신백수<어느 혀의 재간>.	정현웅<CROQUIS>,장서언<風景>,신백수<떠도는>,최영해<九官鳥>,유연옥<가을>,홍이섭<가을의마음>,두춘<幽靈>,김대봉<傷春曲>,김해강<아름다운술을虛空에뿌리노니>,늘샘<落照에물든구름>,이효길<偶感二首>,<銀杏꽃>,김도집<秋愁>.
3집	한천<단순한鳳仙花의哀話>. 이시우<房>, 신백수<12월의 腫氣>.	두춘<鷄과太陽>,유치환<가을三題>,정영수<여주(枝枝)>他一篇,김정도<보름달>,任惠羅<病監의 딸>,홍이섭<새벽길>,유연옥<最後의 停車場>,장웅두<갈매기>,종화<첫눈>.
4집	이효길<어느日曜日날의話題>,정병호<수염.굴관.집신>,<우울>,한천<城>,유연옥<미-라祭>,최영해<아모것도없는風景>,이시우<驪駒歌>.	정영수<紅菊>,임옥인<孤獨>,장4집.
5집	주영섭<거리의風景>,정병호<여보소>,이상<I WED A TOY BRIDE>,신백수<잎사기가되는心理>,이시우<昨日>.	주영섭,<달밤>,<급행열차>. 유연옥<마네킹人形>. 황순원<봄과 空腹>,<位置>.

『三四文學』의 중심인물은 이시우, 신백수, 한천, 정병호 등이다. 이시우는『三四文學』제1집에 <ア-ル의 悲劇>을 비롯하여, <第一人稱詩>(제2집), <續>(제2집), <房>(제3집), <驪駒歌>(제4집), <昨日>(제5집)

들의 시를 발표하였는데, 모두 초현실주의 경향의 시다. 신백수는 제1집에 발표한 <얼빠진>('냇가에/ 두발을 찰낭거리며, 냇바닥 돌 주었나니')과 제2집에 발표한 <떠도는>('마음의 틔끌이/화오리 바람을 닐고', '잊으려 자리에 누워/ 불을 죽이니')를 제외하고는 나머지 5편의 시들(<무게없는 갈쿠리를 차고>(제1집), <어느혀의재간>(제2집), <12月의腫氣>(제3집), <Ecce Homo後裔>(제4집), <잎사기가뫼는心理>(제5집))은 모두 초현실주의 시이다. 초현실주의 시로의 변이는 이시우의 영향인 것으로 보인다. 한천은『三四文學』제1집부터 제4집까지 꾸준히 시를 발표 한 것으로 보면 5집에도 함께 했을 가능성이 높다. 그러나 5집의 일부밖에 전해지지 않기 때문에 알 수가 없다. 제1집에 발표한 <잃어버린眞珠>와 제2집에 발표한 <프리마돈나에게>는 서정시에서 초현실주의로 옮아가는 과정을 잘 보여주고 있는 시다. 그리고 제3집에 발표한 <단순한鳳仙花의哀話>와 제4집에 발표한 <城>은 완전한 초현실주의 작품이라 할 수 있다. 정병호는 제4집부터 동인으로 활동하여 세편의 시를 발표했는데, 모두 초현실주의 시를 쓰고 있다. <수염 · 굴관 · 집신>(제4집), <憂鬱>(제4집), <여보소>(제5집) 등의 시들은 이시우나 신백수의 초현실주의 시에 비해 데뻬이즈망이 강하게 나타나는 경향을 보이고 있다.

『三四文學』에는 시조를 비롯한 전통 서정시류의 작품들을 많이 만날 수 있는데, 당시 문단의 주류를 형성하고 있는 낭만주의적 성격을 띠고 있다.

유연옥의 <二重星>은 '천문대에서 보이는 두 별은 영원한 중심점을 영원한 궤도 위로 영원히 회전하는데, 그것은 곧 영원히 한 몸이 되어 사랑의 법칙에 따라 나가는 그대와 나의 모습'이라는 내용이다. '같은 주의와 사상의 줄을 매고 / 손목을 서로 잡고 돌고 있는 두 戀人'이라는 표현은 변치않는 영원한 사랑을 노래하고 있다.

홍이섭, 두 춘, 김대봉, 여상현 등은 1920년대 이른바 "병적 낭만주의"[13]에 잇닿아 있는 작품들을 보여 주었다. 이들이 쓴 시들은 모두 1920년대 시단의 퇴폐적이고 감상적인 정서들을 그대로 쏟아 놓은 듯하다. '훑고 가는 찬바람', '할티운 내 마음'(홍이섭, <가을의 마음>), '骸骨과 妖女의 錯亂', '吐瀉의 感觸', '밤의 幻像을 受胎한 亡靈'(두춘, <幽靈>), '눈물의 거림자/ 괴롬의 거림자/ 부끄럼의 거림자/ 학대의 거림자/ 모욕의 거림자/ 멸시의 거림자'(김대봉, <傷春曲-幻影->) 등의 표현이 1920년대의 전후에서 볼 수 있는 낭만주의 시라고 할 수 있다.『白潮』와『廢墟』동인지를 중심으로 만연된 정서는 비애, 애수, 눈물, 회의, 울분, 탄식, 절망 등이라 할 수 있다.

서정시로서 일정한 수준에 올라있는 작품으로는 유치환의 <가을三題>(제3집)가 있다. '天涯는 가이 없고 所望은 물같거늘/ 아 孤獨은 孤獨에 절로 빛나라', 玄妙한 老莊의 思想이 무욕한 심정을 밝혀주며 絶對한 孤獨은 淸淨한 쪽빛으로 고고한 禪의 경지로 이끌어 올렸다.[14] 따라서『三四文學』의 서정시 계열의 시들은 몇 편을 제외하고는 참신한 이미지나 생기 넘치는 새로운 표현이 부족하다. 이러한 서정시 계열의 시들에서 새로운 이미지들이나, 전혀 색다른 어휘들(한자, 일어, 영어 불어…)을 무질서하게 늘어놓음으로서 점차 '絶緣'의 미학을 지닌 초현실주의 계열의 시로 바뀌어가는 현상을 볼 수가 있다.

---

13) 문덕수,『現代文學의 摸索』, 수학사, 1969. p.24.
14) 박근영,「삼사문학 연구」, 앞의 논문, p.73.

『三四文學』 제3집 後記에 이시우는 다음과 같이 말하고 있다.

> 『三四文學』은 二輯에 이르러 同人制가 되자, 한 개의 안데판단의 形式으로 해방되었다. 그러나 그 純粹性을 잊었든 以前의 文學으로 도라가는 데서만 참된 文學의 새로운 方向을 胚胎할수있다는 것만은 우리들의 아울너 斷言하는 바이다. 이러한 意味로서만 『三四文學』의 同人은 制約되고 또한, 이러한 意味로서만, 우리들은 새로운 同人을 반기는 것이다. 우리는 決코 友誼와 流波를 强要하지는 않는다. 그러나 이것은 友誼와 流波에 對하야, 冷淡하다는 것과는 當初부터 意味가 달른 것이다.15)

결국 『三四文學』은 유파를 강요하지 않았어도 처음부터 중심인물이었던 이시우, 신백수의 의도가 작용해 왔음을 시사하는 것이다. 처음에는 종합문예지 성격을 띠고 있었으나, 제4집부터는 초현실주의 동인지로서 확고한 자리를 잡아가고 있음을 알 수 있다. 제5집은 河東鎬교수 所藏本에 의한 것으로서, 目次와 版權이 인쇄되어 있지 않고 발행 년 월(1936.10)만 겉표지에 제시되어 있다. 그리고 본문의 인쇄형식은 橫書와 從書가 혼용되어 있다. 그리고 제4집의 동인이 거의 빠지고 신백수, 이시우, 유연옥, 정병호 등의 4명과 동경에서 활동하던 李箱, 황순원, 주영섭 등이 참가하여 7명이 초현실주의 시를 발표했다.

2) 소설

『三四文學』 제1집-제5집에 발표된 소설은 다음과 같다.

---

15) 이시우, 『三四文學』 제3집, 1935. 後記. p.86.

제1집 : 김영기 〈乞人〉, 김원호 〈없는 사람들〉, 조풍연 〈對角線上의 女子〉,
제2집 : 조풍연 〈遊戲軌道〉,
제3집 : 신백수 〈靈은 零이니라〉, 조풍연 〈看板選手〉,
제5집 : 신백수 〈體溫說〉 등이 있다.

김영기의 <乞人>은 단편 소설이다. 이 소설의 주인공인 '나'의 직업은 작품 속에 나타나 있지 않지만, 이야기의 흐름으로 보아 당시의 무능력한 지식인으로 짐작된다. 그러한 '나'는 밖에서 들려오는 걸인의 각설이 타령을 듣고 흥미와 호기심을 느끼게 된다. 그래서 걸인을 집으로 불러들여 나누는 몇 마디 대화로 이루어져 있다. '나'는 걸인과의 대화를 통하여 지금까지 모르고 지냈던 걸인의 실체와 그 걸인에게 있어서 거짓말은 삶의 수단이 되어 있다는 것을 깨닫게 된다. 이처럼 이 소설의 내용은 걸인을 통하여 사회현실의 모순을 제시하고 있다.

김원호의 <없는 사람들>은 1930년대 우리나라 경제상황을 여실히 드러내 놓은 소설이다. 윤수라고 하는 가난한 소작인과 그의 아내 그리고 여덟 명이나 되는 자식들이 기아에 허덕이면서 살고 있다. 지주인 최참봉 댁의 소작인 윤수의 아내가, 최참봉의 둘째아들이 바람피우기 위해 훔쳐간 돈에 대한 억울한 누명을 쓰고 감옥에 갇혔다가 무죄가 입증되어 감옥에서 나오게 되는 것을 내용으로 하고 있다. 당시 지주와 마름의 횡포가 심했던 시대 상황을 엿볼 수 있으며, 프로문학을 연상케 하지만 프로문학에서 느껴지는 사회주의 이데올로기적 성향을 강조하기 보다는 가난한 사람들의 슬픔을 담담하게 그려가고 있는 작품이다.

조풍연은『三四文學』제1집-제3집까지 소설을 발표하였다. 제1집에 발표된 <對角線上의 女子>는 소위 애정소설이라기보다는 일본 제국주의 시대에 보여지는 흔한 룸펜, 다시 말해서 무능력한 지식인의 고뇌를 이야기하고 있다. 주인공 '나'는 동경 유학까지 다녀온 지식인으로서 1920년대와 1930년대의 무능력한 인텔리 계층을 대표한다. 중학교 시절 말 한 번 걸어본 적 없는 어떤 여학생에 대한 그리움을 안고 사는 '나'는 친구인 택호로부터 R이라는 이혼녀 인순이를 소개를 받는다. 당시로서는 현대적 여성이라고 할 수 있는 여인을 만나고도 마음의 동요를 느끼지 않는 '나'의 의지와는 관계없이 인순이는 '나'와 결혼하기를 원한다. 그래서 여인을 떠나보내고 나서 종이 조각에 알 수 없는 짝사랑했던 여학생을 평행선으로 그려 넣고, 인순이는 한 번 만나고는 다음 반대 방향으로 헤어지는 대각선으로 그려 넣는다.

제2집의 <遊戲軌道>는 소설가인 내가 소설 속에서 한 편의 소설을 쓰는 액자형 소설이라고 할 수 있다. 이 소설은 물질과 정신 사이에서 인간이 얼마나 타락해 가는가를 보여주고 있다. 그리고 점차 산업화, 정보화되어 가는 현 시대에서 인간의 감정이 얼마나 황폐화되어 가고 있는지를 소설 속의 인물을 통하여 이야기하고 있다. R이라는 남자와 아리나가 3년 전에 만났을 때에는 남자는 실직한 문학청년이었고, 여자는 실직한 고아였다. 이들은 결혼까지 약속한 사이다. 그러던 그들이 남자는 광산에서 천금을 얻고, 여자는 보도 듣도 못하던 伯母에게서 거액의 유산을 상속받게 된다. 이로 인하여 여자는 전혀 다른 인생을 살기를 원한다. 그래서 남자에게 헤어지기를 원하지만 남자가 이를 받아들이지 않는다.

여자는 급작스런 富로 인해 지금까지 자신의 어려웠던 처지를 보상받으려 하고 있다.

다시 말해서 이 작품은 점차 물질에 의해 변질되어가다가 결국 나도 '내면의 공허를 장식하려는 주둥이와 최후의 허세인 자존심 밖에 안남은' 인간으로 변해가고 있는 것이다.

자본주의 사회 이후 변해가는 인간성 상실을 드러내 주고 있다.

제3집의 <看板選手>는 우경렬이라는 룸펜이 '우화당 간판점'을 내게 되면서 겪는 이야기 이다. 실직자 우경렬은 집안이 가난한 편은 아니었으나, 취업을 하기 위해 일자리를 찾던 중 우연히 중학생 시절의 친구 M을 남대문 근처에서 만나게 된다. M은 남대문에서 철물상을 하고 있었다. M은 우경렬에게 미술에 소질이 있고, 장사 밑천이 들지 않는다는 이유로, 우경렬이 관심을 가지고 있었던 간판점을 권했다. 간판점의 전문 직공까지 소개 받아 '우화당 간판점'을 낸 우경렬은 결국 간판점이 성행하지 못하여 직공들 월급도 제때 주지 못하였다. 그래서 그의 직공인 안가와 강가는 월급을 제때 받지 못한다는 이유로 우경렬에게 간판업을 소개했던 친구 M과 함께 우화당 간판집 맞은편에 더 크고 좋은 간판점을 내는 것을 보고 절망과 회의와 오기로 간판점을 늘리려 하고 있다. 이렇듯 조풍연의 소설들에 등장하는 주인공은 무능력한 지식인이거나 현실에 적응하지 못하는 룸펜으로 등장한다. 이는 당시의 시대상의 대변이라고 할 수 있다.

신백수의 <靈은 零이니라>는 조풍연이나 김영기, 김원호의 소설과는 다르다. 당시의 소설에 비해 실험적이라고 할 수 있다. 심령학적 성격을 지닌 소설로 심령학치료자인 이치는 靈이 零이 됨을 역설하고 있다. 이치는 알 수 없는 주문(소마니 소마니 홈……빅실구리마바사하)을 외며, 자신이 대단한 심령학자인양 떠들어 댄다. 이치는 '십년간 산 속에 파무처 裟婆를 잊고, 하누님만 섬겼느니라. 솔닢만 뜯어 요기를 했느니라. 천둥벼락이 나리고, 하누님께서 나리셨느니라. 그렇게 송충이 시늉도 그만 했으면, 넉 하니 사파에 나아가서 불상한 동기들을 구하라……하셨느니라. 내게 영이 통했고, 다섯 손구락이 금목수화토의 오행으로 작용하느니라' 하며 자신은 하늘의 명으로 인간세계에 나온양 지껄인다. 그리고 결국 자궁암환자를 치료하는데 실패하고 이도 하늘의 슮이라고 괴변을 늘어놓는다. 마치 오늘날에 보이는 사이비 종교를 연상케 한다.

일본 동경 신쥬꾸에끼(新宿驛)가 배경인 신백수의 <體溫說>은 신백수가 이 작품을 쓸 당시(『三四文學』 제5집 발간) 동경에 있었기 때문인 것 같다. '나'와 '명조'와 '사요꼬'라는 여자 등이 등장하지만 작품의 전부를 볼 수 없어 전체 내용은 알 수가 없다.

이상에서 『三四文學』에 발표된 소설 7편을 살펴보았다. 이시우나 신백수가 추구하고 있는 초현실주의 문학적 성향은 나타나고 있지 않다. 이는 『三四文學』의 편집 주간을 맡은 사람은 신백수 이고, 작품의 내용 면에서 중심을 이루었던 사람은 이시우인데, 이시우는 소설은 한 편도 발표한 적이 없고 초현실주의 시만을 제1집부터 제5집까지 발표한 것으로 보아서 시 이외에는 동인지 성향에 제약을 두지 않은 것 같다. 그리고 점차 『三四文學』이 초현실주의 시 중심 동인지로 변모한 것만 보아도 알 수 있다. 이 소설들은 당시 현실 상황을 담담하게 그려내고 있다.

3) 수필

세 편의 수필을 살펴보면, <生活의 破片>(정현웅, 제1집), <雨頌>(김진섭, 제4집), <사 · 에 · 라>(정현웅, 제4집)가 있다.

정현웅이『三四文學』에서 표지나 컷 등을 맡은 것을 보면 그림에 관심과 능력을 가지고 있었던 것 같다. <生活의 破片>도 예술에 관한 내용을 주로 하고 있다. 예술가, 예술에 대한 다양한 시각, 예술과 생활과의 상관관계 등을 짧막 짧막하게 정리해 놓은 글이다.

<雨頌>은 비에 대한 여러 가지 생각과 감성, 비오는 날에 일어날 수 있는 다양한 사건들을 열거하면서 우리가 일상사에서 늘 느껴왔던 부분이지만 새로운 느낌으로 다시 한 번 음미하게 하고 있다. 그리고 결국 비로 인해 느낄 수 있는 아름다운 감성, 홍취, 낭만성을 세밀한 관찰을 통하여 묘사하고 있다.

<사・에・라>는 수필이라고 하기에는 약간 무거운 주제인 예술에 대한 생각들을 세부항목으로 나누어서 설명하고 있다.

오늘의 예술, 현대 망각, 현대성과 지방색, 예술과 유희, 문학과 회화, 내용적인 것, 시간성과 공간성, 통속성, 제유파의 연구, 고집, 불가해한 것에 대한 존경, 회고, 숙련, 고독, 무시 등의 소제목을 달고 짧은 글을 간략하게 정리하고 있다.

4) 희곡

한상직 <風浪>(제1집)은『三四文學』제1집-제5집 중 1편밖에 없는 희곡이다. 이 풍랑은 바닷가 어촌 마을을 배경으로 하고 있다. 생명을 바다에 담보로 맡겨 놓고 살아가는 궁핍한 생활 속에서 해마다 많은 사람들이 풍랑으로 인해 죽어가고 자연적인 풍랑에 나약한 인간은 언제나 피해자일 뿐이다.

바다에 나간 큰아들이 풍랑으로 죽었을 것이라고 포기를 하면서도 한 가닥 희망을 갖고 돌아오기만을 기다리는 아버지와, 피곤한

몸을 끌고 공장에서 돌아온 딸에게 전해지는 소식은 풍랑보다 더 큰 절망을 안겨 준다. 어부인 南長海는 딸 하나와 아들 셋이서 가난하게 살고 있다. 큰 아들 海得이의 애인인 봉녀는 그 어촌을 관리하는 해삼집의 딸이다. 이 형의 애인인 봉녀를 둘째 아들 산출이 꼬여내어 봉녀 아버지가 관리하고 있는 어장 소유권을 훔쳐 팔아먹는다. 그리고 형을 죽이고 형의 애인인 봉녀와 달아나는 내용이다. 이렇게 이 작품은 현실의 지독한 풍랑을 만나게 되는 이야기로 막이 내린다. 이 희곡 역시 어촌 마을의 일상사를 풍랑을 통하여 현실감 있게 묘사하고 있다.

5) 평론

『三四文學』에 수록된 총 6편의 평론 중에서 이시우의 평론 2편은 본 논문의 제Ⅴ장에서 자세하게 다루게 되므로 여기서는 생략하기로 하고 나머지 네 편만을 간략하게 소개하고자 한다.

<發映聲畵藝術의根本問題>(한수, 제2집), <괴로움가운데微笑>(손명현, 제3집), <寫實主義(繪畵)漫步>(정현웅, 제3집), <劇藝術의本質問題>(한수, 제3집) 등이다.

한수의 <發映聲畵藝術의根本問題>는 영화 평론으로 <발성영화는 무성영화의 예술적 발전 형태인가?>에서는 무성영화와 발성영화와의 상관 관계를 말하고 있다. 二元論에 대한 一元論의 勝利라고 일반적으로 말하여지고 있는데, 일원론이란 무성영화로부터 발성영화에의 이행은 지금까지 발성영화의 단계에 있었던 영화적 잔루의 예술 발전의 필연적 결과라고 주장하는 것이다. 다시 말해서 발성영화는 무성영화보다 일단 완성된 영화예술의 직선적 발전

형태라고 해석하였다. 그러나 무성영화와 발성영화는 적어도 예술적으로 독립한 것으로 훌륭히 양립할 것이라고 설명하는 이원론의 편도 정당하다고 말할 수 있다고 설명하고 있다.

<영화의 예술적 발전과 기술적 발전>에서는 무성영화와 발성영화는 자연재현을 목표로서 발전하여가는 기술적 발전의 단계에 있어서 독립한 예술로서 문학, 연극, 회화, 조각, 음악회 등과 같이 먼 거리가 있는 것이 아니며, 이 둘은 인접 관계가 대단히 밀접하고 양자간에는 극히 유사한 특징도 있으며 어떤 경우에는 공통된 형식원리까지도 존재하는 것이지만, 그럼에도 불구하고 이 양자간의 독립성은 엄연히 존재하고 있는 것이라고 설명하고 있다.

그리고 <무성영화의 예술적 발전방향>을 보면, 예술형태의 衰微는 결코 예술적 타락에 의하여 초래되는 것이 아니고, 예술적으로 정진하고 발달함에도 불구하고 예술형태와 그것을 기대하는 사회적 경제적 基底와의 遊離내지 矛盾에 의하여 필연적으로 초래된다는 것이다.

그리고 <토-키에 있어서의 표현법칙을 여전히 수립할 것인가>, 또 토-키의 그의 視聽二覺에 의한 재현 기술 위에 예술 형식을 수립할 수 있는지에 대한 제 문제를 설명하고 있다.

손명현의 <괴로움가운데 微笑>는 -한 아름다운 인간성의 고찰-이라는 부제를 단 평론이다. 이 평론은 러시아의 작가 안톤 체홉의 <괴로운 가운데 微笑>라는 작품을 작가적 차원이 아니라, 작가를 통하여 볼 수 있는 이 작품은 어떠한 인생의 태도이며 어떠한 마음의 변화인지를 살펴 본 평론이다. 첫째, 聖者的 태도로서 만물을 觀照함에는 聖者的 심경이 필요하며 이 성자적 심경은 인간으로서 도달할 수 있는 최고 至難의 심경이라는 것이다. 둘째, 哲學的(혹은

冥想的) 태도로서, 이는 간단히 말하면 플라톤적 이데아를 관조하는 태도라는 것이다. 셋째, <괴로움가운데 微笑>의 태도인데, 이를 모든 철학적 입장을 대별하여 主觀으로부터 客觀에 이르는 자, 客觀으로부터 主觀에 이르는 자, 主觀未分之境에서 출발하는 자로 나누어서 설명하고 있다.

정현웅의 <寫實主義(繪畵)漫步>는 사실주의가 발생하게 된 사회학적 배경과 쿨베(Courbet)를 통하여 사실주의의 전 후 흐름을 역사적 측면에서 전개하고 있다.

한수의 <劇藝術의 本質問題>는 '劇'이라는 것은 시대와 같이, 사회와 같이 유동하는 것이라고 보고 '극'의 본질을 파악하기 위하여 몇 가지로 나누어서 설명하고 있다. 요약해 보면, 첫째, 드라마는 윤곽을 가지고 있다. 인간의 삶에는 윤곽이 없지만 드라마의 인생은 이 윤곽이 있다. 이 윤곽으로 우리는 드라마에서 그린 세계를 명확히 알 수 있으며, 그러한 의미로서 이 윤곽은 드라마를 현실로부터 구별할 수 있게 한다. 이 윤곽은 극의 주제에 의하여 결정되는 것이고 그 주제가 완전히 발전되고 표명되는 것으로서 그 限度로 한다. 둘째, 극은 관중을 대상으로 한다. 소설에 있어서는 모든 사람의 흥미를 끌게 한다는 것은 물론 필요하지만, 劇에 있어서도 역시 마찬가지로 舞臺劇 내지 映畵劇은 일정한 시간 내에 중단되는 일이 없이 전개되는 고로 처음 소개로부터 관객에게 끝까지 흥미를 끌고 가야 한다. 질의 차이가 아니고 정도의 相異인지 알 수 없으나 정도의 차이가 극의 구성에 銳角과 簡潔과 明瞭를 요구하는 것이다. 보고 난 뒤에는 전체의 함축된 감명을 주어야 하고 극예술이 관중을 대상으로 하는 것은 결코 극의 발전이나 구성의 형식을 만들어내는 것은 아니라고 설명하고 있다. 셋째, 인간의 모방으로부터 인생의 모방에 있다. 19세기에 있어서 사회와 집단이 발견되면서 이것이 劇作에도 영향을 미치게 되고 여기서 현대극의 출발점이 되었던 것이다. 현대극에 있어서는 개인이 극작의 王座를 제외하고 군중이나 사회가 극작의 王座를 차지하였다. 실은 개인이 취급되지만 그것은 독립한 인간이 아니고, 群象의 한 사람으로서 사회의 인원으로서 등장하게 되었다고 설명하고 있다. 이와 같이 이 평론은 극예술에 대한 본질을 조명하고 있다고 할 수 있다.

이상으로 『三四文學』 제1집부터 제5집까지의 문헌학적 성격을 살펴보았다.

『三四文學』이 제6집의 소재는 불분명하다. 이시우는 "一九三七年一月달에 第六輯을 내고 『三四文學』이 廢刊된後 申百秀의 <曆>은 發表할 곳을 잃은 채 서랍 속에서 몇해를 굴렀다. 『三四文學』이 어찌하여 廢刊하였든가는 只今 아모리 생각하여보아도 確實치가 않다. 그냥 흐지부지, 한券도 팔리지가 않었기때문에 더 繼續할 興도 일지 않었"[16]다고 회상하고 있다. 廢刊은 앞에서 언급했듯이 <創作> 제2집(1936)과 <探究>로 옮기면서 계승한 것 같다. 그리고 초현실주의 문학이 이단시되던 당시 문단상황으로 볼 때 계속해서 잡지를 발간하기가 어려운 여건이었을 것이다.

3. 『삼사문학』의 문학사적 의의

16) 위의 책, pp.14-15.

신백수, 조풍연, 이시우, 정현웅의 글을 종합해 볼 때,『三四文學』동인들은 문학에 대한 열정을 가진 학생들로서 기성문단에 대한 반성과 경고로 새로운 문학, 순수한 문학을 하고자 모인 新銳들이다. 그러나 당시 초현실주의 문학에 대한 기성 문단의 냉대로 이들의 초현실주의 동인지는 당당하게 나설 수 없었다. 그래서 창간호부터 제3집까지는 종합문예지로서의 성격을 띨 수밖에 없었고, 제4집부터는 이시우, 신백수, 한천, 정병호 등이 주축이 되어 초현실주의 동인지로서 에콜화가 두드러지게 나타나고 있다. 제3집과 제5집에 실린 이시우의 초현실주의 시론(「絶緣하는 論理」, 「SURREALISME」)이 동인지의 성격을 나타내고 있다. 이『三四文學』은 제6집으로 폐간되고 말았는데, 제6집의 소재는 불분명하다.

앙드레 브르통은「초현실주의 제1차 선언」에서 인간의 마음이 논리와 이성으로부터 해방되어야 한다는 점을 강조하고 있다. 질서정연한 논리와 합리적인 이성으로부터 인간의 마음을 해방시킴으로서 초현실주의자들은 꿈과 허상의 효과에 대해서 관심을 가지는 것은 물론 의식적인 마음의 몽롱한 순간에 해당하는 잠든 상태와 깨어있는 상태의 상호 침투 현상에 대해서도 깊은 관심을 나타내었다. 여기에서 앙드레 브르통이 강조하는 것은 무의식의 세계에서 드러나는 낯선 형상들, 말하자면 일상적 의미에서는 파악되지 않는 형상들이다. 그는 현실을 초월할 때에 우리들의 마음 속에는 전혀 다른 새로운 지식을 성취하게 되는 어떤 지점이 존재한다고 믿었다. 그 결과 그는「초현실주의 제2차 선언」에서 초현실주의자들이 영적인 힘을 활력있게 할 수 있는 방법을 제시하였다. 그 방법은 자아 속으로 무한히 침입해 들어가는 '선회적 하강'으로 그것에 의해서 초현실주의자들은 일상생활에서는 분명히 대립적인 모든 것들이 동일하게 되는 비밀스럽게 숨겨진 영역을 탐구하여 그 영역을 적나라하게 드러내게 된다.

『三四文學』의 문학사적 의의는 다음과 같이 정리할 수 있다.

첫째,『三四文學』의 초현실주의 작품을 통하여 1930년대 모더니즘 문학에서 초현실주의 문학의 기여도를 확인할 수 있었으며, 모더니즘 문학에서 초현실주의 문학이 차지하는 위치를 재평가하는 계기를 마련해 주었다.

둘째, 우리나라 최초의 초현실주의 문학 동인지로서의 위상 확립이다. 이시우, 신백수, 정병호, 한천 등의 초현실주의 시와 시론은 현대시의 새로운 영역을 개척함으로서 초현실주의 동인지로서의 확고한 자리를 잡게 되었다.

셋째, 초현실주의 이론 수용이다. 이시우는 제3집에 「絶緣하는 論理」와 제5집에 「SURREALISME」이라는 우리나라 최초의 초현실주의 평론을 발표하였다.

『三四文學』에 나타난 초현실주의 특성은 데카당스, 데뻬이즈망, 데포르마시옹, 자동기술법, 오브제에 의해서 두드러지게 나타나고 있다.

데카당스의 시학은 절망, 퇴폐, 허무 등을 보여주는데 그치는 것이 아니라, 전망을 제시하고 있다는 점을 강조하고 있다. 데뻬이즈망의 시학은 단어의 의미 자체도 모호한 외국어를 서슴없이 한글과 결합시킴으로서, 원거리 이미지의 충돌을 불러왔고 이로 인해 더욱 더 초현실적 이미지로 바꾸어 놓은 것이다. 그럼으로써 우리의 상상력의 폭을 확대시켜 놓았으며, 열린 세계 (무의식의 세계)로의 지향을 볼 수 있다.

데포르마시옹의 시학은 기존의 형상이 일그러진 모습으로 바뀌어져 그 원래의 존재 가치를 해체시켜 버리고 있다. 이러한 데포르마시옹을 통한 탈사물화, 탈 인간화는 현실을 향하는 것이 아니라 파괴의 역동성에 있다. 말하자면 불가시적인 '미지'를 대변한다고 할 수 있는 파괴의 역동성은, 형상 경계들을 혼란시키고 극단적인 것들을 강제적으로 결합시킨다. 이들의 행위는 세계인식의 확대일 것이며, 현실의 부정뿐 아니라 현실과 이상의 이분법적 인식 자체도 부정하고 있는 것이다. 이러한 '부정성'이 현대시에 있어서 방법론의 확대는 물론 다양한 시 세계를 열어 준 것이라 할 수 있다.

자유연상 형식으로 이루어지는 이 자동기술법은 우리의 무의식 속에 떠오르는 생각이나 이미지를 그대로 옮겨놓은 것으로써 思考의 '받아쓰기'이다. 자유로운 무의식 세계의 표출이 가장 순수한 정신세계라는 것이 초현실주의자들의 기본 입장이다.『三四文學』의 초현실주의 시에 나타난 자동기술법은 부분적인 형상화로 나타나기는 하지만, 기존의 생활방식에 대한 '인식의 전환'과 '부정성'으로 새로운 예술의 가능성을 보여주었으며 새로운 미학의 가능성을 제시하였다는 점에서 의의를 지니고 있다.

오브제는 사물에 대한 고정된 인식과 현대의 과학적 실증주의가 제 3의 의미를 거부함으로써 하나의 사물에 대한 한정된 의미가 사물 자체의 본질을 저해하고 발전에 악 영향을 미치게 된다. 따라서 사물이 전위될 때 새로운 의미가 탄생되고 무한한 자유로움 속에서 사물의 본질에 가까워지는 것이다. 그러므로 초현실주의의 오브제는 사물을 그 본질로 환원시키는 일이다.

초현실주의 오브제는 일반적인 시에 있어서의 비유나 상징과는 다르다. 비유나 상징은 본래의 사물과 제2의 사물 사이에 시간적,

공간적 거리가 존재하지만, 오브제는 두 사물이 하나가 되어 공간과 시간의 거리가 소멸된다. 따라서 오브제는 은유에서 '비교형태'가 '等置형태'로 바뀌어진 상태이다. 두 사물은 동일화되어 關係逆轉의 비현실적 交錯으로 모든 인과성을 배제한다.

Ⅱ.『三四文學』 자료

34 LITTERATURI

學文四三

I

金永基
金元浩
申百秀
劉演玉
李時雨
李源和
鄭玄雄
鄭熙俊
趙豊衍
韓相稷
韓鐸瑾

(가 나 다 順)

「3 4」의 宣 言

모됨은 새로운 나래(翼)다.

—— 새로운 芸術로의 힘찬 追求이다.

모됨은 個個의 芸術的創造行爲의 方法統一을 말치않는다.

—— 모됨의 動力은 끌는 意志와 섞임의 사랑과 相互批判的分野에서 結成될 것이매.

이 한쪽의 묶음은 모됨의 낮이다.

이 묶음은 質的量的経濟的…… 의 모든 的의 條件 環境에서 最大値를 年二回에 둔 不定期刊行이다.

聲援과 鞭韃을 앞세우고 이 쪽아리를 낯선 거리에 내세운다.

「3 4」는 1934의 「3 4」며 하나 둘 셋 넷……의 「3 4」이다.

〔백 수〕

잃어버린眞珠

韓 泉

최후의 갑분숨 마저 삼키여 버리려는
검은意志에 타는 검은 바다여!
나는 수리개에게 흐린눈물을 뿌리는
총총히 채워버린 天使들의 나래처럼
어린 이슬들이 밤새 닦아놓은
나의푸른 희망의 眞珠를 잃었다.

沙漠을 건느는 슬픈「캐라반」의
一隊조차 지나간 다음
나의 마음은 스산한 畵布
그속에 窒息해 버린 해쓱해진
나의 (略) 봄 하늘.

물에빠진 나의히망이 信仰하든
유리의 古典的인 제단옿에는
날개조차 쇠잔해진 옛 갈매기
全혀 唯美派인 香불을 피어올린다

그가 떠나간다음 갑작히
겨을이온 나의마음에 이는 파동
갑갑한 太陽마저 日蝕을먹음었다.

구름들의 密會마저 지나간 추근한海岸
그 (略) 後裔들인 放浪의水夫들은
浦口의 「에레지」인 航海의序曲을 咀呪한다.

언제 저 —— 푸른 손이
나의 지친希望이 조으는 유리의 근심속에
구슬매친 七色의 「커-틴」을 감어주려나
그러면 乳房이부푸러오르는 엷은 「에메랄드」의溫室
붉은잔이 파동치는 「케잎타운」의 都城옿에서
그와나의 電線은 푸른電波를 蒼穹에 울리겠지.

1934. 6. 26

ア - ル의悲劇

李 時 雨

1. ア - ル는거울안의ア - ル와같이슬프오
2. 喫煙을 爲한喫煙에서煙氣의儼然한存在를認識할수없는O과같은ア - ル의一生이다
3. 쟈미없던어적게에서밖에ロ-マンチズム을發見하지못하는ア - ル는오늘도亦볼쟈미없는ロ-マンチズム을맨들고있더라(ロ-マンチズム을爲한ロ-マンチズム인0과같이쟈미없는아,O과같이쟈미없는O-과-같-이-쟈-미-없-는......)
4. 書架에낀겨져있는書籍과같은ア - ル의憤怒는——ア - ル는尨大한辱의思想인化石을거울에빛오일뿐이다
5. 너조차잠작고있으면또한개의ア - ル는大體너에게다무엇을속삭일수있단말이냐. ア - ル의비보

喝 采

韓 相 稷

그를 惡의꽃이라 부르든날

洒落한마을, 搖籃의追憶조차 엉키여 彈縮잃은 心臟의 흠집이아프다

모두가싫여지고 사랑이미워진 苲裂받은思索이 괴롭게남겨놓은 얄미운 艶書쪼각

차라리――

지터진花園에 못피일 꽃풀이어든 香물잃은 가시틀(機)祭壇에 心事껏봇채게 내던저두든지

실커든 毒무든 색기줄로 살덩이를얽고 채ㅅ죽에 피방울이 맺도록 부풀게 두어다구

2

왜 그리醜한눈으로 흘겨보는가

3

熱을 안개같이뿜으며 할닥이는生命을 앙바티고 쓰러저가는 燭火를――

사랑을어히고 十字路에 고달피자는 차듸찬 살덩이를――

고양이같은 吟唎, 배암같은 誘惑이 비달기같은 噓飾없는 嫉妬를 안다

4

왜 그華麗로찬(滿) 視線우에 빨가벗겨놓고 뜻없은노래를읊으는 거짓스러운꼴을 보기즐기는가

5

失踪한우슴— 가버린 우름을 —
집씨의딸처럼 나젊은 뽀헤미안의 안악처럼 그흘르는微笑를
사람들이—맺이고싶은 사람들이
타버린神經 짜개진心桶을내들고 醉하려는憂鬱
만약 그렇다면 ……
그래서 그들은 弱한最后의喝采를 울이리라고하나
마즈막喝采를 오직하나만인 遺産을 —
그이튼날은 산송장이되여 쓰러저도 좋다고 大膽한宣言을던진 愚衆들이
이날의焦燥를알지 너무나 確實히도

6

무지개같은 찰란한寢室 白雲의自由 물갈매기의 앳특한사랑을 차저얻으리라고
空虛를 맘껀치는 그愚痴를 骸骨이놓은옆에 고요히 파묻지 않으려나

7

丁香花숲그늘에 알뜰이쌓어놓은 따스한꿈의 滅亡한그림자
그와나와 寂寞에서 정성스러히얻은 맺여진사랑이
오늘은 그리고 내일은
연분홍으로 化粧을하고 角난心臟을실은 風船이되어 喝采의그늘 아래로 숨겨드르렸지

8

무덤을파고 基標를 세우라
過去의거짓 오늘의華麗 내일로約束한꿈을 미워하리란 誠意만이라도

喝采는 華麗한 芭風船우으로날르는 배암의誘惑일지니

그대여 蒼穹의한모통이로

그래서 거문구름이 쫏기고 微風이돌고 太陽이솟는것을 뚜렷치 보고 썼으라

얼 빠 진

—구름이 魅惑하더라 야

백　수

무엇을 그리
내ㅅ가에
두발을 찰낭거리며
뜬구름같은 뜬생각이

왼갓 식그러움 나러가고
별의 별 헐은 생각 솟치우며
내ㅅ바닥 돌 주었나니
왜

이몸이 떴느냐
구름이 꿈틀대고
근지러움에 한마듸
—오- 자연

一九三三. 八. 卄一

무게없는 갈쿠리를 차고

—인테리에게

무게없는 갈쿠리를 차고
무게나는 책으로 만리장성을 꿈꾸니
푼어치의 불길로
엿녹듯한 갈쿠리여.
콩가루가 얼마나 무덨나하오.

一九三四. 五. 二

二 重 星

劉 演 玉

天文ロ千에서
하늘에數많은별들을바라보는天文學者의
望遠의「렌즈」에비치는二重星

永劫의 ○치않는中心点을
永劫의 뜻지않는軌道우우로
永遠히回轉하는두개의빛나는별

사랑의기둥(柱)을
같은主義와思想의줄을매고
손목을서로잡고돌고있는두燕人

永遠히둘이한음이되여
사랑의法則을어기지않고竝行하는
그대와나는사랑의二重星

흐린날의苦悶

鄭 熙 俊

그림자잃은 얼빠진 이사람아
구진눈물 얼마나 흘리려고
흐릴대로흐려진 저 하늘과도같이
어둔구름 덕겨덕겨부르는가

엉크린 솔뿌리에 느러진 이사람아
땀낀 검푸른 낯을
왜 주름ㅅ살 지웠다폈다하나
것늙음이 너의 職責이든가

그리고 피ㅅ발선눈을
왜 감었나떴나하나
過去는 무덤에서 무덤의 흙이되고
未來는 希望뿐이라야할진대

아아! 첨망에서 떠러진
나래어린 참새와도같이 아우성침
比할데없이 가엾어라
가야겠다고 끌버듬 가엾어라

떨면서도 期於히 오르랴오르랴다
처참히도 떠러진 무서운 그 늠(絶壁) 밑에

다만 終身험(傷) 만이 기다리드라고
허벌게저 제그리는이 限없이 가엾어라

낮이매 어두운 이 누리안에
외로운 몸부림들 하나 둘 셋 넷
가로막은 昆侖능 이편에 허벌게저
부들부들떠는者많도다

물에 빠진 생쥐가
茫茫原野에 뛰노는 獅子가 되끊음이라
너의들에겐 그 울음 當然하다고
누려보는 저 하늘이 얼마나 더 적실는지!

생쥐여! 避하지않으려나
허벌게진者여 일어스지 않으려나
살어야지 (略)
하면서도 이사람아 왜 질근히 앉었느냐
一九三四. 六. 十一

찾 는 밤

鄭 熙 俊

흐르는 무건 어둠엘
으스름달안개 어리여도네
하늘밑 저진따
검은 자리에 꾸러앉어
한밤을 울어새우는
개고리떼들을 에워싸고 ──

沈痛히 어리여도네
그 무엇을 찾으려 헤아르려
으스름히도 우렴케도 ──

北쪽에서 南쪽으로
西쪽에서 東쪽으로
날서운 義劒을 품고
痛切한 坊坊谷谷의
저 개고리울음을 에워싸고 ──

실비오는 어린봄날

鄭 熙 俊

어린봄우에 실비속삭인다
가얇은 櫻桃꽃봉오리들로
이날이 개면 눈물이 뜻겠지

엉크린 노숙나무가지에 뿌리에
숨었든 靑苔가 파라케 사러날제
옛일 오리오리 無心히 피네

피리낡에 물오른다
새아가씨가 노래를 請할구나
귀여은 自然의 樂士들이여

시부적사부적속삭이여
끝없이 날을 저물놨네
찌글찌글밤우슴안에 얼마나 푸르를는지

풀 밭 에 서

종 화

이곳을 擇코보니 저풀밭 좋아뵌다
거기도 옮아보면 게가또한 게이로다
골라도 매한가지니 세상인가 하노라

그 물 질

종 화

자넬랑 그물치게 고길랑은 몸세내가
바람맑고 날새좋니 괴롬이란 몰을네라
들넘어 겻밥이가니 한낮인줄 아러라

바람결 사이사이 쓰르람이 들니는곳
綠陰 깊은속에 황송아지 잠깊은데
맘좋은 수양버들은 부채질을 하더라

늦도록 건진고기 대롱에 다찼겄다
그물을 거더메고 凉風불러 몸을쉬니
말없이 등넘든해가 넘다말고 보더라

生活의 破片

鄭 玄 雄

때에는 美術은 徹頭徹尾宗敎의 傀儡도 되였고 宮殿과 貴族에隷屬되여 權門富豪를 阿諛허기도 했다. 허나 이같은 制限과 拘束 밑에서 ○量의 傑○이 나왔다. 이것을 볼때 制限밑에서 芸術은 돼래 커다란 發展이 있는것같다.

制限이란 實用이 있고 必須條件을 가짐으로서 生하는 것이다. 現代繪畵도 이 같은 制限이 있다면

보다더 健全하고 훌륭한 作品이 을마든 나올것이다.

繪畵에서 文學的要素(테-마에있어서)를 驅逐한지 임이 오래다. 이와同時에 大畵面의 繪畵도 자췌를 감추었다. 이것을 外的으로 볼때에는 社會的情勢에依한 必然的現象이요. 內的으로는 內容과 題材의 興味와같은 表面的補助條件을 빌지 않고 造型美術의 根本的必須條件만으로서 보다높은 芸術의 眞髓를 把握하려는 것이다. 그럼으로 이것은 絶對로 墮落도 아니요. 衰退도 아니다. 그러나 後日 또다시 內容과 題材를 認定하고 大畵面을 要票하는 時代가 반듯이 있을리라 믿는다.

變化란 絶對로 進化가 아니다. 埃反부터 至今까지의 美術은 다만 表面的變化의 連鎖로 內面的進化는 아니였다.

미케란제로는 奴隷的地位에 自己를 놓고 끈임없는 努力에 努力을 다하면서도 恒常 精神的空虛와 貧困을 느꼈다. 官能은 超人間的偉業을 하면서도 內的心念은 차지않는 무엇을 求하려 恒常 멀니

寂寥속에 헤매면서 苦行者와같은 慘膽하고 無氣味한 超人間的生活을 하였다. 그가 이같이 芸術에 生活을 安息식히지못하였든것은 芸術보다도 더以上 形而上의 信仰을 본탓인지 모른다.

이것에 갓가운 現象을 芥川龍之介 生田春月 또한 片岡○兵의 어느 時期에서 잠간 엿볼수있다.

芸術은絶對로 個人主義的所産이다. 個人主義없고는 完成될수가 없다. 工業的集團物은 아니다. 社會가 아모리 集團的으로 되드라도 芸術은 반드시 個性이라는 軌道를 取할것이다.

寫實主義는 恒常 理想主義에 反作用을 하였으며, 또한 墮落道程의 繪畫를 挽回 식히고 指向하는 革命的要素를 包含하고 있다.

埃及, 希臘 羅馬를通할 芸術이 그發祥에서 完成까지 完全히 分立한 한卷의 美術史를 形成했다볼수있다. 웨그렇냐면, 文藝復興期에 이르기까지 그사히에 暗黑世界라는 千年에 가까운 芸術上의 푸랑크가 있다. 白紙가 있다. 이것을 第一卷이라면 復興期를 序文으로한 文化는 至今에 이르러 次次 弟二卷의 編輯을 끝막으려는것이 아닐가 生覺될때가 있다. 繪畫가 至今과같이 社會的으로 無氣力하고 無關心된적이 일즉이 있었을가. 이性格的現象을 露西亞서도 보고 亞米利加에서도 본다.

作家가 作品보다도 理論的으로될때 이것은 確實히 墮落의 첫길이라 볼수있다.

한사람作品을 時代的背景으로만 批判한다는것은 잘못이 아닐가?

生活環境과 境遇는 그의 思想과 性格을 決定하는 重要한 要素가 된다는것은 말할余地도 없는것이다.

視覺的隷屬만으로 芸術은 될수없다. 人間性 (理性) 만으로도 芸術은 될수없다. 視覺과 人間性의 折衷이 絶對로必要하다.

偉大한 芸術家에는 두가지의 種類가 있다. 하나는 客体속에 뛰여드러가 自己를 偉大하게하는 사람. 또 하나는 自己의 偉大性으로 客体를 征服하야 크게되는 사람.

차듸찬 貧寒과 孤寂속에서 不遇의 生涯를 마친 偉大한 靈을 생각할때마다 뜨거운 敬虔의 念과, 同時에 人間에對한 空虛와 幻滅을 느낀다. 허나 이같이 가장큰 精神을가지고, 不得已 社會의 區域밖을 걷게 되는 悲劇은 社會가 아모리 進展하드라도 根絶될수없는 現象이요 더구나 過渡期에는 반드시 存在할것이다.

구루몬이 「偉大한 靈이 文明을 指導할 興味를 이를때, 文明境域外에서 生活한다.」하얐다. 불제의 말도 여기에 關連한 것이다. 「社會와 自我 또는 自己와 他人, 卽 客觀과 主觀사이에 相互理解할수없는 숨어진 要素가 存在할때, 消極的 性格이라는것이되고, 다음에는 自尊이된다. 스스로 表示하고싶지않다는것은 孤立해지는것이고, 이孤立이 一步나가 高踏的隱遁으로서 날아난다. 그것은 或은 病的枯渼으로 날아나고, 或은 날카로운, 아이로니가 된다.」

芸術에 뜻둔 人間은, 自己의 純一한 世界를 發見한 그때 비로소 存在意義가 있다 할것이다.

眞實한 芸術을爲하야 正正当当히 挑戰할 勇氣와 根氣가 없음으로 脫線하야 獨創이니, 趣味니 하는 口實밑에서 安逸을 耽한다.

獨創的이라는것도 없다. 傳統도 없다. 個性도 없다. 流派도 없다. 다만, 不斷의努力과 叡智가 있을뿐이다.

사람이 얼마큼 우습고, 貧弱한 位置를 占하고있는가를 알여면 사람의 죽는것을 目擊할것이다.

芸術에있어無 技巧라는것을, 飮食의 「양념」에 比喩하는것을 듯고 果○이라생각했다. 材料와 「양념」은 不可分離한것이다. 따라서 찌달니고, 녹슨生活에서 아모리 技術的革命을 한단들 아모런 힘이 없는것을 織實히 느낀다. 思想과 技術의 合的革命이여야한다.

倨慢, 虛構, 虛飾, 虛榮, 이것은 모도다 無智하고 內面의 貧弱한 人間들이 반듯이 갖고있는 假面이다.

뮤아멜이 思索을 碍害하고 事業에對한 執着力을 剝奪하고, 詩的, 哲學的暝想을 죽이고 調和를 破壞하고 사람을 메카니즘의 奴隷로하는 아메리카니즘은 人間辛福의 破壞者라하였다. 이와같은 文明論이 現代에있어서 얼만한 反撥力과 抵抗力이 있는지는 모른다. 허나, 한발, 街頭에 나슬때, 아메리카 映畵에中毒된 껍질만남은群衆을 본다. 아서라! 여기서우리가 무엇을 바랄수있을가? 미케란제로는 씨스테인壁畵에 八年을걸였고, 와그넬이, 「드라로지」 한作品에 二十年이걸였다는것을, 그들에게 說明한다는것조차 어리석은 일이다.

自己非認은, 反省으로의 唯一의 길이다.

宿命이란, 마즈막길에 이르른것을, 깨다른 人間들의 最后의 自慰的逃避處다

너머저 비로서 反省하는 人間은 順境에있어서는 自尊不顧하는 人間이다.

追憶은 달다한다. 사람은 果然 過去를 憧憬하는 本能을 가진모양이다. 옛부터 老人은 반듯이 말하야왔다. …… 至今世上은 末世라 고.

女子는 僞善의 權化다. 더구나 男子의 엽에서 그렇다. 必要없는 羞恥와 理由없는 우슴과, 「얌전빼는것」으로써, 自己의 모든것을 캄푸라주한다. 世界의 男子가 女子에對하야 愛嬌라말하는것이 이것이아닐가?

世間의 毁譽褒貶 無關心하고 오로지 自己信念을向하야 꾸준히 거러간다는것은 나어린人間으로서 至難한것이다.

過度의 外面裝飾은 內面生活의 貧弱을 暴露할뿐이다. 文學作品에있어서도 어느程度까지 이렇게 말할수있다.

性格에도 隱遁的要素가 多分이있으나 世上을 向하야 充分히 말할만한 才能의 缺乏이 또한 그의 原因이 아닌가 스스로 생각하고

憂鬱할때가 많다.

自己보다도 큰人格 自己보다도 큰思想 自己보다도 앞슨사람을 끄러내려 두발로 짓밟는것을 無上의 功名으로하고 快感을 늣기는 人間이있다.

亂暴과 無謀한 行動을 勇敢이라하고, 英雄的이라 생각하는것이나 아닌가?

삼가는것없고, 헤아린것없이 露骨하게 말하는것을 率直하다 하는것이나 아닐가?

自身 純粹芸術에 抵觸하면서 自己作品을 擁護 할만한 確然한 理論的背景도없이 盲目的으로 芸術至上主義라는것을 否認하며 侮蔑하는 人間을 각금본다

乞 人

金 永 基

「팔없는 병신입니다. 쌀한줌 보태주시요.」

밖같에서 거지의 힘없는 목소리가 떨린다. 이어서 매운 어름바람이 것센 발길로 유리창을 찬다. 문풍지우에 지네가 긴다. 방안에 앉어있어도 손끝이 곱고 턱이 떨리는 저녁때다.

거지는 각설을 시작했다. 창자속에서부터 떨리든 그의 목소리는 차차 열이 오르고 염주(念珠) 와같이 연달어나오는 그의 어구(語句)는 점점 운율(韻律)이 있는 시로 변하여갔다. 이윽고 방안에서 귀를 기우리고있든 나는 소사올으는 홍미와 호기심에 문을 열지않을수 없었다.

「여보 그 각설좀 벡깁시다.」

「각설 말슴에요.」

거지는 담에 기대여선채로 힐끗 나를 저다보았다. 그의 시선에는 궁핍과 싸우는 사람에게서 흔이 볼 수 있는 그러한 허무스러운 독이 있었다.

「이리 좀 앉으시요.」

나는 위선 자리를 권했다. 그는 좁은 마루우에 위태하게 거러앉는다.

나는 잠간 그의 모습을 삺였다. 조대흙으로 다진듯한 편편하고 독을 품은 움푹한 두눈, 눈섭은 낡은 중절모에 눌리고 때국이 꾀꾀한 (본래는 힌) 목도리가 입과 코밑을 가리여 숨을 토할때마다 곱지않은 김서리가 퍼졌다. 몸에는 퇴물의 군복인듯한 검누른 양복을 걸쳤는데 그것이 소삼정같이 뚝뚝하고 지방이 더럭더럭 묻어서 병신된 왼팔소매가 그냥 덜러덩거리는 모양이 퇴잔병의 경력을 갖은 아라사거지를 연상케하였다.

「그건 벡겨서 무엇해요.」

부들부들 떨리는 앗가의 구걸소리와는 딴판으로 호인인듯한 부드러운 목소리다.

「좀 알고싶어서……」

「책이 있지요. 갖다드려요?」

그는 어느사이에 이렇게 친숙해졌는지 거이 나에게 동정을 보이는 어조로 상냥스리 뭇는다.

「책이 있어요?」

나는 저윽이 의아하였다. 이때까지의 좁은 견문으로는 각설과같은 우리의 민간예술을 적은 책이 있다는것을 듣지못했다.

「담배 한개 주실수없어요?」

나는 권연한개와 석냥을 집었다. 그는 증역군과같이 한목음의 연기를 아끼면서

「있구말구요. 선생이 가르킵니다. 웨 저 우미관뒤에 장교다리라고 아시죠. 그 밑에 움집을 보셨죠. 바루 그속에서 가르킵니다.」

하고 설명한다.

나는 한층더 흥미를 느꼈다. 그것은 분명히 모두가 새지식이요 딴세계였다. 나는 그의 근본이 알고싶어졌다.

「팔은 웨 다쳤소?」

「팔은 웨 다처요. 멀정하게 있는데.」

그는 소삼정같은 옷저구리속에서 왼팔을 꿈틀꿈틀해보이면서

「육신이 성하다구해서야 누가 둔을 주나요.」

하고 나를 처다보면서 옥수수같은 니ㅅ발을 번쩍거린다. 그때야

비로소 나는 그의 키에 맞지않는 불룩한 허리를 볼수있었다.

「고향이 어대죠.」

나는 또 무렀다.

「함경도 신흥이예요.」

나는 이렇게 범상한 인사수작을 할수밖에 없었다. 그의 말씨에는 도모지 함경도 사투리가 없었다.

「병이나 없으면 다행이게요. 서울에 병고치러왔다가 와서는 이모양이 됬죠.」

그는 쓸쓸하게 우섰다.

「무슨병입니까?」

「속병이죠. 밥을 먹으면 삭지않구요. 윗배가 작구만 깍작깍작하죠. 얼굴이 이렇게 누르지않어요. 병원엘 다니자니 하로에 십전식 들어요. 그래서 이렇게 문전구걸을 하는겝니다.」

그는 연기석긴 한숨을 길게 뽑는다.

「각설은 어서 배웠오?」

「녜, 그 움집에서요. 선생이 있죠. 한달에 오십전식 바치잖나요. 또 밥도 어더다 멕이고.」

그는 또 나를 힐끗 처다보았다. 눈에는 여전히 독기가 보였다. 그는 아마 세상에 흉한짓이라도 능히 해낼것같다. 나는 좀처럼 그의 각설이 헐하지 않은것을 늑겼다.

「선생이란 사람은 무엇합니까?」

「뱀장사죠. 뱀이 잽히면 팔고 이런 겨을에는 움집에 들어앉어 그런것이나 가르키죠.」

「그 책일음은 무엇이지요?」

「이름이 있나요. 함부루 주서벡긴건데 ──」

「그책 꼭 한번 보여주시요.」

나는 사다두었든「마코—」한갑을 그의 손에 쥐여주었다.

「네 네 꼭 갓다드리죠. 내일 가저오죠.」

「그럼 내일 기대리겠오.」

「네 네 내일 꼭 가저오죠.」

그는 몇 번이나 절을하고 대문밖에 사러젔다. 나는 문을 닫었다. 한참동안 (그후에도 종종) 그의 괴상한 무장(武裝)과 생활전술을 생각하였다.

이튼날 그는 오지않었다. 그후 사흔날까지 기대려도 그는 오지 않았다. 영영 오지 않었다.

나는 각설대신에 한개의 끔직한 교훈을 배웠다.

없는사람들

金 元 浩

一

「자자 자자 이 밤이 새이면 엄마가 온다. 어서어서 자자 음 ……」

치움에 배고픔에 보채는 윤수의 막둥이아들놈은 좀채로 잠을 자지아니하고 몹시 보채고 있다. 그렇게 오랫동안 울며 보채든 그는 기진한 탓인지 잠이 들었는지 가만히 윤수의 품안에 누어서 이따금 흑흑느끼는 숨소리만 들린다. 윤수는 고이고이 아들놈을 아랫목에 눕힌다. 그는 한숨을 길게 쉬면서 허리끈에서 담뱃대를 빼며 담배를 부처물고, 쭉쭉 빨고있다.

「없는놈의 신세는 무슨 원수로 자식들이 저리도 많은고?」—— 그는 왼 방안에 질서없이 이곳 저곳에 누어있는 아들 딸들을 돌아보면서 속으로 「하나 둘…… 아유 여덟이나되는 저것들을 무엇을 먹이고 무엇을 입힐고?」

그는 걱정스런 비참한 빛이 얼굴에 가득히 흘렀다. 그리자 막둥이 아들놈은 또 일어나서 엄마를찾으며 울고있다. 윤수는 단박에 성이 머리끝까지 올랐다.

「힘껏 재워 놓으니 또 저놈의 새끼가.」

하고 넙적손을 아들놈의 응뎅이를 갈겨때렸다. 울던 아히는 더 소리처 울며 문을 열고 엄마를 부르며 나간다. 이것을 본 윤수는 즉각으로 잘못됨을 뉘우치고 그를 안어주면서

「팔쇠야 우지마라 내가 모르고 그랬다. 앞집의 XX진 알었구나 오 우리팔쇠야 우지마라 응.」

그는 달래고 우지말라 했으나 달래면 달랠사록 어린애는 엄마를 부르며 울었다. 그리고 한사하고 문을 열고 밖으로 나갈랴고만 하였다. 그는 어린애 달래기에는 완전히 실패를 했다. 이때 다시금 안해의 존재가 그리웠다. 그립다느니보다 분했다. 아무리 생각해도 안해가 아무죄도없이 잡혀간것 같았다. 단지 죄라고는 「없다」는것 그죄밖에 없는것 같았다. 이렇게 생각하면 그는더욱 분했다.

(此間二行畧)

아니 혹 또 몰라 훔처온지도? 원악의배가고파서…… 아니 확실히 훔처오지 아니했어. 내가 모를리가 있나. 내게 숨길리없고 또 내 안해가 그런 사람이 아니고 그럼 웨 잡혀갔을까?

그는 어제저녁에 안해가 잡혀가던 전후 일이 생각이 났다. 저녁을 마치는둥 마는둥하고 내외가 마조앉아서

「기나긴 겨을을 어떻게 살어요?」

「글세 원.」

하며 서로 살어갈 걱정을 하면서 안해는 윤수의 앞에서 눈물 콧물하고 있을적이다. 문밖에서

「주인 있어. 준 있어.」

하는 소리가 들이자 곧 방문이 열리매 들어오는 사람이 있었다. 윤수는 깜작놀래 입에 물었던 담배대를 빼면서 절을 꾸뻑하며

「나리 오시우.」

하였다. 그는 대답도없이 그의 안해를 가르치며

「이사람이 당신옥쌍이어.」

하면서 포승줄로 그의 안해의 손목을 묶는다.

「나리 이게 웬 일이요. 무슨 죄가 있다구. 아무 죄도없는 아무 죄도 아무것도 모르는 우리에게 무슨죄가 있다구……」

그는 애원하듯 순사의 손을 잡었다. 그러나 순사는

「자자 가. 나부노무 이러나.」

그의 안해는 하자는대로 일어나서 따라나간다. 윤수는 그 뒤를 따르며

「나리 무슨 일로? 웅. 무슨일.」

그러나 순사는 아무말이 없이 끌고만간다. 안해역시 아무말없이 따라가고있다. 윤수는 기가 막혔다.

「여보 당신이 무슨죄가있기에 이밤에 잡혀가게되우.」

여덟이나 되는 자식들의 우는 소리. 「어머니. 어머니. 여보 마누라.」하는 슬픈 우름소리가 가득찬 그 집을 등지고 그는 순사에게 끄을리어 갔다.

언제 알았는지 크나큰 동네에서 안악내 어린애 어른 노인할것없이 길가에 뫃여서 수근수근하고 있다.

「팔쇠네는 어째잡혀가?」

「글세 누가 아나.」

모두가 이렇게 모르는대로 내바려둘뿐이다. 대체 무슨일로 잡어가는지 아무도 아는이가 없었다. 「마누라! 어머니. 어머니.」하며 뒤로 딸아오는 윤수의 집안 사람들까지도 그러하였다.

그리자 모든 사람들 틈을 끼며 나오는 참봉의 셋제 손자놈이

「저것이 우리집 돈을 훔처갔어. 그래 우리 아버지가 저 순사 한태 말했어……」

「웬일. 무슨일.」

하는 모든 사람들은 그제야

「돈을?」

하고 모두 고개를 기웃기웃하였다.

「돈을 팔쇠네가?」

「응 팔쇠네가 참봉네.」

이렇게 소근거리는 동네사람들 사이를 헤치고 그의 안해는 갔다. 윤수는 보냈다. 언제 돌아올지 기약이 없이 잡혀가는 안해를 작별했다. 집에 들어와서 가만히 누어 생각을하니 생각할수록 설어웠다. 한숨을 지어도 같이 눈물을 지어도 같이 하든 안해가 자기 옆을 떠나니 어찌나 설어운지 ── 마치 다시는 못올것같이 그에게는 생각하였다. 그는 안해가 그리워서 눈물이 날뜻날뜻함을 억지로 참었다. 밤이면 같이 누어서

「얼마나 피곤 하십니까.」

「무얼 나는 괜찮으나 당신은 퍽 피곤 할텐데? 못난남편을 맞나서……」

「아이 별 말슴을……」

하면서 수집어하며 남편의 품으로 기여들든 안해. 비록 늙었을지언정 윤수에게는 항상 결혼초야의 안해같은 생각이 들었다. 그럴때마다 윤수는 그 안해를 꽉 끼어 안으며

「우리도사느라면 잘 살날이 있겠지요. 못살라고 표박아논것도 아니고 부즈런이 일을 하면 남과같이 세상낙을 맞날른지 누가 아오. 여보 그때까지 우리는 잘참어 견딥시다.」

윤수는 거이 저녁마다 이렇게하는 말이었고 안해 역시 저녁마다 듣다싶이 하는 그말이지만 그말속에는 어쩐지 진리와 히망이 차있는것같았다.

「그리고 자식들이 많으니 그래도 그중에서 쓸만한 놈이 하나 생겨서 우리를 살리겠지요. 그런다면 우리도 참봉집 같은것 부럽지 않을걸! 저것(자식)들이 다커서 튼튼한 일꾼이 된다면 몸둥이 기운

으로라도 참봉집 같은것은 막 없에기도할께야.」

아조 기운이 있고 기쁨이 가득한 이런 말소리도 하는때가 있었다.

「그리고 저 팔쇠가 인제 살 될것이요. 생긴것이 참 부자의 얼굴이고 이애가 노는것이 아조 사내답거든.」

하기도 하였다.

「앞날을 바라고 살어갑시다.」

때때로 흘으는 눈물을 꾹 참고 한숨과 눈물 흘린 끝에는 의례 이런 위안의 말을 해 가면서 막연한 앞날의 행복을 꿈꾸는 그들이었다.

그리고, 윤수는 그 고달픔 피곤함을 안해의 폭신폭신한 육체에 완전히 위안이 되었다. 그 안해의 부드러운 위안의 말 그리고 남편의 힘찬 근육 그리고 히망이 차있는말 이러한것들로 그들은 이 세상의 쓰림을 달게받고 사는것이었다. 없으면서도 잘조화되여 있는 이 윤수의 집에 청천 벼락이 나린셈이다. 안해를 경찰에 끌리워 보낸 윤수의 마음은 측량할수없었다. 그의 집안은 텅 비인집 같았다. 그리고 사랑하는 그안해가 「노석」세상에서 아조 무섭게 생각하는 「도적」이란 이름을 무릅쓰고 잡혀간것이 더욱설어웠다.

二

윤수는 그동네 참봉네집 소작인이었다. 아조 충실하기 짝이없는 착실한 소작인이었다. 반항이 없는 —— 그는 「올해는? 올해는?」하나 항상 마찬가지의 아니빗만 불어가는 그 소작인이었만 「행여나. 행여나.」하고 참 뼈가 빠지다 싶이 일을 하군하군 하였다. 금년 역시 농사를 지었다. —— 별 도리가 없으므로 그래 가을을해서 전부 참봉네 집으로 해 들였다.

그래 일일이 「배뚱뚱이」「깍쟁이」하는 참봉의 검사를 받은후에 참봉의아들 입회하에서 타작을 하게 되였다. 타작이 끝난다음에도 또한번 엄격한 참봉의 조사밑에서 소작료를 되고 또 금년봄부터 갖다먹은 색거리 (남선지방의 말인데 이것 역시 빗의 일종인데 나락을 갖다먹고 가을에 그배를 주인에게 갚는것이다.) 를 되여서 갚고 또 요것조것 사소한 빗까지 전부 갚고나도 두섬다섯말이 부족이 되였다. 이 부족을 보고 참봉은 눈쌀을 찌푸리고 그를 죽일놈 보듯이 나려다 본다.

「명년 가을에 남은 놈은 색거리와 같이 회게해 들이리다.」

윤수는 참봉의 기품을 무서워서 이렇게 말을했다. 나락말질하는 옆에 서서 있든 안해는 마당에있는 나락이 차근차근 적어저갈때 마음을 조리조리하고있다가 다 되고 윤수의 말이 끝나자 그만 타작마당에 주저앉어서 대성통곡을한다.

「여보 웨 울어? 갑시다 가. 어서가. 어서 집으로 자 어서.」

안해의 우름을 말이며 안해를 이르키는 윤수의 눈에도 주먹같은 눈물방울이 쏘다졌다. 지게를 지고 빈매꾸리를 머리에 이고 눈물을 주먹으로 씨스며 그집대문을 나오는 그들 부부의 정상이 가련도 하였다.

—— 그렇게 오랫동안 굶다 먹다하면서 「행여나 행여나 가을이 되면」하고 겨우 살어왔다. 안해는 늘 우는 어린애를

「인제 가을이되면 쌀밥 많이 주마. 음.」

이렇게 달래가면서 기다리든가을! 그래도 한끼라도 어린자식들과 배불리 먹으랴고 이렇게 이렇게 기다리든 가을—— 언제나 같은 가을이언만 금년가을에는 그들이 더욱 굶주리게 되었다. 별 뾰족한 수나 생길가하야 열세살먹이 큰아들놈이 돈버리 하러 나이찌

간다는 통에 참봉집에 빗진것이 그들에게는 더 큰 타격을 주었다. 여행원인가 무엇인가 때문에 부산까지 갔다가 가도못하고 돌아와 버리게되고 말었다. 그자식이 집에 돌아온후 별별 생각을 다 하였으나 별 도리가 없었다. 눈물만 흘리고 마조 앉아 있었자 쓸데 없는것을 잘 안 이집 호주는 또 다시 신방침을 세우게 되였다. 그 남어지 식구는 그 제의대로 묵묵히 따르었다. 안해는 이 남편의 새 방침의 일단으로 알고 암닭한마리를 닭집에서 잡아가지고 다시 참봉집을 찾어가게 된것이다.

「명년에도 논을 떼지말고 도루 우리에게 주시오. 그리고 명년 농사에서 들여놓을터이니 우선 먹을 양식되라도 꾸어주시오.」

이런말로 참봉집에 다시 빌붙으려 찾어갔다. 그래 참봉집에다 닭을 들여놓고 참봉댁의 권유로 큰방에 들어가서 먹다 남은 밥까지 좀 얻어먹었다.

이 밥을 먹을때 집에있는 남편과 자식들이 생각이 나서 잘 들어가지도 않었는것이다. 이안타깝고 조리조리한 심정을 가지고 위대한 목적이나 달하랴는 무슨 외교관이나 된듯이 집안사정을 설파하고 명년도부터는 왼식구가 일층더힘써 벌어보겠다고 입담좋게 말을 하였다. 그말을 그럴듯이 들은 참봉댁은 동정하는 말로

「아니 요새도 팔쇠네는 굶는가?」

하였다.

「네 그저먹으니 오즉 하겠오마는 그저 참봉댁의 덕택으로 ……」

속에 없는 말을 그는 아니 할수가 없었다. 참봉댁은 만족한듯이 그 기름진 얼굴에 우슴을 띄우고

「그래 참봉나리께 잘 말해서 쌀되나 갖어가게 함세. 원 굶는다니 말이되는가.」

「네 그저 저같은것들이 참봉댁이 아니고야 한시라도 살수가 있겠읍니까.」

「홍 그레 어제도 자네가 우는것을 보고 참봉께서 불상하다고는 하셨다네. 그러나 자네가 버는 논만은 어쩔수없이 전부 떨란다고 늘 하시데만 내가 잘 말해서 명년에도 벌도록 해줌세.」

「네 어떻게 좀 잘못을 용서해 주시고 살려주십쇼.」

라고 말할 때 참봉댁은 빙글빙글 웃으며 저윽히 만족해 하였다.

그러나 그 웃음이 작인의 안해는 너무 자기를 무시하는것 같아서 좀 불쾌한 생각이 들었다. 그러나 이런것을 꾹 참었다. 이런 이야기를 하고 있을쩍에 사랑으로부터 참봉의 셋제 손주놈이 뛰어들어오면서

「할머니. 아까 그 돈을 할아버지가 곧 보내라고요.」

라고 한말에 주서 넘긴 그는 거지 같은 사람이 그 방에 앉어있는 것을 공교하다는듯이 그안해를 나려다본다. 그안해는 어쩐지 가시밭에나 앉인것같이 불안슬어졌다.

「무엇하신다고.」

「지금곧 쓸때가 있다고요.」

「어듸.」

「군수 면장 순사 모두 사랑에 앉어 왔어요. 그래 술도 사고 무엇무엇도 산다고 낱돈이 없어서 그러신다고요. 」

「없다. 아까 받아서 여기다 놨는데. 글세 어듸로 갔을까. 고양이가 알낳는 재주다. 어허 이것참.」

이런 문답이 있은끝에 그안해는 눈이 둥그레졌다. 돈잃었다는 바람에 그곧에 더있기가 싫었다. 민망해서 그의안해는 집으로 곧 돌아왔다. 민망한 생각에 쌀도 못얻고 그저 돌아와서 남편과 일로부

터 살 걱정에 낙심되어 아무말도 없이 아해들의 밥달라는 말까지 들은척도 않고 천정만 바라보고 있을판에 그렇게 잡혀간것이었다.

이렇게 잡혀간후 닷새동안이 지났다. 그래도 아무런 소식이 없음으로 윤수는 발광증이 날것같았다. 또 이틀이 지났다.

그 동네에 새 소문이 돌았으니 —— 그것은 참봉의 둘제아들놈이 읍내 「서울각씨술집」의 서울각씨한테 반해서 그곳에 묵어있다고 그리고 그놈이 그까닭많은 돈 五十원을 흠처 가지고 가서 그 각씨와 빨고 마시고 한다는 소문이었다.

동네부인들은 샘에서나 어듸서나 둘만 뫃이면

「팔쇠네는 무단히 고생을했어.」

(此間二行畧)

「야 XX놈 (참봉의 둘제아들)은 서울각씨와 죽을둥 살둥 한다대그려.」

(此間二行畧)

「팔쇠네 퍽 야윘을걸.」

「그럼 여기서도 못먹고 굶고 했는대 또 거기는 콩밥을 한덩이씩 준담서.」

「아이구 불상해라.」

「팔쇠네도 팔쇠네려니와 팔쇠네 아버지도 꼴이 아닙디다. 그리고 그애기들이 애처로워.」

「아니 그런대 거기서는 바른대로 말않는다고 막 때린대여.」

「그럼 언젠가 우리집 XX가 그곳을 지내면서 들으니 간간히 팔쇠네 우름소리가 들리드라고……」

「아이 오즉이나 고통스러울까.」

「아이 불상해라.」

이런 말들로 모두들 그의 안해를 동정하는 또한 참봉네를 원망하는 이야기들뿐이었다.

그리다가 그의 안해가 풀려 나온다는 말을 들은 윤수는 아들 딸들을 앞세우고 맞으려갔다.

(此間一行畧)

어째든 나온다니 반가웠다. —— 죽었든 안해가 다시 나오는것 같은 반가움이었다. ——

그 안해는 마츰내 무죄백방으로 그곳을 나왔다. 문을 열고 나올 쩍에

「어머니 어머니. 으응.」

하며 어린애들은 참고 참었든 우름보가 터진 듯이 막 울어재켰다. 그리고 모두 그 그리운 어머니에게 달겨들었다. 그는 달겨드는 자식들을 모두 품안에 안고 말없이 눈물 지으며 가만히 서있든 남편을 치여다 보고 있었다.

對角線上의 女子

趙豊衍

신문을 펴들고 무엇을 읽으려 할때 대문소리가 삐걱 하드니 황당한 구두발소리가 난다. 목침에서 약간 머리를떼었을때 나는 직각적으로 그소리의 주인을 알었다.

그리고 인제는 허리를 일으키려할때 벌서 왈컥하드니 미다지를 열어제키며 불숙 떡매로 마진듯한 붉은코가 드러댄다. 아닌게아니라 그는 택호다.

「저녁먹었나?」

나는 이렇게 말하고 계속하야.

「어서 두로게.」

하였다. 그는 내말에는 대답도 없이.

「R이 기다리고 있네.」

「R이?」

나는 누군가하고 잠간 생각하려할때

「어서 나오게.」

한다. 나는 택호의 얼굴을 치어다 보았다. 얼굴전면의 몇분지일을 차지한 코가 거츠른 그의살결과 얼녀서 대륙적인 매력이있었다. 항상 기름이 흐른듯한 그의용모가 초저녁 전등불에 반사된것을보고 나는 속으로 과히 추한얼굴은 아니로구나 하였다. (그의 몽당코가 붉지만 않었으면)

「아 이사람이 뭘 생각허구 있어? 어서 이러나게.」

나는 그의 부산한 거동을 바라보고 마음으로 우섰다.

「자네야말로 알수가 없네. 어째든 남의 집을 차저왔으면 드러와서 이액이 하는게아니라……」

「아니 이사람이?」

택호가 성이 난모양이다. 쭈부두둑한입위에는 코가있다. 더붉어진 코가.

나는 정색을하고

「대관절 R이 누군가?」

물었다. 묻고나서 곳 누구인것을 아러내고 응 할때

「누군가라니」

「그래 인순이야. 인제 생각나네. 온 이런정신봐.」

나는 무명지로 머리를 글겄다. 그렇자 택호가 내억개를 툭 치드니

「괘니 그래. 오늘 만나잿대며 그래?」

「오늘?」

「기다리구 있네. 어서 이러나.」

「오늘이 목요일 이든가?」

「이건 무슨소리야.」

하며 택호 자신 방에 뛰여들드니 벽에 걸린 모자 양복을 내려서 채 내가 이러나기도전에 덤석 모자를 내머리에 씨어준다. 왜 이리 덤비노 하고 속으로 꾸지즈며 나는 주섬주섬 옷을 가러입기 시작하였다. 옷을 가러입으며 오늘이 목요일이든가 하고 중얼거렸다.

그여자와 요전번에 헤여질때 나는 목요일저녁에 또 뵈옵지오 하였었다. 그럼에도 불구하고 나는 그것을 잊고 있을뿐 아니라 어떠면 그여자의 존재까지도 전혀 망각하고 있었다. 그것은 요사이의 나는 여간한 바쁜몸이 아니여서(취직운동을 하든 것이 요새 거무될뜻될뜻하는 판이었다.) 무어 여자하고 놀러다니고 어찌고할 형편이 아니었기 때문이었다.

그럼으로 반가워하지도않은 사이에서 분주히 오락가락하는 문택호군의 꼴이 한편으로는 가엾을만큼 우습고 어떤때는 성가신적도 있었다.

내가 인순이를 처음 알게된것도 택호의 소개에 말미암었고 가치 놀러다니게 된것도 그의 덕택이라면 덕택이다.

동경에서 아즉 학교에 다니고 있었을때 택호는 나의 셋방에 살다십이 와있었다.

그가 있는 시부야(澁谷)에서 간다(神田)까지 (그 거리는 상당히 멀다.) 나를 차즈러 차도않타고 거러서 오는것쯤은 보통이었다. 그때의 그는 지금보다는 훨신 쾨할한 청년으로 보였다. 그가 창작하였다는 일본말로 지은 시(詩)를 가끔 가저와서 다다미에 등을대고 두러누어서 누가 듯거나 말거나 소리처 읽을때엔 철부지같은 귀염성까지 있었다. 그가 가난한 나의 살님을 침입하야 몇그릇의 밥을 빼았었어도 나는 결코 불쾌하거나 하지않었다. 오히려 일주일이고 이주일이고 한번도 안차저줄때면 궁금하고 보고싶었다. 그의존재는 나에게 대해서는 심심할때의 이약이 동무로 바쁠때의 일동무로서 결코 해로운것이아니었다. 그때도역시 코는 붉었지만,

그가 나와 가까이 하려든 이유를 들어보면

「나는 어쩐지 친구가없다. 내가 친하려들기전에 그들이 먼저 피해간다. 나는 못생기기도 하였고 돈도 없으니까. 그러나 자네만은 누구보다도 달으게 나에게 친절하다.」

는 것이었다. 그소리를 듯고 나는 속으로 내가 무얼 친절히 하였길네. 다만 그가 오는것을 거절만 안했을뿐이었만. 이렇게 생각했을때 외로운 그에게 치근한 동정을 느끼지 않을수 없었다.

일부의 사회에서 버림바든 사나히 — 그가 이성(異性)으로서 처

음 사괴게된 것이 인순이라는 여자였다. 그는 어느날 나의 하숙에 차저와서 나를 보자마자

「여보게.」

하도니 어적게 아모데서 여자를 아렀는데 그여자가 어쩌고 저쩌고 한참 입에 침이 말느도록 떠드러 대는것이었다. 자세한 것은 기억이 않나거니와 어째든 상당한 미인이고 인테리고 친절하고 매력이있는 조선여성임에 틀님없었든 모양이었다.

「날보구 놀너오라구 그리데. 자기도 아는사람이 별루 없어서 꽤 적적허다구. 그래 자네 얘기도 하였네.」

「내얘길 했어? 그래 뭐라든가?」

「가치 차저봐달나구. 어때 자네 한번 안가보겠나?」

하고 그는 내얼굴을 치어다본다. 나는 택호와사괸지 오래동안에 그때와같이 기뻐서 날뛰는 얼굴을 보지못하였었다. 잠시라도 그에게 행복을주는이가 있다면 만나보는것도 좋다고 생각하였다. 또 사실말이지 여자와 친이 하는것은 그다지 싫은일은 아니었다. 나는 벼란간 호기심이 치미러서

「그러세.」

라고 승낙하여버렸다.

날을 잡어서 그여자가 있다는곳을 둘이서 갔었다. 그러나 택호가 말하든여자와는 딴판으로 평범한여자였다. 나히있는 여자로는 좀 젊어뵈고 보통여자로는 좀 총명한듯한 눈을 가졌다. 좀더 달은점을 취하려면 처음맛난사람앞에서 매우 과자를 잘먹는 여자였다. 그러나 이런것도 아마 그여자가 과자를 조와하나보다고 생각하면 그도 역시 평범함에 그치는일이었다.

도라오는길에 택호는 그여자가 서울있을때는 모모여성단체에

간부로 있었다는둥 싀집한번갔다가 그가정제도가 너무 인습적이라고 스스로 이혼하고 나왔다는둥 지금 동경에는 조선여성운동에 관계할목적으로 온것같다는둥 …… 어데서 알었는지 그여자의 내력을 물흐르르듯 쏘다놓았다. 그러나 그가긔대할만큼 나는 신통한 인상을 못받었다. 다만 택호와친해진뒤에 다른사람처럼「태코 태코」하지만 말었으면 좋으리라고 생각하였다.

그런데 그런후에 나에게 아무런 이해가 없으리라고역였든 그여자가 그렇지 않게 되였다. 나에게 자조다니든 친구한사람 (문택호군)이 그뒤부터 별로 나를차저주지 않은일이다. 어쩌다 들러주는일이있드라도 그여자에대한 말이라고는 택호자신이 먼저 말하려고는 않앴다. 나는 속으로 제기 그꼴을하고 뭘 그래 하면서 끝끝내 그의 험상구진얼굴과 붉은 큰코를 경멸하고 얼마후에 그여자의 마낀물건때문에 택호가 팔자에없는 유치장밥까지 어더먹었다는말을 듯고 에이 고수해 한적도 있었다.

동경에있을때 이래서 리인순이라는 그여자와 택호와는 나하고 그리 사이가 가깝지 못하였었다. 그러든것이 요사이 서울서는 오히려 택호는 인순이와나와의 사이에서 멀니 떠러저 있게되였다. 아니 되래 인순이와내가 만나는데 편리를주는 없지못할 존재가 되고마렀다. 이런 것을 짐작못하리만큼 바보는 아니었만 그는 충실히 우리들의 모임(會遇)을 위하야 활약하는것이다.

동경에서 인순이에대한 최후의소식을 택호에게서 드렀을땐 인순은 상해로 갔었다.

택호가 맥없이

「조선에 잠간 나간다드니 요전번 편지에 상해로 떠나면서 못보고 가니 용서하라고 했어.」

하면서 매우 실망하는 표정을 하였다.

「왜 시나하나 읇으지.」

이렇게 히야까실 할려다 나는 참었다. 그와사귄동안에 그때와같이 애수에 잠긴 얼굴은 없었기에 —.

그뒤에 삼년이 지났다. 나는 동경사리다섯해만에 겨우 M학교 수학부를 졸업하고

「중등학교 수학선생」의자격을 증명한다는 조희쪽하나를 어더가지고 서울로왔다. 이 조희쪽을 간판으로 내세우고는 동분서주로 먹을자리를 쪼처다녔다. 그러나 결국 그것은 실업을 증명하는 조희쪼각밖에는 아무것도 못됨을깨다렀다. 오히려 지긋지긋하든 학생이라는 직업이 그리울만큼 나는 쓸쓸한 게다가 가많이 앉었지는 못할 그날 그날을 하숙에서 지나지않으면 않되였다.

그런데 한달쯤전에 어데서 굴너왔는지 택호가 도토리같은 자태를 나타내였다. 나는 취직이나 된것같은 반가움을 느꼈다.

「아 이게 얼마만야.」

「아 이게 얼마만야.」

누가 먼저 말한지도 기억않된다. 둘이 손목을붓들고 내방으로 들어갔다.

처음에는 보통 누구나 오래간만에 만난 친구끼리하는 말을 건넨다음 나는 이러스면서

「자네 술 허나?」

하고 물었드니

「좀 하지.」

「동경 있을땐 안먹드니 아주 변했네그려.」

「좀 변하기두 해야지. 첫재 내얼굴좀 보게 좀늙었나?」

하고는 딴은 전에 보지못한 턱밑에 잘잘하게난 쉬험털을 다섯손까락으로 어루만진다.

「조와졌는대 그려.」

「예끼.」

둘이 이말끝에 우섰다. 내가 잠간기다리라고 한즉 벌서 눈치를 채고

「고만두게 고만둬. 우리같은 룬펜이 담배만 피우면 족하지.」

하고는 마코를 끄낸다.

나는 우스면서 여전하구나 라고 그에게 들리지않을만큼 중얼댔다.

앞가개에서 정종을 두홉을 사가지고 안주로는 수루메(오징어말닌것) 와 과자를사가지고 들어와서 소위 고등룬펜다운 술상을 베푸렀다.

몇잔식 도는바람에 술에는 선수가못되는 우리들이라 상대를보아 넉넉이 자긔자신의빨개진얼굴을 깨달으며 과자를 깨물고 있었다. 이때에 나는 과자를 씹는다는데에서나 택호의보양에서나 일시에 동경서 인순과가치 과자를먹든생각이 났다. —— 동시에 인순이라는 여자를 연상할수 있었다.

「참.」

하고 내가 인순의 소리를 물으려할때 택호가 내말을 가로채서

「참.」

하드니 이어서

「자네 R이 서울와 있는거 아나?」

「R이 누구야?」

「상해갔든 리인순이말일세.」(이때 처음으로 나는 택호가 인순을 R이라하는 소리를 들었다.)

「글세 나도 그애길 좀 아러볼려 하든차였네. 무어? 어듸와있어? 서울와있어?」

나는 내자신이 부끄러울만큼 흥분된 기세로 물었다.

이튼날저녁에 택호와나는 그여자를 방문하려 집을나섰다. 여자의집을 방문하려면 낮보다는 초저녁쯤에 괜찬은 모양이다. 그여자가 구두를 닦어신지않은 사람을 멸시한다는 말을 들어서가 아니라 나는 구두를 반즈르하게닦고 고리속에 애껴두었든 넥타이까지 꺼내어매고 제법 차리고 나섰다.

가는길에서 택호는 무러보지도않은 그여자의내력을 쏘다놓았다. 그것은 대개는 그전에 동경서부터 듯든것의 되푸리였다.

나는 못들은체하고 일부러 거름을 빨리하였다늣쳤다 하였다. 택호도 빨리하였다늣쳤다 하야 끝끝내 나를 괴롭게 하였다. 나는

「그런데 지금 있는데가 누구집야? 하숙하고있나?」

하고 그여자의환경을 아러보려 하였다.

「응 저 즈이 아버지의 사촌의집이라나 그렇대지 아마.」

「그럼 당숙의집이로군.」

「당숙이되나?」

그는 모르겠는데 하는 표정이었다. 나는 당숙이란말도 몰나? 하는 표정을뵈였다.

「이렇게 모냥내서 R이반하면 어쩔라구 그래.」

하면서 택호는 제딴은 신통한말이나 한것같은상 싶다. 나는 속으로 이사람이 정말 병정노릇을 할려나 하였다.

이윽고 목적한곳까지 다었을때 우리들은 상해에까지 도라다닌 여자가 거주하는곳으로서는 (비록 제집이아닐찌라도) 뭇척 조박한 집을 발견하였다. 이르자마자 덮어놓고 택호가 들어섰다. 내가 주

츰하는사이에 택호가 되짚어나오드니 캄인 캄인 한다.

들어가도 상관없겠나 하는 의미의 눈짓을하였드니 보았는지 못봤는지 그저 오라읻 캄인 한다.

그러나 증문간에도 채 못드러스자 나는 정말 주춤않알수가 없었다.

마조 보히는 방문이 (그방이 그여자의방이라는 것은 직각적으로 아렀다.) 활닥 열리드니 젊은 여학생풍의 여자들이 아마 서너명 나온다. 그리드니 나와 어긋찌며(물논 나의 아래위를 훌터 봤으리라.) 무어라고 떠들면서나갔다. 나는 그순간 그대로 나도 나가버릴까 하는 생각이 불끈 솟았다. 택호가 밉살스러울만치

「캄인」

하고 재차 소래침으로 나는 예라 하고 불숙 드러섰다.

「우리새에는 다른동무가 오면 양보하는것이 보통이랍니다.」

이것이 그여자가 몇해만에 처음보는나에게 건내인 최초의 말이었다. 나는 실예하였음니다 하고 정면으로 그여자를 못보고 택호쪽을 보았다.

「앉이세요.」

「네.」

「방석까시고 편히 앉이세요.」

「네.」

「호호……」

「………」

나는 역시 택호만 보고 있었다. 어색하고도 야릇한불안이 나를 음습하였다.

택호가 손을 나에게향했다 여자에게향했다 하면서

「아마 두분이는 꽤 오래되시죠? 만나신지가.」

하였다. 그때에 비로소 그여자의얼굴을 마조보니 여자는 나를 똑똑이 바라보며

「아마 한삼년되죠? 제가 와세다 있을땐가 후까가와 있을땐가……」

「와세다 게실땜니다.」

나는 그제야 제데로 말이나왔다.

「참.」

하고 그여자는 우섰다. 택호가

「후까가와에는 조선노동자들이 만태죠? 거진들 경상도사람이 많대드군요.」

한즉

「동경에 오래 게셨으면서 왜 모르셨에요?」

하고 또우섰다. 택호도 에헤헤 하고 우섰다. 그다음엔 내가 모르는사람의 이약이 또는 소식에대한 말이 둘사이에 있었다. 나는 그동안에 방안을 삷여보았다. 방구석에는 책상이 하나 놓혀있고 그위에는 노랑꽃을 꽂은 화병이 있다. 경대옆에 조그만 괘짝이있고 그우에는 신문이 몇장 허터저있을 뿐이었다. 나는 실상인즉 그곳에서 상해에서온여자의방을 차저내려하였든것인데 그런것이라고는 아모것도 없는것을 발견하고 실망에가까운 놀냄을느꼈다. 더욱이 벽에 걸녀있는 밀레의 만종(晩鐘)을 보고 한참 그 그림에있는 젊은농부의부부를 바라보고있었다. 속으로는 코우슴을 치면서……

「상해에서는 무엇을 하고 게셨나요.」

나는 임이 택호로부터 방낭적이었든 그여자의 상해시대의 전면을 드른바 있었으나 일부러 드러보고자 물었다.

「상해에서는 학교를다녔읍니다. 일을할녀면 좀더 자신의 공부가 필요하니까요.」

그리고

「거기서는 긔숙사생활을 하고있었는대 조선여자라고는 저하나 뿐이었지오. 그런데 어떻게 친절하게해주는지 글세 밥반찬도 만난 것은 죄다 저한테가따주어요. 그러구 빨내같은것도 저는 손두못 대게 하구요. 중국여자들은 조선여자들보다 쾌할허구 솔직허구요. …… 감정적이아니구 이지적이구 소극적이아니구 적극적이애요.」

또

「아침에 이러나면 밥먹기전에 체육실에서 운동들을허구요 또 저녁밥먹구는 열시까지 자유시간이애요. 그때는 모두들 시가로 놀너 나가죠. 이시간에는 맘대로다니지만 신간만되면 제각금 꼭 도라옵니다. 자유적이면서 규률적이애요.」

나는 대체 이여자가 다녔다는학교가 무슨학교이길내 그리 굉장하며 아마 여사대학쯤은 되나요 하고 질문하려하였드니 또 댁호가 가로채며

「남학생들과 교재는 않험니까.」

하였다.

「왜요. 우리학교에서는 남자들이 긔숙사차저오는것은 헤이끼애요.」

「남학생들이?」

택호가 이렇게 반문하는것을 이번에는 내가 가로채서

「중국에는 남학생들도 쾌할하고 또 적극적이군요.」

하여버렸다.

「그럼은요. 호호……」

나는 이여자는 무던이 웃기잘하는여자라고 보았다. 다만 그여자가 다른 평범한 조선여자에비하야 손으로 입을가리지않고 웃는것은 아조 바루 상해에서 공부한 여자인것같은 감이있었다.

「밖에 산보좀 않으시렴니까.」

하고 택호가 제안했다. 사실 나도 이러한 게딱지같은 방속에서 시언치않은 이약이를듯느니보다. 길거리로쏘다니는것이 더 우리들에겐 향낙적이고 제일 상해상해소리를 않드르리라는 생각이 간절한판이었다. 이런때에 택호의 제안은 나로하여금 그런생각이 저치(彼君) 에게나니 제법이로구나 하고 감탄케할만큼 맹낭한 제안이었다.

거리에 나섰을때 그여자는 상해에서온 여자는아니었다. 보통 조선여자의하나였다. 더구나 아모 육체적으로 특수한 미 (美)를 가추지못한 그여자로 키가 훌적큰것은 별다른의미로 사람의눈을끄렀다. 나는 사람들이 나의넥타이를 반즈르하게닦은 나의구두를 치여다보지나않나하고 공연이 초조하였다.

택호는 본정을안가겠느냐 고하였으나 나는 조용이앉어서 차나마시자고하였드니 여자는 내쪽에 찬성하였다.

차집에서도 택호는 상해가어쩌니 동경이어쩌니 (거의 옆의사람들이 들니도록) 지꺼렸으나 여자는 게에대한 아모말도없었다. 여자란 제아모리 여러곳의물을먹어도 여러사람앞에서는 고요한것이로구나 하고 수집어하는것이 이런것이라면 나는 그것을 여자가 가진 아름다움이라고는 못하겠다고 생각도하였다. 나는 속으로 나의 남성됨을 찬양하고 택호군의 여성못됨을 탄식하였다.

그다음차레 만났을때는 우리들은 지나요리점에있었다. 지나요리에대한 강의가있었든것은 물론이다.

그다음엔 활동사진관. 삐비꼴푸장.

상해생활의이약이가 거의다되면 그여자는 교묘히 화재(話材)를 변하야 이약이하는것이었다. 여자에게만 식히는것도 예가않인줄알고 나도 무엇을 말하려하였으나 첫재는 자료에 곤란하였고 둘재론 그런것은 상관없다는듯이 그여자는 혼자 지꺼리는것이었다. 나는 마치 통속잡지의 넌센스란을 읽는것같은 감상이 있었다. 지리하고 건조한 하숙생활에는 이러한것쯤의 위안제(慰安劑)는 결코 해로운 것이아니었으나 그러나 이 유희는 가난뱅이실업자인 나로서는 너무나 비용이 많이 들었다. 그여자와 가치함에 반드시 그비용은 나나 그렇지않으면 택호군의 코무든 돈에서 지불되지않으면 않되였다. 여자로부터 이러한경우에있을때 경제적부담을 여자에게도 준다함은 사나히로서 부끄러운일이라는것을 잘알고있었다. 물론 택호없이 그여자와나와둘이만이 만날적도 있었으나 나는 별반 자미를 못느꼈을뿐아니라 그럴때마다 주머니의돈을 속으로 계산하고 있는것이었다.

나는 그여자와 만남이 심하게말하면 시간과 금전(얼마는 안되나)을 허비한다는것 이외에 아모것도 아니라는것을 확실이깨다렀다. 그러나 나는 우물속에 빠저들어가는것처럼 껄녀갔다. 이성끼리 어느 목적의식을 전제치않고「동무」로만 사귄다는것은 대개 이와같은 맛없고 떫은것이 아닌가 하고생각하였다.

나는 이성과의 접촉이라면 지금부터 다섯해전 나의 중학시대를 연상하지않을수가없다. 아침마다 학교갈때면 반드시 어느모퉁이에서 그를만났다. 마치 산시게(活時計)와같이 일정한시간에는 틀님없이 책보를 왼손에안고 삽붓삽붓 거러오는 그를 볼수가있었다. 서로 마주칠때는 눈만은 외면을하고 갈니는것이었으나 마음은 그의 거러가는 방향을 어데까지 쫓고야마렀다. 드듸어 나의 흥분된감정은 상당히 고조되었으나 끝끝내 아침에 만나서는 얼굴을 붉히는 이외에는 더나가지 못했었다. 십팔구세의 소년이던 누구나 경험할 수있는 유치한 연모를 일년동안 게속하였을때 나는 동경으로 향했다. —— 나는 이시점의 그 일음도 주소도 아지못하든 여학생을 지금이라도 넉넉히 눈앞에 그릴만큼 뚜렷이 기억하고있다. 어떠면 나는 그여학생을 풀아토닉한 사랑을하고있는지도 몰났다. 인순이와는 도모지 비교가 않되고말고 하고 아직까지도 그여학생의(지금쯤은 벌서 싀집가고 마렀을) 아담스러운자태를 생각해내면서 나는 나는 어엽브지않은 (예를들면 인순과같은) 여자란 얼마나 무가치한 존재일까하고 없수히 역이었다.

도대체 택호란 인물도 그러하다. 그때 (여학생에 애정을 느꼈을때) 에 택호같은 건달이라도 있었든들 여학상의주소쯤은 아렀을것을 —— 그러나 사실은 고르지못하다 —— 나는 지금 택호때문에 마음에도없는 여자와 타성적(墮性的)인 교제를하고 있지않은가.

나는 하로저녁을 곰곰이 생각한끝에 꾀를 어더서 어느날 그여자와 만났을때

「취직운동에 바쁘니까 ……」

라는 이유로 일주일에 한번식 만나기로 하였다. 그런즉 그여자는 나에게 가까히 닥어앉으며

「그럼 요담 목요일이군요. 그렇죠? 오늘이 목요일이니까.」

「네. 그렇게 되죠 아마.」

「그럼 어데서 뵈일까요. 문(택호)도 가치 할까요?」

「문을 먼저 저의집으로 보내시오.」

나는 무뚝뚝한 어조로 내어던지듯이 말했다. 여자는 그럼 그러

세요 목요일날은 다른데 나가지마시고 기다리세요 하고 졸느다싶이 말한다음에 꼭요 하고 다저놓았다. 그때에 나는 애원하는듯한 그여자의 표정을보고 이유야 어쨌든 이렇게까지 간절한 그에게 나의태도는 지나치게 냉정하지않은것인가 하는 가엾어하는 마음까지 생겼다. 이렇든 저렇든 꺼림직한 불쾌가 나를 사로잡고 놓지않었다.

내가 거의 잊고 하마트면 약속까지 어긋질뻔하였을때 택호는 차저온것이다.

나는 그여자와만나지않은 이 일주일동안 나에게 가장 중대한일이 이러났다. 그것은 오래동안 와신상담(臥薪嘗膽)하고 고대하든 취직이 가망성이있는듯한 자리가 났다는 소식을 들었든것이다. 나는 그말을 듯고 고대하고 또한 만반의 준비를하고 있었든것이언만 콩포심같은것이 치미러서 가슴이 두근거리고 흥분이되어 못견데었다. 나는 학교쪽의 아모개 신문사의 아모개 교회측의 아모개를 만나려고 글자 그대로의 동분서주를하고 도라다녔다. 그로인하야 나의 정신은 피곤할대로 피곤하였다. 그러나 그끝에 나에게 전한 말은 통지할때까지 기다리라는 신통치않은 소식뿐이었다. 허나 이 신통치않은말이 나를 무섭게 위협하고 조롱하는것이었다.

그럼으로 인순이란여자의 존재쯤 잠시 잊었다드래도 나에게 죄라곤 없다.

이 약속을 망각하였다는데대한 나의 회피적변명이 다음순간에 깨어지고 마렀다.

택호가 거러가면서

「자네 너무 소극적으로 놀지말게.」

한다. 그말이 무슨뜻이냐고 반문하였드니

「자네가 먼저 말을하면 R은 아조 결혼까지 할작정이데.」

나는 이말에 머리털이 읏슥하였다. 그러나 순간에 나는 정색을 하며 대체 무슨소린지 알수가없다고 골을내고 말했다. 택호는 내 말에는 상관없이

「아무리 뭣하대두 여자쪽에서 그런말을 먼처 하지는 않는걸세.」

하고

「언제 벌서 그렇게까지 되였나?」

하면서 누런 이빨을 내뵈였다. 나는 어안이 벙벙하야 반사적으로 그의얼굴을 치어다보다가

「난 실녜하겠네.」

하고 오든길을 도라섰다. 그는 어쩔줄을 모르고 나의팔을 붓들며

「이사람이 왜이래. 쓸데없이」

나는 그팔을 뿌리치며 그대로 걸음을 빨리하였다 그는 쪼처오면서 나를붓드렀으나 … 나는 더세게 뿌리치며 퉁명스럽게 노아 하고 달어나듯이 빨리걸었다. 택호는 더이상 쪼처오지않었으나

「그럼 지금말은 취소하겠네.」

하였다가

「하여간 만나서 직접 이약이 하게그려.」

하는소리가 등뒤로 들녔다. 나종에는 여보게 여보게 하는소리가 꽤 크게들니는것을 남겨두고 나는 보조를 더욱 속히하였다.

「훙 오늘이 목요일.」

나는 무한이 불쾌를느끼면서 이것을 핑게로 단연코 절교하리라 생각하니 무거운 짐을 버서던진듯한 몸가버움을 느꼈다. 핑게뿐이 아니라 정말로 인순이란여자는 돌맹이나 모래처럼 나와는 무관게

한 물건이 되고마렀다.

나는 이대로 집으로가면 택호가 되처오지나않을까 하는것과 오래간만에 혼돈된 머리를 가다듬을까 하는마음으로 집에는 안가고 종노통에서 본정통으로 거리를 헤메어 다녔다. 전등불이 몹시 환하다하야 컴컴한 정동 방송국앞거리와 총독부담을끼고 삼청동쪽으로 돌아보았다. 어데를 어떻게걷는지 모르게 헤메다가 종노뒷골목까지 왔을때 그곳에는 선술집이있고 그안에서는 왁자지하고 떠드는사람들이 술을마시고 너븨아니를긋고 하고있었다. 나는 홍분제를요구하고있는 내자신을 깨닷고 근심모르는듯한 그들에 한목끼워볼까하는 생각이 이러나서 쑥드러가버렸다.

서너잔을먹었으리라. 나는 얼근이취하야 술이란것도 과연 무조건으로 금할것은 아니야 하면서 선선한긔운이도는 첫가을의바람을아느면서 전동길에 드러섰다. 대관절 몇시나 되였을까 하고 시게를 보려하였으나 길가의상점들이 거진 가개를 드렸음으로 볼수없었고 상당이 느졌구나 중얼대며 집으로 향했다.

나는 방문을 왈칵 여렀다. 그순간 아 하고 소리칠뻔하였다. 방안에는 —— 아모도없는방안에는 그여자가 앉어있었다. 나는 멈츳하였다. 어쩔수없이 나는 문을 닫치며 들어섰다.

「인제 오세요?」

그여자의 말소리에는 전번과는 다른 수집어하는빛이 띄워있었다.

「언제 오섰소.」

하고 그여자와 만나기위하야입었든 양복을 그여자앞에서 버서거렀다.

「약주 잡쉈어요?」

「웨 얼굴이 붉습니까?」

하면서 나는 우섰다. 그러치만 그여자는 우찌않었다. 자세히보니 그여자의 의복은 전에보지못하든 화려한것이었다.

「문 한테서 무슨말 드르셌에요?」

「택호 한테서요?」

이렇게 반문하며 나는 아까의 택호가 한말을 생각하고 곳

「아—니.」

하고 시침이를 떼었으나 확근 하고 얼굴이 다는것은 금키 힘드렀다.

「……」

잠시동안 침묵한다음에 그여자는 고개를 드렀다. 그렇게하는 그여자의 태도는 비천한자가 우월한자앞에 황송해하는양 그것이었다. 나는 그여자입으로부터 장차 나오려는말에 어떻게 대답할까를 생각하고 당황하였다. 보니까 그여자의 눈에는 어른하고 눈물까지 감도는것이었다. 그리고 조금있으면 느껴울만큼 글성글성한 그여자의 눈은 내가 본중에 그중 여자다운 귀여움을 품고있었다. 나는 나까지 쎈치멘탈하게 되지않을까하고 얼는 말해버렸으면 시원하리라고 생각하였다.

「정말 아모말도 못드렀에요?」

「정말.」

「정말?」

「……」

「저 …」

하드니 결심한 모양으로

「저 수일간에 전 상해로가요.」

하고 다시 고개를 드렀다. 과연 그여자는 느껴울기까지는 않었

다. 그러나 그여자의억개는 완전이 물결치고 있는것을 나는 보았다.

「상해로 가시다니요. 왜? 무슨일로?」

「………」

「얼마동안?」

그여자는 대답을않했다. 그러나 다음순간 그여자는 평상시와같은 우슴을 우스면서

「그래서 작별차로 왔에요. 이래뵈도 꽤 쎈치해서 참아 어떻게하나 하고 문한테 다 부탁만하려고 했었어요. 그러다 용긔를 내어 뵈려왔어요.」

하고 코를쥐고 코를 드려마셨다.

나도 우스면서

「문이 뭬라고 안그래요?」

「아—뇨!? 무슨말요?」

「아무것도 안예요」

우물 쭈물 하면서 나는우섰다. 그여자도 따러우섰다.

나는 지금까지 가졌든 증오를씨서버리고 나를 저바리지않는 동무를 작별하는 마음으로 대하였다. 특별이 귀엽지도 않었으나 반대로 밉지도않었다.

「에그 느졌는대 어서 가야지.」

한참동안을 이 이약이 저 이약이하다 시간가는줄 몰났드니 그여자가 깨닷고 이러섰다. 더앉었으라고 말릴수도 없음으로

「그렇면 내일이고 모래고 한번 또뵈올수 없을까요.」

하면서 따러 이러났다.

「아이고 비가오네.」

하는 여자의말에 밖을내다보니 비방울이 전등불에 빛이며 반자

위에서는 벌서 투드륵 투드륵툭툭 부듸치는소리가 난다.

「어쩌나.」

하고 여자가 나의얼굴을 치어다볼땐 벌서 소낙비가 쫙 — 쫙 쏘다졌다.

「잠간 그치거든 가시죠.」

이렇게 내가 말한즉 어쩌나 하면서 하는수없이 그여자도 앉었다. 둘이는 잠자코 비소리에만 정신을두고있었다. 나는 이때에 우산 하고 우산을 깨다렀으나 그대로 비만 그치기를 기다리고 있었다.

며칠후에 나는 종노뒷골목 목노술집에 또갔었다. 인제는 택호와둘이었다. 술도 많이 마시고왔다.

택호는 술이 잔득취하야 방바닥에 큰대자를 쓰고 자빠저서 콧노래를 부르고 있었다. 다는 그 얼굴에다

「여보게 R이 아직까지 상해 않갓다든가?」

하고 물었다.

「왜 자네 몰르나? 여태 않간모양이데.」

하면서 또 콧노래. 나는 그를 흔들면서

「어째 않갔어? 응?」

「…… 흥 누가아나. 간댔다 않간댔다 허니까.」

그는 벼란간 벌덕 이러나드니

「나는 애초부터 R이 목적한게 아니라 다른 여자를 좀 어떻게 소개해줄까 해서 쪼쳐 다닌거야 그랬드니 ……」

하고는 벌떡 도로 잡버졌다.

「좌우간 가기는 갈테지? 상해간다는것이 거짓말은 아니겠지?」

여보게 여보게 하면서 흔드렀으나 그는 대답지않고 벌서 코를 골고있었다.

나는 조희쪼각에 연필로 선(線)을 그었다. 평행선(平行線)과 대각선(對角線)을 그으고

「똑같은 방향에 마조 빼더있으면서 영원이 억괴지못하는 평행선 한 포인트에서 억귄다음엔 반대방향으로 헤여지는 대각선.」

이라고 적어놓고 평행선우에다

「일음 모르는 여학생.」

한다음에 R이라고 대각선우에 썼다가 그조희알너 찢어버렸다. 그리고

「이 비러먹을놈의자식들은 통지해준다구만 그러구 언제 해준다는거야.」

하고는 취직일이 될녀면되고 말녀면말나고 코우슴에 담배를 천정에다 휘 — 하고 뿜었다.

옆에 누은 택호를보니 붉어진상판에 아조 붉어진코가있고 그아래에는 —— 누런이빨을 내밀고 딱 벌닌 입에서는 침이 께제제 흘느고 있었다.

風 浪 一 幕

韓 相 稷

때　지금

곳　江原道山僻間의 어느 漁村

人物

南長海　아버지　六十三歲

山出　둘째아들　二十二歲

陸生　셋째아들　八 才歲

錦珠　딸　十 六 歲

海得　맛아들　二十五歲

鳳 女　어場主 (해삼집) 의 딸　二十歲

崔參奉　朷老人　六十一歲

젊은 漁夫들　六, 七 名　二十三, 四, 五 歲

景 —— 漁夫의 집. 가을 느진저녁때. 三面左右背에 갈대울타리가 둘려있고 亦是 갈대로덮은 工壁집. 中央이 마루. 등잔이 켜있다. 左쪽으로 거적문단 부억. 右쪽이 흙壁방. 곳곳에 두름으로 뀌여너른 魚物이 걸여있고 左쪽 울타리에는 癈物된 그물이 덮여있다. 집 바루뒤에 버드나무가 서있고 마당右便길체로 두개三脚에 架를놓고 乾漁가 貧粗하게 두어두름 결여있다. 右쪽에 싸리문

擧幕 —— 長海는 무릅에 업듸여 우는 陸生이를 달래고 있다.
솨아! 물결이 바위에 부닥치는 소리가 요란히 들여온다.

長海 에히 - ㅅ 무서운놈의 풍낭이다. 이 사나운 풍낭이 어데서부터 밀여드는지도 모르거니와 또 어데로가는지도 모르고 사는 사람들이로구나. 내가 코를 흘이며 바다속에 마풀(海草)을 뜨더먹든 어린애적에는 그 억센 풍낭이 우뢰소리를 치고 달겨드는것이 몹시도 장해보이고 좁다란 가슴이 탁터지는것같이 시원도하였지. 그러나 육십평생을 두고 수백번의 풍낭과 싸우고 무러틀고하였으나 얻은것이라고는 하나도없이 이렇게 머리가 허엿케 시이고 눈이 캄캄해오는것뿐이로구나. 에히 나는 바다가 싫여졌다. 미워졌다. 치가떨이고 무서워졌다. 나에게는 무서운것밖에 남은것이 없구나! 나의 자랑이었든 장괘한마음. 억센힘줄. 이리떼같이 달겨들어오는 성난물결을 막어치든 그담찬기운이 이제는 죽어버렸구나. 아! 설다…… 그래도 나는 숨이맥히는 끝날까지 저 바다와 싸우지않으면않될 운명이란말이지. 생각할수록 무서운것뿐이로구나!

陸生 아버지 저 물소리를 드르세요. 오늘밤이 들기전에 암만해도 고기배가 드러오지 못할가봐요.

長海 육생아! 울지마라. 응! 벌서 사흘채니 오늘쯤이야 끝일지아니 우리는 귀신바위에가서 재를울리고 도라올배를 기다릴수밖에있니. 자 끝여라. 응. 착하지.

陸生 아버지 나는 무서워요. (몸서리를 친다.) 귀신바위에서 어제밤 비가 뿌리고 천동이치는데도 웃말 음전이가 창성(滄星) 이를기다리다 및어서 빠저죽은 귀신이나와 머리를풀고 목을놓고 울드라든데 —— 나는 않갈테야요.

長海 에이 어리석은 자식아! 너는 내아들이지 사내대장부가 않이냐 무섭긴 무엇이 무서워 너는 바다에서나고 바다에서 자라고 바다를 마음대로 뒤흔드를 억센자식이지 이번 형이나가 바다에서 죽거든 너는 반듯이 그원수를갑고 싸워이겨야지 않니! 그러고 사내죽은 귀신도 않이고 그까진 계집애죽은귀신이 멀 무서워! 자 울지말고 일어나거라. 응!

陸生 (머리를들고 일어난다) 어머니가 도랴가실때 너는커서 아버지나 형님같이 바다로가지말고 서울로가서 공부를 하여가지고 큰벼슬을하는 훌융한 사람이되라고 하시든말슴을 나는 언제든지 잊이않을터야요.

長海 않이지! 않이야! 그렇게해서는 않된다. 네어미는 일생을두고 바다와싸우고 극러듬따가 끝내 바다에나가 죽고말지않었니. 그래서 사모치고사모친 원한으로 귀여운너도 바다때문에 죽을까바 그런말이지 너는 어머니를생각하고 그원수를 갑기위해서는 화려한 서울로가지말고 바다로 가야만 하지않니?

陸生 그렇나 바다는 무서워요. 어머니를 데려가고 아저씨, 창성이, 그리고 음전이까지 죽이고 말지않었어요. 동리사람들도 헤일수없이많이 죽어버렸지요. (파도소리 요란하다.) 아! 저 물소리! 또 소리를 칩니다.

長海 에잇! 망할놈의 바다. (벌컥이러난다) 구렝이가 둥어리를틀고 흉업게 우는소리같구나! 악에바친 호랭이가 까닥없이 절벽에다 대가리를 맛찟고 어리석게 우는소리같구나. 그놈의 바다 그대로 망해버렸으면 …… (분노에 떤다)

참봉 (드러오면서) 흉헌날세다. 암만해도 재양이야. 무슨조활테지. 그렇지않은담에야 이럴수가 있담. (長海를보고) 참! 잘있군. 어떤변통을 꾸미든지해야지 가많이야 있을수가있나. 이길로 해삼집영감헌데로가세. 돈이얼마가들든간에 구조선(救助船)을 풀도록해야지. 이대로 둘수야있나. 가세. 가!

長海 모두들 죽던지말든지 난몰느네 나는 바다이야기는 다시않할나네. 나가지도않고 생각지도않고 보지도 않을테니깐!

참봉 아. 아 — 니 이게 무슨말인가! 좀 여차해졌나? 陸生아! 자근형은 새벽에도라왔다지. 그배는 무사했다듸?

陸生 네

참봉 그런데 어데갔니? (집안을 도라본다)

陸生 웃말로 갔나봐요.

참봉 어떻게 이사람들이 주선을 하두록해야지. 원 어찔셈이람. (초조해한다) 누나도 열애 않나왔니?

陸生 그럼문요.

참봉 (마루턱에서 일어나며) 심헌놈들이지. 동리왼통은 벌컥뒤집펴 아우성들인데 그래도 마을계집애들을 붓들어두고 일을식혀먹어야 속이편헌가. 그놈들의하는짓이란 고약하기 짝이없지. 사람들도 못먹는 생생한생선을 싸게사드려다 썩혀 거름을맨들고 그정(精)은 약을맨드러 서울다가 빗싸게 파라먹지 않나. 우리도 불상하지만 빗싼값으로 거름을사쓰는농군들도 절통헐 노릇이지 …… 이런말은 해무엇하나. 어쨋든 동리 팔팔한젊은사람들은 한마리도 안잽피는 고기를 자바볼까하고 생사모를 험한바다로 나가있구 더구나 색시애들은 그 거름맨드는데서 죙일 가처있지. 그렇니 동리일은 누구더러 허란말이람. (입맛을 쓰게 다시며 마당을 건일은다)

陸生 누나가 앗가나제 오늘은 반날만 하고 돌여보내달나니까 박기수(技手)가 벌컥뛰며 이달월급을 않주겠다드라나요. 그래서 누나가 울드래요. 뒤ㅅ집 간난이는 장질부사증세라고하면서 얼굴이 새ㅅ파랏케질여 도라오겠지요.

(此間二十五行畧)

陸生 아저씨 이밤안에 바람이 자지않으면 구조선이 간다드라도 형님배는 그전에 큰일이날껄요.

참봉 그럴는지도 몰으겠다. 참 걱정이다. 않될나니깐 헐수없어. 별로 키. 돗이 다부러진걸가지고 갈게머람. 남들은 튼튼헌배를 가지고가서 무사히 도라왔는데 지금까지 네형의배하고 장서방네배가 아직 안드러왔다드라.

長海 글세 그만들두어. 헛걱정을해 뭣하는가 말이야. 튼튼헌 키와돗이 죽고사는데 무슨 소용이야. 거저 운명이고 천벌이래도그래. 우리는 재양바든 사람들이야. 재양!

참봉 원 자네는 재양이니 운명이니하지만 별로 그날밤 않나갔드라면 좋을게않인가. 그것도 재양이고 천벌이야! 앗차 이르다가는 밤들겠다. 육생아. 아버지좀 부축해드리고 있거라. 여보게 좋은 계책이라도 생각하게. 그러지말구 그런

낙망은 벌서부터 할때가 않일세. (나간다)

陸生　아버지. (달여들며) 어떻케요.

長海　아아! 이자식이 죽지야 않었겠지

(間. 沈默 .)

(錦珠드러온다. 퍽 피곤한 몸動作.)

陸生　누나! (달여간다. 손을 쥔다.)

錦珠　아버지!

長海　느졌구나. 좀 배가 고푸겠니

錦珠　어빠 안왔지요. (先意로) 어찌면 좋아!

(멀이서 여러사람소리 들인다. ○人 아희. 장정의 뒤섞인 소리.)

長海　저게 무슨소리냐?

(점점 急○로 들인다.)

錦珠　지금 제가오다가보니까 깨진배쪼각이 떠드러왔는데 어데서온사람인지 모를시람이 그 배쪼각에 정신을잃고 쓰러저있다고들 야단이겠지요. 다른데사람이 물에쫏겨 밀여드러온가봐요.

長海　에이 지긋지긋하다. 또 배하나가 바위에맛찌여 깨진게로구나. 내 가서 ― 보구오마. 　마음놓고들 일즉이 자거라.

(나간다. 男妹 한참이나 바라본다. 마루에 男妹걸터앉는다.)

陸生　누나! 나는 이렇게 무섭고 사나운바람이 부는날밤은 작구만 어머니 생각이나서 못살겠어. (두손을 눈에대고 운다.)

錦珠　그래도 울지는 마러야지! 울지마라. 응! 밤사하에 어빠가 도라오고 바람이자고 날이개이고 따스러운 해가뜨는 아

침이되면 우리는다시 기뻐지지않겠니! 그렇게 울여고만하면 않돼. 응! (동생의머리를 쓰다듬어준다.)

陸生 어머니는 날더러 고기잡이가 되지말고 글아는 훌융한사람이되라고하셨는데아버지는 나더러 작구만 또 어부가 되라고 그르겠지. 무서운 바다도 않무서운체하고 힘을내라고 그르겠지. 나는 바다가 무섭고 보기실허 죽겠어. 또 자미없어. 어부는 아무것도모르고 거저 바다에나가 고기색기만 잡어다가 그날그날 먹고살지않어. 그게 무슨 훌융하고 장해!

錦珠 그런게않이야. 네가 훌융헌사람이 아직않이니까. 바다가 무섭고 보기가싫은게 않이냐. 훌융헌사람은 바다가 무섭지도않고 보기싫치도않탄다. 큰기선을타고 이리저리 놀러단이는 그런 훌융헌사람은 서울에는 만탄다. 그러나 기선도없고 돈도없이 아버지같이 어빠같이 큰바다에 떠다니며 무서운 풍낭을 처없세는 그런 훌융헌사람은 서울은 없지않어. 우리육생이는 훌융한 바다의 사람이되지.

陸生 나는 훌융해지고싶어 맘대로하고싶어. (錦珠의 치마무릅에 업덴다.)

錦珠 그럼 되구말구. 저까짓바다, 저까짓풍낭, 저까짓폭풍치는 밤이 멀무서워. 육생아. 그렇지. (놀래며) 아니? 애가 자나! 잘자라. 응. 아무생각도말고 잘자라. 응. (머리를 쓰다듬어주며 하늘을 치어다본다.) 오! 하늘이시여! 저사나운 바람이 멈추고 무서운 파도가 잠이들고 둥우리를잃은 물새들이 제집을 차저가는 밝고 따스한 새아침을 주십시요. 어빠! 어빠!(幻覺的으로 …… 고요히 이러나 陸生이를 안고

방으로드러간다. 잠이든다.)

山出 (숨을죽이고 드러온다. 鳳女 울타리밖에 섰다. 보ㅅ짐(行具)을 드렀다. 주저주저한다. 보ㅅ짐을 감출여고 애를쓴다.) 錦珠야! 자늬? (나즌목소리. 약간 떨인다. 鳳女를보며) 앉게슈. 드러오우. (집안을 살핀다.)

鳳女 (아무말없이 마당에 드러선다. 보ㅅ짐을 마루밑에 감추운다.)

山出 잠간 기다리우. 그리고 밖앗을 좀…… 바지, 조고리한벌하고 신한켜레만 차즈면 되니까.

鳳女 (疑訝에질이여 집안을 휘휘 둘러보며 넋잃고 앉었다. 그대로 쓰러저울기시작한다.)

山出 (뛰여나오며) 여보! 여보! 쉿! 이게 무슨짓이요. 아니 왜 이러우. 응! 남이드르면――(황황한 눈으로 집안을 돌나본다.) 다된일을 왜더 참지를 못하고 그리우.

鳳女 까닭없이 울고만 싶어요. 지나간일 또는 앞으로할일이 무서워지고 슬퍼저요.

山出 왜? 이 약한소리를하우. 응. 여보 쉬-ㅅ 끈처요.

鳳女 노아요. 실컨울게. (늑긴다.)

山出 여보 왜 이런일을하우. 응. (焦燥하다) 당신은 나보다 더 강하고 더 담찻지 않었오.

鳳女 나는 약해요. 도무지 그런일을 못할것같고 또 해노은일이 무서워졌어요.

山出 그러면 이 저즈러놓은 일을 당신은 모르겠단말이요. 그래서 나와 약속을 깨트리고 다시편안하게 집으로 도라가겠단 말이요?

鳳女 않이요. 그런것도 않이여요. 그런것 저런것을 나는 생각할 만하여지지도 않었어요. 거저 마음이 서늑해지고 울고싶을 뿐이야요. 왜 그런지도 몰나요.

山出 그래서 당신이 한일, 내가 저즈른일을 따루따루 갈너놓고 이다음에 세상에 탈로가나드라도 각각 저의죄만 차저가진잔 말이지 머요!

鳳女 (놀래면서) 여봐요. 왜 그런 좋치않은 말을해요. 이제보니까 당신은 내속을 참으로 아러줄수없는 사나히구려. 더 말을 마러요. 울고만싶흐니깐요. (다시 쓰러진다.)

山出 이거 왜 이런짓을 하우. 남이보면 우리는 여보! 여보! 이만큼 당신속을 아러주고 이만큼 ○○을 하여왔으면 그만이지 더 어찌란말이요

鳳女 아러요. 그건 아러요. 그러나! 그러나!

山出 그렇면왜 이렇게 약한짓을 또 내눈앞에서 하고있오. 응! 당신은 나를 지난날에 고통을 주었고 그리고 못할일을하게하였지않었오. 그러나 앞날에 믿는 사람이되리라고 멀지않은 몇일전 저녁에 그렇게 말하지않었오.

鳳女 그런말을 또 되푸리할것은없어요.

山出 나는 당신을 어렸을때부터좋와했다는것을 잘 알지않소. 그러나 내형은 당신을 빼았고 나를 미워했오. 더구나 지난봄에와서는 내눈이 생생한앞에서 내형은 당신과 언약(言約)까지하고 말었지않었오. 그때부터 나는 내형을 원수로 역이었고 틈만있으면 죽일여고 애를 썼었오. 그것을 당신은 나에게 쾌히 승낙을하고 이번 풍낭이 일기전날밤에 내형을 죽일 게책까지 가르켜주지않었었오. 그때나는

당신이 나를 형보다 더 속에다 품고있는것을 나는 좋와서 내형을 ── 내피가섞인 형을 죽이고 도라온것이 않이요. 나는 멍텅구리도않이고 및인놈도 않이었었오. 나는 오즉 당신을 빼앗겠다는 욕심뿐이었지않었었오. 여보!

鳳女 여보. (나즌목소리) 누가 그런 말을 하랬오. 쉬-ㅅ 누가드러오면 어째요. 조심해요.

山出 (표정을 박구어) 그런데 지금 당신의짓은 도모지 알수가없구려 왜 그러우?

鳳女 무슨 생각을했든것이않이었구 우리둘을위해서는 맛당이 헐일을 했지요. 그러나 사람을 죽인것과 또 이어촌사람들은 이어장하나때문에 사러나가든것을 우리는 몰래 비료회사에다 파러먹고 도망가는것이 암만해도 앞날이 좋지못할것같고 무서워저요.

山出 우리는 지금 그런생각을할때가 않인것을 왜 이젔오. 응! 우리에게는 인정(人情) 이라든지 가엾다든가 고생스럽다든가는 벌서 잊어버려야할것이않이요.

鳳女 내일부터는 이마을사람들은 여태까지 맘대로잡든고기도 못잡고 굶고, 울고 우리를 원망하고 죽을것이지요.

山出 그러기에 우리는 이 굴머죽어가는 마을을떠나 서울로가자는것이 않이요. 이밤이 밝기전에 우리는 서울로 가야하우. 당신의아버지가 돌아오기전, 동리사람들이 풍낭이무서워서 떨고있을동안 우리는 이마을을 떠나야만사우.

鳳女 우리는 가다가 죽을것이지요. 사람을 죽인죄, 동리사람의 어장을 파러먹은죄, 그리고 우리들의 더러운짓 …… 꼭 죽어야해요. 죄지요. 죄야요.

(퉁탕거리고 달이는소리 요란하다. 울타리뒤로 달인다.)

어린애소리 엄마!

여편네소리 바위야!

젊은 여편네소리 학삼이네요?

壯丁의 소리 배가 드러왔네! 배가.

壯丁의 소리 정서방네배야!

다른壯丁의 소리 모두들 사렀나?

여편네소리 칠성(七星)아! 칠성아!

(山出과 鳳女 떨며 껴안고 앉었다.)

山出 여보! 당신은 먼저가서 싸리고개 아래서 기다리우. 잘 피해가야하우. 곳갈께.

(鳳女 보ㅅ집을들고 다러나간다.)

(間. 山出이 默默히섰다가 따러나간다.)

(長海와 참봉 드러온다.)

長海 암만해도 죽은자식이지 그렇지않은담에야 남의배는 다드러왔는데 그자식만 않올이가있나. 애비는 오장을태워가며 차저도 하늘은 무심하구나. 이십여년을 살을찢고 피를뽀바가며 길러낸공이 이렇게도 무심히 스러질수야 있단말인가?

참봉 (先意를 하면서도) 아직도 모르느니. 새벽에 배가 달는지아나.

長海 오긴 멀와. 꼭! 재양이야. 천벌이야! 해마다 팔팔하고 또령또령한 젊은사람이 세넷 않죽은해가있나. 게다가 요 글래(近來)로는 한달이 가기가무섭게. 불이나지않나. 이번에는 홍수나 않날지모르지!

참봉 지난달 정첨지딸의 바루 혼사날말일세. 그렇게 패등패등 하는 애가 가마속에서 배아리(腹痛)가 치미러서 혼인집이서 송장을치든 생각을해보게 그나그뿐인가. 요 여우같은 음전이년이 창성이와 배가맞드니 그녀석이 덜컥 죽고나니 및어서 야단을하다가 물에빠저죽지않었나. 어쨋든 계집애죽엄이란 불길해. 불길해!

長海 나는 이놈의 재화(災禍)가 끈칠때까지 기다리고 싶지는않으이 어서 죽든지해야지!

참봉 인젠 이저버려보세. 암만 속을태웠자 생기는일이 있을이 있나. 그런데 애들은 자나? 산출이는 죙일 볼수없으니 어델갔나?

長海 개두 형때문에 분주히싸다니느라고 않드러오나보지 아까 구조선을 띈다고 나간것이……

참봉 웬 구조선은. 해삼집영감이 닷새전에 온천(溫泉)에를 갔다고 아까 갔다가 거냥왔는걸. 팔사는 그반큼은 돼보아야 할텐데.

長海 그렇면 이자식이 어델갔을까. 이제는 자식이라면 간장이 성큼성큼 물러앉고 뼈쌀이 조라드는것 같애서……

참봉 그러나 평생동안 자식구경하나 못해본나는 앳구눈에 언챙이기루서니 자식하나만 있어봤으면 원이없겠네. 허허……

(群衆의 소리. 요란하다. 그 소리 더 激惡된다.)

(달여드러오며)

村一人 산출이란놈을 내놓으시요.

村衆 끄러내라. 그 죽을놈을……

참봉 이사람들 왜들이르나 말이있건 조용이 함세그려. 산출이라니 멀 저즈렀나?

村一人 아저씨는 왜 이 어리벙한 소리를 하시유. 아저씨도 무슨 한차레 어더잡숫는 목이있오.

長海 여보게. 학순이. 무슨일에게 그렇게 안된소리를하나.

참봉 여보게. 자네가 나는 어찌보고 그리는 말인가. 이렇게 급한때는 어른도없고 애도없나. 에이 버릇없는 놈들. (침을 탁탁 배았는다.)

村一人 있는데만 대요. 난 그놈만 맛나면 그만이니깐.

長海 이사람아. 말을해봐! 왜 그렇나 소름이치네그려!

村一人 그렇게도 재곱처 듯고십우. 그놈은 봉녀란년을 꾀여서 어장소유권을 (所有權)을 다른데다 넘기고 말었오. 우리는 그소유권이 누구에게로갔는지 그것만은 몰느우. 그뿐이요. 그리고 우리네중에서 제일 충실헌 사람이였든 해득이를 그간사한놈 산출이란놈이 삼섬바위에서 내려굴여 죽이고도라와 봉녀란년을 빼아서가지고 어데를갔는지 모른단말이요. 무슨낮으로 또 듯자는것이요.

長海 무엇이? 학순이 여보게 학순이 이게 바른정신으로 한말인가. 여보게 학순이! (우름을 뿜는다.)

참봉 해득이가 죽어! 그러면 저 폭풍때문이 앓이였단 말이지! 에이 악한놈 악한놈! (全身을 떤다)

長海 정말인가? 정말인가? 앓이지! 앓이야! 산출이란놈이 어찌 제형을 그렇게 했을이가있나? 이놈들아. 어서 펄적 물너가거라. 가거라. 가! (작대기를 휘들으다가 쓰러진다.)

한漁夫 그년놈들은 지금쯤 홍수천 개울을 건느고 있을것이다. 그년놈이 건느기전에 잡어야한다. (群衆 와 하고 몰이여

나간다.)

그때 海得의屍体 들것에담기여 드러온다.)

(나가든 群衆 고개를 숙이고 따라드러온다.)

長海 해득아 왜 이런 몹쓸 재난을 받었느냐. 애비의죄다. 애비의살이 애비의살을 죽였군아. 네가죽은게 않이라 애비가 죽은게로구나. 애비의뼈가저리고 피가쓰리다. 해득아! 갓구나. 바다에서 얻어 바다에서 잃어버리였구나. 울수도 없구나! 우슬수도 없구나. 어이구 이 자식아! (長海 屍体에 업데여 늑긴다.)

(먼동이 터온다. 점점 밝어진다. 一同 東쪽 曙光을 본다.)

(海得의屍体 들것에담기여 나간다. 천천히…… 群衆슬픈 거름을 옴겨 따라나간다. 長海하나만 남는다.)

長海 (하늘을 우르러보며) 해득아! 산출아! 금주야! 육생아! 너는 다 내자식이다. 형제였지. 같은 피였었지. 그러나 (此間二行略) 왜 죽이고 싸우고 우느냐? 비다야! 너는 내평생을두고 고생과 굼주림을 끝일새없이주었지. 그런데 왜 아지껏 그 사납게 노한 얼굴을 풀지않느냐. 다다 지나갔다. 저 바다의 풍낭은 이제야 끝이였구나. 해가솟으면 바다물은 금빛이나고 그전과같이 갈메기떼가 날겠군아. 다지나갔구나. 바다는 고요하구나. 아! 슬푸다. 왜? 나는 풍낭을 이저보지 못하는가. 이자식들은 다시 인생의풍낭을 일켜 놓었군아. 풍낭아! 풍낭아! (쓰러저버린다.)

—— 고요히 莫이 나린다.——

作 品 要 素

規定은 廣範한 文學範圍에서

取捨는 一任할것

(但 返送은 返信料添付에限함)

期限은 九月末日

發表는「三四文學」第二輯

三四文學
第 二 輯 頒 価 拾五錢

昭和九年八月十二日印刷
昭和九年九月 一日發行

京城府○松洞四五 番地
編輯發行兼
印 刷 人 申 百 秀

京城府壽松洞四五番地
印刷兼
發行町 三 四 文 學 社
電話 (光) 一 九 一 七 番

京城府寛勳洞四五番地
販穀所 北 星 堂
振替 (京城) 一 六 O 八 二 番

「3 4」의 宣 · 言

그림 · 현 웅
글씨 · 풍 연

三 四 文 學

2

同　　人

金	元	浩
백		수
劉	演	玉
李	時	雨
李	孝	吉
鄭	玄	雄
趙	豊	衍
韓		泉

三 四 文 學 · 十 二 月 · 第 二 輯

表紙	鄭玄雄
扉繪	申鴻休
CUT	PICASSO

第一人稱詩	李時雨
CROQUIS	鄭玄雄
風景	張瑞彦
프리마돈나에게	韓泉
떠도는·他一篇	백수
九官鳥	崔暎海
가을	劉演玉
가을의 마음	洪以燮
幽靈	杜春

第一人稱詩

李 時 雨

내가ソノコ하고제비초리의이야기를하고있으면, 나의제비초리의三人稱의悲劇

제비초리는가을이면은가을이기때문에슬픈것이라고, 나는ソノコ한테슬픈제비초리의辨明을하는도다. 肉體를稀薄히하는나의形而上學이두려워서, 나는나의피의不純함을슬퍼하고자눈물을내일냐고, 작고만작고만하품을하는도다.

續

李時雨

아아나의永遠은나의조을님속에季節같이숨었는도다.
아아나의 a priori 는소나무처럼작고만작고만成長을하는도다.

CROQUIS

鄭 玄 雄

日 記 帳

지난날의 畵布는
灰色의 monochrome
오늘은 煩惱위에
거짓의 우슴짓는 漫畵입니다.

郊 外 寫 生

彩色과 妄想의 陶醉에서
문듯 깨여보는 視野에는
낮서른 田圃의 바다와같은 沈默입니다.

길

해(歲)前에 헤매이든 鋪道위에서
그때에 남겨논 나를 맛난다.

안개를거름

圓形의 空間이 나를 따라 움즉인다. 固定된 距離를
가지고……都會의 點景이 나의 獨占한 空間으로

뛰여드러왔다 瞬間에 사러진다. 나날의 生活과같이.
나는, 나를 둘러싼 두터운 힌壁속에 原始의 恐怖를
느끼며 걷는다.

風 景

張 瑞 彦

I 露 西 亞

敎會堂도 없구
달빛멋없는
西伯利亞
눈벌우에서
어느 젊은 女子 하나가
쓸 쓸 한 밤에
마라손 練習을하고 있드라.

II 박

바람 부러
거스러진 새ㅅ대집웅은

고요한 달밤에
박하나 낳았다.

프리마돈나에게

韓 泉

훌륭한 自由主義者인 프리마돈나
그이는 갈닢욱에 매친 이슬이라오.

고 - 에로스가 꿈꾸든 구름다리욱에서
스톺 돈나의 하늘거리는 두 觸手.

意志어린 「센스」가떠러트린 로맹의海水浴場인「라벨」은
벌서음분한香水를 「레반」골작이에 解放시켜주었고
「시로암」의 湖水가꿈꾸든 두눈욱에 어리인온세계는
외로히버림받은 이니스프리의 「루비」의 탄식이라오.

그대 호젔한 마음의 부푸른港口에뜬 배 하나
어느듯「파드론」은 바다바람이 안어다 준다오.

—그날

아폴로의 붉은정열이 행복한타임을 프레센트할때
그와나의 「세-즈」는 먼 야자수그늘이 고향이었고

그 「이데아」는 天上의美가 예기하다 지친
푸른 칸파스욱에서 새로운 「경윤」을 이루어나간다하오.

1934. 8. 1 동경에서

떠 도 는

—눈뚜덩이 부푸러 오르려고

백 수

마음의 틔끌이
회오리바람을 닐고
아무러가는
딱정이를 덧처놓아
두근대는 가슴에
볼모없이 낯을 불킨다.

잊으려 자리에 누어
불을 죽이니
어둡다.
지나친 일이 되처닐며
귀ㅅ가에 맴을 돈다.

—三四. 五. 十二

어느혀의재간

백 수

두멍진 못가에
반반한 널쪽을 띄여놓고
낡고 헝크러진 그물을 더듬어
침을 튀기니
삭어난 곳이 번드렇게 멕구어 지더라.

고기떼
솔깃하야 몰켜드니
니는 거품에 꼬리를 내휘저
당겨올림에
삭어난 매듸임을
거들떠볼 겨를도 없어라.

—三四. 五. 廿四

九 官 鳥

崔 暎 海

이사나히는 故鄕을잊은 永遠의放浪客이요.
제애비는 佛蘭西人, 제 애미는 米國人──.
한동안 內地人의 戀人도 가져보았소

「나의 동무야 나의 兄弟야」 先覺者인 이靑年의
얽매인 聲帶가 空氣를 振動시켰소
그러나 中國말을드를 줄아는 이웃을 못가졌소
옆집의 색씨가 딴전을보며 「오하요-」라하오.

──三四. 九. 十九

가 을

劉演玉

시냇물 소리는 明朗한 合唱隊의 노래
漂母인 마을 處女들은 아름다운「피아니스트」

살랑거리는 가을 바람에 調和된 그 노래는
언덕을 넘어서 넓은 들로 울리여가네

노래의 聽衆은 고개숙인 벼이삭
먼-山우에 흰구름도 醉한듯하구나

어느새 하아얀 옷들이 풀우에 널리고
「고바르트」한울은 더욱 높아지네.

——三四. 九. 八

가을의 마음

洪 以 燮

가을하늘, 높이 구름이간다.
일그러진 마음의한구석에서
또 오늘도다른생각을하랴──

핥고가는찬바람에
할티운내마음, 가노라
떠가는구름따라, 저-地平線까지

希望없는하늘의憂鬱함이여
오늘도「파우쓰트」의 책장을넘기노라
타분한몬지속에서

상우 한울빛물병에꽂어
코쓰모쓰의죽어간자최
말없는가을의骸骨아 !

코바르도뿔류빛을좋아하던
明朗한그날의마음
잊어버린오늘은灰色의담墻

끝까지맑게개인午後
仁旺山곱은城가에서

西쪽저멀리 빛나는黃海를그리며보았노라

半百의안타까운눈물의人形이여
이루지못한제마음의呼訴는
가을비오는밤의버레소리

幽 靈

杜 春

色과灰色의明暗
骸骨과妖女의錯亂
陰濕한小路의神經을밟어
吐瀉의感觸을즐겨하려니──
哄笑와喊聲이 아우성치는곳
속삭임이 궷빰을 재거려
妖笑하여-咆哮하는野獸를 抱殺하였노라
亂舞하여-懷疑의 波紋에 入水하였노라
오 밤의幻像을受胎한 亡靈이여
아장거리는步調여──
밤을 낮을 삼고
낮을 밤을 삼어
萬象이잠든夜半에
붉고푸른 街燈의 거리에 나타나리니──
빩안 장미의嬌態
海艸의誘引──
(鐵路우에 달리는車輪의 發作이여)
보라, 宿命의 夜陰에핀, 장미의造化를──
白蛇같이 늘어저 빛나는 神經의腐爛을
아 幽靈이여 太陽을 아느냐 !
솟았다지는
永遠한 永遠한 日月의 反復을.

──三四, 八, 三──

傷 春 曲

金 大 鳳

1 相 殺(兩面生活)

地球가 돌때
나도 돌고
流星이 흐를때
나도 흘러
넘나드는
스믈다섯고개 넘고보면
짝없이 고단하이
아마 앞뒤삶의 상쇠함이런가

2 幻 影

이제는 아무것도 없다
남었다야
눈물의 거림자
괴롬의 거림자
부끄럼의 거림자
학대의 거림자
모욕의 거림자
멸시의 거림자──
내사랑의 決算──그가 남겨두고간 선물

나는 이선물을
「憤」이란 포장에
싸둘밖에 없다
하루에도 몇분씩 헤이다가
싸둘밖에 없다

3 葉書한章

안해 아들 또한 내모-든것을잃은
나의게 무엇이 있으리까

전날에 나를 안다는 나의 외질에서 온葉書한章
放浪客처럼──
나의 보켙트에서 딩굴며있다.

아름다운술을虛空에뿌리노니

金 海 剛

1

밤이다.
가장 妖艶한粉粧으로 毒蛾와같은 나래를 펼처
모든 人類의心臟을 뽑아 마시든 大都의넋은
죽은太陽의 巨大한屍體를 않고 大地우에 고요이 누었다.

太陽의 적은子孫들──
　先祖들이 찾다가 버려둔 光明의 骸骨을 찾으려
　턱을 괴이고 포닥포닥 묵은책장을 넘기든 힌 손까락들도,
　貴重한 노래를 개천에 흘리고
　새로운 曲調를 주으려 몸지앉은 길ㅅ바닥을 쏘대든
　어린 도령들과 아가씨들의 눈瞳子에 켜진 초롱ㅅ불 들도
苦悶하는 밤大都의 거세인呼吸에 간얇히 떨리는구나.

2

무덤같은 잠꼬대에 四肢가 구더가는 밤大都의 상파닥을
호올로 守護하는 街路燈의 졸음을 좇는 눈瞳子여!
蒼空에 벌려진 아름다운星座의 어린姉妹들은
네 눈섭우으로 푸른 실안개를 고요이 풀어 보내는구나.

허파를 바수며 허덕이는 밤大都의 적은넋들이여!

이포로의 적은 활들을 들고
너의들은 어데로 다라나려느냐.
巨大한 네母體의臨終을
너을들은 그대로 차버리고 떠나려느냐.

世紀의자루를 바로 박으려든 헛꿈도 이미 깨어졌거늘 ——
새벽의都城이 너의들의 발끝에 문허진줄을 아즉도 깨달찌 못하느냐.

3

검은 짓이 거치고
수없는 아침이 들窓을 열어 젯길때
피 방울이 깨어진 너의들의 얼굴을 또 보아야만 할지니
千길 구들속같은 내가슴의 답답한 傷處를
들여다 보기도 이제는 싫다.

높은 뫼에 올라
밋친우슴을 치며 虛空을 울어러
내, 아름다운술을 뿌리노니 ——
그리하야 손질하여 너의들 적은 넋을 불으노니——
그대들이여 !
醉할지어다. 길이 醉할지어다.
太陽의巨大한屍體를 안은채
길이 素服한 푸른寢臺에서 깨어나지 말지어다.

落照에물든구름

늘 샘

지난해여름에 여러동무와함께 玉女峰을찾어
蛇梁바다를 건느면서 읊어두었든것이다.

落照에 물든구름 壯하고도 妙하고나
壯하고 妙하더니 있다도로 없어지네
自然의 無限神秘를 여기서도 보옵네

뭉이고 헤여질젠 나무요 山이러니
올으고 나릴때는 물결이오 즘생인데
빛마다 짙고엷으니 뵈다마다 하노라

바다로 나리는듯 하늘들 올라가고
하늘을 올으는듯 바다로 나려오다
되도라 제자리선듯 오고감을 몰을레

偶感二首

李孝吉

모를건 世上事라 조히한장 새에두고
바람낚는 사람사리 눕가에 낚줄치니
왼종일 띄노름만이 까물까물 하더라

銀杏꽃

李孝吉

三更 깊은밤에 피지다는 느지램이
우물가에 지는꽃을 어느 뉘 보았던요
본사람 없으오련만 보았다 들 하더라.

三四.10. 全州갔던길에

秋　愁(破格二章)

金 道 集

날마다 저녁이면 뭉긋이 돋든달이
날마다 처다보곤 밤새며 울든달이
아직도 아니뜨시나 어이할꼬 이밤은.

X

벼루에 먹장갈아 써볼까 찍어든붓
가득타 햇소리만 없음어찌 하리이까.
무치면 또말른것이 왼밤이라 합내다.

—— 一九三四年十月 廿九日 ——

發映聲畵藝術의 根本問題

韓 秀

1 發聲映畵는 無聲映畵의 藝術的發展形態인가?

藝術로서의 發聲映畵를 考察하는데있어 第一먼저 明確히하여둘것은 無聲映畵로부터發聲映畵에의移行이決코一部分의사람들에게依하여 至今까지믿고잇든것처럼 藝術로서의 映畵의直線的發展의結果가아니고 藝術的으로서는 어쨋든지 一個의飛躍이라고하는것이다. 이것은다만 藝術로서의 發聲映畵를理解하는데 必要할뿐아니라 이새로운技術的可能性우에 저기에 固有의新藝術을 發展시킨데있어서도 絶對必要를느끼며 極端으로말할것같으면 發聲映畵의藝術的理論은 實로이點에關한 明確한認識으로부터 出發한다고하여도 過言이아니다.

勿論無聲映畵로부터 發聲映畵에의 移行이라하는現象을 如何히理解할것인가하는點은 映畵의 有音化의傾向이 事實上一般化되게된 一九二 八年一二九年에벌서 그들의 사이에있어서 大端히 興味있는 問題로서 結局 二元論에對한 一元論의勝利라고하는結末을取하고 하여튼지 여기에 對하여서 大體로서는 解決된것이었다. 그러나 一元論이라든가 二元論이라든가 하는것은藝術的立場으로보면決코充分한 解決은아니었다.

一元論이라하는것은 無聲映畵로부터 發聲映畵에의移行을가지고 至今까지無聲映畵의 段階이있었든映畵的잔류의 藝術發展의 必然的結果라고 主張하는것이고 다시말하면 發聲映畵는 無聲映畵보담一段完成된 映畵藝術의 直線的發展形態이라고 解釋하였다 그러나

이一元論은 다음에 詳細히說明한것처럼 明確하게 映畵에있어서 所謂「藝術的發展」과「技術的發展」을 混同하고있다. 거기에比較하면하여튼 無聲映畵의 技術的基礎우에는 그의特有의藝術的쟌루가 成立한다고하면 發聲映畵의 技術的基礎우에도 또한거기에 適應한 新藝術的쟌루가 成立할것이다. 따라서 無聲映畵와 發聲映畵는 적어도藝術的으로 獨立한것으로 훌릉히 兩立할것이라고 說明하는 二元論의 便도正當하다고 말할수있다. 그런데 이 二元論을支持한 사람들은 發聲映畵가 急速度로 世界映畵市場을 風靡하고 無聲映畵가 漸漸 스크린에서 자최를감추면서 있다고하는 嚴然한目前의 事實을 說明할수없엇다.

이런데서 不利한事情에 依하야結局 一元論이 勝利하였다고하는 것이지만 그때문에 一元論의主張그속에 包含된 根本的誤點을 그대로 放認한다고하면 將來어떠한 過誤가 생길지알수없는것이다.

그러므로 우리는 藝術로서의發聲映畵를 理解하고그의 特有한藝術法則을 樹立하려고할것같으면 第一步들 正正當當히 밟지아니해서는 안될것이다.

2 映畵의藝術的發展과 技術的發展

여기에있어서는 映畵技術과 映畵藝術과의 相互關係로부터 考察하는데있어 映畵技術과 映畵藝術과는 어떠한點에서 相互依存하고 잇는가, 또는映畵技術의發展이 必然的으로 無條作으로 映畵藝術의 發展을가진것인가? 먼저 이 點에對한吟味로부터 出發하여 問題의 核心에까지 드러가려고생각한다.

여기에서 寫眞으로부터 映畵에, 無聲映畵로부터 發聲映畵에의移

行이라고할것같으면 이移行을可能케한것은 疑心할것도없이 技術上進步이다.

自然의 再現을目標로 一直線上의 目標를基準으로하고 각생하면 自然再現의可能性을 漸漸豊富케하며 究極의目標로 一步一步를 接近하여간다는 意味에있어서 無聲映畵는 確實히 靜止寫眞보담도 一步進展한發展形態이고 發聲映畵는 그보담도 一段더-發展된形態라고 할수있다.

喚言하면 無聲映畵로부터 發聲映畵에의移行은 明確히自然의理想再現이라고하는 技術上의目標로 들아가면서있는 直線的發展의 푸로세쓰이고 技術的으로는 이移行을 一元論的으로 說明할수있다. 그러나 勿論 自然의 프로세쓰 그대로 映畵의藝術的發展의 프로세쓰와 同一視할수없다.

勿論 自然보담 좀더完成된再現을 目標로하는 映畵技術이 그의 發展의 各段階에있어서 그의技術的可能性 그限度에適應한 藝術的잔루가 漸次發生하여온데對하여 말할것같으면「寫眞으로부터 映畵에 映畵로부터 發聲에의移行이 그들의藝術的잔루의 藝術的發展의 必然的結果라는것이 誤解이다.」라고하면 一個의藝術的分野의發展은 그가가진表現物質의 可能性과限度를 基底로서처음생각하는 까닭이다. 形式의性質은 本來形式의 手段에依이여 決定된다는 그곳으로부터 藝術的잔루의 獨自性이生하며 樣式法則이 生하여오는 것이다.

換言하면 靜止的手段에 지내지않는 寫眞藝術이든지 運動의視覺的再現藝術 거기에든지 다시 視聽二覺에依한 再現技術에든지 各各거기에 基底되는別個의藝術的잔루가 成立할수잇는것이고 그各各잔류의 藝術的獨自性은 그의基底되는 形式手段의 物質的可能性

의 限界와結合되는것이다.

換言하면 無聲映畵는 無聲映畵로서 藝術的으로完成하려고하였기까닭에 無聲의그映畵에依하야 視覺以外에 聽覺的象徵的그것까지도 視覺的形式手段에 依하여 征服치않은면안되였든것이다.

여기에서 發聲映畵는 無聲映畵보담 表現力이豊富하고 效果가强大함으로 發聲映畵는 無聲映畵의 藝術發展의所産이라고 하는것은 一種의結果論이었지 藝術形式의 獨立性을 無視한것이다.

그러면 兩者는前述한바와같이 自然再現을 目標로서 發展하여가는 技術的發展의 段階에있어서 獨立한藝術이라고한여서도 말할것같으면 文學 演劇 繪畫 彫刻 音樂會와같은 그러한사이와같은 큰거리가있는것이 아니고 그의 隣接關係가 大端히 密接하고 兩者間에는 極히 類似한特徵도 있으며 어떤 境遇에서는 共通한形式原理까지도 存在하는것이지만 그럼에도不拘하고 兩者間의獨立性은 嚴然히 存在하고있는것이다.

3. 無聲映畵의 藝術的發展方向

그렇다. 有音化되면서 映畵는表現力을 增大케하였지만 이境遇에있어서 表現力의擴大强化는 純視覺的再現力으로부터 視聽兩覺에依한 再現에의 말하면「物質的可能性의 增加의結果이었지 決코無聲映畵의 藝術的表現力이 擴大强化하였다는 意味는 아니다.」라고하면 無聲映畵는 純獨立의 藝術로서 完成하기때문에 그의技術的基礎인 純視覺的手段에依하여 그自身이 그리고있는 完全한世界를創造하지않으면 안되기때문에 聽覺的世界 抽象的世界를 視覺的手段에依하여 藝術的으로 어느 程度까지 征服하지 않으면않되게되는것은 그理由이다.

이러한 藝術上의形成力을 無聲映畵에 提供한것은 몬타-쥬이었다.

몬타-쥬는 다만 機械的再現手段그웋에 藝術을可能케한것뿐만않이라. 映畵로서 藝術로된 最初의根本的要素이다. 몬타-쥬의 機能은 決코 一言으로써 말할수없음으로 이問題는 다음으로밀고 無聲映畵가 몬타-쥬라는 形成手段에依하야 如何히 巧妙하게 聽覺的世界 觀念의世界 抽象的世界를 征服하였다는것은 푸도-후킹「映畵脚本과映畵監督」에서 詳細히 알수있을것이다.

그러면 여기에서 생각할때 藝術形態의「헤게모니」의 移行을찾어볼적에 以上으로서 無聲映畵와發聲映畵와는 藝術的으로 兩立할수있다는主張은 大體理論的으로 是認되면서 그半面에있어서 토-키-出現以來 現時싸이렌트映畵가 世界映畵市場으로부터 자최를 감추게됨에 이르렀다는것은卽이主張으로서는 說明할수없다는것은 兩立論의支持者는 目前의事實에는 눈을감고 다음과같은 夢想을갖였다.

토-키-의 完成과함께 無聲映畵는 無聲自身에잇어서의映畵的藝術의 位置가明確하게된다는것을 確實히豫想하는同時에 無聲映畵는 토-키-의 大衆性 工業性을 여이면서 그 自身에適當한 길을 卽 映畵小劇場의運動을 發見할수있었다. 이傾向에는곧今日까지 無聲映畵와는 別個의方法으로서 自己의길을밟고있는 純映畵乃至絶對映畵의運動도 參加할수있었다. 이두개의藝術的傾向은 어쨋든지 토-키-에 對抗할 一個의方向을 指示하는데 지내지아니하였다. 그렇다 純映畵乃至絶對映畵에 依하여 代表되는 映畵에있어서의 前術的藝術運動의 非商業性을 强調하지않고 그의 實驗室的그러한 役割을 强

調한다면 그것은 싸이렌트映畵만에局限될것이아니외다. 그러면이것으로 藝術的形態의「헤게모니」의 移行의現象을 說明하려는것은 처음으로부터 不可能한것이다. 藝術形態의 헤게모니의移行은藝術形態 그의內在的原因에 있는것이아니고 全然對外的關係에있는것이다. 다시말하면 어떤藝術形態의衰微는決코 그의藝術的墮落에依하여 招來되는것이 아니고 反對로 藝術的으로 精進하고發達하면서 있음에도不拘하고 그의藝術形態와 그것을支持하는社會的 經濟的基底와의 遊離乃至矛盾에 依하여 必然的으로 招來되는것이다.

4. 토-키-에있어서의 表現法則을如何히 樹立할것인가?또다음에 토-키의그의視聽二覺依한 再現技術웋에 如何히 藝術形式을樹立할가?

初期의 토-키-의作品은 從來 映畵的表現을全혀 破壞하고말었다. 거기에는 無聲映畵藝術家며 理論家들은 토-키-에對하야 아주무서운 反抗心을 갖이게되고 映畵的잔루의混亂이 始作된것같이생각하엿다. 至今까지 完成하여온純映畵的手法의 水準의惡化된것을보고 그들은 그原因이 音響거기에있다고생각하엿다. 그러나 이것은 無理라고할수는없다. 그들은 그罪가 토-키-라고하는 新映畵的잔루 그自身에있는것이아니고 初期의 토-키-製作의基礎原理가된 音響과畵面과의「싱크로니제이숑」그의自身에있다는것을 몰랐든것이다.

映像과音聲과의「싱크로니제이숑」은 確實히 토-키-技術의理想이요 또 이것은技術的으로 絕對로達成치않어서는 안될것이지만 그러나 토-키-의藝術的創造라고하는 點으로부터본다고하면 再現手段에멈추고 表現手段은 아니었다.

『「싱크로니제이숑」은 「노벨틔」를 滿足시킬수는 있었지만 토-키-를 何等의創作的努力이없는平凡한 寫實主義的인것에 墮落시키고 말엇다.』라고하는것은 無聲映畵는 前述한바와같이 純視覺的手段에 依하야 다만具體的世界뿐만아니라 抽象的世界 聽覺的世界까지도 征服하기때문에 따라서 그의 몬타-쥬도 거기依하야 特徵을갖이게 되였다는데서 無聲映畵는 表現型式을 固執하는 限에서 音聲의附加는 이러한點에서 아무런所用도 없는것같이되면서 音聲은從屬的이되고 表現의重復을갖어온다는 結果에 이른것이다. 이러한意味에서 音聲을自由로支配할수있는 只今에있어서 視覺的以外의 抽象的觀念及聽覺的現象을 純視覺的手段에依하야 表現하려고하는 無聲映畵的手段은 當然히 그 手法으로서의 存在價値를 잊어버리지않어서는 안될것이다. 여기에서 「具體的記號와 具體的記號와의 對立에依하여 畵面的으로는 表現할수없다는 抽象的觀念을表現한다」는데對하야 에이젠슈타인의 所謂 「辯證法的몬타-쥬」는 全혀 그必要를 느끼게될수없을것이다. 또다시 映畵的分析 또는 「組立」等을 말할것같으면 「只今」 여기에서 일하고있는男子를 어떤사람이찾어와 「도아」를 「노크」하였다면

「들어오시오」라고 對答할것을 이 씨-ㄴ을 無聲映畵라고 한다면-

(1) 방안에서 일하고잇는 男子

(2) 도아를 노크하는손

(3) 그男子가 일을 그만두고 對答하는것

이렇게 세개의 캇트를 몬타-쥬하는것이 普通이다. 여기에 있어서 캇트(2)는 노크의 聽覺的現象을表徵한것인故로 「노크」그소리만날때에는 一般的으로 不必要한것이지만 이것이 無聲映畵的表現手法을第一먼저 생각하고 各 몬타-쥬畵面이 싱크로니제이숑 그우에 있

을때이지만 이것이反對로 音響이든지 「다이아로-구」가 主로되어 畵面이全혀 音響의 挿繪에지나지않든지 「다이야로-구」를 展開하기 때문에 隨伴的이된다면 視覺的그것이 全然創作表現을 갖일수없다는것이다. 이렇게 映像과 音響을 同時化하는것은 影像을重하게보든지 或은 音聲을重하게보든지 그어느것이든지 結局兩者의重點의 關係에잇다는것은 換言하면 그中어느것이든지 意味를잊어버려도 좋다고하는데에 지나지않는다. 그結果 겨우얻은音響을 無意味한것으로 만들던지 或은音聲의過重이 視覺的表現의手法을 必要以上으로 破壞하게된다. 이러한좋지못한 結果에들어가지않게함에는 「影響」과 「音聲」과의 그重點을 깨트리고 다시 말하면 싱크로니제이숀을 破壞하고 各各獨立한 要素로서 取扱하지않어서는 안될것이다. 이點을指摘하여 藝術로서의 토-키-의나갈길에 暗示를준것은 一九二八年에 發表된 에이젠슈타인 푸도후싱. 아렉산돌푸. 三人連落「映畵藝術에 있어서 發聲映畵에 關한宣言」이다.

——「監督의發展과完成그것때문에 새可能性을 주는것은 場面에 對하야 對位的位置에잇는 音의 利用이다. 監督의 새要素로서의 視覺的影像으로부터 獨立한 因子로써 取扱하는 音은 必然的으로 가장 複雜한 問題를 發表시키고 解決함에 一個의 큰 힘을 提供하게 될것이다」

이宣言에 依하야 우리는音聲을 視覺的影像으로부터 獨立한因子로서 使用하는것을 알었다.

그리고 그것이 다시場面에對하야 對位的位置에있는 音의利用法이라는것을 알었다.

影像과音聲과의 對立的「組合」—— 이것은 全혀 에지젠슈타인의 「映畵形態의 諸般原理」에서 보아도알겟지만 에이젠슈타인은 映

畵的形態를 衝突의 諸般形態로서 方式化하고「視覺的刺戟과 聽覺的刺戟과의 衝突이 發聲映畵를만든다」고 말하고있다.

換言하면 影像과 音聲이 獨立한因子로서 對位的位置에있고 影像또는音聲만으로서도 表現할수 없는것을 兩者의對位的 몬타-쥬에 依하야 만들어낸다고하는것이 그의 要旨이다. 이것은 쏘베-트以外의 토-키-가 싱크로니제이숑을 製作의 根本原理로한것과는 正反對의 立場에있다.

여기에서 어느것이 오른야하는 問題가 생김에잇어서 大端히 巧利的折衷說을 提唱한 森岩雄氏의「日本 토-키-의取할길」에 依하면『日本토-키-는 아메리카 또는 쏘베-트式의 어느것이든지를 決定시켜갖이고 나가라는 그런無理는 없는고로 各各長短을 보아 題材에 依하야 또는「同時性」或은「對位法」으로 或은兩者를 適當히使用할方法을 取할것이다.』라고한것은 理論的根底를 조금도 갖이지아니한 理論이다.

여기에서 우리는對位法과同時性이 어느것이 果然토-키-製作에잇어 根本的原理가되겠느냐? 하는 點을 찾지않어서는 안될것이다.

同時的處理가 抽象的觀念 또는聽覺的現象의 表現에 關하는限에서 無聲映畵的手法을 破壞하는것이고 또當然히 破壞하지않어서는 안될것임은 前述한바이지만 그리고또한 音聲이 獨立의因子로서 使用되지않으면 안될것도 肯定할수있지만 그것이「發聲映畵에關한宣言」에서 말한것같이 對位的處理에서만있다는것도 잘못이라고 생각된다. 나는同時性이 機械的再現에 지나지안는다는것을 充分히 認定하면서 한便으로는 影像과音聲과의 對位的處理가 그根本에잇어서 同時性을前提로서 처음可能性이 있다고 생각하고있다. 이것을 설명하기爲하야

첫재「影像으로부터 獨立한要素로서의 音聲」에對하야 考察해보면 「베로푸라-쥬」가 指適하고있는것과같이 映畵의精神 或은 音을들고 그의音源을 正確히 안다는것은 決코 容易한것이아니다. 音과音源을 우리들의 日常經驗에 依하여 或은知識에依하여 一致케하는때에는 音을 音源으로부터 獨立의因子로서 使用할수있지만 이兩者의關係가 大端히 特異한것인고로 우리들의 日常經驗을 超越하여있는때에는 音만을 따로히 獨立의因子로서 使用키는大端히 困難한것이다. 이렇게되면 그自身이獨立하고 意味있는 音은數에있어서 大端히製限되게된다.

그러나 音과音源의 聯想은 決코 日常經驗만으로서는 唯一의 動機라할수없고 映畵에依하야 새로 그關係를 設定하고 다시말하면 싱크로니 제이숑에依하여 그 一致를만들고 다음에 그것을 前提로서 音을 影像으로부터 抽出하여 獨立한因子로서 使用할수있다.

여기에서 그렇게한 影像으로부터 獨立시킨音을 다른影像과對位的으로 結合하는것이 發聲映畵의 唯一의 表現法일것인가?

「發聲映畵에關한宣言」은 참으로 唯一의 表現法과같이暗示를준다. 그러나 에이젠슈타인의 所謂「對位的몬타-쥬가 影像에있어도 音聲만에 있어도 表現할수없는 兩者의 對位로부터 製作한다」하는 것을 目標로하는것을 알고있는 우리들은 이對的位處理가 明確히 토-키-에잇어서 어떤特殊한 表現手段이라고밖에 생각하지않을수없다.

遊 戲 軌 道

趙 豊 衍

다른사름은 제쳐놓고, 몸에 가춘것이라고는, 內面의空虛를 裝飾하려는 주둥이와, 最后의 虛勢인 自尊心밖에 안남은 나에게는, 가을은, 하숨만 생기는 苦悶과 그렇지 않으면, 惡策에 對한 衝動만이 짙어갈따름이다.

弱한者에게서나는 一切의것이 惡이라고한 니-체의말을 믿는다면 나는 惡의 한分子인것인가 생각되어홀로 슬퍼지는것이며, 萬若 이런意味의 슬픔을 許容할수있다면, 가을은 구슬픈季節이란말도 肯定안되는것은 아니다.

나는 애나(愛羅)로 더부러 이 喫茶店에 자리를 한가지할때, 비로소 因緣멀은 季節의感覺을 맛볼수있는것이다.

애나라는女子는 나의 雄辯을 들어주는 唯一한 聽衆이오. 커피-란것은 나의 가지가지의 惡策을담었다가 배앝어주는 唯一한 프리즘이기 때문이다.

나의 혀(舌)는 애나를 태워서는 마라손選手와같이長距離를 다름박질하다가 어떤때는, 제법 憂鬱한 벌판을 低廻하고, 때때로 그女子로 하여금, 男子란, 女子앞에서는 過度의親切과, 非常한勇氣를 아끼지않는다는自尊心을 갖게하고나서, 나는 한겹 女子의理智의 單純함을 輕蔑하면서 스스로 亭樂을快히하는것이다.

커피-는 妙한놈으로, 永遠히 透明치못한 그곳에서는 散漫하여지려는 永遠히 善이될수있는 惡의 思索이모조리 吸收되어, 濃褐色의 그속에서는, 무엇을 저즈려고만 드는 策動이, 가볍게 熱騰하면서

보이지않는김은 코속으로 숨여드는것이다.

그러기에 나는 그것을 얼른 마셔버리려고않는다. 마시고난뒤의 空虛는 내自身의 空虛와같이 不幸히 뵈이며——커피-없는 찻종지의 식어진 白色은, 애나아닌 어느 뿔조아 女性의 皮膚와같은 貴族的 存在를聯想식히기 때문이다.

내가 다음에 紹介할 小說(도 詩도 아무것도아닌글)은 以上과같은 前提를 두지않고는 너무나 無謀한짓이라고 스스로 告白한다. 왜그러냐하면 本質的으로 깊이(深)를 느낄수없는 文學作品은 決局 虛僞이라는것을 잘알면서 나는 나의 稀薄한 生活에서 억지로라도 小說的 雰圍氣를 자아내고자하는無理한 矛盾을 犯함을 辯明하지않으면 안될줄 알기때문이다.

사람은 恒常, 더구나 젊은사람은, 제 周圍에 不遇한 環境만을 가졌을때, 아직 건듸려보지못한 世界를넌즛이 꿈꾸어보고, 그에 으수한實現을 慾望하는 根性이 있다. 이것은 惡이다.

말하자면 다음의小說은 나다운꿈을 그린惡의 模造品이다.

X

白樺숲속에는 가느다란 외쪽길이 하얗게 속으로 속으로 들어가고있다. 그위를 젊은 男女가 步調를 느리게 걷고었다.

사람도 강아지도 나타나지 않는 —— 때때로 白樺落葉만이 사랑스러히 두사람의 발밑으로 모여드는 쓸쓸한 가을의午後이다.

두사람의 이야기는 어데서 부터 始作된지 모르겠으나, 이야기는 떨어지는 나무잎새와같이 이따금 이따금이었다.

「結婚 안하셨어요?」

이것은 女子의말이다.

「아—니. 아마 당신도 未婚이지?」

「………」

「…… 여보, 아리나, 너무하는말이아니오, 아직 結婚안했느냐말은.」

「………」

「三年이란歲月은 지나놓고보면 금새지만, 그동안에變한걸로보면 무척 變하는거야…….」

그는 이말을 하고는 제법 한숨을 내쉬었다.

三年前에 두사람이 이곳을 것고 있었을적은 男子는 失職한 文學靑年, 女子는 失職한孤兒였다. 그러던그들이 映畵와같은 三年사이에 卒地에 男子는 鑛山에 달려가 千金을얻었고, 女子는 보도 듣도 못한 伯母에게서 遺産을 相續받었다. (꿈같은 幸運인저)

사람의마음은 白樺낭구가아니니까, 거죽이變하면 속도變한다. 女子는 相當한財物을얻은뒤에는 마치 男子의存在를 잊었던것처럼, 그보다 甚한것은 아조 난생첨보는 사람처럼 푸대접을 하는것이었다. —— 이것이 男子의 한숨을 자아낸 根源이다. (언제쩍부터의 아리나 이냐)

「아리나!」

男子의 소리는 애뜻한 情緖를 품고, 그의손은 女子의허리를 껴안으려하였다.

「아리나! 나와結婚합시다!」

女子는 가볍게 男子의손을 떨쳤다 男子는 다시 손을 대지않고, 그러나 이번에는 더욱 거센소리로

「내가 무슨 無理한請하요? 우리들은 前부터 約束한것이 아니요?」

「………」

「왜, 말이없오?」

「……그렇지만 …」

「그렇지만――」

「…… 約束은 實行이 아니애요」

「그約束은 거짓이었나!」

「愛情에 對한 約束은 借用證書와는 달너요」

「무었이다르단말이오」

「몰라요」

女子는 오든길을 되처 거렀다. 男子는 말없이 날내 따러와서는 이내 억개를 서로하게되었다.

「R씨!」

女子는 沈着한語調로 이렇게 男子를 부른담에

「至今 우리들은 서로 愛情을 느끼지 않으니까…」

「누가그래요」

「當身이 그前에 그러잔었어요? 愛情이없는 結婚은罪惡이라고 ――」

「아니 누가 그랬느냐 말야. 至今은 愛情이 서로없어젔다고」

「…… 저는 조곰도 느끼지 않어요.」

「어째서.」

(어째서?)

아리나에게도 R에게도 同時에 떠오르는 두사람이있다.

한사람은 巨大한邸宅을 진이고있는 K氏. 또한사람은 그의秘書의 L이다. 그러니까 R의存在는 미쓰·아리나에게서 無視當한지 임이 오래였다.

그뿐아니라 R과接觸하는것은 過의自己를 還想식히어 —— 그것은 現在의 아리나의 自尊心을 無限히 傷하게 하는것이었다. 그러나 딴은 그리도 가까히하든사람을 이렇게 對하는것은 너무 박절한 짓이라고 생각도 하여보았다.

「R씨!」

女子는 決心하고

「우리둘은 三年前에는 보잘것없든 不幸한사람이 아니었어요? 그러던 것이 뜻하지않은——」

「財産이 굴너오고 榮華가 따라오고——」

「R씨! 그러니까 우리들은 서로 옛날을잊고 헤여지는것이 幸福되지 않겠어요?」

「幸福되지 않지——. 적어도 나한사람은」

「나아니래도 女子는 얼마든지 있고——」

「男子도 얼마든지 있지——」

홍, 男子는 女子의마음의 輕薄함을 비우섰다.

女子는 女子대로 男子를 속으로 侮蔑하였다.

「아리나!」

男子는 다시 한번 女子를 불렀다.

「아리나의편은 나를빼놓고는 없을게요. 당신은 너무지나치게 突變한環境에 마음이 뜨고 있소.」

「그만 저는 갈테야요.」

女子는 거름을 速히 한다.

아리나의 탄, 自動車는 아스팔트위를 소리없이 굴르고 있었다.

(그女子는 至今 K氏의 邸宅에서열니는 舞蹈會의 招待를 받었다.)

自動車안에서, 따뜻한 털外套에싸이여서 그女子의마음은 자못 온당치 않다.

몇일前에 忽然히 나타난 R. —— 아리나는 그를 미워할 조곰의 理由도 갖지는 못했으나, 여태까지의 生活에서 어떻게든지 飛躍하려는 이非常時에는 한사하고華麗하지못했든 自己의過去를 들추면서, 愛慾을强調하는것은 이것은 아리나로서 凡然히 둘 問題가 아니었다.

그리고 그날, 白樺숲속에서 自己에게 말한 R의말——. R은 언제고 아리나를 좇아다닐것이라는.

그보다도 잊어지지않는 不決한말은, 衣裳과住宅이 貴族되기보다는, 앞서, 常識과根性이 貴族이여야 하겠다는말이다. 아리나는 心臟속에 아직도 남어있는, 三年前의 상껏의게집아이를 否定할수있었든가. 그의살결은 化粧하지 않코도 커피종지같이 희였든가.

그렇다. R은 그날, 自己에게 「상껏」이라는둥 「現在는 아리나의 인프레숀時期」라는둥 별별辱說을 다하였다. 육씰할子息. (죽여버릴까)

市內의 繁雜한거리를 떠나서 閑寂한이곳에는엄청나게큰 宮殿같은豪華版이 있었다. 말할必要도없이이것은 K씨의邸宅이다.

즘생의껍질로 한外套를입은 婦人과, 燕尾服을입은 紳士들이 雙으로 或은 三三五五로, 다음 다음의 自動車에서 몰녀나왔다. 그리하야 그들은 室內에서 흟어나오는 요랑햔音樂에 마춰서, 금붕어와같이 거러드러가는것이다.

大理石으로 둘러싼 담벼락이라든지, 天井의 으리으리한 電燈이라든지가 모다, 驚異 그것이었다.

그러나 될수있는대로 아리나는 그런것을 注目안하는것처럼, 바루, 몇번이나 와본사람같이 선득선득 드러서서, 한편자리에 앉었다. 속으로는 「어쩌면!」하고感嘆을 아끼지 않으면서. 그손님. 그化草. 그飮食.

「오셨읍니까?」

親切한 소리에 아리나는 고개를 돌리니 그는 K氏가 아니었다. L이었다. 아리나는 반기면서 貴婦人같이 손을 내미렀다. 二十前後의 美男子는, 라몬나바로 모양으로 우슬때마다, 힌닛빨이 보기좋게 나타났다.

周圍의 번거러운 속삭임과 떠러저, 하마트면 쓸쓸하여질뻔한 아리나에게 L은 親切히 應待하여주었다. 音樂에 맞춰서 왈츠를 춤출때는 아리나의 젖이 은근히 美男子의가슴에 닿곤 하였다. (동생으로 여기는 L에게서도 아리나는 肉的快感을 맛볼수있었다.)

춤을 추면서, 아리나는 L의귀에 대고 K氏는 어째 뵈히질 않어요하고 속삭이었다. L은 뺌을 댄채, 아직 준비가 못된모양입니다. 그래 代身제가 있지않습니까.

「호호……」

아리나는 저윽이 滿足하고 제홍에 겨워서는 어쩔줄을 몰났다. 그리고 K氏가 L과 이렇게 하는것을目睹한다면 얼마나 질투할수있을까 하고, K氏가 도모지 그림자도 뵈히지 않은것을 괘씸히생각하며 만나기만하면 가만이 恕해주리라고 생각하였다. 춤이 끝나고 자리에 앉었을때 손님의 앞에는 洋酒가 전해왔다.

L은 샴팽의 마개를 제치드니 산듯한 술을 컆에따랐다.

「미스타-L도 한잔」

L은 귀염성을 얼굴에 가득히 띄이면서

「千萬에요. 저는 원채 술을 못먹습니다.」

「品行方正이군요. 호호…… 그러면 한잔만이래도 드세요. 不良하다고 욕하지마세요 호호……」

「온 천만에, 그럼 한잔만——」

L은 至極히 황송해하며 잔을 드렸다. K氏가 없는것을 섭섭하였지만

아리나라면 得意萬萬 그것이었다. (生存意義여)

이때이다. 갑작이 室內가 떠들석 하여졌다. 손님들의 視線은 한구석으로 몰니었다. 다음 순간 아리나는 찬물을 맞은것같었다.

점잖은 氣分으로 거러나오는 紳士는 K氏임에 틀님없었으나, 이 紳士의 바로 억개를 같이한 꽃같은시악씨는 누구란 말이냐. 이윽고 緊張된室內에서 커다란 목소리로

「두분의 約婚을 祝賀합니다」

하는 소리가 났다. 손님들은 一時에 와—하고 歡呼하였다. 場內는 至今까지의 混雜을 五倍 六倍 더하였다. 七色의테-푸가 소낙이처럼 쏟아지고 붉고 푸른 風船 자옥한 담배煙氣와 술내에 醉하야, 魚族같이 헤염을 치고 돌아다녔다.

술이, 飮食이, 작고만 작고만 쌓이었다.

손님들은 이 晩餐의 主人公을 에워싸고는 아리나같은것은 도라보지도않었다

아리나는 아까와는 反對로 精神이 어떨떨하여졌다현기징과, 구역질이 금방 나올것 같었다.

「電話로 招待하신분은 미스터-L였었에요?」

이말을 드른둥 만둥 네, 하고는 L은 아까의 못먹는다든 葡萄酒를

드리켰다 (招待狀도없이 온 손님은 無意味한 손님)

憤怒에 견델수없는 아리나는 이러나려고 할때다. 힐끗 맞은편 자리에 있는 얼굴 ——分明코 그는 R의 얼굴이다. 無氣味한 善人 R의얼굴이다.

쳇, 하고 아리나는 R을 욕하는건지 自己自身을욕하는건지 저도 모르는 소리를하고 술을 한잔 꿀걱마시었다. 그리고 L의 억개를 치면서

「나에게 親切한 미스터—L을 爲하야 」

하고 술을 따렀다.

「온 千萬에——」

(무엇이)

이때에 아리나는 瞬間的으로 惡策을 꾀하였다.

「L을 誘惑하여볼까! 그리하야 K의秘書의 重貞을빼앗어보자」

이것이 至今의自己에는 K에게도 R에게도 L에게도 아리나 自身에게도 復讐의 唯一한것이오, 또한 興奮된 感情을 慰勞식히는 切實한 꽤라고 생각하였다. 그만콤 그女子는 서둘렀다.

「미스터— L. 아리나는 술이먹구싶어요. 좀더 毒헌술이……」

어린애처럼L을 끄러다니었다. L은 너무 藥酒가過하신데요, 하고는 술을따렀다.

손님들의 얼굴이 二重露出도 움직여 보히기까지 아리나는 컾을 놓지않었다. 아리나는 L의뺨에다 입술을 가까히하고,

「미스터— L이 좀 바러다 주어요, 내집까지 응?」

하고 담배를 물고 불좀 하였다. L이 라이트를 갖다댄즉 아리나는 「좀 부처주어요——」하고 담배를 L의입에 물녀주었다.」

L은 담배를 부처준다음에

「잠간 外套를——」

하고 일어섰다.

「호호……」누가들어도 쓸쓸하다 할만한 웃음소리다.

(그때 아리나는 R을 다시볼수 없었으나 R이 自己의 一擧一動을 살필것이라는것은 醉한中에도 意識하고있었다.)

男子는 女子를 앓다싶이하야 自動車에 앉히었다.

아리나의 집앞에 왔을때도 아리나는 男子의 목덜미에 매어달려서 비틀비틀 들어갔다.

「十七號室!」

하고 아리나는 방문 열쇄를 꺼내서 男子의손에쥐어주었다.

「덜커덕!」

이소리는 문닫는소리와 아리나가 寢臺에 쓸어지는소리가 한꺼번에난 소리다.

아리나는 옷을벗기始作하였다. 젓가슴이 술에靡醉된興奮에겨워, 툭 붉어지고, 있었다.

「아리나!」

「?」

아리나는 술김에도 精神이 번쩍났다.

「아리나! 내가 누군줄 알어?」

R이다. 女子가 느낄수있는感覺—— 羞恥感, 恐怖感을單번에 느끼었다.

어느곁엔가 男子의 손아귀가 女子의 허리를 휘감었다. 女子는 本能的으로 男子의가슴을 떠다밀었다. 그러나 떠다밀었을터인데 如前히, 아니 더욱 군세게男子의팔은 들러 붙는다.

순간에, 아리나는 別로 反抗도, 소리를 질러 사람을 깨우려도 하지않고, 오히려 이상한 슬픔만이 복받쳐오르는 自身을 ——이것은 술을 過히 마신까닭인가 생각하면서 XXXXX, XXXXXXXXX.

X

나의 커피는 半도 채 마시기前에 식어버렸다. 나는 커피한잔을 또 식혔다. 애나가 異常하게 生覺했든지,

「커피—는 웨 또 식혀요?」

「더러는 따뜻한것이 먹구싶어서——」

하고 나는 웃었다. 그리고 차를 가져온 아이에게잠깐 섰으라한 後 애나더러 무엇이든지 먹고싶은것을注文하라고 하였다. 무엇을 먹을까 生覺하는 애나에게, 洋酒 어때? 하였더니 애나는 더욱 놀래면서 참말? 하는表情으로 나를 치어다보더니

「쬬니우오카!」

한다. (하필 쬬니우오카-가 맛인가)

담벼락에 붙은 白樺숲을그린 抽畵布와, 洋酒와, 애나와 —— 그리고 레코-드는 方今 웨버-의「舞蹈會의招待」를 울리고있다. 나는 이곳에서 내小說과 恰似한美妙한맛을 느끼느니보다, 現實이 너무나 淺薄함에幻滅을 느끼면서 다시 새로운 惡策을 꾀하였다

나는 애나가, 나의 주머니를 疑心하는것을 풀어주기爲하야 포켙에서 紙錢장을 내뵈였다.

애나는 이-하고 손벽을쳤다. (남의돈을 제돈처럼생각하는 목콩같은 이少女를 나는 미워하지 않는다)

몇잔을 한뒤에 나는 일어스면서

「우리 다른데가 먹지」

하고 女子를 데리고 나왔다.

밤거리는-가을의밤은 速히 이슥해저있었다.

「애나!」

「응!」

「우리들이 富者가 되어도 서로버리지 않을터이지!」

하였더니 女子는 아래입술을 음하고깨물면서 나의정갱이를 세게 꼬집었다.

나는, 내어깨에 매어달려 걸어가는 애나나, 나나, 서로 反抗하거나 미워할줄도모르는 —— 그러타고 R과같은 執着한愛情도 못느낌을 멋없이 생각하다가 —— 反對로, 뿔조아 계집애를 끝끝내 쫓어서는, 남과 바귀어서 까지, 달러붙는 R의行衛는 墮落한 戀愛觀에서 나온 過誤라는 虛無孟浪한 斷定을 나리고 혼자하하하하 하고웃었다.

애나와나는 나의下宿을 꼬불꼬불 들어가게되는 모퉁이 까지 왔다. (그곳에는 양약국이 하나있고 아직가개를 닫지 않었다)

나는 애나더러, 밤중에 둘이 가치 들어가는것은, 남보기에 흉하니까, 먼저 들어가있으면 나는 仁丹을사가지고 나종에 들어갈터이라고 일른뒤에

「들어가면서 바른쪽방—— 四號室. 알지?

하고 맹꽁이자물쇄의 열쇄를 내어주었다 그리고 藥局에 들어서서는

「仁丹!」

한다음에, 仁丹을 가져온 店員에 닥어스며 약으막한소리로

「XXX주우」

하고 눈짓을 하였다.

(나는 醉中에도 나의 肉體를 擁護하려는 —— 所謂衛生法을 잊을수는 없었다.)

一九三四十一月一日

三 四 文 學

3

三

四

文

學

第 二 年▪第 三 輯

L′ANNEE 2 NI

學文四三

第三輯

絶緣하는 論理

李 時 雨

한個의돌이 있다. 이認識을 正確히 傳하기爲하야 描寫가始作된다. 換言하면 그것은 한個의돌이 있는것以外를 目的으로하지않는 文字의使用의 限定이다. 한個의돌을 認識하는 記述에있어서 한個의文字가 갖는 수많은 聯想은 다른文字의聯想으로 말미암아 制限된다. 文字의 「이메이지」의 算術이다. 드듸여 固定한算術이 計算된다. 한個의事物에對하야 한個의文字가 選出되는것이다. 이作用을 가리켜 「레아리즘」이라고 부른다. (Flauber)

精神에關係없는世界, 換言하면 虛無의世界의 假說, 精神의記號인 槪念으로서 認識하는世界는 相對的인世界에 지나지않는다. 自然그自身의 絶對의世界, 完全의世界의 假說이야말로, 完全의自然, 絶對의自然이라는 「슐레아리쯤」의 本體說.

算術하는 「레아리쯤」과 算術하지않는 「슐레아리쯤」『三四文學』二輯 『프리마돈나에게』(韓泉)의 推理에는 距離가 있다. 여기서나는, 全然結合할수없는, 『聯想의結合』을 말하였을뿐이다.

朝鮮에있어서의 自由詩의 全盛時代는, 임이 自由詩의 頹廢時代를 懷胎하였었고 所謂民衆詩 「푸로레타리아」 詩에依하야 低下된 詩가, 그純粹性을 喪失한代身에 그 商品價値를 獲得한 時代이기도 하였다. 卽 詩의方法과는 달은 思惟의 方法으로의 結果的産出인 「思想」이란意味의 內容의 發展만을 探求하였고, 形式은 언제까지던지 固定된 「카메라」와한가지 發展치를 못하였든 까닭이다. 民衆

詩가 「푸로레타리아」詩로 變化한것을 우리는 詩의進步라고 부를수있을가. 思想으로서의 進步는 必然的으로 文學의現實性을 排棄하고, 思想의現實性으로 나아간다. 思想의現實性으로 나아가는運動은, 文學의現實性인 超現實主義를 否定하고, 自由詩를 拒絶하고 發生的인 「노래부를수잇는詩」에까지 退化하는運動이다. 요지음 朝鮮푸로레타리아詩의 沒落에 간신이그存在를어든 朝鮮民衆詩運動이 「노래부를수잇는詩」를 主唱하고있는것은 매우興味있는 現象이다.

變化하지않는 詩人을 進步치않는 詩人과한가지 우리들은 認定할수없다. 詩歌에 進步的意義가 없어진다는것은 葬送行進曲을 듣는 것이다. 社會는 發展性이없는 如何한것의存在던지 許容할만큼, 寬容치는 않은 까닭이다. 注目할만한 「엣세이스트」 上野三郎氏는, 그의『曲線論』속에서 (歷史의 「푸로세스」에있서, 일즉이 原因을 가지고發生한 結果가 永久히 그 原因에만 膠着해있다고 생각하는 誤謬는, 對象의 發展과 變貌를 깨닫지못하고 永久히 過去의 對象만을 좇아단이는 寫眞家의 類인것이다……)라고 한말은 傾聽할만한 말이라고 생각한다. 一般으로 今日에 詩라고 부르면 무엇을 가르키느냐고 하는境遇에, 우리들은 最初에 現在우리들이 規定하고있는 「쨘아손」을中心으로 그詩의 性質과 範圍를 限定한다. 설혹 그것이 過渡期이기때문에 적지않은混亂이 許諾되고 不明瞭한 若干의 保守的詩人에 依하야 그들의 묵은「쨘아손」을 固守시키는 若干의 餘地를남긴다하더라도. 歷史는 「쨘아손」의「쨘아손」인 緣由로서 조곰도 그들을 許容치않는다. 例를들면 오늘날에있어서 詩라고부르는것은 明確히 從來로『自由詩』『散文詩』라고 불너왓든것을 가리키고 決코 이러한詩가 나오기以前에있어서 詩의槪念을 차지하고있든 「時調」라든가 「漢詩」라든가 或은 「韻文詩」라든가를 意味하지않는다. 이거와똑같은意味로서 또한「自由詩」와「散文詩」(律的散文)을 우리는 認定하지않는다.

「오오케스트라」라가 끝이나도 아직까지 「라팔」을 불고잇는者가 잇다. (春山行夫의『「포에지」論』에서)或은 昭和十年의 鍾路通에서 「비로우드·망도」 氏를 「보헤미안·넥타이」氏를볼수잇다는일은 大端히우수운일이 않이치가않을가

絶緣하는 語彙. 絶緣하는「센텐스」 絶緣하는 單數的「이메이지」의 乘인 複數的「이메이지」. 絶緣體와 絶緣體와의 秩序잇는 乘은 絶緣하지안는 優秀한 約數를 낳은다. 그리고 絶緣體와 絶緣體와의 距離에 正比例하는 Poesie Anecdote의空間(Baudlaire이말한 神과갓치崇高한無感覺혹은 moi의消滅)이리하야 絶緣하는 論理에서 스사로 小說과의 絶緣은,「포에지이」의 純粹함은 實驗되는것이다.

固定한 「레아리테」와 固定하지안은 「레아리테」. 레아리테는「이마아쥬」의 切斷이다. 固定된 「레아리테」는 「이마아쥬」의 죽엄이다. 或은,「價値가 없어진 奇蹟은 一種의 推象이다.」(Aragon)

特히 詩와 繪畫와는 二十世紀에잇어 類似한 點이많고, 繪畫에 잇어서도 通俗的裝飾價値로서는 零無한것이잇는 것과같이, 詩에잇어서도 「저어나리쯤」의 價値로는 零無한것이 生기는點은 同一한 藝術上의 理由로부터이다. 이것은 決코, 一般에게 모르는 作品을가지고 優秀한 作品으로 하는것은 아니다. 作品의 必然性이 거기잇고, 따라서 그것이 그때문에 價値가잇다고하는것을 認定하기때문

이다. 社會一般이 詩또는 詩人에 對하야, 沒理解하거나, 無識한것은, 조곰도 詩의發展을 阻害하지는못한다. 優秀한 批評精神에 基礎된 今日의詩에, 얼마나 많은 今日의 小說家나 評論家가, 이發展에 뒤떠러진것인가. 藝術를爲한 藝術이, 文學的으로 當然히 限定된 「그룹」그것으로서 退嬰하고 있는것같이 보이는것은, 다만 그들의 工夫의 不足함에있다. 如何한 藝術에있어서도 優秀한것이면 優秀할사록, 何等의 知的把握, 槪念的根據좇아없이 興味를 느낄도리가 없다. 社會的一般에게, 詩를 理解시키고자하는 欲求는 至當하기도 하고, 그것을 積極的으로 欲求하는것도 구타여 不讚成은아니나 當然히 스사로 區別될, 此間의 消息을 混同시키여, 詩그것을 一般의 理解에까지 끄려내릴냐고 焦燥하거나, 意味를 모르는 詩나 或은 理解못하는 詩에 當面할때마다, 아모反省없이 敵意를 품는것은, 言語道斷이다.

文學의 方法에로서의 象徵主義를 一般의 文學의 自然主義의視點으로부터, 본다은것은, 象徵主義의 Balamco만을 보는데 지나지못한다. 라고하는말은 成立할수있다.

어떠한 새로운秩序로서 현秩序를 破壞하는것이 「포에지이」라고 하면 단지 破壞한다고하는 精神的인, 反抗의 態度로서만 破壞하는, 直接의精神에依한 秩序의破壞는, 往往 反「포에이지」가된다. 정작의「포름」 卽 詩的形態의 破壞만은 完全한代身, 이번에는 도로혀 破壞하였다고 생각하였든 詩의槪念에 反還하는것이다. 實상인즉 「포에지이」의 그러한破壞의 또한個의 더한層깊이있는 主知의位置, 卽, 현 方法論的인 秩序를 必要치않게된 새로운 方法論的인 秩序

로의 主知에 있다는것을 沒却하고, 다만 現象的인것을 過度하게 信用하야 거기에다 遇然的인 經驗的事物을 添加, 接木할냐고하였든 까닭이다. 여기에 自由詩를 標本으로 들수있다. 所謂 自由詩가 自然主義文學運動에 對應하야 韻文의 形態를 깨트리고 散文의 文學的方法을 取하자 「쟌루」로서의 散文을 主張하였으면서 그것을 基礎하는 方法論을 韻文의 그것에 비럲음으로, 단지, 散文의 形態를 갖는다는것으로만 말미암아, 다시말하면, 散文其自身의 資格뿐만으로는, 「포엠」을 規定할수없는 狀態에있다. 卽,「포에이지」의 方法을規定하는 批評的見地를 散文의硏究에있어 缺如한關係로, 今日에있어서도 韻文의詩學인 音律을 唯一의 詩의要素로 생각하는수밖에는 없게되였든것이다. 韻文의詩論에 韻律이 不可缺한것과같이 散文에있어서는, 純粹한 散文의機能, 즉, 韻律에서 獨立하는 純粹한『意味』가 不可缺하다는데서, 眞正한 意味의 散文詩는 出發한다는것은, 여기서 暗示된다.

(詩人들은, 어찌하야 安易한, 韻文으로 詩를 쓰는것일가. ── 그 理由는 三世紀를 스사로의 組成에 消費한 韻文이 第三世紀의初葉에있어, 一躍 其最后의 性質과 價値와의 總體에 到達하야버리였든 까닭이다. 以后 韻文에對하야는 아모것도 할만한 일이 없어졌기때문이다. (中略) 더以上은 頹廢하기以外는 더없었든 때문이다.

── 그래서 散文으로 쓰지않으면않된다. 韻文은 이以上 完全히 될수없는 까닭이다. 韻文과 散文과의 헛된 妥協的인 試驗, 이것을 사람들은 漠然히「自由韻文」「解放된詩」「律的散文」「自由詩」等으로 불넛지만, 이 試驗의 後에는 韻文은「로이아리즘」으로 뒷거름질침에 틀님없다.) (Gearge Ferre) 自由詩의 極北을 생각하는것은, 歷

史에서 歷史로 도라가는데에있다. 鄭芝鎔氏가 朝鮮自由詩壇에 가장 높은자리를 가질수있다는말은 鄭芝鎔氏가 가장 完壁에갓갑읍게 뒷거름질 칠수잇다는 말과一致한다. 北極 = 南極. 自由詩의 悲劇.

消滅을 努力하는,「海峽午前二時」「비로峯」「時計를죽임」「歸路」「臨終」「별」「갈닐네아바다」......等.

「意味」의獨立을 孕胎한,「海峽午前二時」「비로峯」「時計를죽임」「歸路」「臨終」「별」「갈닐네아바다」......等

『한個의 情緖의「레아리쯤」과, 한개의 情緖의 체에치인,「레아리테」의「레아리쯤」

한개의 思想의「레아리즘」과, 한개의 思想의 체에치인「레아리테」의「레아리쯤」.

情緖와 論理는, 임이 情緖와 論理그自體의 一致임으로, 거기에는 時間도 없고, 空間도 許諾치안는다. 自由詩가 最後로 달녀드는「아랑아Allah의神」이다. 여기서 우리는 純粹한「意味」의 새로운 出發만을 冷情하게생각하자.」(李時雨)

괴로움가운데의微笑

한아름다운人間性의考察

孫 明 鉉

露西亞의作家안톤・체홉- 그는「괴로운가운데의微笑」의 作家라고한다. 나는 이곳에서 체홉을 論하고자함은 아니다. 오로지 우리들이 체홉같은 作家를通하야 엿볼수있는「괴로움가운데의 微笑」란 어떠한人生의態度이며 어떠한心境을일카름인지 二三愚見을 披露하고자하는바이다.

「괴로움가운데의 微笑」란態度는「맑쓰」的意味의實踐行動의 態度가아님은 詳論할必要없이 明白할가한다. 차라리 그는 人生觀照의 一態度이다. 一態度이라함은 人生觀照의 態度에도 여러가지가 있는 까닭이다. 나는 이여러가지態度中 가장훌융하고 아름답다고 생각되는 二三態度를 選出하야 그를「괴로움가운데의 微笑」란 態度와比較함으로써 後者의輪廓을 明瞭히하야볼가한다. 第一, 聖者的態度, 第二 哲學的(或은瞑想的)態度. 第三「괴로움가운데의 微笑」의 態度.

第一 聖者的態度란무엇을 云謂함이뇨. 聖者的態度로써 萬物을觀照함에는 聖者的心境이必要할것이다. 이聖者的心境은人間으로써 到達할수있는 最高至難의心境이다.「何故로 最高이냐?」의 論은 暫時略하고 何故로 至難이라일캇는가? 全的意味에있어서의 聖者的心境에 到達함에는 自然的見解 自然的慾望의 主體로써의 自我를 滅盡하고「再生」해야한다. 自然的 自我를 滅盡함이 벌서 至難한일이오 滅盡한다음에 再生함은 더욱더욱至難하다 내가이곳에「自然的」이라함은「個別的或은「主客對立的」이라함과 同義다. 人間은

當初부터 「我」와 「物」──다시말하면 主觀과客觀을 對立시킨다. 知的方面에있어서의 主客對立的見解가 意志方面에 移植될적에 利己的心情이 發生한다. 「我」를 主로하고 「我」에對立하는 「物」或은 「他我」를 從으로할적에 一切의我見 我執 我慾이發生한다. 이러한 我見 我執 我慾-一切轉例妄想의地盤을 徹底的으로懷疑함으로써 顚覆하고 否定한極에—임이 否定될 아모것도 남지않을때 忽然展開되는世界가 聖境이다. 何等의我見도 없고 我執도없이 萬衆을如是하게 — 있는그대로 反映하는 「大圓鏡」같은鏡地—이것이聖境이다. 「天地與我同根, 萬物與我同體」의境地, 따라서 一切衆生을 慈愛로써 抱擁하는境地, 一切의 煩惱를切한 絶對悅樂 卽願望없는悅樂(wanschlose Er ude)의 圓滿具足한 境地이것이聖境 卽聖者的心境이다. 이聖者的心境에到達하기까지의 人間의마음의過程을論理的으로 表現하야보건대 第一段 自然的 自我의肯定. 第二段 그否定. 第三段 否定을否定함으로써의 或은그들揚棄(aufheben)함으로써의大肯定. 卽 (小) 肯定→否定→大肯定이다. 이 論理的圖式(Schema) 或은形式은단지聖境에到達하기까지의 一人間魂의 거러가는過程 或은 段階일뿐안이라 모든現實界의人間群을 本質的으로 이三形式가은데에 適合식힐수있으리라고 믿는다. 例를들면 幾億萬人間群의九十九파—센트는 本質的으로 我見 我執 我慾의 小肯定의世界에踢蹐하는 凡俗人이오 第二段 否定의段階에 屬하는人間은 眞實한藝術家 詩人 其他哲學的瞑想的人間들—가까운 代表的例를들면 藤村操라든가 芥川龍之介같은人間들—이다. 第三段 大肯定의部에屬하는人間은 勿論聖者요 그數가極少하다. 勿論量的으로나質的으로나 複雜한人間群을 如此히簡單한形式에 充當함에는 不少한無理가있을지모르나 적어도 各人間의主要特徵에 着眼할적에 모든人間群은 以

上三形式中의 一形式에屬하거나 或은一形式과他形式의 中間屬에 介在하리라고믿는다.

以上으로써 우리는 聖者的態度를論하고 附屬的으로 一切의人間群이本質的으로 其中一에 或은其中間屬에屬하는 人間的存在의三類型을 觀察하였다.

다음 哲學的或은 瞑想的態度란 如何한것일가 그는 簡單히말하면프라톤的이데아(idea)를 觀照하는態度이다. 或은英國詩人시에리(P.B.Shelley)가 그의 詩 "Promethece Unnbud"中에 한理想的詩人을 "Nor seeks ner finds he mortal blisses, but feeds on the aereal kisses of shapes that haunt thought's widernesses" (그「詩人」은 人間的幸福을 求하지도않고 發見하지도 않는다. 그는 思想의 曠野에 깃드리는 形相과의 靈的接觸에 心醉한다.) 라고 表現할적에 이詩中의詩人(勿論 시에리自身도 그러하지만) 의 態度가 哲學的或은瞑想的態度일가한다. 瞑想하는魂—그는 孤獨한魂일것이다. 一切의 mortal blisses를 厭離하여버린 廢墟에서서 부르는 그의노래소리의悲壯함이여! 드르라 孤獨한魂니—체(E. Nietzsche)의 노래를!

"Nun stehst du bleich,
Zur Winterwanderschaft Verflucht,
Dem Rauche gleich,
Der stets nach Kaltern Uimmel sucht.

Flieg, Vegel, schnarr
dein lied im Wustenvoygelton !
Versteck, du Narr,
D in butend Herz in Eis und Hohn I

겨울의 放浪客의 宿命을갖고
佇立한 너의 恣態 蒼白도하다
寒空에 떠오르는 一縷의煙氣
애납다 너의 身勢 그煙氣랄가

X X X

나러라 새(鳥)여 부르라 노래를
荒凉한 砂漠 뭇새들의 曲으로 묻어라 어리석은者
너의 피吐하는 心臟을
어름과 嘲笑의 속에

- F. Nietzsche: Vereinsamt"(離愁)中에서 -

이와같치哲學的 或은瞑想的態度의所有者는 塵世를 厭離하야 塵世의彼岸에빛나는 프라톤 的이데아(理念)의世界를 憧憬하고追求한다. 所謂思想界의貴公子다. 이데아의별빛이 그의 眼前에빛날적에 그의마음은 歡喜에뛰리라. 그러나 그별빛이 雲影에가리킬적에 그의마음은 寂寥하리라. 외로우리라. 그리하야 이데야追求의 길손의 길을出發할적에 厭離하야버린 此岸의幸福을 回顧할적에 니-체的嘆息을 不禁하리라.

"Wohl dem, der jetzt noch Heimat hat!
(이제도 아즉 鄕土를갖인者의 幸福함이여)
"Wer das verlor, Was du verlorat, macht nirgends Halt"
(너의 잃은것을 잃은사람은 定處없이떠다니는 浮萍草리라)

니-체가그의著作 "Schopenhaner als Erziecher" (教育者로써의쇼펜하우어) 에서 말한것과같이 이러한 孤獨과寂寥를 忍耐하여가며 꾸준히努力함으로써 一生을맛친사람들-成 不成功은 度外視하드라도-그들은 다人生行路의無言의教育者요 眞實한意味에있어서의 偉大한人

物들이다. 그러나 厭離하야버린 此眼의幸福과 이데아의사이에서 進退維谷 孤獨과苦惱를忍耐하는 勇氣가不足할적에 그의心境을 理解하는者로하야금 縷의暗涙를 不禁케하는 悲痛한自殺의犧牲者가 現出하리라. 그러면 이러한瞑想的魂의所有者는 우에말한肯定→否定→大肯定의圖式中의 어느部에屬할것인가. 그는否定의底에서 大肯定→佛家의言을借用하면 大乘的境地 - 의 川頂의一角에빛나는 이데아의별을憧憬하는限에있어서 따라서 大肯定의 世界의 全面이아니오 그를限定한 一局面을見(Schauen)하는 限에있어서 否定과大肯定의中間屬에 屬하리라고믿는다. 다시말하면 如此한瞑想魂의 所有者는 現象界와이데아界를對立시키고 아즉 그對立을打破하야 大肯定의世界 - 「柳綠花紅」「日日是好日」의 大乘的境地 - 一切의對立을超越한「眞如」의境地에 到達하지못한限에있어서 永遠의 Rmantiker 라고할수있다.

끝으로 우리의 主題인「괴로움가운데의 微笑」의態度로 도라가자. 이態度는 肯定→否定→大肯定의圖式의 어느部에 屬할것인가. 이態度도 아즉大肯定의域의 全面에到達하지는 못하였다. 그러나 否定에 끝이지도않는다. 故로이態度역시 否定과大肯定의中間層에 屬하리라고 생각하나 다가치 그層에屬하는 瞑想的態度와는 좀色彩가다르리라고믿는다. 첫재 「괴로움가운데의微笑」라고할적에「괴로움」이란 어떠한괴로움이며 둘재 何故로괴로움가운데에 微笑가 있을가? 이「괴로움」을 우리는 代表的厭世哲學的쇼펜하우어의哲學으로써 解釋하야볼가한다. 무릇 모든哲學者의立場을 大別하야볼제 (1)主觀으로부터 客觀에及하는者 (2) 客觀으로부터 主觀에及하는者 (3) 主客未分之境에서 出發하는者 - 이세가지가있으리라고 생각한다. 쇼펜하우어의立場을 主觀→客觀卽 (1) 일가한다. 우리는自我를

內省하야볼적에 思惟 認識等等의作用을하는 表象我와 表象我의根底에있는 卽그보다도 根元的인意慾의作用을하는 意志我를發見한다. 表象我의側面에서볼적에 世界는 表象하는自我 卽主觀과表象된「物」卽客觀이分離된다. 客觀은 어데까지 主觀에對한客觀이다. 그러므로 단지表象內容으로써의客觀은 表象하는自我 卽主觀과獨立하야 存在한다고할수없다. 그럼으로 「世界는 나의 表象이다.」(die welt ist meine Vorstellung)이란 命題가 樹立된다. 그러나 自我는 自我를단지表象하는 自我로써뿐만아니라. 그根底에 意志하는自我로써發見한다. 그럼으로 이意志我를出發点으로하고 類推에依하야 客觀에及할적에 우리는表象我의根底에 意志我를發見하는것같이 表象된客觀 卽世界의根底에 意志를發見한다. 그러므로 世界도 단지表象으로써으로써의 世界뿐아니라 他面意志로써의 世界의側面을 갖이고있다. 世界가表象我와 獨立하야實在함은 그根底에意志가있는까닭이다. 이世界의 根底에있는 意志와自我의根底에있는 意志는同一한意志다. 칸트가不可認識이라고한「物自體」는 이自我及世界의根底에있는 時空을超越하야 存在하는 普遍的意志다. 然而 이物自體로써의意志는理性的意志가안이라盲目的意志다. 이盲目的意志가時間, 空間, 因果律等의範疇를通하야個別化한世界가 現象의世界—우리들이 眼前에보는世界다. 이現象界를 大別할적에 無生物界와生物界로 區分된다 物自體로써의 盲目的意志는 無生物界에있어서는 단지「存在意志」로써現象하고 生物界에있어서는 「生存의意志」와「種族保存의意志」로써 現象한다. 누구든지 살고싶음은 이「生存意志」에依함이오 變愛를하고 結婚을하고 아들을生産함은 이盲目的形而上學的「種族保存의意志」에 그根據를두고있다. 앞집아가씨와뒷집총각이 샌든엿보고 빵긋이우슬적에벌서 生産될種族의胚胎를

본다. 生物界라하드라도 狹義의動物界까지는 이二大意志에다(盡)하나 人間界에이르러서는理生 其他知能 感覺의發達에依하야 二大意志를根幹으로하고 多色多樣한慾望이 派生한다. 한慾望이到達된瞬間에 우리는快樂을 느낀다. 그러나 慾望의根元인意志가 本始盲目的이오 그의本性이 끝이지를아니하는 無限한追求에있음으로 한慾望이到達하면 다른慾望이出現한다. 이와같이하야 無限으로 慾望의滿足이樂이오 慾望을到達하기까지의 缺乏感이苦다 한慾望의滿足으로因한 樂은다른慾望이 또이러남으로瞬間的이오 消極的이오慾望이계속하는限에있어서 苦는 永久的이오 積極的이다. 우리는몸이健康할時에는 別노 健康의樂을感하지않으나 손까락하나가앞으드라도 大端히苦痛을느낀다. 이簡單한例로보드라도 樂이 消極的이오 苦가積極的임을 알것이다. 한慾望의滿足으로因한樂이 다른滿足이또이러남으로 瞬間的이라하드라도 이러나는慾望을 차레차레모다滿足시키면 좋을것이나 그러나 現實은反之하야 한慾望을到達함도 여간困難한것이아니다. 그困難한慾望의到達을해보았자 樂은瞬間的이오 바로水泡같이 사라저버리고만다. 또萬若 한慾望의滿足後에 다른慾望이 이러나지아니하면 우리는 그때에는 倦怠를느낀다. 倦怠도 積極的苦痛에 지지안는一種의苦임은 우리가 다周知하는바다. 이리하야 自然人으로써의우리는 時計의振子와같이 苦惱와倦怠의兩極間아르 內往反覆하다가 一生을맞이고만다.

이것이 쇼펜하우어의哲學上으로본 苦 卽 「괴로움」이다 그러면 우리의主題인「괴로움가운대의 微笑」란 「微笑」는 어떠한微笑일가. 그것은 따뜻한同情의微笑이다. 무릇同情은他我의속에 自我를볼적에 이러나는 따뜻한人間的情緖이다. 「괴로움가운대의 微笑」의 所有者—그는 그自身벌서 苦惱에沈淪한人間이다. 恒常 一抹의憂鬱의

빛을띄이고 있는사람이다. 그는 自己自身뿐안이라 自己의周圍에있는 모든人間이 그生存에必然的으로따르는 苦惱와倦怠의 重壓下에서 呻吟함을보리라. 그러므로 他我의속에 自我를본다함은 結局仰我의속에 自我와같이 苦惱하는人間的孔在를봄니다. 他我의속에 自我를본다. 할적에 이「본다」는作用을하는者는 個別的自我도아니오 함을며 他我도안이오 도로혀個別的意味의自我와他我를 包含한 或은自他의對立을 超越한大我或은普遍我일것이다. 다시말하면 上述한人間的存在의論理的圖式 (肯定→否定→大肯定)에있어서의 大肯定의主體가되는「我」와 同等의「我」일것이다. 同情 =「他我의속에 自我와같이 苦惱하는 人間的存在를 본다」는論은言語上으로보아도 明瞭할가한다. 同情을 獨逸語로는 mitloid 라하고 英語로는 (sympathy) 라고한다. 兩者다「同苦」의뜻이다. (言語原上으로볼적에)

同情의마음으로 同苦하는人間群을接할적에체흡的「괴로움가운대의 微笑」의所有者는 괴로움과 惡에 沈淪한人間의속에도 夜光珠와같이빛나는 人間性의善良함을보리라. 그리하야 모든괴로움을忍耐하야가면서 一步一步前進하여나아가는 人間의着實한步調가 遲遲하다할지라도 決코無意味하지아니함을알고 將來에對한微明하나마 確固한希望 或은信念을갖으리라.

勿論 「괴로움가운대의 微笑」는 一切衆生에게 對한 따뜻한同情의微笑다. 그러나同情 그自體가 벌서同苦를 土台로하고있는限에있어서 그微笑의所有者는 어느便이냐하면 富者 强者 自慢者 權力者에게보다도 貧者 弱者 失望한人間 落伍된人間 悲慘한人間의 벗일것이다. 그리하야 自高自慢者는自我에對한 幻滅을느낄적에 五色燦爛한前途의希望에뛰며 「明朗한」人生을謳歌하는 靑春은秋風枯葉에 紅顔旣褪하고 希望이墮落하였음을홀노 느껴울적에「泣くのおやな

いょ. 渡鳥」「쓰라린人生의渡鳥」하고慰勞할것이다. 모든人生의뜬마음을버리고 괴로움을忍耐하여가며 健實히一步前進하야 나아감을 가르킬것이다. 如此함이 「괴로움가운대의微笑」의態度다.

다음 이「괴로움가운데의 微笑」의態度와 聖者的態度及瞑想的態度를 比較하여보자. 聖者的態度의 所有者는 一切의對立을 超越하고 따라서 苦惱의主體로써의 個別的自我를滅却하야 世界와自我와의 圓融相 卽之境, 明朗한心境에 到達한데反하야 「괴로움가운데의 微笑」의所有者는 아즉그境地까지到達하지못한 一介凡未인限에있어서 兩者는다르나 他面兩者가 다衆生에對한慈愛라든가 同情의따뜻한情緖를갖이고있는限에있어서 同一하다 다음瞑想的態度와 「괴로움가운데의 微笑」의態度를 比較하야보자. 瞑想的態度는塵世를極度로厭離하야 塵世의彼方에이데아를追求하는 孤獨한魂의 態度임에反하야「괴로움가운데의 微笑」의態度는 좀더人間味가 豊富한態度가않일가한다. 瞑想的態度를 純情한아가씨의 그무엇을노 思慕하는 憧憬의態度라하면 「괴로운데의 微笑」의態度는 마음좋은할머니의 慈愛로운態度가안일가. 이点에있어서 「괴로움가운데의 微笑」의態度가 瞑想的貴公子의態度에比하야 좀더聖者的態度에 가까우리라고믿는다. 勿論 聖者及「괴로움가운데의 微笑」의所有者— 兩者가다 그域까지達하는 過程에서 孤獨한魂의 쓰라림을느꼈으리라. 그러나三者가 다 狹隘한 小我의領域內에跼蹐함을滿足치않고 그領域을버서나랴하는限에있어서 同一하다고할수있다 聖者는 벌서小我의領域을 完全히 解脫한 自由人이오 餘二者는 버서나랴고는하나 아즉完全한解脫에到達하였다고는 할수없을줄안다. 餘二者의사이에도 上述한바와같이 程度或은色彩의差異가 있다할지라도 以上三態度는 史上에出現한 또는現實存在하여있는 各偉人들의 다른態

度라고 보아도좋고 한人間魂의發展過程의 側面相으로 보아도可하다. 如何間 聖者的態度는 人間으로써到達할수있는 最高의態度이다. 이世上에永久不變한絶對의眞理가있다면 그는人間存在의最高의意義와 價値를實現한 聖者의敎訓일것이다. (勿論 우리는 以上에 있어서 聖者的態度를 論할적에도 그 實踐的側보다도 人生觀點의 側面에注目하였지만 他面 其督이라든가 佛陀같은 聖者에게 볼수있는 그獲得한바 眞理의 實踐過程에있어서의 눈물겨운難行苦行의 側面을이저서는않된다)

보라 基督과佛陀같은 大乘의聖者는 勿論이오 其他老子 莊子 톨스토이 도르토엪스키 ― 쇼펜하우어 휫트맨 等等의偉人들이 그表現方法은 多少差異가 있다할지라도 其眞精神에있어서 모드다같이 小我를解脫한 衆生愛를 부르지졌음을。나의愚見은이만하고 끝으로 「괴로움가운데의 微笑」의主人公체홉의말을 들어보자.

寫實主義(繪畫)漫步

- Courbet의 周圍를 -

鄭玄雄

寫實主義라는槪念은 別로 新嶄한것도아니오, 十九世紀佛蘭西에서 勃然히出現한 槪念도아니다.

멀니 復興期의 렘브란드 Rembrandt에도 또한 이Rembrandt의 對客觀에意識에서 成長한十七世紀和蘭畵派에도反○할수있고 十八世紀英國콘스탐불Constamble佛蘭西샬단Chardin에도본다.

허나 寫實主義라는것이 純粹한 觀念形態로서, 確然히 存在性을社會에 認識시키게된것은, 第二帝政時代佛蘭西다.

그것은 表現에있어서 모든 觀念的狹雜物을 除外하는것 — 卽, 現實的이요 經驗的인것 만을 追求하야 再現할것, 또한 그들의 唯一한 目的은, 반듯이 그들이 屬한 時代를 描寫한다.

이것은 곧 浪漫主義 理想主義의否認이된다.

歷史的으로 寫實主義는 무엇보다도 浪漫主義의反抗이다. 傳說이나 歷史의挿畵 그렇지않으면 詩人의幻想에對한 圖解, 엑소티즘 — 이와같은 浪漫派의題材와精神에 쿨베Courbet는反抗한것이다. 그리고 이內容的인것의 否認은, 現代繪畵가, 文學的要素를驅逐하고 造型藝術의純粹性를 强調한, 첫曙光이라 볼수있다.

社會學的立場에서 寫實主義의發生을 본다면, 十九世紀佛蘭西는 새로운 社會組織을求하야, 懷疑와, 希望과, 煽動을안고, 革命을부르짖든 時代다. 이러한 過渡期의藝術은 必然的으로 浪漫主義的色彩를 띈다 內面의不安을 잊으려는 마음은, 浪漫主義藝術를求하야 逃避한다. 十九世紀中葉까지 浪漫主義는 戲典的煽情과 陶醉的色彩로

서 古典主義를 虐殺하고 畵壇을 獨占했었다.

허나, 새로운 社會組織의出現으로 그들의 煽情도 식어지고 矛盾과 不安도 除外된때에는, 누구나 眞實한 生活을 要求한다. 眞實한 生活을 要求하는反映이, 藝術에있어서도 現實的인 素朴한것을 要求하게된다.

思想的으로는, 콘트의實證哲學 베르날의 自然科學 레-느의 藝術社會學 푸로-벨等의 自然主義小說이 十九世紀佛蘭西를指導하는 文化學勢力을가졌었고, 이것은 가장 現實的인것을 慾求했다. 現實的인것에 對한 熱熱한要求는, 當然히 尙古主義 浪漫主義를排斥한다.

이것은 十九世紀以前에있어서도, 우리가審美的意味에서 寫實主義로서보는 繪畵 (美術史上에서 말하는 十九世紀의寫實主義와 區別하기爲하야 이렇게말하야둔다) 에서 반듯이볼수있고, 또한 이寫實主義는 恒常 無氣力하게 固定化된 藝術에反逆하고 새로히 飛躍하는 原動力이였다.

이事實은 十九世紀末葉 伊太利의 카라밧조 Caravaggio에서도 본다. 復興期의 燦然한 餘光이 空虛한 折衷的아카더미쯤 으로 墮落했을때 그는 寫實主義를 標榜하고 十七世紀伊太利繪會의 갈길을指示햇다. 美術 곧 頹廢된 宗敎畵이였든 時代에있어서 聖者들 農民들로 表現하고, 로-마나, 나포리街頭에서보는, 平民의風俗畵를 그렷다. 十五世紀佛蘭西의 르난 Lenin 三兄弟의 嚴格한 寫實的手法으로 그린農民畵 十八世紀의 샬단 Chardine 十八世紀後半期는 부르본王朝의 宮殿文化가 餘地없이 頹廢했을 때다. 이때에 美術은 貴族의禮讚이요 貴族의 享樂的生活의 反映이였다. 따라 그것은 肉慾的이요, 感情的이요, 오로지 官能美의 追求다. 嬌態와 脂粉의 香氣가 넘친다. 샬단 Chardine은 이같은 畵面에反하야, 反主朝趣味와 堅實

하고 素朴한 寫實的態度로서 平民生活에 浸潤하야 平凡한 平民에 生活을 그렸다. 그러고 다음에올, 佛蘭西繪畵에礎石을놓았다.

이 Lanin Chardin 의 影響이 Courbet에 및인다.

何如間 쿨베Courbetsms는 十九世紀가 要求하는 가장 適切한 代表者였다. 寫實主義라면 Courbet를中心으로 위아래를 돌라보게되고 同時에Courbet를除한 寫實主義는 생각하기어렵게된다.

쿨베 (1816-1877)의 思想的敎養에는 부르돈의 커다란 影響을본다.「繪畵는 반듯이 그時代를 描寫할것이요, 同時의 社會의 批判的 役割을 가저야한다.」는 부르돈의 思想을 直接 그의藝術論으로서 받어드렸다볼수는없지만은 쿨베도 藝術을爲한 藝術을 否定햇고 一八七○年社會黨의叛亂運動에 直接叅加하야 六箇月의處刑과 五百푸랑의罰金를물고 그後 反對政黨의壓迫으로 瑞西에亡命하야 그곳에서 最後를맞이였으나 이만큼 熱熱한 反抗的精神도 가지고있었다 自己의「碎石」에對하야『여기에 나는 그들의 悲慘한 生活을 奴隷的奉仕를 要約해 表現하려했다. 事實 그들은 겨우 하눌의 조고만 구석밖에 보지못하는것이 아니냐』附加한것을보면 思想의 誇張같기도하지만은 自己의 創作目的을 實踐運動의方法으로 생각했을는지 모른다.

푸로레타리야美術에서 쿨베를 檢討한것은 여기에 있다.

그러나 이러한意味로서 쿨베의藝術을 批判한다면 局部的批判에 끌여버린다. 그의 藝術의根本精神은 그의 全部의作品에서 볼수있는거와같이 對社會的意識보다 도로혀 徹底的으로客體에 眞實을追求하는데있다. 冷徹한科學的態度로서 對象의 레아리테를 把握하려는것이다.

『왜 實在하지않은것을 볼 必要가있느냐? 想像으로 모든것을 汚

損시킬 必要가있느냐.』 또,『나는 일즉이 天使를 본적이없다』하며 浪漫主義에 對立한다.『藝術은 現實的自然속에 있다』하며 理想主義를 거더찬다. 物質的實在에對한 積極的把握을誇張해서『窓틀에 切斷되는 自然은 임이 한箇의畵面이다.』말한다. 그러면서 自己는 對絶로 自然을 無計劃的으로 區切하지는 않었다. 이것은 客觀的對象의 追及을말하는同時에 傳統的構圖法에對한 反抗이다 .『繪畵는 全혀 物質的表現語라』한다.

「碎石」이든지 「畵房」이라고부르는 「나의 藝術生活에있어서의 七年의 形想을 表示하는 現實的象徵」이라는作品에서도 그는 意識的으로 어떠한 寓意를 添附했는지는모르나 우리가 거기서보는것은 그가主張하는徹底한 레아리테다.

現實的이요 經驗的인것에 追求하는態度는 自然에對한 本質的硏究요 自然을所有하려는 本能的 努力이다. 同時에 이것은 視覺에 絶對性을 두게된다. 이 觀念이 印象派에이르러 極限에다다른結果 自然을 光線으로서 感受하고 色彩의 原色粒으로서 表現한다는 곳까지왔다 이 視覺的專制의 反動으로서 後期印象派가 發生되였지만은 이것은 다만 表現形式의推移였었고 그의 根底를흐르는 思想은發生當時의寫實主義의精神 物質的레아리레의表現과 現實的인것에把握이라는곳에있다

卽 寫實主義가 發生當時에있어서 平民主義, 物質主義, 實證主義等의思想속에서 生長한것은 事實이지만은 쿨베의 存在는 審美的意義의 레아리씀으로만 다음時代의 問題를 提供한다.

마네 Manet 르노알 Renoir에서 세산느 Cazanne 그리하야 스쿈삭크, 브라댱크等에 그들의 作品은커다란影響을 준다.

쿨베以後 지금까지 半世紀間 到底히 指適할수없을만치 多色의

流派가 華麗하게 登場했었다 모도 眞理를深究하려는 意圖에서 出發한것이지만은 建策的이였든 同時에 破壞的이였기도 했다. 盲目的으로破壞를爲한 破壞도했다 病的畸形兒도 있었다. 그러나 이속에있어서 發生當時의레아리쯤의 精神은 훌늉한 藝術속에 흐르고 있었다.

挽近에있어 畵壇에 쿨베와 코로 Corot에對한 關心이 커젔다 오래동안의 無軌道的이요 不健全햇든 繪畵運動에對한 不安과 幻滅에서나온 必然的反動으로서 레아리쯤를 再認識하려는것이라 생각한다.

時代性의反映이 없다는 것으로 美術史上에서 Corot를 바비손派로서 부르지만은 審美的意義의寫實主義的立場에서 코로는쿨베와 同樣의 價値와 意義를 가지고있다.

Rembrand, Chaedin, Courbet, Corot, Cezanne 를 한線위에 聯結해볼때, 우리는 寫實의精神이 어떠한것인가를 確然히 알수있다.

劇藝術의 本質問題

韓 秀

1. 劇의 本質

오늘날까지 「劇」이라든가 「劇藝術」이라든가, 하는말은 써왔지만 좀더 기피생각하여보면 「劇」이란말처름 概念이 確實치못한것은없다. 勿論 여태까지 演劇學者라고하는 그네들은 무슨意味라도있는것같이 꼭 劇에 定義를세우고있지만 그中 어느것을보아도 그定義만으로서 充分히 「劇」의本體를說明한 重寶스러운 定義는 찾어볼수없다. 그것은그리고도 十人十色의 모다제마음대로 定義를세우고있다. 이것은 大體어떠한까닭인가? 이것으로부터 먼저 찾어보려한다.

말할것같으면 「劇」 이라는것은大端힌內容이豊富한것이고 그런데다가 몇개의面을갖이고있는故로 여기에對한우리들의態度며 角度의相異에依하여 解釋그것과 理解그것에 여러가지로 相異가생기지않을까? 乃는 一面으로 「劇」이란 時代와가치 社會와가치 流動하면서 있기때문이 안일까? 이러한것을 大體簡單히定義를세워낼것인가? 첫재 定義라는것은 어떤事實에對한 一立的 乃는 靜止的 그러한 觀察에依한 結果에지내지않는다. 多方的 乃는 流動的 그러한 觀察은 여태까지의 定義에는 혹하지안는다. 勿論 定義의價値는 簡單明瞭하게 本質을나타내는데있고 그렇기에 重要하게 되여있지만 그 一面에있어서 多角的流動的存在를 犧性시킬수는없는것이다. 그러고 事象의本質은 多角的乃는 流動的存在는 그속에 있지않은가?

그렇기에 나는 여기에서 어떠한 定義를세우려고하지않는다. 陳列된 定義의가운데서부터 몇가지의定義를 任意로찝어내여서 劇乃至劇藝術의 發展의자최를찾으면서 그것이 今日까지흘러나려온것을 觀察하면서 다시 今日의劇作品中에 나타난 새傾向을찾어내지 안으면안되리라고믿는다. 이러한態度로서 우리는 비로소 定義의 洪水에 밀키지않고「劇」의本質을 把握할수있는것이다.

2. 드라마는 輪廓을 갖이고있다

다시 劇이란무엇인가? 하는問題에돌아가서보자. 이問題에對하야 英國의有名한劇評家 아슈레이·듁스는그著「演劇論」에있어서『「드라마」는 輪廓을갖인 人生이다.』라고하였다. 이것은 實人生과劇과의 關係를 아주 明確히하는데있어서 가장 合蓄된말이않일가 생각한다 劇이란 人生을떠나서는 없다고하지만 人生그것은안이다. 人生에게는 輪廓이란 그것이없다. 人生은 遲純한 無形物이다.

그러나「드라마」에나오는 人生은 輪廓이있다. 이輪廓이 있음으로부터 우리들은「드라마」에그린 世界를 明確히할수있는것이다. 그러한意味로서 이輪廓은「드라마」를 現實로부터 區別할수있다. 이 輪廓이란 勿論人工的인것이다. 그것은 決코 마음대로 하는것이않이고 또 이輪廓에依하여 그려저있는「드라마」의世界도 決코 任意로끄러낸 實人生의斷片은아니다. 이輪廓은 劇作家가 그곳에일어난 事件에依하여 무엇을말할려고하는데서 決定되는것이다. 換言하면 劇의主題에 依하여 決定되는것이다. 그主題가 完全히發展되고 表明되는것으로서 그限度로한다.

이렇게하여서 所謂「小宇宙」는「레-마」에 依하여 內的統一을갖이고 이統一에依하여「드라마」는藝術로서의價値를 갖이게되는것이다. 어떤 리아리틱한劇作品이라도 이輪廓을뺄수는없는것이고 또「리아리씀」은「實際의複製」는아니다. 어디까지든지 꼭「一樣式의 意志」가 實現되여있지않으면않된다. 그러나 이輪廓을 갖이고있다고하는것만으로는 劇, 小說, 詩를 區別할수없게되지않을까? 그러면 劇을 다른藝術로부터 本質的으로 區別하는 特色은 무엇일가?

3. 劇은 觀衆을 對象으로 한다

劇藝術이 다른 姉妹藝術로부터 特히 敍事藝術로부터 明確히 區別되는特色은 그것이다만 臺詞의 形式에있지않고 動作하는 人物에依하여 「觀客의 앞에서한다」고하는點에있는것이다. 이것은벌서 아리스토텔레스가 그「詩學」에있어서 悲劇에서 말하고있는것이지만 또한 演劇學者들도 이것을 例外없이보고있다. 十九世紀의佛蘭西演劇學者 프랜시스크 · 사루세이는 이렇게말하였다.『「드라마」라고하는말속에는 同時에 觀客이라는 말이 包含되여잇다. 觀客을 豫想하지안는 「드라마」는 생각할수없다. 「드라마」가 藝術로서 光輝를 내는것은 많은사람들에依하여 鑑賞되며 融合되는 곳에있다. 그러므로 觀察은 「드라마」의根本要素로서 빠질수없다.』라고말하고 또한 아메리카의演劇學者 뿌란더 · 마슈쓰는『背景이없고 衣裳이 없드래도 그곳에 舞臺며 脚光이없드래도 「드라마」는 存在할수있지만 觀客이없는「드라마」는 存在할수없는것이다』라고 하는것을 보드래도 그사이에 消息을充分히 알어볼수있는것이다.

지금 말한것과가치 「觀客의 앞에서 한다」고하는点으로부터 劇藝術의 重要한 特徵과 劇作上에없지못할 約束이生하여오는것이다. 約束이라하여도 全部는아니고 劇作上約束 그中에는 이根源以外로부터 生하여오는것도있다. 表現手段의 限界로부터 나오는 約束이 그것이다. 例를들면 演劇에있어서 場面轉換의 不自由로부터오는 一種의約束이있고 또한 藝術作品으로서 갖이고있지않으면안될 約束이 곧 그것이다. 作品은 主題에依하여 內的統一과 調和를 주지

않으면 않된다. 그러나 여기에서 問題로하는것은 劇藝術의 觀象을 對象으로하는 곳으로부터 直接으로 生하여오는 劇作上의約束이다. 그것은 다른것이아니요 「드라마」의 發展形式이다. 어떠한 劇을 쓰려고할때 우리들은 반드시 初, 中, 終의 段階로서 劇을 進展시키는 것이 常識으로되여있지만 이漸次的發展段階에依하는것은 모-든劇作이 이렇게하는고로 이렇게하는것일가? 勿論 그렇지도않을것이다. 이것은 先驗的으로 갖이고있는 形式도아니고 또한 劇作品의主題를 發展表明하는 目的으로부터 直接生하여오는 어찌할수없는 形式도아니다.

全혀 觀客의興味를 끄을고 觀客의感情을作中에誘入시키고 最後에觀衆에게 事件의 統一을주어 劇으로부터 解放시키기때문에 一種의 功利的手段인것이다. 이것은 아리스토텔레쓰도벌서 그「詩學」에서 말하였지만 뿌란더 · 마슈쓰가 말한것가치 이点으로서 戲曲은 다른藝術以上으로 하버드 · 스펜사가修辭學에서말한「注意力의 經濟法則에關한 … 諸法則」을適用하였든것이다.

小說에있어서는 모-든사람의興味를 …끟는다는것이勿論 必要하지만 劇에있어서도 … 亦是 그러한것이니 舞臺劇乃至 映畵劇은 一定한時間內에 中絶되는일이없이 展開되는고로 처음 準備的紹介로부터 觀客에게 舞臺며 人物을 親히하며 途中에서興味를 놓지지않고 最後까지 이끌고가지않으면않된다. 質의差異가아니고 程度의相異인지도 알수없는것이다. 그러나 이程度의差異가 全혀 劇의構成에 銳角과 簡潔과 明瞭와를 要求하는것이다. 그러할지라도 보고난뒤에는 全體의含畜된 感銘을 주지않으면않된다. 劇藝術이 觀衆을 對象으로하는것은 決코 劇의發展 構成의形式을 만들어내는것은 아니다.

아슈레이・듁스는 劇作의根本에對하여『劇作家만으로서는 時代를 만들수없다』고하였다. 어떠한 天才的劇作家가 나타난다하여도 或은 百人의 그것이 나타난다하드라도 어째는 作家가 一方的으로만 쓴 劇作品은 決코 成功할수없는것이고 아무리 훌륭한劇作家가 나왔더래도 거기에應하는 觀衆이 없다고하면 劇作品은 成立할수없는것이다. 劇作品이란 듁쓰의 말을 빌어말한다면「兩者의 集團的共鳴」그웋에 成立하는것이다. 文藝復興期以後의 劇作의消息은 雄辯히 이사이의 經偉를말하고있다. 그들은 時代를利用하고 觀衆을對象으로할것을 잊었으며 그리고 自己個人의 思想을쓰고 거기에依하여 時代를 만들려고하였든것이다. 그러기에 劇은 그發生原因이고 同時에 그對象으로하는「觀衆」으로부터 全혀 遊離하고 그와같은 劇藝術의 貪困을 갖어온것이다. 이것은 그와가치 問題되지않을것같지만 이것이 참말 劇作의 가장重要한点이아닌가 생각한다.

舞臺는 藝術家의個性을 重히녁이지않는다. 그러나그것이 舞臺의 無理解로부터 生하였다고 할수있을가?「씨나리오」에준 여러가지의 制限이 商品映畵인故로 그럴가.「作者와 觀衆과의 사이의 集團的共鳴」이라고하는 重要한 劇作의根本條件까지도 그가운데에 抱含시켜버리는것은 삼가지안으면 않된다. 다만 이兩者間의 集團的共鳴이 商品映畵거기에서 如何히 特殊化되고있는가 또는 作者와觀衆을 끌어부치는 그것이 如何히 追從的으로 되여있는가 그러한点에있어서 大端히 議論도있겟지만 어떠한 理想的條件이 나타나드래도 劇藝術은 作者의獨壇場도아니고 一方的으로 個人的劇作慾을 滿足시키는 場所도아닌것은 事實이다.

4. 人間의 模倣으로부터 人生의 模倣에

以上으로서 觀衆을對象으로하는곳으로부터 生하는劇藝術의特色 劇作上의 約束을 대개말한것이고 또 勿論 이것만으로서 劇藝術의 核心에 들어갔다고할수는없다.

劇作品은 時代의端的그것이고 劇作品은 모든意味에서 가장 敏感히時代相 社會相을 反映하고있고 그리고 何等題材며 主題를 選擇하는데 限한것이아니라 그러한것은 克明히 硏究하는 文藝史家의일이지만 여기에서 特히 이러한말을 하게되는것은 劇藝術과 社會를 結合시키고따라서 劇藝術에對한 우리들의 態度며 角度가 時代에依하여 社會에依하여서 大端히 틀려있다는것을 말하고 싶었든 까닭이다.

어찌했든 劇藝術의本質은 이歷史的進展가운데에 숨어있는지도 알수없다. 따라서 얼마든지 歷史的으로 叙述하지않으면 않되겠지만 流動的存在라고하는 劇藝術의 本體에 조곰이라도 미치는데는 이 手苦는避한다. 여기에서 希臘劇에는 모든點으로보아 個性이라고하는 것이 問題되지않었다. 아리스토텔레쓰의 「詩學」도 個性에는 그렇게까지 重點을두지않었고 그沒個性的傾向은 劇作家의 個性을 重히녁이지않었다고하는 點이라든지 劇의主人公이 全部個性을 갖이지못하였다고하는 點에도 同樣으로 보는것이다. 希臘의 劇詩人 들은 材料는사람들에게 膾炙된神話傳論에限되고 따라서 그속에 劇作家의 個人的人生觀을 집어넣을수없었다. 아리스토텔레쓰가 『劇은人間의模倣이아니라』고한 一事의理由도 여기에있을것이다. 그後 宇宙의眞理이며 天의 攝理이며 運命 그러한 超個人的等이러한것이 劇作의 王座를차지하여온것이 十五, 十六世紀의 文藝復興期에이르러서 겨우 「人間性」이눈을뜨고 個人의 權威가 確立되였든것이다.

야슈레이 · 듁쓰에依하면『劇作家는 文藝復興에依하여 藝術家로서 獨立의 地位를 갖이게되었다』한다. 또한 한편에있어서는 人間萬能의 機運을 만들었고 運命이라든가 神의 攝理라든가는 人間의意志앞에서 全혀빛을꺼버리고 말었다. 이傾向은 一七八九年의佛蘭西革命에依하여 宣揚된 自由平等의 民主主義의思想에 依하여 强調되게되었고 이러한 情勢밑에서 자라난것이 近代劇이었다.

이人間性 人間萬能 그것은 近代劇을 그以前의 演劇으로부터 區別하는 根本的 特徵이다. 近代劇硏究家 뿌란티에르가 그의「드라마」의解釋에『意志爭鬪說』을 提唱한것은 이까닭이다. 그러면意志爭鬪說이란무엇인가

元來「드라마」라고하는말은 希臘語「드랑」卽「動作한다」하는말로부터 轉化한것은 누구나 잘알고있는것이지만 近代劇이되면서부터 이「動作」에 人間의意志라고하는것은 色彩가濃厚히加味되어서 解釋되게되었다. 다음에는「動作」이란 意志의「動」이라고 생각하게 되었고 이러한 意味의「動」은 勿論 어떠한障碍에 맞서면서 처음表面에나타나고 그러한곳에 根據를두고「드라마」에定義를 세울려고 한것이 佛蘭西의批評家이고 文藝史家인 뿌란티에르이었다.『「드라마」는 人間의 意志의 發展以外에 아무것도 아니다. 天命이라든가 運命이라든가 境遇이라든가의 障碍에서 活動하는 人間의 意志의 發展에 지내지않는다』또는「드라마」는 우리들을抑壓하며 誹謗하는 奇蹟的 그러한 힘 自然의威力과 우리들의사이의 爭鬪를 表現하는것이다. 또 運命과 싸우고 社會法則과싸우고 或은 親友하고싸우고 어떤때에는 自己自身과도싸우고 또는 周圍의野心이라든지 利害라든지 偏見이라든지 其他 여러가지의어떠한것과도 싸우고 있

을때의 人間을 舞臺웋에 올려놓는것이다.

이意志爭鬪說이 勢力을 얻어서부터는 障碍가 없는곳에「드라마」는없다고 말하게되었다. 事實오늘날「드라마」라고하는것을보면 대개는 意志爭鬪에 이끌려있다. 또는 劇의效果라고하는 點으로부터 볼지라도 이說은 確實히核心에드러가고있다. 만약 作品가운데에나오는 人物의意志가 薄弱하고 明瞭치못하면 觀客을最後까지 椅子에 가만히앉게 할수없을것이다.

그런故로 意志없는곳에 劇的葛藤이 生하지못한다는것이 全般的으로 斷言할수있느냐하면 그렇지도않다. 만들어내인「드라마」에는 意志의葛藤을 찾을수없는것도있다. 그例로서 아-사-는 希臘悲劇의『아까메무농』 소픈크레쓰의『에디뿌숨』沙翁의『오세로』等을 들었다. 大體 이러고보면 뿌란티에르의 意志爭鬪說이 普遍性을 갖이지못하였다는것이 個人이劇作의 王座로부터除外되는데있어서 漸次로 普遍性을 잃게되었다는것을아러주었으면한다. 말할것도없이 이 뿌란티에르의說에對하야 反對論이 이러난것이니 그中에도 가장 有力한說은 英國批評家 윌리암 · 아-사-가提唱한 所謂「危機說」이었다. 아-사-는 그의著書「劇作論」에있어서『「드라마」의 本質은 危機이다』라고 말하였다.

「드라마」라고하는것은 運命이라든가 또는 境遇의가운데에의加速度的으로 發展하여가는 危機 그것이다. 여기에 疑問이 생기는것은 危機이다. 人生에게는 勿論 危機라고하는것이있다. 重病이라든가 破産이라든가하는것이 다-그렇다. 그러나 實生活의危機는 반드시 劇的危機라고 할수는없다. 그러면 劇的危機와 非劇的危機와의 區別은 어듸있는가? 危機 그속에있는것이 아니라 그를 取扱하는 遲速에 있는것이다. 小說이 漸次로 發展하는藝術이라면 劇은 迅速

히 發展하는 藝術이라고할수있다.

아-사-의說도 또한 充分히 傾聽할만한것을 갖이고있는것이다. 우리는 여기로부터 劇作의骨格을찾을수있다. 그와同時에 아-사-의생각하고있는 그속에숨은것도 어찌했든 性格至上主義, 個人主義의劇的觀念인것을 特히 注意하여야할것이다. 演劇學者의研究에依하면 그래도 亦是모-든劇作品을抱含하기는困難한것같다 여기에서 아메리카演劇學者 그레이트 · 하밀톤이『劇은 對立 거기에 成立한다.』고하는 說을 提唱하였다. 하밀톤의 對立說이란 무엇인가? 그는 對立對照그것이「드라마」가 舞台에서 成功하기爲하여서는 없지못할 要素이라하고 또 作中에있는 對照 對立의量에 比하여「드라마」는 劇場으로 될수있다고하였다.

그러면 이것은 唐汎한說이기에 結局「드라마」의定義로서 具體性을 잊어버렸다. 그러면 일로부터 本길과드러가자. 虎突히 들릴지는 모르나 우리들은「드라마」라는것은 어떠한것인가? 하는데있어서

뿌란티에르의 意志爭鬪說.

아-사-의 危機說

하밀톤의 對立說等도 劇의定義로서는 不完全한것이무로 結局 우리들이 찾고있는「青鳥」는 그러한곳에는 없었다. 그러나 그 各各의主義는 劇의核心에 드러가고있는것만큼 그러한点에서 劇作에 있어서의 約束을 羅列的이지만 어느程度까지는 感受하였을것이다.

여기에서 本道로돌아가 近代劇의 說明까지 하려고한다. 根本的特徵은「人間性」及「人間至上主義」이었다.

十九世紀에있어서 社會及集團이發見되면서 이것이劇作에도 影響이미치기때문에 그곳에서 現代劇의 참의出發点이되었든것이다.

換言하면 現代劇에있어서는 個人이 劇作의王座를 除外하고 群衆, 社會가 劇作의王座를 찾이하였든것이다. 實은 個人이 取扱되지만 그것은 벌서 孤立한人間이아니고 群像의 一人으로서社會의 人員으로서 登場하게되였다.

그러면 現代劇의 傾向에잇어서 아리스토텔레쓰의말의意味가 實現될려고한다. 「人間의模倣」을爲한 劇은벌서 끝을맺고 「人生의模倣」을爲한 劇이 生하게되엇다.

이것으로 簡單하나마 劇藝術을 多角的 또는 流動的으로 考察한것이지만, 그러면 우리는 劇藝術을 어떻게한말로서 定義할수가있을까? 그것은 좀힘든말이다

이에이르러벌서 一個의定義에 汲汲할必要는 없지않은가! 그러면 諸君과함께 찾든 「靑鳥」는 結局 劇藝術의 多角的 또는 流動的 그속에 發見되지않었는가? 아니 「靑鳥」는 여기까지 찾어와도 아즉 맛나보지못하였다는것이 事實이다. 그는끄침없이 우리들의 앞으로 날러간다. 만약에 어떤瞬間이라도 그모양을보는이가 있다고하면 그는理論家가아니고 藝術家이다.

- (昭和 一〇 · 一 · 正) -

단순한鳳仙花의哀話

─百秀에게올리는詩─

韓 泉

어머니의일만정열속에서신성한瞳孔이신선한宇宙를낳았다. 海氣의닢닢으로짠舞衣를날리면서부푸른象牙의海心을껴안이보려들든, 너의비달기의結婚前夜와같은憂鬱한나래는, 비-나리는아부르港口를갸웃거리는독크에서서, 오-랜世代의진실로낡은世代의어머니가물려주시든힌비단치마폭을쓴바다ㅅ바람에펴ㄹ펄펄날리면서, 高尙한마스트옿에거니는구름처름聽衆없는高尙한音樂會에서, 다만홀로히흐리어진瞳孔을힌비단치마자락에싸안어들고소리없이미끄러졌다. ─거미알을잡순像인亞流氏들이하-얀이트를反射하는黃昏의거리……조악돌옿에로.

褪色한초록빛寢室인山脈들사이로서壯한白雲의나래를펼치든전날밤, 힌希望의힌로케트는나의동무게순(桂順)이가고히잠든火星가까운酒幕, 오리부山城에서산산히바스러떠러지고말었단다. 永久히그대失望을건질길바이없든바다가바다가場마중나섰던조개氏의기픈緣分을하품만나는세피어의모래언덕옿에밀리워보내고어린조개속의애기별같은두개의토바즈의眞珠를나란히간지미를만들어 ─ 추잡스런상魚氏들에게덜퉁스럽게두마음쓰려들든咀呪받을세피어의바다여!

眞珠의아기들은줄난부끄럼군이기에고요히오로라의안개속으로기어저버리었다. 말없이뺌을적시는두줄기시내는가을비나리는航海의表情을본드시, 스산산寢室이다. 林檎밭도없고銀빛의고기도없고暗黑도없고, 羊떼들도가고殘忍한水夫는아폴로를그리워하는庭園에

園丁을시켜서, 鳳仙花와白馬를카메라에넣어갔다. 茂盛한法律, 십만의노예들이움즉이든輝煌한메트로포리스의廻轉木馬가, 서늘한椰子樹그늘에서선뜯한懷疑의둥근心臟을어름짱같이느낀다음뮤즈를불러聖餐마당에서노래부르기시작한때는正히輕薄한포에지가피에로인초생달님과할께, 분주-히枯木가지욿에서風琴을탄다.

알파와오메가의肺炎으로因하야, 天國과幽宮다락을세레네-드하는巡禮詩人마리아를에워싼멘사의強情曲이무르녹기에, 겨우얻은人蔘첩을들고드어를열랬드니온천만에거미줄이어찌나끼였든지그만저-오리온의별들이, 내에나멜의구두코끝에서어느한아가씨의임종을슬퍼하겠지……太陽이구버보지않는거리란, 별밤아레거미氏들의별밤의……파라인가! 미지근한 溫突夜半은신선한아침의五月에서업싸이드의宣言을받은菖蒲밭에幽靈의침실인가!

싸포의不朽의烟氣난, 百家의古典과放恣한아침을이나뭐-의言語속에다몬타-주한다. 永久한文法의接續詞와가치한없이便利를주는이놈은, 永遠한스핑스이다. 이윽고나의주머니속에간직한바다는종달새의알토를드르면서, 그윽한빠리톤으로새벽을招來한다.——세피어의海岸을잊자! 나의言語의意義는너의머리의數에지나지않는다. 오로지蓬萊의테-푸의감은해방된러-렐이東方바다로깃을찾어, 종달새의나래를타고, 鳳仙花의마음을안은채——소보ㄱ히나려오기까지……

——昭和九年. 十二. 卄四——

鶴 과 太 陽

—李秉絃氏에게—

杜 春

西天에는 回轉의 太陽
물욿에는 저녁놀이 빛날때——

아름다운 世上의
이 고요한 水邊에

鶴 세마리
하늘을 우르러 喉咽하나니——
아 지극한 哀愁의 때여

어듸서 어느곳으로 가려는고
旅心의 길은 悠久하여라

房

李 時 雨

세월갓흔벽에일이의키가나날히자랄적에 일이의부서진작란감은 쏫과갓치나날히늘어갓다. 일이의부서진작란감이쏫과갓치늘어가든 날 일이의아버지는부서진작란감처럼길우에서절명한것을일이는모른다. 약병마테세월갓치싸혀잇는부서진일이의작란감들. 일이는공일날갓치짜듯한미다지박그로작고만나가겟다고하고, 일이의어머니는작고만나가지를말나고한다. 아아房처럼슬픈일이의작란감들. 이럴때마다일이는이약이하지안흔이약이갓흔아름다운이약이를房처럼담북진이고잇섯고, 일이의어머니는일이의얼골을房처럼물그럼이바라다보고잇기만하는것이엇다. 일이는엇지하야작란감을부시는게제일조흐냐. 겨울에서부터봄으로. 날마다오른편책상사랍에는가위와고무공과오색가지색종히가, 외인편책상사랍에도만년필과편지와약이다아말너붓흔옥도뎡긔의약병들이너혀잇섯스니까, 가위와고무공과오색가지색종히도너혀잇섯든것이엇다. 겨울에서부터봄으로. 결국달은쓰지를안코, 밤마다벽에서는별의소래가버레소래갓치들니여왓다. 이러는동안에세월갓흔房은일이의房이쳘이의房으로바귀여지는날은과연어느날일넌지. 화원과갓흔일이의향수등.

가을三題

柳 致 環

秋 雲

몸을 맑게 눈물에 씻고
飄然히 遍路에 뜬 虛無의 姿체
天涯는 가이 없고 所望은 물같거늘
아 孤獨은 孤獨에 절로 빛나다
어대메 마음의 故鄕을 비여두고
오늘은 한낮얼 그 空山에
寂寥의 그늘을 가리는 者여

秋 風

뵈이잖은 이 슬픈 狂女는
닿은 곳마다 매달려 애닯게 嗚咽하고

거리에는 대낮인데도
휫한 曠野같이 몬지를 구을르고

사람들은 蟋蟀이같이 야위저서
날개처럼 그림자를 홈치고 간다

秋 蝶

이는「有情」의
──落魄한 그림자
纖姸한 錦紗도 몸에 치웁게
「가을」!
萬象이 寡默한 非情의 空창을
호올로 哀弔의 喪을 입고
了了히 追憶의 꽃없는 두덕을 彷徨하는
아 一片
「感傷」의 漂泊이여

──昭和九年秋

여 주 (技 技)

鄭 榮 水

노란 여주 끝으머리가
날나 발어졌에요 부끄럽게도
이-가을에
妖精같은 王벌이 쏘았읍니까.

흐리흐리한 여주 배속에서
빨간 씨가 나왔읍니다
고추보다도 붉은 알이
몽실몽실 香그럽게 나왔읍니다

九月 저녁 긴-밤 되여오는데
넘어짐듣한 넋잃은 울타리에
도틀도톨한 노란 여주가
내맘같이 가을바람에 다룽거립니다

東 海 에 서

鄭 榮 水

愚鈍한 帆船이
달팽이같이 기여도는
한- 바다에
푸른 나그네의 맘이 잠들었다.

지금
東海 큰눈을 흡뜨게하는
大氣의 秘密을 銳感한 海燕의 날개깃소리
아아! 나그네의 꿈엔
南國의 이야기를 조잘거릴뿐

보 름 달

金 正 燾

〃뿌라티나〃의 反射光의 休息所
暗黑中에 자라난 蓮꼿

저 움물속에 홀로앉은 發광體
兵丁들은 벌써 睡眠魁의侵入을받었는데
그놈은 아직도 불장난을 끈치지않고

쌍움이란것을 아조닛은 그는
뾰족한 입을 닛어버렸다.

——그러나 醫師만가버리면…………그놈은……

病監의딸

任 惠 羅

어머니――
쇠창살틈으로불어오는 가을바람이
뼈만남은 딸의몸에 숨여듭니다.
핏긔없이여윈 두볼
落葉같은 입술……
面會室의창문이 열닐때부터
놀내고 슲어하든 당신의마음……

향락과 비단옷을버리고
당신의자애를 물니치고
太陽을향하야 거츠른바다를넘든
열여듧의딸―어린白鳥는
상처난 나래를 개인채
떨고있읍니다.
눈보라와 어둠속에서……

이딸의몸을 묶은
두갈내 세갈내의 굵은사슬……
――눈에보이는 쇠문과 붉은벽돌담
――목에서나오는 검은 핏덩이
그러나 그보다도 몇갑절 힘있게 나를
묶은

당신....이딸의어머니......

나를 잃은 당신의 고독한 생활이
보금자리의 단란을 꿈꾸게하고
당신의 사랑은 다스하게 불어와
이딸의 마음속에 불타는
情熱을식게합니다

흔들리는 마음
점점 가느러가는 노래
(목에서나오는 핏덩이를 마시여가며
노래불을 힘을 얻는다는 새들이
불업습니다)
....

그러나 어머니
당신의 참다운 딸이 되기위하야
도라가신 아버지가 늘원하든
굳 센딸이되기위하야
이딸은 노래하랍니다.
이목이 자라는 날까지

어머니
그노래속에는 이런 구절도 있음니다
—당신이참으로 이딸을아끼시거든

어머니의 사랑으로 딸의 가슴을
드려다보소서
그속에 끌른 피를 살이기위하야
당신도같이 노래하여주사이다──

어머니!

──昭和九年十二月──

12月의 腫氣

백 수

젓내를퍼트리는귀염둥이太陽

입김엔近視眼이보여준돌잽이의꿈이서린다

hysteria徵候를띄운呼吸器의嫉妬

또할

나의心臟이太陽의白熱을許容하면

熱帶가故鄕인樹皮의分泌液이rnbber質의悲鳴을낳다

어제의方程式이適用될1934年12月14日의거품으로還元한나

하품

기지개는太陽의存在를認識치않는다

새 벽 길

洪 以 燮

간밤에쌓엔눈
고히잠든人界에
보드러이나리였드라

쇠방울소리
지릉지릉들니는새벽

어듸로간줄도몰으고
잊어버린그때의
나의캔씨를차즈러
나섰든날

울음도없는그말(言)소리

소구루마박퀴가지나간
두줄기平行된曲線만이
말너빠진街路樹밑으로
스미여버리고

분紅빛아침해만
반기며떠옵데다

最后의 停車場

劉 演 玉

釜山서 떠나왔다는 汽車가 義州에 다었소.
三等客室에는 힌 봇다리들을 끄러안은男便과
젖멕이를 잔등에 업은 파리한 안해와
배곮아 보채는 어린게들을 하나가득실었소.
어수선한 車室은 매슥금나게 어지럽소.

이곳은 그들의 最后의 停車場이오
이러한 무리가 數없이 지났고
이后도 또한 數없이 지날
이곳은 그들의 눈물의 停車場이오

이제 저-江만 건느면
검은 鐵의 怪物은 가엾게도 불상한 그들을
눈보라치고 거츠른 벌판에 떼어버리고 다라나올께아니오?
마치 處女들을 魔窟에 넣는 兇惡한 魔手와같이.

저들의 눈을 보시오
不安과 恐怖에 빛나는 저-눈들을
거기에는──情들인 녯집을 永遠히 떠나는
哀愁의 빛이 번개처럼 지나가오
그들이 늘보고 일하든 아름다운 메와흐름이며 기름진 벌과함께.

그리고 그들은 只今
絞首台에오를 時刻을 기다리는 死刑囚처럼
마음을 조리며 鐵魔가 움지길것만 기다리고있소

아!저소리가 들리지않읍니까?
心臟을 찌르는듯한 氣笛소리가
(아! 그들의 가슴속깊은 우슴소리와함께)
고만 불상한 사람들은 最后의 停車場을 떠낫소.

(昭和九年十一月卄八日)

아담第一世

하이네初期의政治詩

하인릿히 .하이네

李 孝 吉 譯

당신은 焰刀들은
天使를보내여,
不當하것도 無慈悲하게도
나를 樂園으로붙어 쫓았거니—

나는 지금 안해로더부러
다른 地上의王國으로 떠나갑니다.
그러나 내가 智識의열매를먹은事實은
당신인들 어떻게하랴!

죽엄과天動,—그 힘을빌어
당신은 偉大한체하지만,

내가 당신의無力과無爲를 깨달었음을
당신인들 어떻게하랴.

오오神이여!! 說諭逐放
얼마나 안타까웁습니가.
—그러나 그것은 地上의權威
宇宙의 빛이외다.

樂園──
웨 내가 그곳을 그리워하렀가.
그것은 참다운 樂園이아니엿거니──
그곳에는 禁斷의樹木이 있었거니──

나는 完全한自由를 원합니다
조금이라도 그곳에 制限이있다면
樂園은 變하고맙니다.
地獄으로──監獄으로──

(昭和九年十二月卄六日)

갈 매 기

張 應 斗

蕩蕩한 물결이요 急急한 山勢로다
이루에 자란白鷗 그뜯앓이 莊嚴한가
높낮이 나도너몸에 未練할점 있으리

勝 景

瀑布 급한물도 못에들어 쉬거늘
人生이 제바뿐들 이길거저 지내리오
가슴속 닷는 淸風에 잊고갈줄 몰라라

秋 情

하늘 해맑은데 기러기 소리높고
갈대 머리히고 물깃가을 기여든다
원컨댄 저어기저쪽 돗대하나 뗏기를
(昭和九年. 秋)

첫 눈

종 화

어제밤 구진비가 밤사이 눈이로다
꺼칠한 古木우에 까마귀 울며
다쓸닌 草家굴둑에 외줄연기 올으네.

언솔을 한짐진채 비틀대든 어린樵童
오든길 멈추고 놀나바라 보도다
아히야 山직이않이매 놀나질낭 마렴아.

낡은갓 㚐周衣에 憔悴한 얼굴로
등을넘는 저老翁 팔장끼고 어델가노
눈우에 발자욱만이 뒤를딸아 가더라

靈은 零이니라

백 수

거울날의 구진비는 비누거품에나 비길, 서글픈 마음을 구비구비 휩싸드렸다. 그러고 이슥한 어둠엔 외로운 추이가 나무가지 하나 사귀여보지못한채 살어듬저 든다. 코ㅅ물이 불어오는 것은 따로히 느꺼운 생각에서 만이 아니다. 모름지기 스러저야할, 본맘이 뒤처 오른게나 아닐가. 코ㅅ물은 훌적여 듸려마신대로, 이 적요를 꾀뚤는 기침의 가닥이야. 진늑이같이 느러붙는 땅의 찬기운보다는 어깨를 적시는 비ㅅ바울이, 더고질이다. 이쯤되면 이십분전의 술기는 간곳없이, 얄궂인 육체의 호소뿐이다. 다리가 저리여든대도 그것쯤은 코끝에 간당대는 비ㅅ방울이 어찌해줄게지만, 뒤집혀오르는 메식꼬은 중엔 애꾸진 침만께제제 흘릴수 밖에 없다.

석유괴짝에 부대치여 골라잡어 단돈 십전이든 허여멀건 사기주발이 우물물로 배를 불렸다. 이치는 그앞에 부처같이 꾸러앉어 눈을 감었다. 그러고 안방의 시게는 열둘을 울렸다.

음 소마니 소마니 흠……… 빅실구리마바사하.

얼근이 술기에 도라오르든, 이 쉰두부같은 목소리가 이제는 헛거품과 무되인 숨결로 씨근댈 뿐이다.

영(靈)이 나린다. 영(靈)은 영(零)이다. 영(靈)은 물방울같이 둥근것이다. 다만 존재를 뵈이지않을 뿐이지, 지구가 둥글고, 해가 둥글고, 나무가 둥글고, 사람이 둥굴고, 모든 짐생이 둥글고, 모든, 모든게 둥근것이다. 영(靈)이 영(零)을 맨드렀기 때문이다. 영(靈)에게는 둥그런 사과나 귤이아랑곳없다. 아모리 둥그렇게 눌러담었기로니, 밥도 일없다. 영(靈)은 영(零)같이 속이 빈, 맑은 존재이다. 이 사기주발엔 영(零)같이 둥그렇고 맑은 물방울들이 그득하다. 그래서 영(靈)은 영(零)같이 둥그렇고 맑은 물속에 그윽히 잠길게다.

이치의 입설이 달달떤다. 십년간 산속에 파무처 사파(娑婆)를 잊고, 하누님만 섬겼느니라. 솔닢만 뜯어, 요기를 했느니라. 청둥벼락이 나리고, 하누님께서 나리셨느니라. 그렇게 송충이시늉도 그만했으면, 넉하니, 사파에 나아가서 불상한 동기들을 구하라. —— 하셨느니라. 내게 영(靈)이 통했고, 다섯손구락이 금목수화토의 오행(五行)으로 작용하느니라. 일본내지인들의 심령치료술(心靈治療術)은 환자(患者)를 믿게해서, 심리응용(心理應用)을 하느니라. 그러나 나는 곧 영(靈)이 빌린 몸이니라. 사람은 그 모체(母體)에서 나올제는 단지 영(靈) 그것뿐이니라. 그것이 인욕(人慾)을 깨달은 뒤로부터는 선천적 혹은 후천적의 병마(病魔)를 얻게되느니라. 그렇면 병은 그 사람 본체내(本體內)에있는 영(靈)그것이 신체를 잘 지배(支配)치 못하기때문이니라. 해(太陽)가 물체를 태울 능력이 없는게아니라. 여러곳으로 흐터졌기 때문이니라. 거기다가 화경을 대고, 그광선을 한곳에 뫃으면, 그물건은 타느니라. 그모양으로 영(靈)이 그신체를 지배치 못하는배는 아니니라. 그러므로 영(靈)에서 난것을 의약(醫藥)으로 곤치려드는것은 절대불가능이며, 어리석기 짝이 없느니라. 사람이란 이목구비가 다 다르니라 이것은 신(伸)이 사람을 맨드렀다는 증거이니라. 만약에 판에 백여낸듣이 같다면 누가 제 부모와 처자를 알어낼수 있으랴. 거기에는 신(伸)의 조화(造化)가 있느니라. 그러므로 영(靈)으로 되였고, 영(靈)으로된 몸이니, 응당 영(靈)으로 곤칠게니라. 약으로 어찌다 났는것은 단지 사람이 다죽게 되였을제 부르짓는 소리, 즉 아휴 하누님이라든가, 정성을 듸린다든가. 허는 등의 하누님을 믿게될때에 이러나는 외게의 영(靈)과 자기자신안의 영과의 일치를 볼때이니라. 어듸 효자가 자긔아버지가 다죽어 갈제 자기손을 끊고서 그피를 먹여살였는데 다른효자가 그같이 하고서도 자긔아버지를 못살렸느냐하면, 먼저 효자는 자긔몸을 잊고서 아버지하나만을 살리는데 팔려 한노릇이요, 나종의 효자는 그것을 법으로 알고 헌것이기에 글렀느니라. 그와같이 나를 믿어야 하느니라. 한개의 술법으로 알어서는 안되느니라. 하누님을 믿어야 하느니라 .소금섬을 물로 끄러야 하느니라.

물한목음이 그립다. 이 어둠의 헛헛한 마음은 바다와같이 출넝거리고, 입안은 사막의 모래ㅅ전에나 비길가명치끝이 저리여들고 눈꺼풀이 간지럼을 탄다. 예가 어대냐, 지금이 몇시냐. 베도포가 웬일이냐. 말총으로짠 관이 왜이리 비ㅅ물을 받어내리느냐. 왜. 발끝, 손끝, 코끝이 꽁꽁어러붙느냐. 그래도 도포안, 두루매기안 마구자안, 족끼호주머니엔 지갑이 두둑하다. 돈이 무에냐.

영(靈)은 참말 영(零)이냐. 이치의배ㅅ속은 참말 영(零)과같이 텅비였기도 쉽다. 밥보다는 물 한목음이 더 간절하다. 영(靈)은 물일게다. 머리속에선 배암이 꿈틀댄다.

딱딱이 소리가 들린다. 가만있자, 슨채로 손바닥을 딱딱 세번치는게 훨신 힘이 덜들겠다. 아모래도 조선것은 못써.

따르릉 소리가 난다. 설넝탕이라도 배달하는겐가. 아닌게 아니라. 쭈르륵소리도 난다. …… 빅실구리마바사하

휘— 한숨을 치쉬고 내리쉬고, 얼굴을 문질르고, 머리에 빗질을 하고, 옷을 가러입었다.

에헴, 기침을 하고, 안방미다지를 조심성있게, 민다. 확끈 찌르는 것은 달구어놓은 방바닥의 더운김이다. 아래ㅅ묵에는 젊은 계집

이 이불을 쓰고 누어있다. 그옆에는 늙은 노파가 쭈그렸다. 영(靈)이 내린 몸이니 입을 잡되이 버릴수 없느니라. 이치는 또 책상다리를 하고 눈을 감는다.

노파는 이치의 눈치를 슬금 흘기고 이불을 제킨다. 젊은 계집의 미끈한 살이 통으로 드러났다. 계집은 알몸으로 누었든게다. 노파는 이불을 개켜서 한쪽에 미러놓고 밖으로 나가버린다 무더운 침묵이 방안을 휩쌌다.

이윽고 이치의 쉰두부같은 주문(呪文)이 거품을 품고 나온다. 음소마니 소마니 흠 ………

이치는 두손을 곤두세워 계집의 배를 뚜다린다. 이치의 손이 칼날이였다면 계집의 배는 날산적이 될모양이다. 이치의 손은 어찌 냉혈동물인지 계집의 배는 아픔과 차거움에 출렁거린다. 이치의 말을 빌면, 이 출렁거리는 소리가 병이 녹아내린 증조란다. 이치는 계집의 포동포동한 앞가슴을 주물는다. 아즉 젓을 물녀보지못한 젓퉁이가 펄덕인다. 그러고 계집의 목줄띄는 이치가 시키는대로 바른편, 왼편하고 깟닥어린다.

이치는 되 계집의 배를 주물르기 시작했다. 이치는 그나마의 소리도 고루 욍기지못하고 허덕인다. 계집의 갑분숨결이 뒤석긴다. 이치는 식은 땀을 주체못하고 덜덜거린다. 그적게는 계집이 까무러쳤었다. 그래서 어제하로 궐한게다. 까무러치면 야단이다. 허지만 영(靈)이 드러와 까무러친게다. 영(靈)은 영(零)이다. 영(零)이니까, 잡념이 온진히 다러나면 혼도될것이 당연한 귀결이다. 계집은 어째뜬간 계집의, 사내가 이것을 믿으니 그만이다. 계집은 한갑진갑 다거친 X참판의 소첩이다. 아들은 커녕 딸이라도 나어지고, 발광징이났다

계집은 이치앞에 두팔, 두다리를 쭉 뻗었다. 이치는 계집이 여지껏 장복하든 보약들을 일절 금했다. 금목수화토 오행의 재간을 부린다. 병은 따로히 있는게 아니다. 애못나면 병이다. 병은 곤처야쓴다.

「대감은 아즉도 젊으십니다. 와잠(臥蠶)이 평만(平滿)하고 명윤(明潤)한 데다. 인중(人中)이 분명하시니 아들 형제는 염녀없읍니다.」

그러고 이제는 이렇게 계집을 떠맡었으니, 그만이다. 위선 장적바리가 드러온다. 쌀가마니가 싸였다. 꿩고기란 히얀하다. 그러고 계집이 애만배는 날이면 ……

정말이지 이렇게해서 아들하나 볼수있다면 이치에게도 첩이있다. 그것에게도 베푸러볼게다. 이치의 식구는 여섯이다. 본마누라에, 스물둘인 첩, 시집갔다 쪼껴온것까지해서 딸이 둘, 상노겸 비서격인 처제. 어듸, 이짓이 돈이 된다면 첩하나 더얻어드리리라. 후사(後嗣)가 없어서야 쓰나. X참판의 광증도 무리가 아니다. 너도 좋고 나도 좋고 제발 애만 배여지이다.

추녀모스리에 물방울이 부러오른다. 나른한 자리웋에 단근질한 숨길이 어꾀여 아직도 끝으리를 남긴다.

―― 이렇게 계집의 치료는 삼칠이 이십일일을 겨꺼났다.

음역 팔월이라면 제봅 서늘해진 때다. 이치의 심령치료술(心靈治療術)은 뻐젓히 대문앞에 顯를 달만큼, 주머니속을 두둑히 해주었고, X참판집 서슬대문엔 삼줄이 걸이어, 솔닢, 숯, 고추가 꼬치였다.

……… 빅실구리마바사하. 이치는 정안수앞에 꾸러앉었다. 방안

에는 검게 탄 얼굴을 하고 자궁암에 오늘, 낼을 깔딱이는 계집이 누어있다.

내손에는 병이 녹아 내리느니라. 내가 읊으는 것은 하누님의 말이니라. 판수의 경(經)과는 다르니까. 영(靈)을 이끄러 영(零)과같이 둥그렇게 뭉치는 화경이니라. 영(靈)은 만세불멸이니라. 인체내의 영(靈)도 그러하니라. 허지만 육체가 다 썩은뒤에는 어찌할수 없느니라. 영(靈)은 맑고 깨끗하니, 혼승백강(魂昇魄降)할수밖에 없느니라. 오늘의 환자는 그러하니라. 미구에 육체는 죽느니라.

식은 땀이 흠뻑 배여들었다. 돈도 돈이지만 허구헌 날 이렇게 식은 땀을 짜내고서야, 어느하늘에 백여날 도리가 없다. 몸은 한갓 안정(安靜)되여야 하느리라. 우수사려(憂愁思慮)를 물리치려면 잡념을 버려야하느리라. 불연(不然)이면 말러 지옥엘 가느니라. 금목수화토인 손구락으로 꼽아보자. 이키 이만 제세자항(濟世玆航)을 해야겠다. 보따리를 꾸리리라. 이도, 하누님의 영(令)이니라.

이치는 어느 산속에서 또 솔닢신세를 지고 있을게다. 이제꿈은 극낙신문(極樂新聞)에 이치가 신선(神仙)으로 승급(昇給)했다는 소식이 대서특기되였을는지, 가히 알바없다. 지구의 껍질로 드나드는 지랭이떼들에게는 이제나, 저제나, 한결같은 어제와 오늘에 내일이 있을 뿐이다.

— 昭和九年十二月……

看 板 選 手

─── 優畵堂始末記 ───

趙 豊 衍

탕탕, 타타탕, 탕탕 ……. 함석에 못(釘)을 주는 소리다. 못박어나가는것을바라보는 우화당간판점주인 우경렬 (禹景烈) 은 벼란간, 못을 박고있든 직공에게 악을 썼다.

「무슨못을 그렇게 박어?」 하고, 치어다보는 직공을 다시 머리부터 「글세 그렇게 떰떰이 박으면 간판이 성하냐말야」

직공은 드렀든 장도리를 내어던지고 주인을 치어다보았다. 대관절 어쩌라는 세음이야 하는 눈치이다. 어떤때는 촘촘이 박는다고 야단. 인제는 떰떰이 박는다고 야단. 알수없는일이었다.

알수없는것은 괴이한일이 아니었다. 시방 우경렬은 못의수효를 세이고있었다. 그러고 함석한장에 못이 이백개가량들면은 오늘은 주문 (注文)이 있고 그렇지않으면 없으리라 …… 이렇게재수를 따저보았던것이다. 그랬더니 직공은 일백오십개에 박어버렸다. 그래서 소리를 질른것이었다.

두손을 양복주머니에 넣은채 경렬은 이런생각만하는것이었다. 우화당에 주문이 훨적 줄은뒤부터는 그의 자랑인 너털우슴을 도무지 볼수가 없었다. 그는 술을 잘 먹었다. 보통사람들은, 좋은일이 있으면 좋다고 먹고, 언짢은일이 있으면 화난다고 먹지만, 우경렬은 먼저먹는것이 보통이었다. 이를터면 커다란 일 (注文)이 생기면, 해 내가기도전에 곧 이익(利益)을 따저서, 응 얼마가남으니까, 하고는 술을미리 그 이익에서 마시는것이었다. 술을먹고 붉어진얼굴로 이우에도없는 명랑한 너털우슴을 허허허허 하고 웃는것이었다. 그러든 그가 요지음에는 일절 웃지않었다. 이것도 다 일꺼리는없는데다가 집세니, 전등세니, 직공들의 월급이니 하는, 경비만 푹푹 드러가는 까닭이기도하나 그보다도 큰원인은, 한달전에 바루 우화당간판점 건느편쩍에생긴 천마당간판점 (天馬堂看板店) 의 존재때문이었다.

이 봉래정근처에는 큰것적은것합하면 간판점은 모두 너덧은 세일수있었다. 간판박사(看板博士)라는 엉뚱한칭호를 갖인것부터 두간쯤되는곳에 펭키통만 느러놓고는「ペンキ塗請負」라고 커다랗게 써부친것들이 너절하게많었다. 그러고도 그들은 겉으로는 상당히 분주하게 형편(景氣)이 좋와뵈였다. —— 봉래정이란 동내는 두어군데쯤 간판점이 더생겨도 괜찮을데같으다.

무어 우화당 마진짝에 천마당이 생긴다고 우경렬이가 분개할 필요는 없었다. 다른게 아니었다. 그가이로인하야 기색이 좋지않어진것은 다음과같은 이유에서였다. (설명을 자서히하기위하야 우선그가 간판업을 시작한것부터 이야기 하지않으면 안될줄안다)

그는 칠쟁이나 간판쟁이를 할만한 팔자의 사람이 아니었다. 넉넉지는 못하나마끄니에 굶거나 하지않는 가정에 자라난그는 스물넷이 되도록 직업이 없이 집안에서 버둥버둥 놀았었다. 벳섬이나 하는것으로 양식은 파러먹는것을 면하고, 경렬의 형(兄)되는이는 어느 관청에 고원으로 월급을타서는 가용에 보탰다. 별로 경렬이가 돈버리를 안한다고 사납게 보지는안했다. 그런데 경렬의 형이 장가를 든때부터는 경렬로부터 제자신의 무직을 한탄하기시작하였다. 형수(兄嫂)에 대하는 체면뿐만으로 경렬은 무슨일이라도 하잖으면안된다고 생각하였다. 집안식구에게 말할필요도없이 그런걱정은 여태까지서로 걱정했던일이고, 새삼스럽게 한탄한들 결국 신통한소리가 못되므로 경렬은 저혼자 묵묵히 궁리해보았다. 말없이 일자리를 얻으려 헤매어도보았다. 그러나 만만한곳이라곤 나타나지 안했다. 고등보통학교를 삼년급에서 중도퇴학한자로, 아모런 배경(背景)을 갖지못한사람은, 윈 취직같은것은 상상도못할만한 현실이었다.

그가 거리에 나다니다가 하로는 눈에띄인것은 간판점이었다. 이렇게 말하니 마치 간판점이라곤 도시처음 발견한것같이 생각되겠지만, 의식하지않고는, 더구나 생활과 별로 교섭이없는것은 그다지 주목해 뵈히지않는법이다. 경렬로서도 간판점은 전에보지않은것은 아니다. 다만 그 일하는양을, 또렷이 몇시간동안 서서 바라본것은, 직업을 얻으려다닌 그날에 비로소였다는말이다. 직공의 서넛이 한편구석에서 대패질을 한다. 톱질을 한다. 함석을 편다 하는 다른 한편에서는 주인인듯한 경렬또레의 스므서넛 되여보이는 우에는 검정샤쓰에 아래는 누렁 고루뗑당꼬바지를 입은 (그는 이런것까지 자세히 드러다보았다) 사람이 「무슨무슨商店」이란 글씨를 쓰고있었다. 검정칠을 덤북 붓에 찍어서는 활기있게 휙휙 갈겨쓰고있었다. 그앞을 수십명의 구경꾼이 둘어싸고있었다. 그리고는 잘쓴다못쓴다. 개칠을 너무한다 하고 서루 떠들고 비평하는것이었다. 어떤자는 야아멋이다 하기도하였다. 어째뜬 장한 존재였다. 종로네거리에서 사다리를 놓고, 글씨를 쓰든「상투쟁이 간판쟁이」도 연상되였다. 경렬은 그제야 그간판점의 주위를 삿사치 둘러보았다. 집웅에 달은 간판은, 이상한 장식으로 짜힌틀안에 호랑이가 서있는 그림이 그려있었다. 바라보든 경렬은「흥」하고 코우슴을 우섰다. 그밑에 씨워있는 글자는 영어로 「타이거어 스타지오」(타이거어는 호랑이란말이고 스타지오란 畵室이란 뜻이다) 라고 있는데, studio 를 stajio

라고 잘못적혀있었던것이다 우선 경렬은, 영어의 상식으로 이 간판점주인의 무식을 경멸하고, 호랑이 그림을 볼때 빙긋이 미소를 금치못했다. 펭키로 더덕더덕 그려붙인 그 그림에서는 범의 흔적도 볼수없을만큼 말이 아니었다. 이런것으로 간판점을 뻐젓이 내고앉은 그자들이 퍽 우스꽝스럽게보였다. 그럴냥이면 글씨도 번변치않으리라고 생각했다.

글씨에 대해서는 글열은 익숙한 눈을 갖지못했다. 그는 그림만은 자신있게 결정할수있었다. 왜냐하면 본래 그는 왼만치 그림을 그릴줄알었던것이다. 고등보통학교를 중도퇴학한것도 사실 인즉 그림에만 열중하야 학과를 게을리한탓으로 낙재를 하고는 이차피, 졸업을 한대야 그림을 전공할것이니까 하고 제딴은 시원스럽게 퇴학할만큼, 한때는 화가지망(畵家志望) 의 청년이었다. 결국 열성이 적었던지, 재주가 딸렸던지, 혹은 도구를 작만할 돈이 없엇던지하야 어느결엔가 그림을 집어치운지 육칠년이 된다. 그러나 지금쯤이라도 붓을 들면 그따위로 호랑이를 만들지는 않겠다고 자부하였다.

물론 이래서 간판점을 낼려고는 않했다. 그것은 한개의 영업이고, 장사에 조그만 경험도 이력도없는 경렬로서 당장 내겠다고는 생각지않했다. 생각한적도 있었으나「간판쟁이」라는 칭호의 어감(語感)이 반갑게는 들리지않했다. 다만 그뒤부터는 그앞을 지날적마다 유난히 주목을하게되였고 간판점이라는 영업이 자조 관심을 끄렀다.

어느날 그는 중학시대의 친구로 남대문근처에서 철물장사를하는M이라는자와 해후(邂逅)하였다. 혹시 이런자에게, 하는 생각으로 간판점의 내용을 무른즉

「응, 괜찮은 생각일세. 자네는 그림도 잘그리고 하니까, 헐만허

이, 기술로 버러먹어야지, 온 우리같은 영업은 옛날에말이지. 요새는 쫄닥망하는 세상이니까, 팔리는건 고사하고 시세가 올랐다 내렸다 하는통에 그야말로 오줌이 나올지경야」한다음

「첫째 간판점은 미천이 없어도 허는장사니까, —— 그래뵈도 우리장사는 처음에 돈천원이나 드렀지」

경렬은 M의 제자랑하는 것말보다 미천안든다는데 호기심이 버쩍 올랐다.

「아아니 미천이 안드다니」

「셋집허구 연장만갖이면 고만이지, 미천이 무슨미천인가, 기술만있으면 고만야」

하고 그는, 우선 기술업이란, 「스독크」(在庫品)가 절대로 없고, 주문이 드러오면, 일하기전에 계약금을받을수있으며, 그것으로만도 재료를 만드러 일을 마추면 남저지는 몽탕 이익일될수있다고 설명하였다.

또 M은, 제말의 진실성을 증명하기위하야,

「자네 양복점이나 구두빵에서 선금(先金)을 얼마래도 안받고 일허는놈들이 있든가?」

하고는 끝끝내 기술갖인사람을 부러워하였다.

경렬은 입맛이 붙어서 M을다리고 청요리집에 좌석을 정하였다. 경렬의 마음에 차차로 바람이 불기시작한 증조였다. M은 친절히 정영 결심만한다면 착실한 사람하나를 소개하겠다고까지 말하였다.

「대관절 해볼셈인가?」

하고 경렬의 의사를 무렀다. 경렬은 글세, 할맘도없지는않지만……하고 얼른 쉬운대답을 않한즉

「이사람이 아마 간판업이 천해서하는 모양이지? 이세상에 직업에 귀천이 어대있어!」

「이쑤시개」로 이를 쑤시면서 M은 너겉은자는 평생 「룬펜」으로밖에 팔자를 타지못했다는듯이 비웃는 눈을 하였다.

「그런게 아니라, 실패가 없는것이 확실하냐말야」

M은, 아하하하 하고 큰우슴을치고는 「난 또 뭐라구……. 이사람아 해보다 안되서 떠엎으면 고만이지. 돈백환만갖이면 훌늉한 영업을 하는데, 그까지꺼 돈백환쯤 버릴셈 못처? 사내자식이!」

그말끝에도 자기는 벌서 수백환을 손해를 봤다가도, 또 수천원을 한꺼번에 이익봤다고 떠드렀다. 경렬은 이자의말에 감심하는것보다, 슬그머니 멸시당하는것이 분하였다. 드듸어 그는 어쨋든 시작해볼까 하였다. 그리고 경렬은 커다랗게 허허허허 하고 너털우슴을 우섰다. (이것이 우경렬이 이 소설에 등장하야 최초의 우슴이다. 그는 때때로 이 너털우슴을 우섰다. 그것은 일종 히열의발로로도보히고 어떤때는 제자신을 비웃는듯한 처량한적도 있는 쓸쓸한 우슴이다)

이야기가 뜻밖에 무난이 진행됨으로 그들은 술잔을 건늬다가, 한참만에 M이정색을 하고 아까에 소개해준다던 사람에 대해서 이야기하기시작하였다. 전에 「이런말을 꺼내면, 내가 그사람과 무슨관게나 있는것같은 오해를 사기쉽지만…… 친구지간이니까 숭허물없이 허는걸세」 하는 전제를 둔다음 그사람은, 저의 보통학교때의 동창생으로 또 한고향사람이고, 보통학교만 마추고는 즉시 일본사람간판점에서 십여년을 직공으로 한사람인데, 요전에 M을보고는 제가 간판점을 낼려고해서 그집을 나왔드니 자본이 없어서 못낸다고 그리드라고, M은 좌악 이력을 소개했다.

「금광출원(金鑛出願)헐돈 백원이 당장없어서 나종에 몟만원갈광을 반분(半分)하는 계약으로 백원을 돌리는수가 있으니까 이세상은 없는놈은 발광을해도 소용이 없는걸세」

이렇게 또 박식함을 나타내였다. 그뿐아니라 간판직공은 썩 능난한 기술자가 하나만있으면 다음은 왼만한자를 몇을 두어도 임금이 싸다고 하였다.

「자네, 자전거 수선하는 직공이 임금이 얼만줄아나? 아주 선수라야 월급이십원너머가는놈이 없다네. 그러니 미나라이 (見習工)야 밥만멕이고 담배푼어치만 사주면 고만이 아닌가?」

「어째 그럴까?」

「원채 흔하니까. 자네, 구두 게려다니는자 못봤나? 왼통신기려장수천지지」

「그럼기술자란것은 천허군!」

「천허구말구. …… 그러나 죄다 그렇다군 말헐수없지. 아주 뛰어난놈은 대우가 달르니까. 아 이사람아 인쇄소같은데서두 으뜸되는녀석은 일안허구 감독허러 빙빙도라다니기만 허는데두 사오십원씩은 꼬박꼬박 받는단말야」

「그럼 자네가 말헌사람두 월급을많이 주어야겠네그려?」

「그야 좀 나께줘야지 허지만 한 석장쯤만 주면 고만이야!」

「삼십원?」

경렬은 속으로 제반 비용을 임시로 따저보았다. 헐만헌 노릇이라고 생각하였다. 다음날에 구체적으로 의론을 해보기로 하고 헤여질 임시에 경렬은 그만한 내용을 대관절 어떻게 아렀으며 그렇게 신통한 장사면 어째서 M자신이 하지않느냐고 무렀다. M은 그런내용은 미리부터 짐작은 했었지만 자세한것은 안서방 (M이 소개

해준다는 간판직공)에게 드렸다고 하고,

「나야 현재 크게 버린 장사가 있지않나 그러구 자네처럼 재주가 있나, 자네야 눈썰미가있으니까 얼마안되어서 선수가되겠지만 안서방이 나허구 허제지만 동창생이라 거북하단말야. 참, 자네가 현대문야 어느점으로 봐도 반가운일일세」

하였다. 경렬은 안심하는빛과, 기쁜빛을 동시에 표현하고 M과 헤여졌다. 감사조차 마지않었다.

이리하야 경렬이 간판점을 내기로한것은 아조 확정이 되고마럿다. 집에서도 처음에는

「글세…… 네가 간판점을?」

하고 얼른 승락을 안했으나 경렬은 직업의 귀천과자본의 안가(安價)등에 대한 설명을 M에게서 드른대로, 설명한즉, 부모로서도 자식의 심리를 동정하고 오히려 호기심까지 없지않었다. 돈백원의 자금도 어렵지않게 융통할수잇었다.

겨울이 차차 그 자최를 희미하게하고, 거리에는 봄의 기색이 엷게 물들기시작하는 삼월초순 봉래정근방에는 간판점하나가 느럿다. 말할것도없이 이는 우화당간판점이다. 경렬의 본심은 종로에 내일냐고 했었으나 종로는 집세가 훨신 비쌀뿐더러 아즉 자미도 보기전에 크게 내일필요도 없겠다고 M과 안서방이 권했다. M은 그때에도 박식한체하고 태평통과, 황금정통에 고물상이 모라있고 관훈동엔 헌책사, 전동에는 양화점이 모라잇고하나 그들은 경쟁때문에 망하느니보다 되래 물켜잇는덕에 손님을 많이 썬다고 설명하였다. 더욱 문명된 나라에서는 은행(銀行)은 은행끼리 신문사는 신문사끼리 몰켜있는법이란말도했다. 이것은 그럴듯한말이라고 경렬도 감복하였다.

처음부터 그는 안서방과 가치모든것을 의론하였다. 이리하는수밖에는 없었다. 안서방이란사나히는 키가 짝달막한게 얼굴에는 주름살이 누비같이 잡혀있었다 고생을 많이한까닭이라고 변명을 하나, 본바탕이 궁(窮)자를 쓰고잇는 외호박같은 얼굴이었다. 얼핏 인상이 좋지않으나, 사괴여보면 그렇지않고 더욱이 누런잇발을 내밀고 웃을때에는 상냥스러운 틔가 많었다. 게다가 경렬보다, 나회가 대여섯 위임에도 불구하고 경렬의 앞에서는 허리를 굽실굽실 하기를 아끼지 않었다. 제가 이력자라고 M처럼 뽐내는 기색이 없는것만으로도 가히 더브러 의론을 한가지할만한 인물이라고 경렬은 대견히 생각했다.

「약주 하시오?」

하고 물었을때에 안서방은

「웬걸입쇼. 거저 막걸니 두어잔이나 하죠」

그 많은 주름쌀에 우슴때문에 한층 주름을 늘리고 그는 이렇게 겸손히 대답했다. (나종에 이것은 거즛말이고 사실은 「술부대」라는 별명까지 듣는 호주이지만) 그는 아츰일즉이 변도를 싸가지고 와서는 밤늦도록 경렬과함께 개점준비에 열심이었다.

위선 간판점의간판은 영업이 영업인만치 가장 본격적이고 모범적이여만 된다해서 안서방은 손수 대패질을 하야 갖인 재조를 감추지않고 훌륭한 모던간판을 짜았다. 게다가 경렬자신이 타고난재조로그림을 그렸다. 그것은 뺄르즈(畵服)를입은 젊은화가가 화각(畵脚)을 버틔고 캄바쓰(畵布)에 그림을 그리는 양이었다. 그런다음 안서방이 븟을 들어 「美術諸看板製造優畵堂看板店」이라고 알맛게 썼다. 이만하면 어느간판점에도 봉래정서는 뒤지지 않을만한 자신이 붙기까지 열심히 고치곤했다.

안서방은 이만한간판이면 오십원은 받어야 한다고 큰소리를 하였다. 우화당이라 지은것은 단순한데서였다. 경렬은 별별 좋은일음을 붙이려하였으나 마땅한것이 없었고 「타이거 스타디오」와같은 실책을 피키에는 거저 보기쉬운것이 상책이라해서 「優」자는 「優경렬」의 「우」에서 떼어왔으며 그림을 특별히 잘한다는 의미로 「畵」를 붙였다. 안서방은 대단히 칭찬하고

「우미관(優美舘) 간판이나 맡으면 아조됐는걸입쇼!」

했다.

이와같이 준비를 끝내고는 그들은 속속히 선전할 필요를 느꼈다. 점두에 크게 개점피로의 간판은 물론, 특호활자를 박은 삐라를 장안에 돌렸다.

직공은 차차 형편에 따라 늘릴작정으로 목수의 안서방과 또 안서방이 소개한 칠쟁이로 강수복 (姜壽福)이라는 스믄아뭇되뵈는 사람뿐이었다. 광고도 될겸, 이라는데서 문앞에는 「看板見習工大募集」이라고 써붙였다. 연장과 칠과, 개어서쓸 칠통도 준비가되었고, 인제는 담박이라도 일을시작할수있을만큼 정돈되었다.

집세 석달치 제반도구 작만한거 안서방이 월급선금 (규측은 월급을 선금으로 안햇으나 안서방의 사정을 보아서 특별히 지불한것이다) 간판올리는데 재료갑, 기타 선전비 등을 합하면 이럭저럭 이백원은 너머섰다. M의 말한 돈백원과는 상위되었으나 그래도 경렬은 만족하였다.

가개를 냈다는 소문은 어느틈에 드렀는지, 간판기술자들이 인사하러 왔었다. 그 「타이거간판점」주인도 왔었다. 안서방의 설명을 드르면, 일이 바쁠때는 이런사람들을 사용하면 일공(日工)얼마에 불을수가있는 소위 쇼꾸닝 (職工)이란 자들이었다.

제일먼저 주문이라고 드러온것은 어느산파(産婆)였다. 조그만 널쪽에 「산파, 아모개」라고 쓰는것으로 갑으로해도 그리 대단치는 않은것이었으나 경렬은 여간 반가워하지 않햇다. 그는 희망의 첫길이 튼것같애서인지 그것을 무료(無料)로 해준다고 앴다. 산파는 이상하게역이며 그럴수가있느냐고한즉 경렬은 개시이니까 특별봉사(特別奉仕)라고 말하고구지 돈받기를 사양햇다. 산파는 마지못해맺이고 갇으나, 미안하게 역였든지 다른 동무 산파간판을 둘이나 갖어와서는 이것만은 돈을 받으라고 했다. 경렬은 아 받고말고요 선생님은 개시를 해주섰으니까 그렇지요 이것은 그대신 실비로 해드리겠읍니다 하곤 정말 재료감만 받고 해주었다. 안서방이 나종에

「실비라구해도 으례히 이야 냉겨야 허지않어요?」

한즉 경렬은, 그렇지않어요 산파가 개시헌건 아주 좋은 증조요 산파라는건 아이 받는것이 아니오? 하고 에해 어때 하였다. 안서방은 아니 아이낳드키 주문이 드러오면 탈이 아닙니까 아이는 한사람이 열두 못낫는데 경렬은 이때에 어깨를 읏슥 한다음

「그런게 아니요 어듸 산파가 한사람 어린애만 바라다가 굶어죽개? 거 보구려 벌서 다른산파를 둘식이나 꺼러오지않었소?」 햇다.

이런것들을 경렬은 회상하였다. 그리고 요지음의 형편으로는 개점당시의 좋왔던 시절은 꿈과같은것이었다. 그는 영업터라고 이곳에 들어오기까지 싫여졌다. 조금도 검지않은 자기의 두손을 바라볼때 역시 자기는 이러한 막버리를 할몸이못된다고 생각하는것이며 지금에와서는 고만두랴도 당장에 털고나슬수도없는것은 아마도 이것이 「직업의집착」하는 마음인가보다 라 생각되는것이었다. 단순히 천마당에 대한 「장사샘」이라면 자기의 하는일은 너무나 주

책없는일에 틀님없었다.

집세는 석달치나 밀려서, 집주인은 매일같이 드나들며 이번에 올적에도 안해주면 명도신청을 하겠다고 으르대었다. 펭기장수는 펭기값을 재목장수는 재목값갑을 하다못해 월부로신은 구두갑부터 몇그릇 갖다먹은 우동갑까지가 언제나 지불될것인지 가망을 모를만큼 경렬은 옹색하였다. 그는 이만한 빗쟁이에는 거이 뚝배기 같은 낮거죽을 갖었으며 일일히 대쑤하는것이 귀찬은듯이

「이왕 참어왔으니 좀 더 참어주든지 그렇지않으면 할수없는것이지 지금은 없는것을 어쩌란말이요」

하는 똑같은말로 버티었다. 약간의 떡심도 없지는않었으나 아조 떼어먹을 뱃장도 아닌듯이 의례히 그말 끝에는

「설마 내가 떼어먹고 다러나겠소?」

햇다. 빗쟁이들은 더말없이 가는수밖에없었다. 만일에 경렬의 성미를 덜띄린날엔 무슨 벼락이 나릴줄모르기때문이었다. 경렬은 영업에는 자미를 못봤으나 벌서 그는 한사람의 「장사꾼」으로는 일이년생은 아니었다.

잡다란 빗쟁이를 코에도 안역이는 경렬에게 제일 무서운것은 직공들의 월급이었다. 이것뿐만은 어찌할수가없었다. 그들은 그달치의 품갑이 며칠만느저도 일을 하지않앗다 대개는 여편네가 병을 알음네 처남이 올러왔음네 하는자가잇으면 저녁거리가없어서 세간을 잡혓으니 차저주어야 견듸겠음네 하고 무슨 핑게로든지 또박또박 글거가고야마렀다. 직공들의 임금이 보름이나 밀릴적의 일이다. 간판점으로서는 어데한군데 돈뚜를 구멍이라곤 없었을때이었만 직공들은 경렬을 동정하지않었다. 어느날 경렬이 맥없는 발길로 간판점에 다앗을때 가개는 첩첩이 닫혀잇었다. 그뿐아니라 연

장이랑 자전거랑 하는것이 간곳이 없었다. 그길로 경렬이 직공중의 한자를 찾어갓드니 그자는 제집 방구석에 벌떡 자빠저서는 주인을 보고도 인사할줄모르고 하는말이 이대로 나가다는 굶어 죽겠으므로 할수없이 연장을 잡혓노라는 말이었다. 그리고 당장이라도 돈을치러주어야지 그렇지않으면 …하고 불쾌한 언사까지 햇다. 직공들은 동맹파업과 자산차압을 동시에 경렬에게 집행햇던것이다. ── 이렇게 가슴을 데워주는 직공의 임금까지 지난달치는 한푼도 못준채 있는것이다.

경렬은 보지않겠다고하든 천마당을 거어히 관심하게되는 자신을 슬퍼하였다 천마당은 오늘도 그 넓은 공장이 모자라서인지 길가의 간판을 느러놓고 무척 바쁜 모양이었다. 어덴가 년말대매출(年末大賣出)의아아취를 하는모양이었다. 일하는것을 무수한 군중이 에워싸고잇는것은 언젠가 경렬이 아즉 간판영업을 시작하기전에 어느 간판점앞에서 바라보든것과같앴다. 시방 그는한 간판점의 주인으로서 바라보것만 그때와 다름없는 호기심을 느끼게되었다. 그는 다시 어째서 우화당은 이렇게 옹색하게 되었는가를 생각해보았다 그는 안서방과 강가를 해고시킨것을 새삼스럽게 후회도 해보았다. 그러나 이자들을 해고시킨것은 근본이 경비절약에서가 아니었드냐.

우화당은 봄에서 가을까지는 경비에는 쪼들리지않었다. 하로에 두세가지의 주문은 반듯이 잇었고 없는날이 며칠있드라도 반듯이 그것을 대신할만한 값잇는 주문이 잇었다. 때로는 수십원의 이익을 손에 쥐어본적도 한두번은 아니었다. 그래서 직공들을 다리고 목노술집에 술을 마시려가서는 제봅 부하를 거나리는 주인의 기세를 뽑내보는것은 경렬에게는 다시없는 자랑이었다. 그들이 자조가는곳에는 홍도(紅桃)라는 방년이 열아홉의 아릿다운 색씨가 단골손님인 우화당일동을 다정하게 써어뷔스 하여주었다 어느때는 안서방과 경렬이 곱배기로 내기를하야 결국 경렬만이 곤드레가되여서 여럿에게 업혀서 온일까지잇었다. 그날에 번돈을 한꺼번에 마서버려도 다음날에 큰일거리가 걸릴냥이면 그의 마신만큼의 돈은 우습게 도라왔다.

하든것이 겨울이 담치면주문하는 손님의 발길은 딱 끊어졌다. 살을 에이는듯한 치운일기에 새로간판을 하려는 사람은 주문하러 간판점까지 차저가는것조차 성가신것같은듯이 손님은 귀하였다. 일이잇드라도 칠이 어러붙어서 일이제데로안갈뿐더러 집웅에 오르나리며 간판을 다는것은 여간한일이 아니었다. 완성된간판이 비로소 집웅에 달릴려면 별로 따뜻한 일기를 택하기에 여러날을 잡엇다. 게다가 날은짧고 석탁값이니하는 경비가 여름의 배가 들엇다. 그러니까 간판점이 겨울을 나기까지에는 가을까지의 버러논돈을 펵펵 찔러놓지않으면안되였다. 간판점은 어름장사나 굴뚝소제같이 철기를 타는 일종 기절병(季節病)의 영업이었다.—— 경렬은 이것을 닥처놓고야 깨다렀다. 그는 작년겨울에도 이쓰라림을 맛보앗고 그해같애서는 두달이냐 계속하는장마까닭에 간판점은 여름에도 육십여일을 종일 놀지않으면 안되엇다. 그러면서도 가을까지의 수입으로 한겨울을 날만큼 간판점영업은 풍부한것이아니었다. 봉래정같이 간판점이 군데군데잇는데서는 간판가격은 빤한것이엇고 제아모리 주문이 비빨치듯 드러와도 그일을 해낼려면 임시로 쇼꾸닝을불러와야 했으며, 우화당이 이럴적엔 다른데서도 바쁠시절이라 이들은 좀체로 얻기어려워서 그때문에쇼꾸닝의하로의 품삯은 월급으로 쓰는것보다 세갑절 네갑절이나 비쌌다. 마치 이발소의 머리깎을 사람이 수십명이 드리밀릴지라도 이발사는 그 수효대로 깎어낼수는 도저히 없는것과 마찬가지로 우화당의 직공들은 한정된 능력밖에는 못가졌다. 그러면서 이발소같이 줄창 손님이 잇는영업도 아니엇다. 우화당이 다른간판점보다 유난하게 이점으로 타격을 밧는것은 경렬자신이 직공이 아님으로(다른데는 주인겸 직공이 대부분이다) 경렬의 목아치만큼은 수입이 덜한것이라는것은 나종에 아렀지만………

M이 한말가운데「간판점은 미천안드는 장사」라는말은 거짓말이 아니엇다. 거리에는 칠통과 붓한자루만을 들고 도라다니며 해먹는 글씨쟁이가 무던하게 많엇다. 이들은 M이말한「기술하나로 버러먹을수잇는」간판쟁이엇다. 그러나 이자들이 간판점을 위협하는힘은 놀날만치 커서 간판점의 불르는 가격의 거이반만으로도두말없이 말어하는것이엇다. 간판이란 한번달면 쉽사리 고치지않는 물건이어든 이「글씨쟁이」의 존재를, 구두방에서 신기려장수(구쑤나오시) 역이듯이, 간판점을 내고 앉은사람들이 없수히역일물건은아니엇다. 애써서 정해논 일거리가 글씨쟁이 때문에 빼았기는수는 예사당하는일이엇다.

전에 한번 경성부에서 영업조사를 나왔을때 경렬은 간판영업에 대하야

「이 영업은 이름으로 해먹는거니까 저이처럼 시작한지 얼마안되는 놈은아직은손해만 봅니다」하고 어째서 손해보는 장사를 하느냐고 묻는 관리에게「그러기에 차차 일음을 낼랴고 하지않읍니까. 뜨내기갖이곤 셈이 안되요 도꾸이 (得意 —— 단골)가없어서는 이장사 못해먹습니다」 해서 그래서인지 세금이 이원얼마가량밖에안나왔던거을 제딴은무슨 공로자나처럼 자랑하든일이있었다. 그러나

세납을 덜내려고한이말은 드듸여 참말이었다. 맥주회사니 약국이니 하는 대량으로 간판을 수요(需要)하는 큼직한 단골을 엇기전에는 간판점은 돈을 벌만한영업이아니고 값산기술자의 그날그날의 생활의 방편(方便)밖에는 아모것도 아니었다.

그러고 어느때인가 M이 찾어와서「자네 어느틈에 간판선수가 되었나」하고 물었을적에 경렬은「그러기에 간판은 거죽만 칠허는 게안인가」한적이있었다. 이말도 사실은 농담으로한말인데, 오늘에 와서는 진정으로 간판점은 속없는 거즉만의 장사라는것이 적실히 느껴지는것이었다.

—— 이만큼 말하면 임이 우경렬은 그가 애초의 각오하든 최악의 불행인 즉 얼른 간판점을떠 없으지않으면 도저히 계속할수없으리라는것을 짐작할것이다. 사실 경렬자신도 단렴하고 고만둘려고하기를 여러차례하였다. 그런데 고만두기는커녕 그는 한달전부터 맹렬히 간판점확장에 전력을드린이유는 다음을읽으면 알줄안다.

그것은 한달전에 바로 건너편짝에 천마당간판점이 생긴때부터였다. 이것이 별다른 사람들이 내인 간판점이라면 경렬은 오히려 그들의 무지함을 가엽게역이거나 혹은 코우슴으로 마러버렸을넌지모른다. 그러나 그들은 다른사람이아니라 우화당 개점때부터 이년동안 신고를가치하든 안서방과 강가, 그리고 무엇보다도 그주인은 처음에 경렬에게 간판영업을 권하든 경렬의 동창생 M 그사람들에 다름없었기때문이다. 이자들이 하필 우화당을 앞에두고 간판점을 내었다는것은 경렬로소는 범연히 있을 문제가 아니었다.

그날도 우울한 거름으로 간판점엘 늣게야 나간때에일이다. 가개에는 아즉 안서방과 강가는 보히지않고 심부름하는 해관(海官——견습생모집광고를 보고 드러온 자칭 미술에 취미있다는열여덟의 소년)이 만이 난로의 불을 쪼이고있었다. 「흥, 가개가 이지경이니까 점점 너이들이 부지런해 가는구나」하고 그렇다고 과히 마음에도 두지않었는데 해관이가 「지금 간판주문이 들어왔는뎁쇼!」

하는말에 잠시는 귀도 떴으나 그리 신통치도 않게역이고 「얼마짜리」했다.

「큰거 적은거 아마 한 팔십원어치 되나봐요. 안상(안서방)이 말허는걸 들었는뎁쇼 무어 팔십몇원인가 그러든데요, 안서방이 계약금 까지 받은 눈치든데요」

「팔십원어친데 안상이 게약급까지 받었다?」

이렇게 해관의 말을 옴겨말한후 경렬은 머리를 스치는 어느예감에 「그래 받어갔우구 저이집으로 갔단 말이지?」했다. 「네」하고 해관은 대단히 거북전한말을 전하는것처럼 쭈뼛쭈뼛하면서 말했다.

「뭘 말드르니까 안상허구 강상 (강가)허구 둘이 해먹는다구 허드군요.」

「무엇이 어쩌구 어째?」

경렬은 격렬한 분노를 참지못하야 부리낳게 안서방의 집으로 달녀갔다. 안서방의 집앞을 와보니 아니나다를까 안서방의 집앞의빈터전에서 안서방은 톱질을하고 강가는 연방 못을주고 하야 해관이가말한 팔십원짜리 간판인듯한것을 만들고있는 모양이였다. 그옆에는 재목이니 함석이니 칠통이니 하는 재료들이 느러노혀 있었다. 경렬은 대짜고짜로 이게웬일이냐고 악을썻다. 안서방과 강가는 이러스면서 웬일은 무슨웬일이란말요 우리는 오늘부터 당신집을 고만두었으니 상관할것이 없지안소 하고 정 어굴하다면 둘의 밀린월급을 당장에 내놀테요? 하며 안서방은 주름쌀 얽힌 얼굴로 빙그레 우섰다. 그새에 보히는 황치(黃齒)는 더욱 경렬의 무력함을 비웃는것같었다.

해관의 전하는 말을 들으면 그들은 벌서부터 그따위 계획을 하고잇었다고 하는것이며 안서방이 나가게된것은 홍도하고 안서방이 좋아지내게된때부터이며 그때문에 경렬이 미워진것이라고 하드라는 말이었다. 경렬은 이말을 들을때에 제 자신의 몰락을 역역히 꼬집힌것같은 모욕을 느꼈으며 반동적으로 어느 복수에 가까운 홍분을 느꼈다.

「흠」하고 그는 아래입술을 꼭 깨무럿던것이다.

그러나 이보다도 더욱 그의 감정을 찌른것은 며칠후에 M이 방문한것이었다. M은 모처럼이라하야 경렬을 어느 음식점으로껄고 술까지 따르면서 이야기하든끝에

「말드르니까 자네가 꽤 곤란을 받는모양인데」

라고 하고「간판점을 나와 갓치 않하려나, 나는 철물상에 손해를 보고 영업을 페지하고 집에서 놀고 있는중일세」하면서 이소리를 무었보다도 반갑게 듣든 경렬이 무엇이라고 채 말을할새도없이 그는 이어서「어제 안서방을 만나서 자세한 얘길 드럿는데 자네가 우화당을 남에게 넹(넘)긴다고?」

경렬이 입을 다물고 있은즉 M은 마치 전도강연을 하는 목사가 준비하였던 말을 단번에 쏘다 놓듯이 유창이 이야기하는것이었다.

모르는 터도 아니고── 기왕이면 나에게 양도해 주는것이 낳을줄아네. 안서방도 고만둔것이 자네집에서 심(셈)안되는걸 빼어니 알면서 월급타먹는것이 미안해서라구 그러데. 그런가?」경열의 대답도 안듯고M은 또다시「자네가 실패본것을 내가 한들 벨(별 수야 있겠나만은 나는 그래도 철물전허든 찌걱이가있구 (이러타구 자네가 없다는말은 아닐세. 자네는 더 영업에 힘쓸의사가 아니고 나야

놀구는 먹을수 없는놈이니까……) 그래 헐려면 좀 크게 버리어볼까해서……」

잔뜩 M을 똑똑이 노려보는 경렬을 바라보고 M은 우슴을 섞어가며

「이사람이 아마 섭섭히 생가하는 모양이로군. ── 안서방도 이얘기 허데만은」

M은 꿀걱 하고 술잔을 드리켰다. 그리고 가장 정다운듯이 경렬의 어깨를 치며

「자네, 나허구 가치 않하려나?」

「나허구?」처음으로 경렬이 입을버렸다.

「자네는 그림두 상당허구 하니, 노는셈대고 와서 일을 봐주면 보수야…… 뭐 가치하는거나 진배없네. 안서방도 아주 간청한단말여.」

경렬의 의사를 묻는듯이 M은 여기서 말을 끊었다. 지금까지 잠자고 있던 경렬은 천천히 입을떼었다

「일테면 자네나 안서방이 나를 생각해 줘서 허는말일세 그려」

「암. 이르다뿐이겠나」

「그래서 우화당을 넴기라는걸세그려. 우화당을 고만둔다는것두 안서방이 말헌걸세그려.」

경렬은 자못 긴 한숨을 내쉬고「감사하이」하고「그러나 나는 우화당을 좀 더 계속헐 작정일세.」

「아아니 우화당을 계속허다니?」

M은 이상한 소리나 들은듯이 눈을 둥그렇게 떴다.……

── 우화당은 안서방과 강가의 대신으로 일등 탁월한 기술자를 두었다. 집웅의 간판은 새로운 직공으로 짜아진 갑절이나 큰간판으로 바뀌었다.「開店二週年記念犧牲的實費提供」이라는 굉장한 점내 확장의 삐라에는 진정한 상업미술에 봉사하려는 우화당간판점

주인 우경렬씨의 씩씩한 웅변이 다시없는 명문(名文)으로 적혀있었다. 이러고도 우화당의 선전술은 부족인것같은 기세었다.

천마당은 천마당대로, 게을리안햇다. 자리가 천마당은 우화당보다 넓었으므로 우화당이 간판을 옿로 넓힌대신에 천마당것은 보통으로 하여도 크게 폭을 잡을수있었다. 그곳에서 고급으로 드렸다는 화공(畵工)이 그린 날개 돋힌 힌말이 하눌에 부르짖으며 달리는 그림은 우화당간판에 그리 뒤지지않었다. 그사이에는 (天馬堂) 이라는 석자가 순금박을 올린 조각글자(彫刻文字)로 되어있었다. 그러고 직공들은 일제히 마아크를 색여붗인 유니폼을 입었다. 그중에도 안서방은 키가적어서 분주히활약하는양이 더잘눈에띄웠다.

M과 경렬은 마치 이런것이 서로는 상관없이 저하고 싶어 하는것처럼, 표면에는 나타내지않고 은근히 경쟁하었다. 아츰에 덧문을 여러제킬때 년래의 친분을 계속하는것같이 정답게 우슴을 바꿨으며 때때로는 술을 가치 마지는수작도 하였다. 다만 그들은 이럴때면 더한층 속으로 얄미워마지않었으며, 이번에는 네가 뜻도못한 신통한 꾀를 생각해내리라고 겨누었다.

이러기를 두달이나 하엿다. 그동안에 우화당은 드듸어 천마당의 조수같은 세력에 휩쓸린바되고 마렀다 천마당은 전화(電話)까지 매었으며 새로운 시험으로「네온(neon)」간판을 취급한다는 선전을 돌랐다.

그날——. 봉래정근방에 많은 내외주점중에 한집에는 전에 목노술집에서 흔이 볼수있던 두얼굴—— 하나는 우화당간판점주인 우경렬 하나는 방년 열아홉의 아릿다운 색씨가 술과 홍에 만취되어 있었다. 사나히는 계집을 껴아느면서

「너두 목노판에서 색주가로 미끄러지셨구나」

하고는 아마도 마지막인듯한 너털우슴을 커다랗게 허허허허 웃었다. 그리고 버릇이 된것같이

「세상에는 어리석은 놈들도 많다말야, 남이 게운 똥물을 맛잇게 핥으는자식들이 있으니. 그것두 그냥이면 좋게? 돈이 누룩머리를 알른지 돈주구 사서먹는자식들이 있단말야어!」

「어듸있단 말요. 우상(寓상)」

「아무것두 아니란말일세」하고 「자아 술이나 더 따러라!」

계집은 술을 갖으려 나갔다.

경렬은 취중에도 앞으로 뒤로 그를 에워싸는 무엔가 끝없는 공허를 (空虛)를 느꼈으며 그것을 그는 단순한 너털우슴으로 뒤섞으려하였다. 그는 안서방하고 좋와지낸다든 홍도를 저혼자의것을 만드렀다는 사실도 없는기운을 다하야 간판점을 확장했다는 것도 모두가 마치 허공을 따리는것과같은 무려한 발악밖에는 아모것도 아님을 깨다렀다 그는 술과 홍도만을 생각할때는 반대로 기운을 얻었다. 천마당이고 쏭마당이고 그따위가 다뭐냐. 집세가 뭐냐. 직공자식들의 월급좀 떼어먹었기로 무슨상관이 있느냐. 간판점이아니면 먹구살게 없단말이냐.

그는 단지 무서운것이라곤 호주머니의 돈이 얼마냐 하는것 따름이었다.

한 보름후에 황금정에있는 어느 일본내지인 간판점에는 검정샤쓰아래 누렁당꼬바지를 입은 이십사오세의 사나히가 일꾼으로 써주기를 바랐다. 주인인듯한사람이 사람은 더는 소용이 안된다한즉 젊은 사나히는 자기는 미술에 취미가 있으니까 두어준다면 별로

보수는 요구치않겟다고 재삼 청을 하는것이었다.

두기로했다…… 는지 안했다는지는 모른다

—— 昭和十年一月十二日——

三 四 文 學

八 月·第 四 輯

目 次 三四文學 · 第四輯

Ecce Homo後裔

백 수

日記를輕蔫할수있는鸚鵡의神經인侮蔫의두드래기로기여들때,
多感헌Ab여 - 尖銳헌주둥아리는網膜들이南極과北極에서
無色해진것을모를理없다.

움속에싹튼양배추가溫室에맺은파나나앞에꾸러앉어,
Hebe의香薰을諂望하든掽片의季節을共鳴하였고,
두나래의榮華를爲헌鸚鵡는앵무로變節하였다.

紅 菊

鄭 榮 水

細細히 느려본 七年後
우리寨苑에
香그러운紅菊이 지금도피었다.

한-바다 苦로운波濤는걎으러
感官의陣은 어지러운것같으나
由緖있는 紅菊은 닐곱번다시피어
나의손은 또 紅菊을잡고
아담한時節 사랑의脈膊에 그윽히 떨고있다.

그러나 이제는
힌옷닙은 그대얼골은 닛고말고
꽃꺽거줄제 내손 담숙 잡던
그대의 야릇한情도 닞엇노라.

어느日曜日날의話題

李 孝 吉

그들이모여있든곳에비가나렸다 이마을佛蘭西教會의젊은牧師님은MEXICO에서배웠다는 그노오란菜蔬밭과도같은우슴을또한번試驗할수있었고. 咸鏡道의 雄辯客. 나는절밥을먹으랴고土曜日날晚餐에일부러맞우어두었든

그나라의아가씨들을데불고그나라의차ㅅ집鬪房에서gas불을쪼이고있었다.

지금,cabbage를가지고왔든이가바로ハナユ의오빠에요ADAM과EVE

X

그들에게왜自由를주었든가. 거기서붙어여호아의悲劇은出發을하드라고,

阿房宮의망내따님은花裝을곤치고있었다.

수염 · 굴관 · 집신

鄭 炳 鎬

漂動하는에-헐이누른해빛으로彩色되든그날아침 감징이의出發瞬間의트렁크속엔,

「久遠의豊滿을武器삼는모나 · 리사의肖像畵一幅?

不滅의努力을伴侶삼은石膏彫刻의피우스트胸像?

그리고, 자랑이란집으로꼬은씩씩한새집신한커리-나란히그곳을占據하얏고……」

錄色光射가虛無구름을물드리든그날저녁, 리셩이의到着瞬間의트렁크속엔,

「모나, 리사의아릿다운입술가엔국직한수염이뚜렷이그려젓고,

剛健한퍼우스트미리가엔삼껍질굴관이눌니듯쓰여있으며,

아아, 씩씩함을자랑튼그집신총이발기발기헤어젓음을……」

(昭和十年三月十八日東京을등지고)

憂 鬱

鄭 炳 鎬

A

나의마음바다엔, 루-진의권화인조그마한도토리가너울너울떠다니고, ENNUI의색채품은백구의한쌍은훨-훨공간을감드나이다.

B

류-단같은도토리는각금각금나의에나지에차저와선-(to do or not to do)…………

ENNUI의백구, 영원의나의AVEC는분홍빛서광이우쥬를물드릴때 SUCCUPI의입술을번적벌니고ENNUI의입짐을엄청나게도고취하나이다.

C

주져바든나의혼, 위축된나의령은하로에도멧번이나행동벌판을헤매이고, 이슬맺진거울에작고만작고만ENNUI를그리나이다.

昭和十年一月十八日東京에서

城

韓 泉

우리들의城의성성城과같은여러개의城의마련은세계의눈동자였다. 오늘건강치못한城이라고불러지고만城기슭에는, 맘마의부드러운하늘처럼바람떠난나의풍선이허우적거리고, 지난시절의너와나와의城의城을싸고도는, 자욱한城의비밀이, 금붕어의온실그늘의꼬리처럼운명의얄구진눈보라속에서, 집시의희망높이꾸부러저가는, 이태로운리즘속의보람없는오후여!

너울너울비단나뷔의나름도헛되고, 스처가는제비의나름도헛되고, 오월을지례하든봉선화의오월도헛되고, 목장의고요하고푸른빛도헛되고, 세월같은온돌방의아리랑그후의이야기는, 오늘어느城안의퇴ㅅ마루우에서, 거문고의줄줄을뜯고있을가, 우중충한성서에도, 봄마중따러나가보아도, 그길로바루맴매잔빠꼬다공원의뻰치에서, 티없는세월을갈거먹어보아도……파파와맘마의일긔장과, 순히와나의그것이어쩌면,그리도들?없는울타리안에서그늘진천국으로거닐고있는지……

짠城안의비긋난윤리의지애비인수리개에게는, 울안의병아리들의유방아닌유방보다나은, 황홀하고섹스인아라베스크는자인치않는가보이! 짠城기슭에지느레미와같은율동이답보로-할때우리의근성에다이바지하는에스페란토는강변의반딧불이다. 언어와언어의울타리밖으로가로넘는언어와언어의, 미끄러운스타일의글자와글자의, 또한언어와언어의……공일날하이킹은, 추녀모스리의수정고드름처럼곱게나넨둥쓰지말었으면……

화원같은레토리크의큐피트의화살마저그리워질녁인, 님의펜끝에서설레는그네는, 숙성한공주보담더-아름찬, ㄱㄴㄷ……레반텐의뼈속에사모친세월같은반만연의그네의세월도, 잠깐외딴섬속으로휴양시켜보내자! ……노을빛낀바비론의城벽이어! 그속에잠자든……진주와가나리아의아츰이들장을제치고, 벌레먹은임금꽃이새록새록피어나고새가울면……봄이오면우리들의城의성성城과같은여러개의城의마련은우주의태양이리라.

孤 獨

林 玉 仁

平和로운 靜寥에쌓여 默想과 讀書만이 그女子의慰安이엇고 義務엿다.

오호……사랑하는이뉘뇨?「책」그다음엔「默想」이라고 그의對答은 明瞭하엿다.

세트電燈이 活字를비최여 冊이그에게 一切을이야기한다 오호 그나그뿐이랴?

저창밖에 나리는나즉한비ㅅ소래 그는 눈을감엇다 더운눈물이 두빰에굴러떠러진다

沈默 感激 平和 뼈에숨여드는 孤獨 그女子는 웨첫다.

「내사랑하는 님의音聲이여 부드러운 당신의소래 이단비여」라고.

雨 頌

金 晋 燮

이제로부터서는 차차로 겨울에는보기드물든비가 내리기始作할때다. 꽃을재촉하는봄비로부터 憂鬱한가을비에니르기까지 或은凄凉하게 或은滂沱하게 或은Portissimo로 或은Pianissimo로 不意히내리는비가 極度로節約된 自然속에사는都會人의가슴에까지도문듯 强烈한自然感을니르키면서 乾燥한大地를 남김없이적술時期는 이제始作된것이다. 참으로 비는 눈과함가지 都會人에게남은 오즉하나의변함없는太古時代를意味하며 오즉하나의至妙한原始的自然에屬한다. 겨울에便涓히내리는片片白雪이 멀고먼憧憬의聖園을우리가사는곳에까지 고요히고요히신고와 우리에게 여러가지의아름다운詩趣를니르킬수있음에못지안케 또한비는 우리에게 輕快하고淸利한情感을 다多樣多貌하게니르킬수있는것이다. …이제 本誌가隨第一篇을請함에막켜「雨頌」을擇한것은 지난겨울에 白雪을바라다가드되여 얻지못하고 따뜻한봄을마지하게되니 그代償을 비의自然에求한다느니보담은 철이되면 철따러 요사이 어쩐지 비自體가 限없이기덥디때문이다. 大體 바라는것은 勿論 누구의意見을 두다더보와도 그렇겠지만 왔다가는개고 개였다가는오는 말하자면 渴望의結果로서나며 世渴이醫하면 써 그치는바믈이다야한다는것이 나의持論이다. 이리하여야만 모든것은 그 自身의秩序속에 더욱明朗한精神을 獲得할수가있다. 「노아」의大洪水는 光○있는四十日間의長霖의結果였다고한다. 그結果가 반다시 洪水에는 니르지안는다하도래도 밤낮으로비만오고 햇빛이조곰쯤나타나랴다가도 또다시내리는비에 숨키여지고마는 支離한장마가繼續되면 모든사람의마음은 沈鬱하게되고 性急하게되여 乃終에는 世上을咀呪하고 하늘을 咀呪하고 特히 무얏보다도 비라는놈을辱하고 주먹질한다. 旱○도 견듸기어렵지만 長霖은 더욱 더견듸기어려운듯보인다. 事實에있어 비는 大部分의사람에게 被害를입히는○○이다. 오즉 그들의房堂한 ○田玉畓○ 天然의○○를必要로하는農夫들만이 다○사람들이 얼마나많이 이 누구도 日○에對하야 咀呪할때 ○그 ○底○同感의○를安치안을바듬이다. 참으로○○은 너무도直接的으로 이하늘이주는寄蹟 이하늘이내리우는祝福을 體驗하고있는까닭이다. 그들은 雨頌의놀라운成長을 百○千○에있어서觀察하고 하늘의○理에感謝하야마지안는것이다. 그늘에있어서는 오늘과가튼科學의發達에도不拘하고 모든自然現象은 오히려 하나의○○에법○○ 그러나 反對로 都會人으로 말하면 被害를입으면입었지 그思○을느껴都會를全然맞지아니하므로 「自然이 蘭中奉任를○○로擇한自動車運轉手와雨○○○○의一爭○除外하고보면 이들은 모든種類의비에 不爲의○○을느끼지안을수없는것이다. 이러하야 都會人은 gms이 支離한비가 人間의精神에作用하는바影響을○○하야 그때문에由○한○○할수없는沈鬱속에서 어떠하여야를이를모른다. 좀생각하여보라 事實 비가오면 留事일이아닌것이다. 첫재로不快한것은 젖은발이다 華省를자랑하는都會地의紳士淑女로서 ○○의情을니르킬뿐이아니라 感 까지뫼시고오는것이 實로비때문에젖은 洋儀이며 비때문에 물이된구두인대야 어찌 이怪惡한고의所行을 容納할수있으랴! 비를 禮讃하라는意圖를가지며붓을든나도 비에젖는신발의不快感을생각하면 비에對한 一抹의 憎惡感이 니러나지안는다고는할수없다. 그리하야 問題는 勿論이에그치지안을것이다. 우리는 더욱나아가 우리는 우리自身이그것을타기를사랑하나 다른사람이타고달리는것을

싫어하는都會地의自動車가 特히비오는날에우리의애껴야할衣服에 私情없이 ○을한주먹뿌리고는逃亡간 아즉도 怪心한記憶을찾어낼 수있으며 또는 못처럼때문에헛되히무너지고마렀든 아즉도원통하 야참을수없는지나간 記憶, 또는 愛人을爲하야 特別한마음으로장만 하야든 或은한송이의비단꽃이 或은한卷의冊이 不吉한徵兆를 豫示 하는듯이 貪慾스러운소낙비에依하야 속속두리젖고야마렀든애닯은 記憶等其他의만흔不快한記憶을 우리의生活속에서찾어낼수가있다. 이러한 가지가지의回想을더드므면 어떠한意味에있어서도 우리가 적어도都會에사는以上 비를禮讚한紹介이안될것은 疑心할수없다. 그러나 우리가 우리의性急한마음을質問抑制하고 조곰쯤이에對하 야 反省할除裕를갖는다면 이따위 區區한追憶은可히問題될거리가 아니다 비의 弊害 구타어 이러한追憶속에찾는다면 우리는 그反面 에는 또한恒常 비의利益이並行하고있는事實을 例設치않을수없다. 假令 비가오니까 떠나가랴든愛人이 좀더우리겉에안어있을수있는 것이며 비가오니까 음염없이찾어올터인偵鬼의 언제나같은結難의 厄을 免할수도있는것이며 또여긔서 우리는 省畧하여도좋은많은用 務 많은會合이 不意의降雨로 依하야 決然히斷念될수있는데서 由 來하는바 저明限한 快感을 一一히 列學할必要는없을것이다. 大體 떠러진구두를신고 흙물이들어간다고해서 비가싫다는것은 두어라 하여도 좀 昌皮한感想이다. 두다리를操縱하야 길을다니는以上엔 晴雨를不問하고 무얏보담도 신발 단속이 急先務일것은 두말할것 이없다. 참으로 惡靴가 所謂人生三忠의一者로서指摘되는것도 理由 없지않타할수있다. 그리하야 많은사람이弊履를끄을고다니지않는 다는것은 多幸한일이다. 비에對하야 安全한신발을신고있을뿐이아 니라 모든사람이사람마다 將次오는休日에잔뜩처담은단꿈이 비때문에깨여진記憶을가지고있다고는할수없는것이며 또는 路上에서 偶然히大雨를만나 암만速力을내여다름질을했어도 물에빠인새양쥐 가튼身勢를짓고야마럿다는수도있을수도없는터에야 少數人 이두믈 게겪은바不運한例를가지고 구타여비를원망할수도 가만히생가하여 보면 없는일이아니냐? 이리하야 우리는 都會의비를 限없이讚美하 랴는者이지만 우리가 비를讚美하랴기때문에는 우리는 몬저 비에 弱한무리를물리치고 비에强한무리속으로 몸을집어넣지않으면아니 된다. 비에强한무리란 두말할것도없이 바닥창이두터운구두를신흔 사람을意味하며 密會를갓지안는健全한사람을意味하며 여름이되여 다른사람들이休暇를利川하야 避暑를갈때에도 오히려恒常變함없이 焦熱의都會를死守하고있는사람들을 그것은意味한다. 風雨寒雪에 對하야 우리가이를避할수잇는 집이라는安全地帶를갓는다는 것은 고마운일이지만 이安全地帶인우리들의집窓間에 우리가서로긔대어 거리와거리의모든生活이 疎疎히내리는細雨에가벼히덥히어 巨大한 몸을 沈湎식히고있는情景을볼때 누가果然그마음이기뿌지않다할수 있으랴 이집은 勿論 우리自身에屬한 집이아니고 다른사람에게서 빌린집이며 이집은 또 或은 좁아서걱정이며 或은더러워서 곧 이사 가랴는境遇에處하고있는때라도 우리는 이때만은 부슬부슬내리는 이실비의不易의歸結을鑑賞함으로依하야 이집은 발서 좁지아니하 며 이집은 발서 더럽지 않을뿐아니라 ○○○속깁히 潛在하야떠나 지않튼轉宅의慾望도 全然問題가되지않는다. 비는한個의詩歌로서 우리압헤君臨하야 이限없이큰魅力은 不安하기 그지없는貰家를 그 리운自邸로化하게하고 避할수없는煩悶을 存在의喜悅變로하게한 다. 비의偉大한 淨化力은 그領域속에든모든사람에게서 그들의괴로 운現實을빼앗고 그것에代置하되 보담○○한超現實로써하는것이다. 거리거리의모든構造物을洗○할뿐이아니라 그것은 實로 人間의 靈魂까지를洗○하는것이다. 비가 노래하는 或은들리고或은들리지 않는 單純한節次는 가장高尙한音樂에醉한者이다. 그것은 하나의音樂일뿐이아니라 또한그것은 變幻無雙한一幅의活畵이기도한다. 우리가 喫茶店에나[카페—]에앉어서 때마츰 장때같이내리는비줄기가 분간없시 유리창을때리며 바람은 거리와거리를휩쓰러 純士의帽子를날리고 婦人네들의雨傘을뒤집는騷亂한情景을 客觀的으로玩味할수있을때 누가 果然 이에快哉를부르짓지않을者이랴? 내 아즉 經驗이적음으로 人生의生活이 얼마나한幸福을 우리에게 約束할런지는 敢히推○키어려우나 적어도現在의내생각같어서는 이만한幸福感을 줄수있는 [시츄에슌] 도 이人間生活속에서는 그다지많이찾을수는 없는것같이보인다. 이때에 우리가마시고있는 한잔의茶 한잔의麥酒는 二重으로 三重으로 맛이느러가는것을 到底히否定할수없다. 더욱이나 우리가 재채기를하고 辱說을하며 젖은옷을툭툭털고들어오는無○한被害民을 安樂椅子에팔을고이고보게되면 그것은 참으로 얻기어려운一服의 淸凉劑아닐수없다. 購明하얏든우리는 이때 病勞를닞을뿐아니라 暫時동안 근심을닞고 걱정을낫고 實로혼이는 自己自身까지를忘却하는것이다. 우리는 뜻하지안니한天來의一場演劇에入場料도 支拂함이없이 여긔서完全히陶醉할수있으니 이와같은雨神의神妙한戱弄에 어찌우리는法悅을느끼지아니할수잇스랴! 비란先來 사람의像○을反撥하고 測候所의存在意味까지擬心케하도록 ○地에내리고 또그치는데 떠도떠도다하지않는嬌激한맛이있는것이지만 여름의더운날같은때 난데없는 一陣狂風이 突如히 소낙비를데리고오면 참으로 이곳에서 우러나는滋味야말로 津津하다할수있다. 天下의行人은 뚝뚝더지는비의 奇○에크게놀내여 暫時는이

不穩한形務에어찌할바를모르다가 問題는極히簡單하므로 곧 東奔西走 서로머리를부듸처가면서 避할場所를求하야徘徊하는것이다. 勿論 이러는中에 或은물둠벙에빠지는紳士를 或은땅바닥에미끄러지는老人을 或은치마자락을놉히걷어들고다름질하는淑女를 —— 이하늘의不意의發作 이하늘의奇嬌한卽興詩에 拍手와喝采를아끼지아니하고 雀躍欣舞하는兒孩의무리무리속에發見하기란너무도容易한努力에屬한다. 이리하야 至極히도荒唐한數瞬이經過한뒤에 모든不運한行人이 그들의不運한몸을 집집의壁과壁에 꼭부침을겨우얻어天下는 오로지 한曲調의요란한雨聲속에가처고요히움지기지안을때 우리가萬一 自動車에便히안저 곳곳에不安과不平을숨기고잇는平和한거리거리를지나게되면 ——— 이것또한 限없이깃겸지아니한가? 아니다 우리는 우리가 間或 집門을들어서자 비가쏘다지기始作만해도발서 하늘의攻擊을 免할수있었든 우리의好○에 單純히感動하야 音悅의情을禁할수없지는아니한가? 아까 우리는 집으로돌아오는길에 一雙의젊은男女가 이렇게散步가는것을보고 確實히 興奮을깨다랐을뿐이아니라 그렇잖어도憂鬱한다음이 더욱憂鬱해짐을어찌할수없는것이지만 이제 비가宛然히快晴한空를○亂하고있음을보게되니 발서우리는 그들에게美望의念을니르킬必要는 全然히없다 그의좋은洋服과 그의고은愛人은 可憐하게도 이비에 홀딱 젖고마렀을것이아니냐? 비는 참으로 비가와야害될것이없는모든사람에게對하야 하나의○○○이되며 하나의信賴할만한벗이되는것이다 이것은 비가 우리에게慰安을○○하는바卑近한一○에不過하지만 또는 細雨가○○하게나마 都會의 補 道를 길에절하는程度로 몬지를닦어댈때가튼때는 이햇빛도담도 포근하고부드럽고 또싀원한비를차라리 맛고다님이 特히情○○○을 果然누가느끼지아니하랴? 이런때엔 빈自動車가 乘客을찾음이겠지 列을지어 힘없이 거리우를闊步함을봄도 確實히痛快하나 都會에비가내리는깁뻠은 大綱 이러한것들로要約될수잇는것이지만 그러므로서 비에對한讚美는 한個의事實로서 當然히 承認되지아니하면아니될것임이 또한틀님없다 그러나 어긔서 사람은 道德과倫理의이름에있어서 나의雨頌에 ○然反意를表明할지도모른다. 卽 이들 道德家流의意見에依하면 우리가비를깁버하는것은 비自體에對한 純粹無雜한喜悅이라기보담은 다른사람이 비에依하야 被害를입는것을즐기는惡意속에 그 根本動機를 둔다는것이다. 嚴格할뿐인倫理的見解에서보면 果然 그러케單純히말하야버릴수도잇슬것이다. 그러나 特히이境遇에限해서는 道德은 結局 無生論한한個의理論에不過한感이업지안타.무어라하야도 人生의嚴然한事實은 다른사람이길에서빗걱하고미끼러지는것을보면 또는잘못하야손에든 茶잔을떠러트리우는것을보면 우리와利害關係를떠나서 엇전지그것은까닭업시우습고도질거울것을 恒常例證하야주는까닭이다. 우리가마음이납분까닭으로서웃는것이決코아닌말하자면人間通有의이러한自然스러운깁분에對한道德的判斷은 人性善惡의先天的問題에까지파고드러가야비로소解決될수잇슬것은두말한것도업지만 암만道德이여긔서그러치안키를命令하여도 모든사람은 다른사람이비에젓는것을보게되면 어전지自然히愉快하여지는마음을 到底히물니킬수업슴을어찌하랴! 비에젓지안을수도있는境遇에 비에젓는것이先手인것을 한번肯定하여보면 이先手를先手로서實하되우슴으로서臨함은 차라리더욱아름다운道德이라말할수도잇다 비맞는사람을보고 一一 히 슬퍼하는것이 참된 倫理라고할수업다 이러한것은 定末 처음버터 道德이敢히○○할수업는超道德的問題로서 人間의藝術感에 그조흔制○으박긱어 더욱隱當치나안을까한다. 道德이엇지되엇든 如何間에 우리는 비를讚美치안을수업는者이지만 勿論 또 우리는 다른사람이 비의被害를입는것을보고 그것이즐거운 오즉한個의理由로지만 비를讚美하는것은아니다 비는 비自體로서도 恒常아름다운것인까닭이다 奇雨를몸에 몹시며 거러거니는 快感에관해서는 앞해서도말하얏거니와 事實 紅塵萬之인○○한大地가 新鮮한비를가질때 世上의○○것이 果然 미움을늣기지안을○이랴! 正直하게말하면 비를미워한다는都會人도 비가내리면이新鮮하기짝이업는 自然에 홍이 죽엿든憂울한일골을만드는것이다 ○○한○○속에 그들의 ○色이快活해질뿐이아니라 都會의본지낸○○○樹와 홍이 壁宇우에노인 우리의목마른花粉도 이珍貴한하느님의물을떨며마시며 公○에서만볼수잇는 말라부튼草原도 乾燥無味한잠에서 문듯눈을뜨는것이다 참으로모든사람이 비를慈母의親愛한 손가티넉이는것은 너무나○○한일이다 다른모든것을만하지안는다하도래도 우리는 여긔特히○○하는夏日에經驗하는바○雨의思○을忘却하야 바릴수는업다. 天下가 一時에이를먹음는듯한凉味—— 이는 참으로 우리를가난한者에許諾된 唯一한避暑的一會이다. 이러한깁붐이萬一에平凡한것이라면 우리는 비의偉大한浪漫主義를얼마든지史上에求하야興○깁흔例를드러말할수가잇스나 그것은 이곳에서는略하기로한다.

(昭和十年四月)

사 · 에 · 라

鄭玄雄

오 늘 의 藝 術

「新奇하다」「새롭다」하는것은 오늘에와서는 아모魅力을주지못하게되엿다.

印象派以後로부터 至今까지 어지러울만큼 多樣의 新奇와 怪異와 破壞를 본우리는 이제는 여기에滿腹될대로 滿腹되여 오래동안의 戰爭으로 모든恐怖와 ○駭에無感覺해진國民처럼 새롭다하는것에對하야 厭症를늣길망정 新鮮도刺戟도없어졌다. 新奇하다는 다만그것으로問題視하든것은 임이지나간歷史다. 여기에있어 藝術의正統을차저 다시 過去에關心하려는것은 當然한일이다.

現 代 忘 却

過去와絶緣하라 過去를破壞하라 는말을여러番드렀었다. 이와같은意味로서 暫間現代를忘却하는것도 有意義하다.

現代性과地方色

現代를 한거름건너 直接古典에逆行을한다하드라도 現代에 呼吸하는以上 宿命的으로古典과 同一한것은될理가없다. 現代性은無意識中에 어떠한形態로든지 반듯이 거기에 存在해있을것이다. 地方色이라는것도 이거와같이 宿命的으로 가지고있다 밋는다. 盲目的으로 西歐를따라도 民族的色彩는 後日必然的으로 나타날것이다.

藝 術 과 遊 戲

勿論 藝術은遊戲가아니다 그러나 그것이 純粹한것―(造型藝術等)일사록 자칫하면 遊戲가될危險性을가젓다. 藝術이遊戲가되는第一의原因는 理論에奴隷가되는대잇다. 現代詩 現代畵에는 理論의

傀儡가된 言語의遊戱 文字의遊戱 色彩의遊戱가있엇다.

文 學 과 繪 畵

文學은 때때로 繪畵에惡影響을준다. 그것은 文學이造型藝術에對하야 極度로內容的인것을 强要함에있다 卽 造型藝術의價値를 思想的 內容的인것에 置重하고 그機能이 文學과同一하다生覺하는곳에서 이러나는誤謬謬다. 繪畵는 그機能에있어 文學과本質的으로 틀닌다. 繪畵는 心情이나智覺보다도 視覺的 感性에訴하는藝術이다.

內 容 的 인 것

畵面에 어는思想을表現한다는것은 不可能한일은아니나 繪畵는 그性質自體가 內容的인것을表現하는대 至極히不便하고 그効課에 있어도 다른藝術 (文學이나 映畵)보다 至極히稀薄하다.

萬一에繪畵의領域을 內容的이라는角度로서 規定한 畵면 은제까지 文學이나 映畵의背後에埋沒되여버릴것이다. 繪畵는끗까지 色彩와 포름의길을向하야 거러가는運命을 진이고있다.

時間性과空間性

映畵가動的이요 時間性과空間性을 倂有함에反하야 繪畵는 靜的이요 空間性以外時間性이라는 到底히表現할수업다 이靜的이라는곳에 繪畵의本領이있고 創造性이있다.

空間的藝術위에 無理로 時間的要素를添加하려하얐둔곳에 未來派의根本的誤算이있었다.

通 俗 性

通俗性이라는것을 排斥할必要도업고 두려워할必要도업다. 通俗은藝術에障碍가되지안을뿐더러 才能이있고 獨創性이있으면 가장 高級하게 洗練된形態로서 作品에낱아난다 通俗性없는傑作은드물다. 「피카소」의 가장抽象的作品에조차 어느程度通俗性을 發見한다.

諸流派의硏究

여러가지流派를 硏究하는것은 暗中模索의 意味가 아니요 自己自身을점더確實히하려함이다.

固 執

確然한信念밑에서그것의是非는 고사하고 自己에게 反作用을하는 또는 自己의興味圈外에있는 모든것을 侮蔑하는固執도 어느程度에있어서는必要하다.

不可解한것에對한尊敬

그것이 무엇인지도 모르면서 不可解한것 奇異한것에對하야 多大한興味와尊敬을가지고본다. 이것은批評的精神의墮落이라는것보다 ○○에갓가운 惡慘의感을이르키게된다.

回 顧

發展過程에있는作家로써 自己의過去를回顧하려는心情이 이른때에는 임이 消極的退步에있거나 求할수없는墮落에있는것이다.

熱 練

經驗이라는 熱練이요 熱練은 時日을거듭엇다는以外 意味가없다. 熱練은 職工에게必要하다 藝術家는 恒常探究者여야하고 爭鬪者여야한다.

孤 獨

多端하고散漫한生活속에서 優秀한作品이나올수없다 藝術家에있어서는 孤獨은 그를 深思식이고 가장 힘잇게하고 純粹하게한다. 그렇다고 이것은 外部的情勢에 沒交涉를말함이아니다.

無 視

理解한後에無視가있다. 當初부터 無自覺하고 無關心한대에 無視가있을理없다.

春 調

-(兩 章 時 調)-

張 應 斗

重裘를 벗고나니 몸은이리 가벼운데, 수심은 어느틈으로 가슴깊이 들였네.

湖心에 삽분삽분 점을치는 梅花떨기, 내혼자 웃고지내도 알이없지 않으리.

흙에서 풍기는내 이기뿐은 또무엇고, 이봄을 같이즐길이 내겐어이 없는지.

山골을 거닐다가 문득깨처 들고보니, 어데서 꺽어왔는지 꽃이손에 쥐였네.

乙 亥 春

憂鬱의片片

—近咏十章—

李 燦

一

내 출옥후로 삼년래ㅅ 소아리 고되저 죽도 변변히 몯잡수시면서
그몸으로도 새로두세시까지 술장사·갈비파리로 허덕이시는 어머니
보다몯하야 생각다몯하야
눈물먹음고 취직하기를 결심했네 아아 취직하기를 결심했네

二

잘가거라 잘가거라 부듸 부듸 잘가거라 단천이라 삼백리ㅅ길을 청루에 팔녀가는 도라지야
두달열흘 압뒤ㅅ집에 살면서 남모르게 정든 너와나
아아 이내가슴 터지려누나 빼개지려누나

三

이밤을 어이 지내는야 눈보라치는 이추운 밤을 손·발을 얼구며 귀를 얼구며 쪽한잠도 몯이루리
따쓰한 가마ㅅ목에 두다리 뻧고 누으려니 아아 문득나는 그속의 네생각에 가슴이 터지는것같다

四

어떻냐 어떻냐 네병세 어떻냐
산길 철리 물길 철리 머-ㄴ 타향서 알는 벗아
편지 도는 시간마다 이리 기다린지 두달하고 또 보름
아아 오늘도 네께서ㄴ 소식이 없으려나

五

정답게 안해 거느리고 출타하는 벗 바리우며 싸락눈 나리는 역두에서 남모르게 한숨지였네 아아 안해는 잇다해도 그처럼어듸ㄹ 동행은 고사하고

말조차 변변히않는 내살님 새삼시리 늑겨져서

六

얼마나 기다렸으랴 얼마나 노여하랴

나가면 곧 책사보내지 사쯔도 사보내지한 그친구

마음이야 변했으랴만 도시 말몯할 가세라 이무 두달이 지나 석달도 다되도록……

아아 면목이 없어 이렇다ㄴ 편지도 몯하는 내심사여

七

오늘도 기다리라든 취직처 소식이 없고 어머님 병환도 덜니지않고

끄님없이 아이가 보채고 술꾼들이 떠들고 독서가 되랴 창작이 되랴 연달어 피운 마코꽁치만 재ㅅ털에 수두룩

은은히 울녀오는 저녁종소리 드르니 아아 울고조차 싶어진다

八

암빠-ㅇ 암빠-ㅇ

함박눈 퍼붛는 반밤거리에서 밀녀오는 암빠-ㅇ 암빠-ㅇ

불상한 어린 돌이의 구슲은 저소리여

아아 오늘밤에ㄴ 저녁이나 먹었는지 솜옷이나 입었는지

九

어중이 떼중이 틈에 끼워 너털대며 재잘대며 눈 쏠닌 남문통길을 연당거리로 꾸으러지는 너

씩씩하고 믿어웁든 정드른 네ㅅ친구야
아아 너는 오늘밤도 그주루로 가는야

10

내 출옥한지 얼마나 되누 손꼽아보니 석달하고 또 사흘
이긴동안 무얼했담 참정말 무얼했담
번민·우울에 몸을 맥여 눈물·한숨으로만 지내ㅅ단말가
아아 내 날노 내뺨이라도 갈기고싶다 후려때리고싶다

昭和九年十二月北靑에서

미 — 라 祭

劉 演 玉

묵은 王朝의 遺物이 아직것 남아있는 큰길거리에 나왔다
五月이 펴놓은 푸른水彩畵를 그린 屛風을 치고
色色이 아롱이 褪色한「사라센」비단으로
늙어 빠진 몸둥아리 를
감은 옛 天痴들의 꿈터.

활 매고 派守보는 兵丁 하나 없다.

나는 어드메루 갈가
눈알을 굴려보고
「부헝이」눈 처럼 커-진 두 눈알.
바로 내 앞에있는
「聖」字 붙은「빠-」琉璃窓안에서
陳列된 시들은 꽃들이 작구 박갓을 내다본다.
산「미-라」의 行列이다.
列지은 超모던「택시」안-엔「모닝」입힌「미-라」의 標本을 실고
喇叭든 前衛가 구멍맥힌 喇叭을 불면
낡은 樂器를 가진 絃樂隊는
줄없는 樂器를 작구만 고룬다
「미-라」들은 音色잃은 合唱을 하고.

오늘이「미-라」祭.

나도 行列에끼여 그들과 步調를 마추워본다.
「-어데루 가는게오?」
그들은 對答이 있을理없다.
그렇면 나도 산「미-라」가 된다.

行列은 「카-페」를 지난다.
「麻雀크럽」을 거쳐 다시 「카-페」를 지나
좁은 골목을 만날때마다.
여기 저기서 산 「미-라」 들이 으슥대며 기여나온다.

오늘이 「미-라」祭.

「콩크리트」의 「피라밑」에서
「에집트」의 늙은 醫生의 遺業을
繼承한 現代美容師의 약은 솜씨에 속아빠진 산 「미-라」들,
어여뿐 「미-라」로 扮裝한 계집하나가 내앞을 스처나가면
奢侈한 절문 「미-라」가 힐금 나를보곤 「미-라」의 우슴을 친다.

네거리 舞踏會場에 왔다.
모여드는 「미-라」의 行列-
난쟁이 守錢奴의 引率한 行列도 있고
가지가지 색다른 行列이 저이만 아는 눈을 한다
그中에도 흙물든 白衣로 扮飾한 純朴한行列은 깃발 든 시골紳士에 잇끌려 저-쪽에서 온다.
聯合管絃樂隊는 맞지도않은 舞踏曲을 울리고 산 「미-라」들은 그

音樂소리에 마추어
네 거리 廣場을 비ㅇ글 빙글 돌며
알수없는「미-라」의 춤을 춘다.

오늘이「미-라」祭.

「너이들은 저기있는 鍾閣의 쇠북鍾이 언제 울릴지나 알고있는냐?
xx新聞社 特派員인「오토바이」君은 社로 向하야 달리고
빠르지못할 人力車孃도 발재개 뒤를 따른다
오늘밤 夕刊에는 무슨 記事가 特號活字로 실리리노.

산「미-라」의 行列은 간다.
그들은 억지로 말을 마출생각도 없이
일부러 步調를 어길 심사도 보이지않으며
東으로 西로 南北으로--行列은 쉴새없이 이어진다.
갈수록「미-라」들은 새로이 갈리고
앞뒤에 있든 낯익은「미-라」들은
이골목 저골목으로 슬적슬적 빠저나간다.
「너이들은 大體 어데로 가는게냐?」
나는 音樂없는 高喊을 친다
그들은 들은체않고 끈일새없이 行進한다.

오늘이「미-라」祭.

아-나는 어떻거면 이行列에서 다시 빠져날고
「미-라」祭는 언제나 끝이 나려노…….

보 리 고 개

呂 尙 絃

五六月 햇볕은 모닥불 훨훨타는 모닥불
도야지색기 수구렁에 들어눠 궁그러대고
상추잎 시들버들 조으는 시절
겨우 거닐던 그들은 고개들어 고개를보누나
이 보리고개 어쩌나 넘으려도 어떻게 넘어,

고개- 높지도않은 낮지도않은
고개- 보이지도않는 안보이지도않는
그러나 넘다해지고 해뜨면 또넘어

고달퍼 쇠잔한몸 쉬고갈곳조차없는
아득한 보리고개 몇千里 몇百里뇨
종달새떼만 넘나리는 모를내라 이고개,

이고개 넘지못해 우는이
이고개 오르다 쓸어진이
이고개 내리며 설워하는이
누구이던고 얼마이던고

그는 혼자만 넘으련가 훨훨 가잖을가?
젓먹이 조카는 어이하리
고개- 가슴에 불끄러오르는 저 보리고개

어찌나 넘으리 업고 업히어 넘으려나
끄집어 밀고 넘어야허이 가야만허이.

橋 畔

洪 以 燮

다리가지나는이의발자욱득은午後
棰楊의橋畔에서
牧羊의노래를부르노라

이곳은
푸른한울과힌구름이水面을스치고
먼밤한울의별빛도깃드리더라

그날부터저날로끝없이흘러가는물이여
「흘러라흘러라久遠이……」
「모든不純을씨처가거라맑고맑게……」

꽃피고닢지는이다릿가는
「소와도야지가상으로팔녀가는길이오」
「웃음과깁븜을모르는人間이지나는길이다」

乙亥녀름-

아모것도없는風景

崔暎海

큰벌판. 미추룸한비탈. 혼자선 페. 글자. 긴글자. 아지노모도공장. 또글자. 건축용지. 눈. 눈. 눈. 눈. 짝대기. 뭉뚱한작대기. 연기. 소리. 가는기차. 소리. 연기. 소리. 오는기차. 소리. 소리. 큰소리. 우으로 오르는짝대기. 떨어지는짝대기.

날르는연기. 뿌연연기. 가는기차. 소리. 소리. 큰소리. 소리. 소리. 돌아서는기차. 선기차. 머리. 머리. 다리. 다리. 다리. 팔. 팔. 팔. 팔. 소리. 소리. 큰소리. 소리. 적은소리. 가는기차. 큰벌판. 미추룸한비탈. 긴 철로. 다라나는철로. 글자. 긴글자. 혼자 선 글자. 연기. 눈. 눈. 눈.

驪駒歌

李時雨

幸福에對한우리들의이야기속에서, 不幸의全部를빼댓자, 남는것은決코幸福은안이다. 그女子를탠幸福의汽車는, 十年같은山너머로떠나는날이다. 幸福은, 다른이에게도없는것이닛가, 필연코나에게도없는것이겟지. 나는그女子의生日날을외이고, 솔밭에는바람이부는날이다. 幸福과같은. 不幸과같은.

三 四 文 學

5집

體 溫 說

申 百 秀

한 아파아트에서 여러달이나 함께 묵으면서 우리는 아주 정다워졌다.

내가 들은 십이호실은 이층응접실 바루 옆구리였다.

이 아파아트는 흰벽과 벍언 양철집웅이 잘 어울여보이는 삼층집이었다. 삼층은 집웅이 웃뚝히 올라서서, 그 집웅으로 창이 다닥다닥 달이어있다. 집웅의 벌건칠이 버껴지고, 그 대신 벌겋게 녹이 씨른것이며, 힌벽이 검게 껄고 누런물이 배어있는게, 이 근방의 뒷골목다운 풍경과 잘 어울이어 보였다.

신쥬꾸에끼 新宿譯 마진켠골목으로 한오분 들어슨곳에 이 집이 길쯤히 있다.

판장집이 빽빽히 들어서있는 골목은 끝다은데없이 길게 뻗었다. 이 아파아트정문오른켠으로 더 좁은 골목이 있다. 비스듬이 서남쪽으로 면한 정문앞에 얼마큼 밝었지만, 아래층은 늘 어둡고 컴컴하다. 정문옆에 층계가 있고, 그리로해서 이층에 올라스면 십일호실이다. 여기가 명조의 방이고, 나는 그 건너켠이다. 건너켠이래도 내방옆에는 응접실이 있어서 방문이 맞우보게 되도록은 안생겼다. 십일호실 다음방이 십사호실이다. 십사호실은 오히려 내방에서 맞보인다. 사요꼬라는 여자가 혼자 들어있다.

사요꼬는 곳잘 응접실을 차지한다. 응접실은 명색뿐이고 실상은 층계난간에 붙어서 삼조 三造 가량되는 헛칭이다. 둥그런 테이블이 하나 있고, 거기딸여서 의자가 둘, 내방벽에 기대서푹신한 소파가 하나, 그뿐이다.

사요꼬는 그 소파에 안저서 잡지를 보거나, 실로 무얼 짜거나 한다.

사요꼬는 목소리가 곱다. 사요꼬의 곱게 나오는 음성은, 나의 귀를 아른하게시리 적시고, 유아스럽게 구비넘는다. 부드러히 둥글맛을 품은 사요꼬의 노래를 처음 방구경왔을때 듣고, 나는 콘트랄토 가수가 아닌가 했다. 집주인여편네는 내가 들여는 방을 안내하면서 카페사람이라고 뗑겨주었다.

나의 방은 서켠으로 창이 있다. 창밖은 골목이다. 나는 창앞에다 책상과 걸상을 드려놓았다. 구월의 더위는 어지간하였지만, 나는 마진켠방보다 일원 싼바람에 이리로 정해버렸다. 명조방이 십일호이고 사요꼬의 방이 십사호, 그와 맞붙은방이 십육호인데 그방이 십이호실과함께 비어있었다.

마찬가지로 깨스와 수도가 달이고, 벽에붙은 의거리가 있다. 의거리는 둘로 갈이어서, 한아는 이물을 쌓게 되었고, 그밑으로 큼직한 설합이 두칭 달여있다. 정작 의거리켠은 문짝에 거울이 다 달이었다. 그러나 폭이 좁아서 옷을 가루서너번말여면 꽉 찰것같다.

방 한켠벽에는 나무로짠 침대가 있다. 스프링도 없이 그냥 푹신푹신한 보료같은것이 두툼

거 리 의 풍 경

세루로이드울에쓴詩

朱 永 涉

(F · I)

○地下道出口로쏘다저나오는 사람들

(O · L)

○森林같이드러찬뻴딩.수많은들창

(O · L)

○거리를지나가는사람들──움지기는다리

(O · L)

○거러오는사람들의얼굴──畵面을채운다

(畵面이빈다,

멀리서들리는自動車크랙숀──가까워지면서)

○自動車 橫斷──70마일

○시그낼──赤에서靑(天然色)

○十字路를橫斷하는사람들의긴─行列

○입벌린거지

(O · L)

○입벌린휴지통

(O · L)

0입벌린?大機

(다미아의노래가 길건너로 들려온다)

(카메라移動)

○차레차레나오는商店쇼-윈도우

데파-트 · 果物전 · 冊房 · 洋服店 · 菓子房 · 작란감집 · 葬儀屋 · 프로리스트 ·

○쇼-윈도우앞에모혀드는사람들

(O · L)

○쇼-윈도우에싸히는人形들

○낮에나온『夜市꾼』의고함소리

○둘러선사람들

웃는얼굴 · 멍하니드려다보는얼굴 · 好奇心에깜빡이는눈 · 커다랗게벌린입 ·

○포켇속으로들어가는 옆사람의손

○도루나오는손──입맛다시는얼굴

○다리새로빠저나오는삽살개

○삽살개와입맞추는늙은貴婦人

(빼드아이퓨-로)

○거러가는사람들의帽子의行列

○茶집속에停止된人間들

○들창넘어보히는사람들의다리

○처진구두한커레가 피곤하게걷는다

(카메라移動)

○머리를숙이고 두손을주머니에넣고 거러가는無表情한사나이

○群衆속에 섞여서 밀려간다

(O · L)

○군중의행렬이整列한隊伍로變한다

○驚異와歡喜에가득찬사나이의얼굴(大寫)

○또다시, 어지러운行列

○머리를숙인채밀려가는사나이
○누런얼굴에 빨간루-쥬를내밀고지내가는『거리의天使』(天然色)
○그뒤를쪼처가는뿔덕같은男子
○救世軍의同情가마
(O・L)
○商品을한아름안고나오는사람
○굽실굽실절하는다리없는거지
○때무든모자속에놓여앉은동전여섯닙
○아까부터 그것을노리고섰는無表情한사나이
(O・L)
○모자속에가득쌩이는 金貨(天然色)
○놀래는두눈(大寫)
○돈을독수리같이움켜쥐고다러나는사나이
○다러나는 쇼-윈도우
○다러나는 다리
○다러나는 전선ㅅ대
○다러나는 軌道
○두팔을벌리고 들어오는사나이 (畵面을덮는다)
(O・L)
○다러나는사나이의잔등(멀어지면서)
○앞으로달려오는 電車
○앞으로달려오는 自動車
(크랙숀의交響樂)
○앞으로달려드는 삘딩
○軌道中央에너머지는 사나이

○스하톺는 自動車・電車・오토바이・

○몰려드는 군중

(O・L)

○거리에나온金漁항──옥작복작숨쉬는고기떼・입 (大寫)

(O・L)

○森林같은이겹치는삘딩・크레-인

(O・L)

○圓을그리는線路・돌아가는벨트・山같이쌓이는物品・

○사나이의가슴우로거러가는다리

(O・L)

○사나이가幻想할수있는모-든것

(敎會堂鍾소리)

牧場과푸른하늘"森林・시냇물・빨내하는女人네・빙글빙글돌아가는風車・寺院・鍾閣・乘天하는裸體"

(싸이렌交響樂)

○다시, 鐵橋・삘딩・軌道・거리・群衆・

○사나이의가슴을짚고거러가는구두──커다란발바닥

○둘러싼삘딩中央을뚫고 에레베-타가全速力으로올나간다

(O・L)

○고무風船이올나간다

○스크린을채우는 고무風船──터진다

(號外방울소리)

○西方에서들어오는汽車・電車・自動車・

○빙글빙글돌아가는삘딩

(다미아의노래다시계속)

○地下道出口로쏘다저나오는 사람들

(O・L)

○森林같이드러찬 뻴딩・수많은들창

(O・L)

○거리를지나가는 사람들(한동안)

(O・L)

○『安全地帶』에뭉켜선사람들

(머리우로카메라後退)

(노래끝이고)

○街路燈에불이켜진다

○街路燈이점점멀어진다—죽는다

○힌나비한마리가 팔랑팔랑 날아온다

○스크린을 가득 채운다

(『도라』)

달 밤

朱 永 涉

● 停場車

달빛이 軌道를쫓어간다
軌道는 曲線을그리고 倉고앞으로다러난다
倉고 건너편에서 고양이가 軌道를밟고온다
그림자 도 없는 달밤에 汽車가떠난다
달도 고양이도 軌道도 아-무것도없어졌다
機關車·郵便車·貨物車·食堂車·寢臺車·
등불킨三等客車
시그낼이파-란등을키구있는동안
긴-列車가지내간다——허리를구
피고그믐날森林같은다리ㅅ속으로들어갔다
뒤에는
고양이도없고 헌, 新聞紙조박도없고 비인『벤도』갑도없고……
어스름ㅅ달이 되었는데
두줄기 軌道는 번쩍인다.

● 傳 說

보름달 이 섬을넘어왔다.

힌 모래밭에는 능쿨스런소래가
조개껍질사이로 기어 단닌 다

바다밑에서는게색거들이기어나와서
조개껍데기속에담긴달빛을업드린다

고기 비눌 같은 물결속에 달빛이 넘친다.

섬넘어로바람이불드니
물결보다많은고기떼가 海岸가득이몰려와서
물결속에담긴 달빛을 짤닥 · 짤닥 다-삼켜버렸다.
(오-랜사이)
海 岸 에 는
조개껍질도없고
고기새끼도없고
보름달도없어젔다
뒤에는
灰色빛 하늘과
히멀거스름한 水平線 과
달없는 물결과
누-런모래밭이 남었을뿐이다

急行列車

朱永涉

들창을열고 손수건을흔들어라
들창에입김을흐리고 까물까물 먼山을그려라

午後의急行列車는 巨大한로맨티스트,
꿈이깨지거든 턴넬이아니라도汽笛을울려라

저녁때 비맞은집웅이 애처롭다
電線줄이 올랐다내렸다 들창을엿본다

時間表없는思念이하루에도몇번 전송客없는프랱폼을떠난다
외롭게우렁차게 새벽의北國을달리는機關車같이…

三等손님의꿈을실은急行列車가
驛長이잠자는停車場을휘파람불며다러난다.

마 네 킹 人 形

劉 演 玉

1

밤과 낮이 비ㅇ빙 도라오는 이 琉璃宮은
눈섭이 곻은 마네킹人形들이 산다는 나라.

方言은 서로 다르다, 서로 모르다,
눈만이 한가지 暗號를 가지고,

이제 빙긋이 우슴하는 마네킹人形.

구렝이 처럼 우리의 冬眠이 상기 깊은데
머ㄴ나라를 떠나는 새로운 손님만 그리워 한다.

애뜻한 눈물 한방울 못가진 마네킹人形.

험상한 몸에 얼룩진 痕迹을 가려야하기에
언제나 假裝舞蹈會를 즐기게 되었다 한다.

벌서 몇번이나 되푸리하는 그 수상한 포-즈!

제서 제 마음을 내어바리곤,
인제 不幸을 잊고저 幸福을 바란다지만
끝내 그들의 一生은 도르고 도는 마네킹人形.

2

너는 흠없는 어린입슬을 아조 싫어하고
구슬 처럼 아껴 둔다 하지만은,

탐스레 볼룩이 부우른 것이
젖이 고이지 아는 너의 乳房이여!

너의 아들은 너를 닮었다,
너의 딸도 너를 닮었다,

透明만한 너의 집이 그리도 愛着스러우니?
오늘도 그 姿勢를 너는 잊지도 않었구나.

너의 눈이 빛나기는 하다만은
아까운 눈물이 고만 자젔도다.

너의 입은 얌전이 담으러졌다만은
아스름한 우슴이 흐르더라.

너의 아들은 너를 닮었다.
너의 딸도 너를 닮었다.

너보다 훌륭한 것으로 만들고 싶다드니,
너는 그대로 圓舞를 좋아만 하는구나.

여 보 소

鄭 炳 鎬

龜는龜・龜　혹은　陳川따라 海印寺・海印寺면系圖

NO・NO・3・MADAME

水直星 觀音菩薩 하 괴 구 렁 에 든 범　에　몸
土直星 如來菩薩 신 후 재 에 든 쐥　에　몸

HALLOO・・・閏・三・・月

자축일 텬상에나고 묘유일 귀도에나고 바람불면 배꽃피고
사해일 디옥에나고 인신일 사람이되고 피었도다 샨데리아

I WED A TOY BRIDE

李 箱

1 밤

작란감新婦살결에서 이따금 牛乳내음새가 나기도한다. 머(ㄹ)지 아니하야 아기를낳으려나보다. 燭불을끄고 나는 작난감新婦귀에다 대이고 꾸즈람처럼 속삭여본다.

「그대는 꼭 갖난아기와같다」고………

작란감新婦는 어둔데도 성을내이고대답한다.

「牧場까지 散步갔다왔답니다」

작란감新婦는 낮에 色色이風景을暗誦해갖이고온것인지도모른다. 내手帖처럼 내가슴안에서 따끈따끈하다. 이렇게 營養分내를 코로맡기만하니까 나는 작구 瘦瘠해간다.

2 밤

작란감新婦에게 내가 바늘을주면 작란감新婦는 아모것이나 막 찔른다. 日曆. 詩集. 時計. 또 내몸 내 經驗이들어앉어있음즉한곳. 이것은 작란감新婦마음속에 가시가 돋아있는證據다. 즉 薔薇꽃 처럼………

내 거벼운武裝에서 피가좀난다. 나는 이 傷차기를곷이기위하야 날만어두면 어둔속에서 싱싱한蜜柑을먹는다. 몸에 반지밖에갖이지않은 작란감新婦는 어둠을 커-틴열듯하면서 나를찾는다. 얼는 나는 들킨다. 반지가살에닿는것을 나는 바늘로잘못알고 아파한다. 燭불을켜고 작란감新婦가 蜜柑을찾는다.

나는 아파하지않고 모른체한다.

봄과空腹

黃順元

밤알은 밤싹같은 싹이 엄튼 밤이었다.
眞空속인데도 꽃없이 열린 밤송이송이가 흔들렸다.

位 置

黃 順 元

차라리 무성한 햇빛을
코로 벌룽거리며 빨기만 해
化石처럼 굳어버릴 까부다.

돌멩이를 투치어
부서 않지는 하늘키를 알었다.
마을 굴뚝을 헤는 눈에는
생활의 거리가 있었다.

꼬리새린 개인양 호릇이
생각의 네지를 배배이는 동안
그림자는 몰래 밭이랑을 겼다.

벌덕 빛을 어즈럽히며 늘어섰다.
그림자가 겁내어 늘어났다.
나는 나를 버리고 돌아섰다.
그림자가 뒤에서 떠 밀쳤다.

잠시 나는 자리 못잡힌채
한입 능니한 하품을 깨물어
버레먹은 잇자욱을 내었다.

잎 사 기 가 뫼 는 心 理

백 수

바다에로다다르기 그림을그리라면鄕愁를모르는까치의葉書보다 허물없는하픔 그늘을가리어서걷기로하자 잠이든가장기 여름이되면바다바다바다바다바다와葉書型

昨 日

李時雨

왼쪽으로 왼쪽으로 별들이 기우러지거나 로망티그의 나무나무요 오-마담. 보홰리이와같이 祈禱書의 一節은 紙幣와같이 갈갈이 찌저 버리었으나 薔薇와같이 붉은 꽃들의 송이 송이

오날도 아름다운 하날 멀-니

女教員은 少女와같이 가는목소래로 로오레라이를 부르거나 昨日과같이 눈물을 흘니거나………나도 정말은 울고 있었다.

SURREALISME

李 時 雨

(새로운詩의이야기가나오면 朝鮮에서는 곧李箱이를끄집어내지만, 그것은Amateur들의 宿命的인感動에不過하다. (여기서宿命的이라고한말은 習慣上의아카데미즘을 意味함) 外國의누가 精神은運動에不過하다고하얐으므로 感動이나習慣等도 亦是運動일넌지모른다. 具體的으로말한다면, 여기에내가李箱이를들었지만 이것은반다시李箱이가아니라도좋고, 내가李箱이에對하야말했다고 생각하는것은, 그것은 Amateur들의 宿命的인感動에不過하다. 卽李箱이는 Amateur가아니다. 여기서내가 말하고자하는것은, 새로운포에지이에對한 科學的認識과 및 그詩的實踐에있어서 三四文學同人들이 如何히運動과區別하얐는지 포에지이의回歸線을測量하는1936년도의Compass와 爛漫한이開花를 보아라.) 以上은 三四文學・ 續刊에對한 廣告文이었으나, 文中에, 여기에내가 李箱이를들었지만 …………以下, 卽李箱이는 Amateur가아니다까지의云云은, 납부게解析하면, 李箱이에게對한卑劣한辨明같에서不愉快하나, 實相은조곰도李箱이에게對한 卑劣한辨明이아니라는點을 李箱이에게對하야와는또달니, 나의純白性에對하야 다시한번辨明하고싶다. 卽李箱이는 Amateur가아니다. 여기서내가말하고자하는것은, 따라서以下는 Amateur라던가, Amateurish라던가, 或은亞流……………이라던가의說明的인若干의考察이다.

Amateur. Amateur들에게는 浪漫主義라는말과 浪漫主義的이라는말을 區別하지못하는모양같다. 鄭芝溶氏는 각금아름다운抒情詩를잘쓰신다. 林和等은 각금 鄭芝溶氏보다도 잘못쓴다. 또 金起林氏의

全體主義는 常識的으로내라도 생각할수있으니까 Amateurish이며此種의折衷說은如何한境遇를勿論하고 合理性이라고하는 幻想에사로잡힌 停止이며 죽엄이다. (金氏의詩論은全體主義라고하는것이있다하면 그것은얼마나至難한業이라는것에는抵觸하지아니하므로, 그것은언제든지애매하다.) 그러나 늘變化가없는Condition을持續하는것은, 復原力의問題를考慮삼을必要가없을 만치 이이지하다고하면고만이지만, 復原力其自體는언제던지 固定되어있다고생각하는者가 곧亞流이라고하는것은 속일수없는事實이다. 그리고 사람들이봐레리이를읽는것은 한個의本能인것같다. 또어떤種類의사람들은本能을잊어버릴야고 봐레리이와將棋를두지만, 나의本能이희미하야질때, 정작봐레리이의知性은 異常한明瞭함을가지고 또한種類의다른本能을 現象하는것이었다. 하나는질거움이라고하면, 하나를슬픔이라고불너도좋다. 일직이나는, 小說을읽고虛榮을享受하야도, 虛榮을慾望으로서享受하는安逸함은 豫告한記憶이있으니, 藝術에, 이같은不幸이있다고하는것은…………다음애 (音과意味와를 結合시킬야고하면서, 또自己自身과같이 不安定한線의, 두個의幻想을相等시킬야고 無限히努力할때, 그것을꿈꾸는者가 結局에는 力盡하는저 惡夢의하나를 百日下에그리면서 우리들은無力한가운데 몸을두지않으면않된다)고봐레리이가말했다면, 이悲調그대로를봐레리이의不幸이라고듣더라도, 그사히에는아모런Mistake이없다. 그리고世上에는往往, 新聞에는X X X이라고報道하얐지만 其實은XX名인지누가아느냐라던가, 朝鮮에는只今徐廷權보다도 더잘하는사람이얼마던지있다던가, 肺病에는 오히려담배가有助하다던가, 어데서듣고오는지 一一히新聞이나무엇을信用하지않는 電氣商會主人이나 生命保險外交員들이있으나, 나는k氏의評論을읽으면, k氏의얼굴이 以上

의電氣商會主人이나 生命保險外交員들의얼굴과 점점비슷하야지는 것같애서 우서죽겠다. 대소롭지못한일이 무엇이 그리 대소로우랴. 逆說의正體는아마이런곳에고양이와같이숨어서있는지도모른다. 그러나萬若言語가그眩惑의魔術을버린다면, 그것은거이그림자에不過할것이라고 k氏는말하나 날보고말하라면, 逆說家는逆說以上의魔術은 이世上에는다시없다고 忘執하는人間에不過하다. 言語의健康性을말할냐고 言語의魔術性을云云하는林和等도 k氏의에피고오넨에 不過하다. 金起林等도 亦是k氏의亞流이며, 其實은林和等은 金起林等의亞流에不過하다. 임화등이云云하는言語의健康性은 말하자면 Sports과같은 言語의生理性을意味하는데끝이나, 金起林等은 注目할만한逆說家이다.

運動이라던가, 感動이라던가, Amateur와, Amateurish라던가, Intelligible과, Unintelligible……………等의區別은 내마음대로아모렁게나解釋해서區別하얐지만, 萬若諸君이 이區別을明確히意識하지못하고讀過하얐다면, 諸君은文學批評의어느한個의태스트에 能히堪當할수없다고말할수밖에없다. (奇蹟)을中心으로하는 메타퓌직쓰의 完全한一廻轉에對하야. (일곱個의?에서) 이境遇의에스프리를가리켜 便宜上物質的에스프리 或은音樂的에스프리라고불러서 一應普通一般的에스프리와 區別하야나는 使用하얐다. 以上은, 言語의健康性의一小斷面에不過하나, 이것이임화・김起林等의 言語의 Barbarism과의區別이다. 言語의健康性을 言語의全體性이라고불너도 좋고 言語의運動性이라고불러도 無關하나 一約한다면 言語의아름다움이라는 一言에끝인다.

(이에反하야申君의素質은 趙君의그것과는거이對射的인것이어서, 그의 客觀性은 新人中드믈게보는 新人이다 (여기서 新人이라는말

은, 얼굴이새롭다는 간단한意味)가까운例로 適確한描寫가이를말하며, 또그의아마츄어릿슈한部分은, 좋은意味의아마츄어릿슈이며, 그의客觀性과함께 그의明日을約束하는것이다.) 나는 月刊文學 (世紀) 創刊號의(Amateur와Amateurish)에서 以上을說明하야, 趙豊衍君이常識的인素質을가졌다고하면 申君의素質은, 非常識的인素質이며,(이것은 그의客觀性을 가리킴.) 申君은톨스토이나 지이드氏의小說을 읽어도 조금도影響을받지않는다는 意味다. 이곳으로부터小說을始作할수있는것은, 幸福한 環境에자라난우리들Younger generation의 特典며, 한作家가되기까지의過程을 적어도五年以上은短縮하는것으로생각된다고하얏으나, 도스트에프스키나 톨스토이로부터始作한文學靑年들과의差異를 여기서는區別할냐고하얏다. 우에서申君의素質을가리켜 非常識的인素質이라고부른것은, 現象的인解釋에 조친것이었으나, 常識이라는意味를 眞正히解釋하야본다면, 申君의素質은 非常識的이아니라, 오히려常識的이라고부르는便이 正當할것이다. 眞正한常識主義는 正常한狀態이며, 虛榮이나게으름에盲目的으로反動하거나, 女子나戀愛를, 닥치는대로無視하거나하고난다음에오는슬픔은, 頑固한껍질속으로파드러가는 내自身이었다. 老人이頑固하야지는것도, 亦是價値判斷力을喪失하기까닭이겠지만, 또그림그리는靑年들이상인과區別하고자 머리를길게기르거나하는것도, 亦是포오쓰의反動에不過하며, 常識主義는 此種의歪曲된포오쓰를訂正한다. 어머니나, 아주머니와같이平常한生活은, 이平常한生活에이르기까지에는 끊임없는슬픔과 訓諫이있었다. 法律學生들은 辯護士가될랴고 東京에서一心精力으로들 工夫한다. 또나는체홉의愛嬌은理解못하나, 체氏의小說에서 이平常한生活을 發見할수있는것은 무엇이라고하는질거움일까. 체氏의이좋은意味의아마츄어릿슈한部分은, 그의溫雅한人品에서由來함인지, 또는체氏以前에 萬若映畵가存在하얏었다고한다면, 그것은반다시映畵의手法에틀님없다고하야야만된 그의아름다운手法에서부터오는것일지, 이같은部分은 또한우리들이고 도오의小說를읽어보드래도 容易히指摘할수있는部分이다. R由과같이끊임없는 永遠한 生活의싸움. 그러나 生活과않싸우고 大體우리들의孤獨을어따가依持할수있단말이냐. 그러나, 싸우는者에게不幸은없고, 不幸은, 싸움이끝난다음에야 오는것이다. 例컨데 矯慢함과같이. (나는이러한Genr 에서 頑固라던가亞流의狀態를 생각한다.)

以上의論理를展開시킨다면, 頑固함이란 畢竟 虛榮이對象을發見함에다름없는것에는틀님없으나, 그러나對象이없는虛榮은, 또이것은大體 무엇이라고하는슬픔이란말이냐. 이, 觀念과도比較할만한謙遜한世界가 곧藝術의世界이냐. 이强烈한虛榮은 드디어한個의精神의넓이까지 올너가는것이다. 그리고또 이것은戀愛와도比較할만한 詩人의, 아름다운온갓表情이다.

鄭芝溶. 일즉이 나의 딸하나와아들하나를 드린일이 있기에, 혹은 이밤에 그가 禮儀를 가추지 않고 오랑이면, 문밖에서 가벼히 사양하겠다! 무엇이라고하는 아름다움. 그러나또, 무엇이라고하는 虛榮이냐. 어느사람은 이虛榮을 다시없이사랑하며, 鄭芝溶氏는또이로서 아름다웁게滿足하신다. 요사히鄭氏가, (中央)其他에 簡潔하신短文을 가끔쓰시는것을輕快하게읽은적이있으나, 다섯토막의Paragraph은, 衰弱한逆說에不過하며, 그의교만함에對하야서는 나는사시를내어던질수밖에는없다.

鄭芝溶. 蓮닢에서 蓮닢내가 나듯이, 그는 蓮닢내가 난다던가, 以下 稚拙한나의告示를 繼續하자! 海峽을 넘어 옮겨다 심어도 푸르더라, 海峽이 푸르듯이라던가는, 結局類似라니보다도 類似에抵抗하는 充分히客觀的인 捨象의世界이다. 또한, 함초름 저저 새초롬하기는새레 회회떨어다듬고나슨다고 鄭氏는말하시지만, 그의修辭學은 한토막의어쩔수없는 逆說?에 不過하다고 나는생각하얏다. 오?스의疲勞에태엽처럼 풀려왔다던가, 祈禱와睡眠의內容을 알길이없다. 咆哮하는검은밤, 그는鳥卵처럼희다. 무엇이라고하얏으면옳을넌지, 람프에갓을씨우자! 도어를안으로잠겼다. 나갈으면이같이토막처서쓰겠다. 그리고 부끄럽기도하나 잘먹는다. 끔직한 비이프스테이크같은것도! 라거나, 몇킬로 휘달니고나 거북처럼 興奮한다等의스노비숨等. 아모리鄭芝溶詩集을 읽어보아도 謙遜함이라거나 勤實함이라는것은조곰도없고, 따라서以後에 鄭氏의亞流가있을수있다고하면, 이러한그의스노비슴以外의部分에는 있을수없다고도생각하여보았다. 외그려냐하면 鄭氏自身의藝術이 즉亞流의藝術에 不過하기때문에! (以前에 柳致環氏의(가을의모노로구)를가리켜 내가鄭芝溶의亞流이라고指摘한것도 亦是이러한部分을가리킴이었으며, 以後自菊喜君의純眞함에, 얼마간의期待를갖는것도 亦是抒情의길은이러한것과의人間的인싸움에있다고 믿고있기때문이다) 바다나, 海峽이나 유리窓等에무슨靈感이, 또한령感의寶石的把握인 情緖의아름다움이있느냐, (情緖의發散이다.) 情緖의缺如를가르켜, 鄭氏의詩는理智的이니무어니하는者가있으나, 이것은또이것만으로만본다면, 저에게 鄭氏와같은理知의素質이없다는弱点을 숨기지않는点, 同情의餘地는있으나마, 批評은 個人의弱点을 無視한다! (鄭芝溶詩集에도, 成功한作品은二三篇은있다는것을 알고있는者가있느냐!)

抒情詩의 本質은, 內包的인깊이에 있는것이라고 나는생각하는것이나, 詩人이이 깊이를追求하는倫理를喪失하고, 對象의周圍를追從

하는것으로 간신히한個의軌道를 見失하지않을야고하는卑屈함은, (此種의詩로서는 단지現象的으로만본다면, 金氏의바다나금붕어, 奇蹟其他近作全部를 指摘할수있다) 대상에 淸敎徒와같이反抗함으로써, 한個의깊이에까지集中시킬야고하야嚴烈하던, 浪漫主義의에스테티즘에도反하는것이라고 말할수밖에없다. 此種의倫理의貧困함을가리켜 사람들은詩가말너버렸느니 詩를짜내느니하지만, 이것을 다른또한個의觀點으로觀察하야본다면, 苛酷함이 없는 저항에는, (디멘슌이없는 抵抗, 먼저말한所謂간신히軌道를 見失하지않을냐고 하는경우에 實在하는, 事物其自體의消極的인 抵抗力을가리킴) 요量의代身에 曖昧함(傳達의不充分)이있을뿐이요, 卽요量이없는實在에는, 卽抵抗이없는混亂이므로, 抵抗은 均整이며, 抵抗은, 요量이며, 따라서抵抗은 理解의手段이며, 요量이라는것은, 實로 捨象的포엠을規律하는 唯一의論理일것이다. 混頓한事物을 理解하기爲하야서는 몸소事物에부대치어避하지않는곳에 詩人으로서의신세리티라던가, 액티예티가 비로소問題되는것이며, 卽抵(拘束)이라던가, 均整이라던가는 곧古典精神의 明快性이다. 鄭氏의Paragraph이나, 倫理的인抒情詩에는破綻이없으나, 一단對象이主觀으로規律됨을 拒否하는境遇에는 따라서別個의리고리즘이必要되므로, 古典主義는 現象的으로는 此種의 倫理의貧困으로부터 出發하얐다고 明言히야도 過言은않될것이다. 이같이 鄭氏의詩가古典主義에도亦是反한다는것은, 나는鄭氏의(아름다운抒情詩)는 理解할수있으나, 鄭氏의(아름답지않은抒情詩)는 무슨意味인지 仔細히알어볼수가없다. 鄭氏의個性의깊이를 理解못하는것은 나의無學한탓이겠지만, 餘白의難解함(抵抗이없는 抵抗)에對하야서는, 나는鄭氏의無詩함에 그責任을轉嫁시키고싶다. 끝으로 원악 藝術其自體에 Mannerism은없다. 鄭氏의

藝術을論할때, 누가이點을指摘한者없고, 단지Mannerism의藝術을 亞流의批評家가 亞流한데不過하얏다. 精神은, 運動이다. 運動속에는, 無限한 自由와, 그리고運動自身은 스사로의Energie로서Propeller와같이 運動하지않는一切를 粉碎한다. 이것은 眞理다. -亞流는 結局 亞流임에不過한것과 마찬가지理由로, 여기에내가運動이라고하얏지만, 첫머리에 (外國의누가精神은 運動에不過하다고하얏으므로………) 云云의, (運動과아울너, 이로서 運動의 二種類의타잎을 說明한 세음이다.

追記. 以上으로서 내가이곳에서말하고자하얏던 概要는太半說明되었다고 믿는다. 그러나 이것은아직한個의序說에 不過하다. 생각하면 詩는또한 永遠의序說일넌지도 모르겠다. 가령 나도한번(黑과白)과같은 傑作을써보겠다하야, 自己와自己의虛榮과의사히에는, 헤아릴수없는 間隙이있다고하는것을모른다. 新時代는 이宿命的인間隙을멕굴냐고工夫하야, 諸君들亦是 結果에있어서는 結局, 虛榮에到達하기까지의工夫가아니냐고비웃겠지만, 이러한것은, 오히려通俗的인생각에 不過하다. 學問을 生活手段으로한것은 應用科學以後의타落이라고는 봐레리이의指摘한바이다………

豫定한Page의餘白이있으므로 이機會에 아주 우에서채및이못하얏던 金起林・李箱兩氏에對하야 간單히抵觸하야보겠다.

要컨대, 感性을心理的으로본다는것은 한個의主知의 作用이지만, 金氏는우리들이感性을心理的으로본다는것을 理解하지못하므로(나는이點을 金氏에對하야, 主知의缺如로서 지적하고싶다) 이메이지의斷片的結合이니 印象主義니主觀의무어니하야 自己는客觀主義

를主唱하시는것같으나, 내가먼저말한主知의作用이야말로純粹하게客觀的인作用이며, 나는여기서 金氏의客觀에對한思考의通俗的인點을 指적하고싶다. 主知의作用이라고하면 우리에게 거기서반다시秩序라는것을생각케하나, 印象主義라고하면, 우리들은거기서아모런秩序도 생각할수없으므로 이點은金氏의判斷力이 아직 批評的으로 訓練되지못하얐다는 비難을할수밖에없다. 金氏는客觀이라는말을 主觀에對하는 客觀, 卽現實(廣範圍로는 政治라던가, 社會라던가를包含함)으로서 現象的으로解釋하신것같으나, 내가말한客觀은 客觀性이라고하는 卽純全히哲學的인解釋이다. 따라서 그가말하는客觀의追求는, 哲學的으로는 純全히主觀의追求에不過하며, 나아가서는 그가萬若그곳에秩序를要求한다면 이것도勿論 主知의作用에는틀님없으나, 그것은Anthropology의問題에屬하므로 問題밖이다. 以上이金氏의主唱하는 全體主義의根底이나, 要컨대슈르·레아리즘을通過하지못한 金氏가, 主知라는말을 理知라는말의程度로 理解할能力밖에 없다는곳에 그의根抵가있다. 卽二十世紀에서는 形態와心理를 한個한個의學問으로서, 獨立시키었으므로 다시結合시킨대면二十世紀에서는 한個한個의學問으로서 다시結合시킬수밖에는없는일이다. 理知라고하는것은, 원숭이가약다는셈으로말하자면 情熱과같이 한個의本能에不過하며, 우리들은鄭芝溶氏에게서도 원숭이와같은理知는 얼마던지發見할수있으므로 당신의全體主義는 한個의Mannerism에不過하다. 當身같이말하신다면, 우리들의精神은 처음부터 全體的이다. 心理와形態를 分離시켜라. 心理와形態의獨立은 必然的으로 實在와方法을獨立시킴!

映畵는 그 機械性을가지고, 進行하고있는實在全體에서 그形態描寫만을獨立시켰으며, Proust는記憶이라고하는方法으로서 實在의進

行과는關係없이 그안의心理描寫만을 獨立시키었다. 勿論以上의獨立은, 全體로서의레아리즘이라는問題와는달이 한個의 確立한方法論으로볼제, 그것은비로소創造的價値를 갖이게된다. 換言한다면 形態描寫와心理描寫와를 獨立的으로描寫할줄아는것이, 卽새로운 詩人의資格이다. 이메이지에對하야. 이메이지보다는 事物을. 現實이라던가, 思想의이름으로 이메이지를가볍게생각하는者. 내가각금 이메이지니무어니云云하는것은 이메이지의方法으로 實在의흐름에 抵抗할냐고하는 卽한個의方法性으로부터말하는것이므로 센티맨타리즘도 現實도없다. 成功하는경遇에는이메이지가明瞭하야진다.

氣象圖에對하야. 氣象圖는, 나는아름다운角度로傾斜하지않을가하얐다. 그러나 傾斜面에없고, 傾斜의角度에興味가있다는것은, 注意할만하다. 요幸으로 傾斜한다면, 角度가포에지이를 彫刻하야나가나, 實로 角度와面과의사히는종이한겹이어서 튀어나온대면, 그의스노비슴은 이사히에서튀어나오겠다. (卽그의角度속에는 유모어라거나 그의精神이있는게된다.) 진실로 危險한株券이라 하겠다. 그러나實상은, 氣象圖는, 아모런傾斜도하지않이하므로 다만그의 政治觀은幼稚하다는點만 간단히저축하야둔다. 그러나 나의이批評이 그에게는그리强力하지못하다고하는點은 짐작할수있다. 웨그러냐하면, 나의主觀은 아직幼稚한主觀에不過하다는것을 나는 누구보다도 더잘알고있기때문에 ………

그리고 氣象圖와는 또달이 詩의리고리즘에對하야! 당신의로맨틱한小說調의포에티크는, 省略된空間性에不過하며, 作品上에서 一見速度와 같이보히는것은 其實은細密度의缺如로서보히는錯覺이며, 卽그의情緖는 縮小시킨小說의印象性에 不過하다. 이點먼저말한 鄭氏에對한批評의後半은 其實은 當身에게對한 批評이었다.

李箱 (蜘蛛會豕에서)(街外街傳)을 빼어버리고남은것에다 다시(街外街傳)을加한즉 그것은도로 (蜘蛛會豕)가되어버렸다. 나는街外街傳을 無作定하고 늘인것이라고만알었더니 李箱이는無作定?줄인것이라고하므로 無作定하고줄인것을 無作定하고늘인것으로만여기었던것은 나의錯覺이었다. 말하자면蜘蛛會豕에는, 李箱이로서는더以上 아모것도添加할餘地가없다는곳에蜘蛛會豕와는關係없이 그의方法의單純함이있으나 以上의錯覺같은것도 亦是포엠의主體인 액티비티의缺如에서부터오는錯覺이었다. (如此한詩的思考의主體인 포에지의액티비티를가리켜 나는詩의스타일이라고 부르고싶다.)

스타일이라고하는것. 新時代에서는 몽롱한詩를쓰는것이通俗化하야버렸으며, 허多한亞流들을낳았다. 甚한者는 變態性慾者의흉내를내는者까지생기었다. Jacob氏는, 散文詩는, 스타일과位置를 갖이지않으면않된다고하므로 亞流等은第一먼저 스타일이라고하는資格으로한까번에장작바리처럼 묶어버리자. J氏는보오드렐派나 마라르메派의抛物線조차 避하지않어서는않된다고하신다. J氏流로말하자면 街外街傳은 마라르메派의位置만이 간신히그의作品을位置시키었을뿐이며, 心理와心理의사히에는 覆面한李箱이가숨어있었으나, (I WED A TOY BRIDE)2 의心理에는李箱이가숨어있을餘地가없으므로明瞭하얐다. 스타일과位置와를分離시킬수없는곳에二十世紀의詩人의資格이있으나 스타일은位置에直接으로投光하는故로 그것은明瞭할수밖에없다. 또J氏는보오드렐의作品에는 位置도스타일도아모것도없다고하시나, J에서는牛乳썩는냄새가넘어나고, 當身은 그와같은詩를작고써서, 當身의身體를 健康하게맨드는것이좋다. 그리고 (작난감新婦는 어둔데도성을내이고대답한다)의 前後三行은 客觀的으로는 左右의무게에견디어나갈수없다는것은, 저울대의굵고

가늘고가問題는아니라 牛乳썩는냄새가너머난다는 批難이된다. 蜘蛛會豕를읽어보아도 心理와 事件의時間性에서부터오는破綻을맥구는데 그의精力의全部를消費시킨것같으나, 스타일이라고하는것에破綻이라거나冗漫함이라고하는것은없다. (蜘蛛會豕에對하야는다음機會에다시한번말하겠다)

따라서 不明瞭한詩를읽고 요새쓰는詩는어려와서모르겠다고 率直히告白하는者가있다면 그것은告白하는便이 오히려蔑視를받드라도, 이것은아모렇게도하는道理가없다. 이것과는또달이, 내가가령四尺八寸밖에쨈프를못한다면 卽地面으로부터四尺八寸까지의空間에 나의精神이있다. 只今내가空間이라고불는속에서 時間이라고하는 意味를享受하지못한다면 鄭芝溶氏는 教養이얕다고부를수밖에는없다!

嚴한抹殺이라 하였다. 그러나實상은, 紀象派는, 아모인態라도하지않이하므로 다만그의收拾態은抽象하다는點만 간단히지적하야둔다. 그러나 나의批評이 그에게는그의努力하지못하다고하는點은 섭섭할수있다. 왜그러냐하면, 나의主觀은 아직幼稚한主觀에不過하다는것을 나는 누구보다도 더잘알고있기때문에……

그리고 紀象派와는 또말이 詩의네모러운데對하야 1 방신의모델적한小說家의모에러그는, 省略된時間性에不過하며, 作品上에서 一見描寫와 같이보히는것은 其實은描寫式의說明으로서보히는錯覺이며, 即그의描寫는 縮少시킨小說의印象性에 不過하다. 이點먼저말한 鄭氏에對한批評의後半은 其實은 箕身에게對한 批評이었다.

李箱 (蜘蛛會豕에서)(街外街傳)을 떼어버리고남은것에다 다시(街外街傳)을加한다 그것은도로 (蜘蛛會豕)가되어버렸다. 나는街外街傳을 無作定하고 쓴인것이라고믿었더니 李箱이는無作定? 쓴인것이라고하므로 無作定하고쓴인것을 無作定하고쓴인것으로만이기었던것은 나의錯覺이었다. 말하자면蜘蛛會豕에는, 李箱이로서는더以上 아모것도添加할餘地가없다는곳에蜘蛛會豕와는關係없이 그의方法의限界할이있으나 以上의錯覺같은것도 李箱모엽의主觀인 예리비데의於如에서부어오는錯覺이었다. (如此한詩的思考의主觀인 모에지의예리비데를가리켜 나는詩의스타일이라고 부르고싶다.)

스타일이라고하는것은 新時代에서는 .몽롱한詩를쓰는것이通俗化하야버렸으며, 허多한亞流輩을낳았다. 此한者는 似而非詩術의흉내를내는者까지생기었다. Jacob氏는, 散文詩는, 스타일과位置를 갖이지않으면않된다고하므로 亞流輩은第一먼저 스타일이라고하는觀相으로한라번에상작바다처럼 묶어버리자. J氏는보오드렐識나 마라로메派의拙劣輩조차 說하지않어서는않된다고하신다 J氏流도말하자면 街外街傳은 마라로메派의位置만이 감신히그의作品을位置시키었을뿐이며, 心理와心理의사히에는 複雜한結構이가숨어있었으나. (I WED A TOY BRIDE)의 心理에는結構이가숨어있을餘地가없으므로明瞭하았다. 스타일과位置와를分離시킬수없는곳에二十世紀의詩人의特格이있으나 스타일은位置에直接으로投光하는故로 그것은明瞭할수밖에없다. 또J氏는보오드렐의作品에는 位置도스타일도아모것도없다고하시나, J에서는年孔에는냄새가넘어나고, 箕身은 오와같은詩를작고써서, 箕身의身體를 衰弱하게맨드는것이좋다. 그리고 (작난감新婦는 어둔데도성을내이고대답한다)의 前後三行은 常識的으로는 左右의무게에견디어나갈수없다는것은, 저울대의끝고가놓고가되었는아니라 年孔에는냄새가나버난다는 批難이된다. 蜘蛛會豕를읽어보아도 心理와動作의時間性에서부어오는破綻을깨우는데 그의努力의全部를消費시킨것같으나. 스타일이라고하는것에 破綻이라거나完成할이라고하는것은없다. (蜘蛛會豕에對하야는다음機會에다시한번말하겠다)

따라서 不明瞭한詩를읽고 요새쓰는詩는어째서모르겠다고 不平히입口하는者가있다면 그것은傍白하는便이 오히려價値를받드라도, 이것은아모렇게도하는道理가없다. 이것과는뜨말이, 내가가령四尺入寸밖에접프를못한다면 地面으로부터四尺入寸까지의空間에 나의精神이있다. 只今내가空間이라고불는속에서 時間이라고하는 空腕을享受하지못한다면 鄭芝溶氏는 欽歎이랄다고부를수밖에는없다!

34 LITTERATURI

三四文學

I

34 LITTERATURE

NUMERO 1 SEPTEMBRE 1934

金永基
金元浩
申百秀
劉演玉
李時雨
李涼和
鄭玄雄
鄭顯俊
趙豊衍
韓相稷
韓鐸理

(가나다順)

「34」의 宣言

모딈은 새로운 나래(翼)다。
—새로운 藝術로의 힘찬 意慾이다。
모딈은 個個의 藝術的 創造行爲의 方法統
一을 말치않는다。
—모딈의 動力은 끊는 意志와 섞임의
사랑과 相互批判的 分野에서 結成될
것이매。

이 한쪽의 묶음은 모딈의 낯이다。
이 묶음은 質的量的 發達的……의 모든
的의 條件 環境에서 最大値를 年二回에
둔 不定期刊行이다。
聲援과 鞭撻을 앞세우고 이 쪽아리를
낯선 거리에 내세운다。
「34」는 1934의 「34」며 하나
둘 셋 넷……의 「34」이다。

(백 수)

잃어버린 眞珠

韓泉

최후의 갑븐숨 마저 삼키여 비리려는
검은흉금에 타는 검은 바다여!
나는 수리개에게 흐린눈물을 뿌리는
총총히 채뀌비린 天使들의 나래처럼
어린 이슬들이 밤새 닦아놓은
나의푸른 희망의 眞珠를 잃었다.

沙漠을 건느는 슬픈 「캐라반」의
一隊조차 지나간 다음
나의 마음은 스산한 畵布
그속에 窒息해 버린 해쓱해진
나의 (署) 봄 하늘。

물에빠진 나의희망이 信仰하든
유리의 古典的인 제단옹에는

날개조차 쇠잔해진 옛 갈매기
全혀 唯美派인 香물을 피어올린다

그가 떠나간다음 갑작히
겨울이온 나의마음에 이는 파동
갑갑한 太陽마저 日蝕을먹음었다。

구름들의 密会마저 지나간 추근한海岸
그 (墨) 後裔들인 放浪의水夫들은
浦口의 「메러지」인 航海의序曲을 咀呪한다。

언제 저ㅡ 푸른 손이
나의 지친希望이 조으는 유리의 근심속에
구슬매친 七色의 「커ー틴」을 감어주려나
그러면 乳房이부푸러오르는 엷은「에메랄드」의溫室
붉은잔이 파동치는 「케잎타운」의 都城을에서
그와나의 電線은 푸른電波를 蒼空에 날리겠지。

1934.6.26

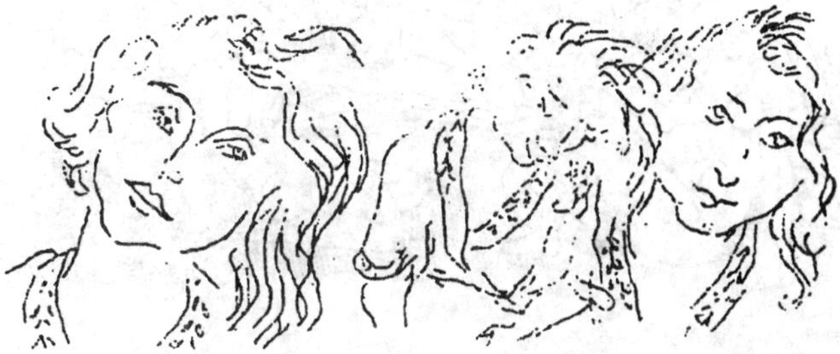

アール의悲劇

李時雨

1. アール는거츤반의アール와갈이슬프오

2. 喫煙을爲한喫煙에서煙氣의儼然한存在를認識할수없는○과같은
アール의一生이다

3. 쟈미없던어적게에서밖에ローマンチズム을發見하지못하는アー
ル는오늘도赤볼쟈미없는ローマンチズム을맨들고있더라(ロー
マンチズム을爲한ローマンチズム인○라갈이쟈미없는아、○과
갈이쟈미없는○ー과ー갈ー이ー쟈ー미ー없ー는……)

4. 書架에끼겨저있는書籍라같은アール의情熱는 — アール는杉大
한[illegible]의思想인化石을거울에맺오낼뿐이다

5. 너조차잠작고있으면또한개의アール는大体너에게다무어슬속삭
일수있단말이냐. アール의비보

喝采

韓相稷

고를 悪의꽃이라 부르든날
酒精한마음· 搖籃의追憶조차 엉키여 彈力잃은 心臟의 흠집
이아프다
모두가잃여지고 사랑이미워진 排斥받는思索이 괴롭게남겨놓
은 얄미운艶書쪼각
차라리—
지러진花園에 못피일 꽃들이어든 香氣잃은 가시들(棘) 祭
壇에 心事껏못채게 내던저두든지
살커든 毒무든 색기줄로 살덩이를얽고 채ㅅ죽에 피방울이
맺도록 부풀게 두어다구

2

왜 그리醜한눈으로 흘겨보는가

3

熱을 안개같이뿜으며 할닥이는生命을 엉버리고 쓰러저가는

燭火를—
사랑을어히고 十字路에 고달피자는 차디찬 살덩이들—
고양이같은 吟唎、배암같은 誘惑이 비닭기같은 嘆飾없는 媚
姤를안다

4

왜 그華麗로찬(滿) 視線우에 빨가벗겨놓고 뜻없는노래를
읊으는 거짓스러운꼴을 보기즐기는가

5

失踪한우슴— 가버린 우슴을—
집씨의딸처럼 나젊은 보헤미안의 안막처럼 그흘리는微笑를
사람들이— 찢이고싶은 사람들이
다버린神経 짜게진心臟을내들고 醉하려는
만약 그렇다면……
그래서 그들은 弱한最后의喝采를 울이리라고하나
마즈막喝采를 오직하나만인 遺産을—
그이튼날은 상송장이되며 쓰러져도 [illegible]다고 大膽한自音을던
진 悪漢들이
이날의焦燥를알지 너무나 確実하도

6

무지개같은 찰란한裝飾 白晝의自由 을갈매기의 엣드한사람

11

읍 [illegible]있으리라고
空虛를 맘껏치는 그記憶를 微笑이 흩는옆에 고요히 파묻지
않으련다

7

丁香花의그늘에 알들이 쌓여놓는 따스한꿈의 滅亡한그림자
그와나와 寂寞에서 정성스러히 변은 맺여진사랑이
오늘은 그리고 내일은
여분홍으로 化粧하고 角巾心臟을으는 風船이되어 喝采의
그늘아래로· 숨겨드리렸지

8

무덤을파고 墓標를 세우라
過去의거짓 오늘의華麗 내일로約束한꿈을 미워하리란 誠意
만이라도
喝采는 華麗한 色風船우의로날리는 배암의誘惑일지니
그대여 蒼穹의하로통이로
그래서 거문구름이 쫓기고 微風이돌고 太陽이솟는것을 뚜
렷히보고 썼으라

얼빠진

―구름이 魅惑하더라 야

백수

무엇을 그리
내ㅅ가에
두발을 찰낭거리며
뜬구름같은 뜬생각이
왼갖 식그러움 나려가고
별의 별 헐은 생각 솟치우며
내ㅅ바닥 돌 주었나니
왜
이몸이 떴느냐
구름이 꿈틀대고
근지러움에 한마듸
―오- 자연

一九三三·一

무게없는 갈구리를 차고

— 인테리에게

무게없는 갈구리를 차고
무게나는 책으로 만리장성을 꿈구니
푼버치의 불길로
엿녹듯한 갈구리녀.
콩가루가 얼마나 무덧나하오

[illegible]

二重星

劉演玉

天文台우에서
하늘에數만은별들을바라보는天文學者의
望遠의「렌즈」에비치는二重星

永劫히變치않는中心衆星을
永劫이끝지않는軌道의우로
永遠히回轉하는두개의빛나는별

사랑의기둥「性」을
같은主義와思想의줄을매고
손목을서로잡고돌고가는두戀人

永遠히둘이한몸이되며
사랑의法則을어기지않고並行하는
그대와나는사랑의二重星

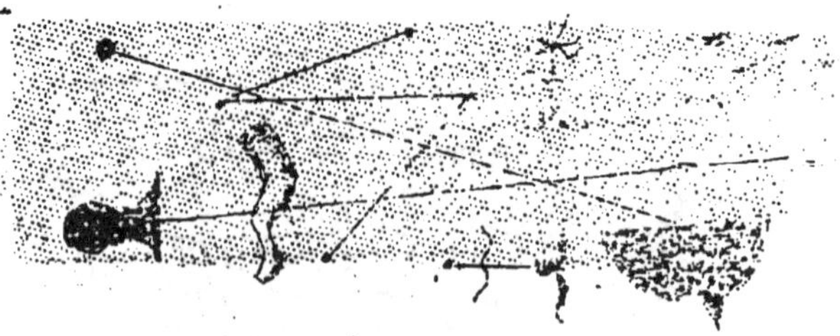

흐린 밤의 苦悶

鄭熙俊

그림자잃은 넋빠진 이사람아
구진눈물 얼마나 흘리려고
흐릴대로흐려진 저 하늘과도같이
어둔구름 덕겨덕겨부르는가

엉크린 솔뿌리에 느러진 이사람아
땀긴 검푸른 낯올
왜 주름ㅅ살 지었다폈다하나
것늙음이 너의 [illegible]이든가

그리고 피ㅅ발선눈을
왜 감었다떳다하나
過去는 무덤에서 무덤의 흙이되고
未來는 希望뿐이라야할진대

아아! 첨망에서 떠러진
나래어린 참새와도같이 아무섬침
날할데없이 가엾어라
가야겠다고 끌버둥 가엾어라

떨면서도 期於히 오르랴오르랴다
처참히도 떠러진 무서운 그 늠(絶壁) 밑에
다만 終身처(傷)만이 기다리드라고
허벌게저 제그리는이 限없이 가엾어라

낮이매 어두운 이 누리안에
외로운 몸부림들 하나 둘 셋 넷
가로막은 崑崙、이편에 허벌게저
부들부들떠는者많도다

물에 빠진 생쥐가
茫茫原野에 뛰노는 獅子가 되끄음이라
너의들에겐 그 울음 當然하다고
누려보는 저 하늘이 얼마나 더 적실는지!

생쥐여! 避하지않으려나
허벌게진舌며 일어스지 않으려나
살어야지 (뽐)
하면서도 이사람아 왜 질근히 앉았느냐

一九三四·六 十一

찻 는 밤

흐르든 무건 어둠엔
으스름달안개 어리여도네
하늘밑 저진따
검은 자리에 꾸러앉어
한밤을 울어새우는
개고리떼들을 에워싸고—
沈痛히 어리여도네
그 무엇을 찾으려 헤아므려
으스름히도 우렁케도—

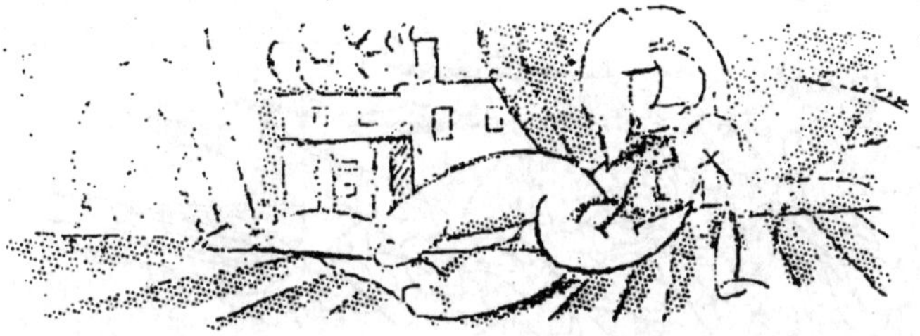

北쪽에서 南쪽으로
西쪽에서 東쪽으로
날서운 義翅를 품고
痛切한 坊坊谷谷의
저 개고리울음을 에워싸고ㅡ

실비오는 어린봄날

어린봄우에 실비속삭인다
가엽은 櫻桃꽃봉오리들로
비날이 개면 눈물이 뭇겠지

엉크린 노숙나무가지에 뿌리에
숨었든 靑苔가 파라케 사러날제
옛날 오리고리 無心히 피네

되리낡에 물오른다
새바가씨가 노래를 請할구나
귀여운 自然의 紳士들이여

'19

시부터사부적속삭이여
끝없이 날을 저물렸네
찌를찌를밤우슴안에 얼마나 푸르렀는지

풀밭에서

종화

이곳을 擇고보니 [illegible]풀밭 좋아뵌다
거기도 옮아보면 게가또한 게이로다
골라도 매한가지니 세상인가 하노라

21

그 물 질

자넬랑 그물치게 고길랑은 몸세내가
바람맑고 날새좋니 괴롬이란 몰을네라
들넘어 겻밥이가니 한낮인줄 아러라

바람결 사이사이 쓰르람이 들니는곳
綠陰 깊은속에 황송아지 잠깊은데
맘좋은 수양버들은 부채질을 하더라

늦도록 건진고기 대롱에 다찼겠다
그물을 거더메고 凉風불러 몸을쉬니
말없이 등넘은해가 넘다말고 보더라

生活의破片

鄭玄雄

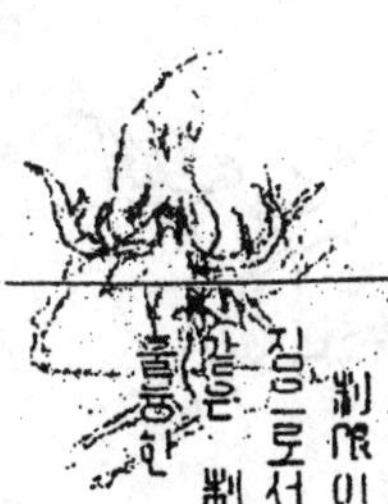

때에는 美術은 徹頭徹尾宗敎의 偶像도 되였고 宮殿과 貴族에隸屬되여 權門富豪를 阿諛하기도 했다. 허나 이같은 制限과 拘束밑에서 無量의 傑作이 나왔다. 이것을 볼때 制限밑에서 藝術은 되대 커다란 發展이 있는것같다. 制限이란 實用이 있고 必須條件을 가짐으로서 生하는 것이다. 現代繪畵도 이같은 制限이 있다면 보다더 健全하고 豊富한 作品이 올마든 나올것이다.

繪畵에서 文學的要素(테-마에있어서)를 驅逐한지 임이 오래다. 이와同時에 大畫面의 繪畵도 자취를 감추었다. 이것을 外的으로 볼때에는 社會的情勢에依한 必然的現象이요. 內的으로는 內容과 題材의 興味와같은 表面的補助條件을 빌지않고 造型美術의 根本的必須條件만으로서 보다 善은 藝術의 眞髓를 把握하려는 것이다. 그럼으로 이것은 絶對로 墮落도 아니요 衰退도 아니다.

그러나 後日 도다시 內容과 題材를

圖書雜誌
文房諸具
製本取扱

北星堂

京城府寬勳洞一四二番地(安國洞四街)
振替 京城 一六〇八二番

各中等學校敎科書及參考書指定販賣

23

認定하고 大画面을 要求하는 時代가 반듯이 있으리라 믿는다。

変化란 絶対로 進化가 아니다。埃及부터 至今까지의 美術은 다만 表面的変化의 連鎖로 内面的進化는 아니였다。

미케란제로는 奴隷的地位에 自己를 놓고, 끈임없는 努力에 努力을 다하면서도 恒常 精神的空虛와 貧困을 느꼈다。官能은 超人间的偉業을 하면서도 内的心合은 차지않는 무엇을 求하려 恒常 멀니 寂寥속에 헤매면서, 苦行者와같은 慘膽한고 無興味한 超人间的生活을 하였다。그가 이같이 芸術에 生活을 安息시히지못하였든것은 芸術보다도 더以上, 形而上의 信仰을 본닷인지 모른다。

이것에 갓가운 現象을 芥川龍之介, 生田春月, 또한 片岡鉄兵의 어느時期에서 잠간 엿볼수있다。

芸術은絶対로 個人主義的所産이다。個人主義없고는 完成될수가 없다。工業的集団物은 아니다。社会가 아모리 集団的으로 되드라도, 芸術은 반드시 個性이라는 軌道를 取할것이다。

寫実主義는 恒常 理想主義에 反作用을 하였으며, 또한 堕落道程의 絵画를 挽回식히고 指向하는 革命的要素를 包含하고 있다。

埃及, 希臘, 羅馬를通한 芸術이 그發祥에서 完成까지 完全히 分立한 한卷의 美術史를 形成했다볼수있다。왜그렇냐면, 文藝復興期에 이르기까지 그사이에 暗黑世界라는 千年에 가까운 芸術上의 공크가 있었다。白紙가 있다。이것을 第一卷이라면 復興期를 序文으로한 文化는 今에 이르러 次次 第二卷의 編輯을 끝

24

막으려는것이 아닐가 生覺될때가 갔다. 絵画가 보수과같이 社会的으로 無氣力하고 無関心된적이 일즉이 있었을가. 이性格的現象을 露西亜서도 보고, 亜米利加에서도 본다.

作家가 作品보다도 理論的으로될때, 이것은 確実히 墮落의 첫길이라 볼수있나,

한사람作品을 時代的背景으로만 批判한다는것은 잘못이 아닐가? 生活環境과 境遇는 그의 思想과 性格을 決定하는 重要한 要素가 된다는것은 말할余地도 없는것이다.

視覚的局面만으로 芸術은 될수없다. 人間性(理性)만으로도 芸術은 될수없다" 視覚과 人間性의 折衷이 絶対로必要하다.

偉大한 芸術家에는 두가지의 種類가 있다. 하나는 客体속에 뛰며드러가 自己를 偉大하게하는 사람, 또 하나는 自己의 偉大性으로 客体를 征服하야 크게되는 사람.

차디찬 貧窮과 孤寂속에서 不遇의 生涯를 마친 偉大한 靈을 생각할때마다, 뜨거운 敬虔의 念과, 同時에 人間에対한 空虛와 幻滅을 느낀다. 허나 이같이 가장큰 精神을가지고, 不得已 社会의 区域밖을 걷게되는 悲劇은, 社会가 아모리 発展하드라도 根絶될수없는 現象이요 더구나 過渡期에는 반드시 存在할것이다.

구르몬이, 「偉大한 靈이 文明을 指導할 興味를 이를때, 文明境域外에서 生活한다」하였다. 불제의 말도 여기에 関連한 것이다. 「社会와 自我, 또는 自己와 他人, 即 客観과 主観사이에, 相互理解할수없는 숨어진 要素가 存在될때, 清極的性格이라는것이 되고, 다음에는 自尊이 된다.

스스로 表示하고싶지않다는것은 孤立해지는것이고, 이孤立이 一步나가 高踏的隱遁으로서 날아난다. 그것은 或은 病的枯淡으로 날아나고, 或은 날카로운, 아이로니가 된다.」

藝術에 따르는 人間은, 自己의 純一한 世界를 創配한 그때 비로소 存在意義가 있다 할것이다.

真実한 藝術을爲하야 正正当当히 挑戰할 勇氣와 根底가 없음으로 脫線하야 独創이니 趣味니 하는 口実밑에서 安逸을 耽한다.

獨創的이라는것도 없다. 傳統도 없다. 個性도 없다. 流派도 없다. 다만, 不断의努力과 叡智가 있을뿐이다.

사람이 얼마큼 우습고, 貧弱한 位置를 占하고있는가를 알여면 사람의, 죽는것을 目撃할것이다.

藝術에있어 技巧라는것을, 飮食의 「양념」에 比喩하는것을 듯고, 異論이라생각했다. 材料와 「양념」은 不可分離한것이다. 따라서 찌달니고, 녹슨生活에서 아모리 技術的革命을 한단들 아모런 능이 없는것을 徹実히 느낀다. 思想과 技術의 綜合的革命이여야한다.

倨傲, 虛構, 虛飾, 虛栄, 이것은 모도다 無智하고 内面의 貧弱한 人間들이 반듯이 갖고있는 假面이다.

뒤이멀이, 思索을 妨害하고, 事業에対한 執着力을 剝奪하고, 詩的, 哲学的瞑想을 죽이고 諧和를 破壞하고 사람을 메카니즘의 奴隷로하는 아메리카니즘은 人間幸福의 破壞者라하였다. 이와같은 文明論이 現代에 있어서 얼만한 反撥力과 抵抗力이

있는지는 모른다。허나、한발、街頭에 나
슬때、아메리카映画에中毒된 걸질만남은群
象을본다。아서라! 여기서우리가 무엇을
바랄수있을가? 이게란제로는 씨스터인壁
画에 八年을결였고、와그넬이、「드라로진
한作品에 二十年이결였다는것을、그들에게
說明한다는것조차 어리석은 일이다。

自己非認은、反省으로의 唯一의 길이다.

宿命이란、마즈막길에 이르른것을、깨다
른 人間들의 最后의 自慰的逃避處다

너머저 비로서 反省하는 人間은 順境
에있어서는、自卑不顧하는 人間이다。

追憶은 닮다한다。사람은 果然 過去를
憧憬하는 本能을 가진모양이다。옛부터
老人은 반듯이 말하야왔다。……오今은上
은 末世라 고。

女子는 偽善의 權化다、더구나 男子의
옆에서 그렇다。必要없는 羞恥와 理由없
는 우숨과、「얌전빼는것」으로써、自己의
모든것을 감푸라주한다、世界의 男子가
女子에対하야 愛嬌라말하는것이、이것이
아닐가?

世間의 毁誉褒貶에 無関心하고、오로지
自己信念을向하야 꾸준히 거러간다는것은
나어린人間으로서 至難한것이다。

過度의 外面装飾은 內面生活의 貧弱을
暴露함이다。文学作品에있어서도 어느程
度까지 이렇게 말할수있다。

性格에도 隱遁的要素가 多分이있으나
世上을 向하야 充分히 말할만한 才能의
缺乏이 또한 그의 原因이 아닌가、스스
로 생각하고、憂鬱할때가 많다。

自己보다도 큰人格 自己보다도 큰思想
自己보다도 약은사람을 끄러내려 두발로
짓밟는것을 無上의 功名으로하고 快感을
늣기는 人間이있다。

亂暴과 無謀한 行動을 勇敢이라하고
英雄的이라 생각하는것이나 아닌가?
삼가는것없고 헤아리는것없이 露骨하게
말하는것을 率直하다하는것이나 아닐가?

自身 純粹藝術에 抵觸하면서 自己作品
을 擁護할만한 確然한 理論的背景도없이
盲目的으로 藝術至上主義라는것을 否認하
며 侮蔑하는 人間을 가끔본다

28

乞人

金永基

「팔없는 병신입니다。쌀한줌 보태주시요」

밖같에서 거지의 힘없는 목소리가 떨린다。이어서 매운 어름바람이 것센 발길로 유리창을 찬다。문풍지우에 지네가 긴다。방안에 앉어있어도 손끝이 곱고 턱이 떨리는 저녁때다。

거지는 각설을 시작했다。창자속에서부터 떨리는 그의 목소리는 차차 열에 오르고 병주(竝奏)와같이 연달어나오는 그의 어구(語句)는 점점 운율(韻律)이 있는 시로 변하여갔다。이윽고 방안에서 귀를 기우리고있든 나는 소사올으는 흥미와 호기심에 문을 열지않을수없었다。

「여보 그 각설좀 빡깁시다。」

「각설 말슴에요」

거지는 담에 기대여선채로 힐끗 나를 처다보았다。그의 시선에는 궁핍과 싸우는 사람에게서 흔이 볼수있는 그러한 허무스러운 독이 있었다。

「이리 좀 앉으시요」

나는 위선 자리를 권했다。그는 좁은 마루우에 위대하게 거러앉는다。

나는 잠간 그의 모습을 살폈다。조대흙으로 다진듯한 편편하고 둑을 품은 움묵한 두눈, 눈섭은 낡은 중절모에 눌리고 때국이 께끼한(본래는 흰) 목도리가 입과 코밑을 가리며 숨을 토할때마다 곱지않은 김서리가 퍼졌다。몸에는 퇴물의 군복인듯한 검누른, 양복을 걸쳤는데 그것이 소삼정같이 뚝뚝하고 지방이 더럭더럭

29

문어서 병신된 왼팔소매가 그냥 덜러덩거리는 모양이 퇴잔병의 경력을 갖은 아라사거지를 연상케하였다.

「그건 빼겨서 무엇해요.」

부들부들 떨리는 윗가의 구걸소리와는 딴판으로 호인인듯한 부드러운 목소리다.

「좀 알고싶어서……」

「책이 있지요. 갖다드려요?」

그는 어느사이에 이렇게 친숙해졌는지 거이 나에게 동정을 보이는 어조로 상냥스레 묻는다.

「책이 있어요?」

나는 저윽이 의아하였다. 이때까지의 좁은 견문으로는 각설과같은 우리의 민간에 술을 적은 책이 있다는것을 듣지못했다.

「담배 한개 주실수없어요?」

나는 권연한개와 석냥을 집었다. 그는 중역군과같이 한목음의 연기를 아끼면서

「있구말구요. 선생이 가르킵니다. 웨 저 우미관뒤에 장교다리라구 아시죠. 그 밑에, 움집을 보셨죠. 바루 그속에서 가르킵니다.」

하고 설명한다.

나는 한층더 흥미를 느꼈다. 그것은 분명히 모두가 새지식이요 딴세계였다. 나는 그의 근본이 알고싶어졌다.

「팔은 웨 다쳤소?」

「팔은 웨 다쳐요. 멀정하게 있는데.」

그는 소삼정같은 옷저구리속에서 왼팔을 꿈틀꿈틀해보이면서

「육신이 성하다구해서야 누가 돈을 주나요.」

하고 나를 쳐다보면서 옥수수같은 니ㅅ발을 번쩍거린다. 그때야 비로소 나는 그의 키에 맞지않는 불룩한 허리를 볼수있었다.

「고향이 어대죠.」

나는 또 무렀다.

「함경도 신흥이예요.」

나는 이렇게 범상한 인사수작을 할수밖에 없었다. 그의 말씨에는 도모지 함경도 사투리가 없었다.

「병이나 없으면 다행이게요. 서울에 병고쳐러왔다가 와서는 이모양이 됐죠.」

그는 쓸쓸하게 우셨다.

「무슨병입니까?」

「속병이죠. 밥을 먹으면 삭지않구요. 윗배가 자구만 깍작깍작하죠. 얼굴이 이렇게 누르지않어요. 병원엘 다니자니 하로에 십전식들어요. 그래서 이렇게 문전구걸을 하는겝니다」

그는 연기석긴 한숨을 길게 뽑는다.

「각설은 어서 배웠오?」

「네. 그 움집에서요. 선생이 있죠. 한달에 오십전식 바치잡나요. 또 밥도 어더다 맥이고」

그는 또 나를 힐끗 처다보았다. 눈에는 여전히 독기가 보였다. 그는 아마 세상에 흉한짓이라도 능히 해낼것같다. 나는 좀처럼 그의 각설이 철하지 않은것을 늑겼다.

「선생이란 사람은 무엇합니까?」

「뱀장사죠. 뱀이 잽히면 팔고 이런 겨울에는 움집에 들어앉어 그런것이나 가르키죠」

「그 책일음은 무엇이지요?」

「이름이 있나요. 함부루 주서벡긴건데――」

「그책 꼭 한번 보여주시요.」

나는 사다두었든 「마코―」 한갑을 그의 손에 쥐여주었다.

「네 네 꼭 갓다드리죠. 내일 가서오죠.」

「그럼 내일 가대리겠오.」

「네 네 내일 꼭 가서오죠.」

그는 몇번이나 절을하고 대문밖에 사러졌다. 나는 문을 닫었다. 한참동안(그후에도 종종) 그의 괴상한 무장(武裝)과 생활전술을 생각하였다.

이튿날 그는 오지않었다. 그후 사흔날까지 기대려도 그는 오지않었다. 영영 오지 않었다.

나는 각설대신에 한개의 끔직한 교훈을 배웠다.

없는사람들

金元浩

一

「자자 자자 이 밤이 새이면 엄마가 온다. 어서어서 자자 응……」

치움에 배고픔에 보채는 윤수의 막둥이아들놈은 종채로 잠을 자지아니하고 몹시 보채고 있다. 그렇게 오랫동안 울며 보채든 그는 기진한 탓인지 잠이 들었는지 가만히 윤수의 품안에 누어서 이따금 흑흑느끼는 숨소리만 들린다. 윤수는 고이고이 아들놈을 아랫목에 눕힌다. 그는 한숨을 길게 쉬면서 허리끈에서 담뱃대를 빼며 담배를 부처물고 쭉쭉 빨고있다.

「없는놈의 신세는 무슨 원수로 자식들이 저리도 많은고?」 ―그는 윈 방안에 질서없이 이곳 저곳에 누어있는 아들 딸들을 돌아보면서 속으로 「하나 둘…… 아유 여덟이나되는 저것들을 무엇을 먹이고 무엇을 입혀고?」

그는 걱정스런 비참한 빛이 얼굴에 가득히 흐렸다. 그리자 막둥이 아들놈은 또 일어나서 엄마를찾으며 울고있다. 윤수는 단박에 성이 머리끝까지 올랐다.

「힘껏 재워 놓으니 또 저놈의 새끼가」

하고 넙적손을 아들놈의 궁뎅이를 갈겨때렸다. 울던 아이는 더 소리처 울며 윤을 열고 엄마를 부르며 나간다. 이것을 본 윤수는 즉각으로 잘못됨을 뉘우치고 그를 안어주면서

「팔쇠야 우지마라 내가 모르고 그랬다」 앞집의 XX진 알었구나 오 우리팔쇠야 우지마라 응。」

그는 달래고 우지말라 했으나 달래면 달랠사록 어린애는 엄마를 부르며 울었다. 그리고 한사하고 문을 열고 밖으로 나갈라고만 하였다. 그는 어린애 달래기에는 완전히 실패를 했다. 이때 다시금 안해의 존재가 그리웠다. 그립다느니보다 분했다. 아무리 생각해도 안해가 아무죄도없이 잡혀간것 같았다. 단지 죄라고는 「없다」는 것 그죄밖에 없는것 같았다。이렇게 생각하면 그는더욱 분했다.

(此間二行略)

아니 혹 또 몰라 훔처온지도? 만약⋯빼가⋯파서⋯⋯ 아니 확실히 훔처오지 아니했어。내가 모를리가 있나. 내게 숨길리없고 또 내 안해가 그런 사람이 아니고 그럼 웨 잡혀갔을까⋯」

그는 어제저녁에 안해가 잡혀가던 전후 일이 생각아 났다. 저녁을 마치는둥 마는둥하고 내외가 마조앉아서

「기나긴 겨울을 어떻게 살어요⋯」

「글세 원。」

하며 서로 살어갈 걱정을 하면서 안해는 윤수의 앞에서 눈물 콧물하고 있을 적이다。문밖에서

「주인 있어。 좀 있어。」

하는 소리가 들이자 곧 밖문이 열리매 들어오는 사람이 있었다。윤수는 깜작놀래 입에 물었던 담배대를 빼면서 절을 꾸뻑하며

「나리 오시우。」

하였다。그는 대답도없이 그의 안해를 가르치며

「이사람이 당신부쌍이어。」

하면서 포승줄로 그의 안해의 손목을 묶는다。

「나리⋯이게 웬 말이요。무슨 죄가 있다구。아무 죄도없는 아무 죄도 아무것도 모르는⋯우리여게 무슨죄가 있다구⋯⋯」

그는 애원하듯이 순사의 손을 잡었다。그러나 순사는

「자자 가。나부노무 이러나。」

그의 안해는 바자는대로 일어나서 따라나간다。윤수는 그 뒤를 따르며

「나리 무슨 일로? 응。무슨일。」

그러나 순사는 아무말이 없이 끌고만간다. 안해역시 아무말없이 따라가고있다. 윤수는 기가 막혔다.

「여보 당신이 무슨죄가있기에 이밤에 잡혀가게되우」

여덟이나 되는 자식들의 우는 소리. 「어머니. 어머니. 여보 마누라」 하는 슬픈 우름소리가 가득찬 그 집을 등지고 그는 순사에게 끄을리어 갔다.

언제 알았는지 크나큰 동네에서 안악네 어린애 어른 노인할것없이 길가에 모여서 수군수군하고 있다.

「팔쇠네는 어쩨잡혀가?」

「글세 누가 아나」

모두가 이렇게 모르는데도 내바려둘뿐이다. 대체 무슨일로 잡어가는지 아무도 아는이가 없었다. 「마누라! 어머니. 어머니」 하며 뒤로 딸아오는 윤수의 집안 사람들까지도 그러하였다.

그리자 모든 사람들 틈을 끼며 나오는 참봉의 셋제 손자놈이

「저것이 우리집 돈을 훔처갔어. 그래 우리 아버지가 저 순사 한대 말했어……」

「웬걸. 무슨일」

하든 모든 사람들은 그제야

「돈을?」

하고 모두 고개를 기웃기웃하였다.

「돈을 팔쇠네가?」

「응 팔쇠비가 참봉네」

이렇게 소근거리는 동네사람들 사이를 헤치고 그의 안해는 갔다. 윤수는 보냈다. 언제 돌아올지 기약이 없이 잡혀가는 안해를 작별했다. 집에 들어와서 가만히 누어 생각을하니 생각할수룩 설어웠다. 한숨을 지어도 같이 눈물을 지어도 같이 하든 안해가 자기몸을 떠나니 어쩌나 설어운지— 마치 다시는 못올것같이 그에게는 생각히였다. 그는 안해가 그리워서 눈물이 날뜻날뜻함을 먹지로 참었다. 밤이면 같이 누어서

「얼마나 피곤 하십니까」

「무얼 나는 괜찮으나 당신은 퍽 피곤 할텐데? 못난남편을 맞나서……」

「아이 별 말슴을……」

하면서 수집어하며 남편의 품으로 기여들든 안해. 비록 늙었을지언정 윤수에게는

항상 결혼초야의 안해같은 생각이 들었다. 그럴때마다 윤수는 그 안해를 꽉 끼어안으며

「유린도사느라면 잘 살날이 있겠지요. 못살라고 표박아논것도 아니고 부즈런이 일을 하면 남과같이 세상낙을 맛보는지 누가 아오. 여보 그때까지 우리는 잘참어 견딥시다.」

윤수는 거이 저녁마다 이렇게하는 말이었고 안해 역시 저녁마다 들다싶이 하는 그말이지만 그말속에는 어쩐지 진리와 희망이 차있는것같았다.

「그리고. 자식들이 많으니 그래도 그중에서 쓸만한 놈이 하나 생겨서 우리를 살리겠지요. 그런다면 우리도 참봉집 같은것 부럽지 않을걸! 저것(자식)들이 다 커서 든든한 일꾼이 된다면 몸둥이 기운으로라도 참봉집 같은것은 막 없에기도할께야.」

아조 기운있고 기쁨이 가득한 이런 말소리도 하는때가 있었다.

「그리고 저 팔쇠가 언제 살 될것이요. 생긴것이 참 부자의 얼굴이고 이애가 노는것이 바조 사내답거든.」

하기도 하였다.

「앞날을 바라고 살어갑시다.」

때대로 흘으는 눈물을 꾹 삼고 한숨과 눈물 흘린 끝에는 의례 이런 위안의 말을 해 가면서 막연한 앞날의 행복을 꿈꾸는 그들이었다.

그리고, 윤수는 그 고달픈 피곤함을 안해의 꼭신꼭신한 육체에 완전히 위안이 되였다. 그 안해의 부드러운 위안의 말 그리고 남편의 힘찬 근육 그리고 희망이 차있는말 이러한것들로 그들은 이 세상의 쓰림을 달게받고 사는것이였다. 없으면서도 잘조화되여 있는 이 윤수의 집에 청천 벼락이 나린셈이다. 안해를 경찰에 끌리워 보낸 윤수의 마음은 측량할수 없었다. 그의 집안은 텅 비인집 같았다. 그리고 사랑하는 그안해가 「도적」 세상에서 아조 무섭게 생각하는 「도적」이란 이름을 무릅쓰고 잡혀간것이 더무서웠었다.

二

윤수는 그동네 참봉네집 소작인이었다. 아조 충실하기 짝이없는 착실한 소작인이었다. 난한이 없는 ── 그는 「올해는? 올해는?」 하나 항상 마찬가지의 아니 빚만

36

불어가는 그 소작인여었만 「행여나。행여나」 하고 참 빼가 빠지다 싶이 일을 하군하군 하였다。금년 역시 농사를 지었다。—별 도리가 없으므로 그대 가을을해서 전부 참봉네 집으로 해 들였다。

그래 얼말이 「배뚱뚱이」 「까잭이」 하는 참봉의 검사를 받은후에 참봉의아들 입회하에서 타작을 하게 되였다。타작이 끝난다음에도 또한번 ㄱ 무한 참봉의 조사밑에서 소작료를 되고 또 금년봄부터 갖다먹은 색거리(남선지방의 말인데 이것 역시 빗의 일종인데 나락을 갖다먹고 가을에 그배를 주인에게 갚는것이다。)를 되여서 갚고 또 요것조것 사소한 빗까지 전부 갚고나도 두섬다섯말이 부족이 되였다。이 부족을 보고 참봉은 눈쌀을 찌푸리고 그를 죽일놈 보듯이 나려다 본다。

「명년 가을에 남은 놈은 색거니와 같이 회게해 들이리다。」

윤수는 참봉의 기픔을 무서워서 이렇게 말을했다。나락말질하는 옆에 서서 있든 안해는 마당에있는 나락이 차군차군 적어저갈때 마음을 조리조리하고있다가 다 되고 윤수의 말이 끝나자 그만 타작마당에 주저앉어서 대성통곡을한다。

「여보 왜 울어! 갑시다 가。어서가。어서 집으로 자 어서。」

안해의 우름을 말이며 안해를 이르키는 윤수의 눈에도 주먹같은 눈물방울이 쏘다젔다。지게를 지고 빈매구리를 머리에 이고 눈물을 주먹으로 씻스며 그집대문을 나오는 그들 부부의 정상이 가련도 하였다。

—그렇게 오랫동안 굶다 먹다하면서 「행여나 행여나 가을이되면」하고 겨우 살어왔다。안해는 늘 우는 어린애를

「언제 가을이되면 쌀밥 많이 주마。음。」

이렇게 달래가면서 기다리든가을! 그래도 한끼라도 어린자식들과 배불리 먹으라고 이렇게 이렇게 기다리든 가을— 어제나 같은 가을이언만 금년가을에는 그들이 더욱 굶주리게 되었다。

별 빼쪽한 수나 생길가하야 별세살먹이 큰아들놈이 돈벌이 하러 나이찌 간다는 통에 참봉집에 빗진것에 그들에게는 더 큰 타격을 주었다。여행권인가 무엇인가 때문에 부산까지 갔다가 가도못하고 돌아와버리게되고 말었다。그자식이 집에 돌아온후 별별 생각을 다 하였으나 별 도리가 없었다。눈물만 흘리고 마조 앉아 있었자 쓸데 없는것을 잘 안 이집 호주는 또 다시 신방침을 세우게 되였다。그 남어지 식구는 그 제의대로 묵묵히 따르었다。안해는 이 남편의 새 방침의 일단으로 암닭한마리를 닭집에서 잡아가지고 다시 참봉집을 찾어가게 된것이다。

36

「명년에도 논을 떼지말고 도루 우리에게 주시오. 그리고 명년 농사에서 들여놓을터이니 우선 먹을 양식되라도 꾸어주시오」

이런말로 참봉집에 다시 빌붙으러 찾어갔다. 그래 참봉집에다 닭을 들여놓고 참봉댁의 권유로 큰방에 들어가서 먹다 남은 밥까지 좀 얻어먹었다.

이 밥을 먹을때 집에있는 남편과 자식들이 생각이 나서 잘 들어가지도 않었든 것이다. 이만다갑고 조리조리한 심정을 가지고 위대한 목적이나 달하랴는 무슨 외교관이나 된듯이 집안사정을 설파하고 명년도부터는 원식구가 일층더힘써 벌어보겠다고 입담좋게 말을 하였다. 그말을 그럴듯이 들은 참봉댁은 농정하는 말로

「아니 요새도 팔쇠네는 굶는가?」

하였다.

「네 그저먹으니 오죽 하겠오마는 그저 참봉댁의 덕택으로……」

속에 없는 말을 그는 아니 할수가 없었다. 참봉댁은 만족한듯이 그 기름진 얼굴에 무슴을 띄우고

「그래 참봉나리께 잘 말해서 쌀되나 갖어가게 함세. 원 굶는다니 말이되는가」

「네 그저 저같은것들이 참봉댁이 아니고야 한시라도 살수가 있겠읍니까」

「흥 그래 어쩌도 자네가 우는것을 보고 참봉께서 불상하다고는 하셨다네. 그러나 자네가 버는 논만은 어쩔수없이 전부 떼란다고 는 하시데만 내가 잘 말해서 명년에도 벌도록 해줌세」

「네 어떻게 좀 잘못을 용서해 주사고 살려주십쇼」

라고 말할때 참봉댁은 빙글빙글 웃으며 저윽히 만족해 하였다.

그러나 그 웃음이 자인의 안했는 너무나 자기를 무시하는것 같아서 좀 불쾌한 생각이 들었다. 그러나 이런것을 꾹 참었다. 이런 이야기를 하고 있을쩍에 사랑으로부터 참봉의 셋째 손주놈이 뛰어 들어오면서

「할머니. 아까 그 돈을 할아버지가 끝 보내라고요」

라고 한말에 주서 넘긴 그는 거지 같은 사람이 그 방에 앉어있는것을 공교하다는듯이 그만해를 나려다본다. 그만했는 어쩐지 가시발에나 앉인것같이 불안스러졌다.

「무엇하신다고」

「지금끝 쌀때가 있다고요」

「어디」

「군수 면장 순사 모두 사람이 많어 왔어요. 그래 술도 사고 무엇무엇도 산다고 날돈이 없어서 그러신다고요」

「없다. 아까 받아서 여기다 놨는데. 글세 어듸로 갔을까. 고양이가 말넣는 재주다. 어허 이것참」

이런 문답이 있은 끝에 그만해는 눈이 둥그레졌다. 돈잃었다는 바람에 그끝에 더 있기가 싫었다. 민망해서 그의안해는 집으로 곧 돌아왔다. 민망한 생각에 쌀도 못먼고 그저 돌아와서 남편과 일로부터 살 걱정에 낙심되어 아무말도 없이 아해들의 밥달라는 말까지 들은척도 않고 천정만 바라보고 있을만에 그렇게 잡혀간것이었다.

이렇게 잡혀간후 닷새동안이 지났다. 그래도 아무런 소식이 없음으로 윤수는 발광증이 날것같았다. 또 이틀이 지났다.

그 동네에 새 소문이 돌았으니 ― 그것은 참봉의 둘제아들놈이 읍내 「서울각시 술집」의 서울각시한테 반해서 그곳에 묵어였다고 그리고 그놈이 그까닭만은 돈 五十원을 훔처 가지고 가서 그 각씨와 빨고 마시고 한다는 소문이었다.

동네부인들은 샘에서나 어듸서나 둘만 몽이면

「팔쇠비는 무단히 고생을했어」

(此間二行略)

「야 ××놈(참봉의 둘제아들)은 서울각씨와 죽을둥 살동 한다대그려」

(此間二行略)

「팔쇠비 퍽 야윘을껀」

「그럽 여기서도 못먹고 굶고 했는데 또 거기는 콩밥을 한덩이색 준담서」

「아이구 불상해라」

「팔쇠넨도 팔쇠네려니와 팔쇠네 아버지도 꼴이 아니더다. 그리고 그애기들이 배처로워」

「아니 그런대 거기서는 바른대로 말않는다고 막 때린대여」

「그럼 언젠가 우리집 ××가 그곳을 지내면서 들으니 간간히 팔쇠네 우름소리가 들리드라고……」

「아이 오죽이나 고통스러울까」

「아이 불상해라」

이런 말들로 모두들 그의 안해를 동정하는 또한 참봉네를 원망한는 이야기들뿐

이었다.

그리다가 그의 안해가 풀려 나온다는 말을 들은 엽수는 아들 딸들을 앞세우고 맞으러갔다.

(此間一行略)

어쨌든 나온다니 반가웠다.—죽었든 안해가 다시 나오는것 같은 반가움이었다.—그 안해는 마츰내 무진백방으로 그곳을 나왔다. 문을 열고 나온쩍에

「어머니 어머니. 으응.」

하여 어린애들은 참고 참었든 울음보가 터진듯이 막 울어재켰다. 그리고 모두 그 그리운 어머니에게 달겨들었다. 그는 달겨드는 자식들을 모두 품안에 안고 말없이 눈물 지으며 가만히 서있든 남편을 치여다 보고 있었다.

對角線上의女子

趙豊衍

39

신문을 펴들고 무엇을 읽으려 할때 대문소리가 삐걱 하드니 황당한 구두발소리가 난다. 목침에서 약간 머리를 떠었을때 나는 직각적으로 그소리의 주인을 알었다. 그리고 신저는 허리를 아트키려할때 벌서 왈칵하드니 미다자를 열어세키며 불숙 떡매로 마진듯한 붉은코가 드러댄다. 아닌게아니라 그는 택호다.

「자녁먹었나!」

나는 이렇게 말하고 계속하야.

「어서 들오게」

하였다. 그는 내말에는 대답도 없이

「R이 기다리고 있네」

「R아?」

나는 누군가하고 잠간 생각하려할때

「러서 나오게」

한다. 나는 택호의 얼굴을 치어다 보았다. 얼굴전면의 몇분지일을 차지한 코가 거츠른 그의살결과 섞녀서 대륙적인 매력이 있었다. 항상 기름이 흐른듯한 그의용모가 초저녁 전등불에 반사된것을보고 나는 속으로 과히 추한얼굴은 아니로구나 하였다. (그의 뭉당코가 붉지만 않었으면)

「아 이사람이 뭘 생각허구 있어? 어서 이러나게」

나는 그의 부산한 거동을 바라보고 마음으로 우섰다.

「자네야 말로 받을수가 없네. 어쨌든 남의 집을 찾저왔으면 드러와서 이얘기 하는 게 아니라……」

「아니 이사람이?」

택호가 성이, 난모양이다. 푸부두룩한입위에는 코가있다. 더부러진 코가.

나는 정색을하고

「대관절 R이 누군가?」

물었다. 웃고나서 꼿 누구의 것을 하려내고 웅 할때

「누군가라니」 .

「그래 빈순이야. 인제 생각나네. 온 이런정신봐」

나는 무명지로 머리를 글겄다. 그렇자 택호가 내벅개를 툭 치드니

「괘니 그래. 오늘 만나셨대며 그래?」

「오늘?」

「기다리구 있네. 어서 어서 이러나」

「오늘이 목요일이든가?」 [illegible]

「미지 [illegible] 소리야 [illegible] 벽에 걸린 모자 양복을 내려서 채 내가

하며 [illegible] 모자를 내머리에 씌어준다. 왜 이리 덤비노 하고 속으로

이러 [illegible] 기도 전에 [illegible] 가려입기 시작하였다. 옷을 가려입으며 오늘이 목요일이었든가 하고 중얼거렸다.

그여자와 요전번에 헤여질때 나는 목요일저녁에 또 뵈옵지오 하였었다. 그런데도 불구하고 나는 그것을 잊고 있을뿐 아니라 어떠면 그여자의 존재까지도 전혀 망각하고 있었다. 그것은 요사이의 나는 여간한 바쁜몸이 아니여서(취직운동을 하든 것이 없애 거무 될뜻될뜻하는 판이었다.) 무어 여자하고 놀러다니고 어째고할 형편이 아니었기 때문이었다.

그럼으로/ 분가귀하지도 않은 사이에서 분주히 오락가락하는 문택호군의 꼴이 한편으로는 가엾을만큼 우습고 어떤때는 성가신적도 있었다.

내가 인순이를 처음 알게된것도 택호의 소개에 말미암었고 가치 놀러다니게 된 것도 그의 덕택이라면 덕택이다.

동경에서 아즉 학교에 다니고 있었을때 택호는 나의 셋방에 살다싶이 와있었다. 그가 있는 시부야(澁谷)에서 간다(神田)까지(그 거리는 상당히 멀다) 나를

차즈려 차도않다고 거러서 오는것쯤은 보통이었다。그때의 그는 지금보다는 훨신 괴상한 침녀으로 보였다。그가 창작하였다는 일본말로 지은 시(詩)를 가끔 가저와서「다다미에 등을대고 두러누어서 누가 듯거나 말거나 소리서 읽을때엔 정신부지갈은 귀별성거지 있었다。그가 가난한 나의 살님을 침입하야 몇그릇의 밥을 빼앗어먹어도 나는 결코 불쾌하거나 하지않었다。오히려 일주열이고 이주열이고 한번도 안차저올때면 궁궁하고 보고싶었다。그의존재는 나에게 대해서는 심심할때의 이약이동무로 바쁠때의 일당무로서 결코 해로운것이아니었다。그때도역시 코는 붉었지만。

그가 나와·가까히 하려든 이유를 들어보면

「나는 버쩐지 친구가없다。내가 친하려들기전에 그들이 먼저 피해간다。나는 못생기기도 하였고 돈도 없으니까。그러나 자네만은 누구보다도 달으게 나에게 친절하다」

는것이었다。그소리를 듯고 나는 속으로 내가 무엇 친절히 하였길네。다만 그가 오는것을 거절안 한했을뿐이였만。이렇게 생각했을때 외로운 그에게 치근한 동정을 느끼지 않을수 없었다。

일부의 사회에서 버림받든 사나히— 그가 이성(異性)으로서 처음 사귀게된것이 단순이라는 여자였다。그는 어느날 나의 하숙에 차저와서 나를 보자마자

「여보게」

되도니 어적게 아모데서 여자를 아랐는데 그녀자가 어쩌고 저쩌고 한참 입에 침이 말느도록 떠드러 대는것이었다。자세한것은 기억이 안나거니와 어쨌든 상당한 미엔이고 인테리고 친절하고 매력이있는 조선여성앰에 틀님없었든 모양이었다。

「날보구 놀너오라구 그리데。자기도 아는사람이 별루 없어서 꽤 적적허다구。그래 자네 얘기도 하였네」

「내 얘길 했어? 그래 뭐라든가?」

「갈치 차저와달나구。어때 자네 한번 안가보겠나?」

하고 그는 내얼굴을 치어다본다。나는 택호와사핀지 오래동안에 그때와같이 기뻐서 날뛰는 얼굴은 보지못하였었다。잠시라도 그에게 행복을주는이가 있다면 만나보는것도 좋다고 생각하였다。또 사실말이지 여자와 친이 하는것은 그다지 싫은일은 아니었다。나는 버란간 호기심이 치미러서

「그러세」

라고 승낙하여 버렸다。

날을 잡어서 그여자가 있다는곳을 돌이서 갔었다。그러나 택호가 말하든여자와는 딴판으로 평범한여자였다• 나히있는 여자로는 좀 젊어뵈고 보통여자로는 좀 총명한듯한 눈을 가졌다• 좀더 달은점을 취하려면 처음맛난사람앞에서 매우 과자를 잘먹는 여자였다• 그러나 이런것도 아마 그여자가 과자를 조와하나보다고 생각하면 그도 역시 평범함에 그치는일이었다。

도라오는길에 택호는 그여자가 서울있을때는 모모여성단체에 간부로 있었다는둥 식집한번갔다가 그가정제도가 너무 인습적이라고 스스로 이혼하고 나왔다는둥 지금 동경에는 조선여성운동에 관계할목적으로 온것같다는둥……어데서 알었는지 그여자의 내력을 물흐르듯 쏟다놓았다。그러나 그가 극대할만큼 나는 신통한 인상을 못받었다。" 다만 택호와친해진뒤에 다른사람처럼 「대교·대교」하지만 말었으면 좋으리라고 생각하였다。

그런데 그런후에 나에게 아무런 이해가 없으리라고역였든 그여자가 그렇지 않게 되였다。나에게 자조다니든 친구한사람(문택호군)이 그뒤부터 별로 나를찾저주지 않은일이다• 어쩌다 들려주는일이 있드라도 그여자에대한 말이라고는 택호자신이 먼저 말하려고는 않앴다。나는 속으로 제기 그꼴을하고 뭘 그래하면서 끝끝내 그의 험상구진얼굴과 붉은 큰코를 경멸하고 얼마후에 그여자의 마낀물건때문에 택호가 팔자에없는 유치장밥까지 어더먹었다는말을 듯고 에이 고수해 한적도 있었다。

동경에있을때 이래서 리인순이라는 그여자와 택호와는 나하고 그리 사이가 가깝지 못하였었다。그러든것이 요사이 서울서는 오히려 택호는 인순이와나와의 사이에서 멀니 떠러저 있게되였다。아니 되래 인순이와 내가 만나는데 편리를주는 없지못할 존재가 되고마렀다。이런것을 짐작못하리만큼 바보는 아니었만 그는 충실히 우리들의 모임(会遇)을 위하야 활약하는것이다。

동경에서 인순이에대한 최후의소식을 택호에게서 드렀을땐 인순은 상해로 갔었다。

택호가 맥없이

「조선에 잠간 나간다드니 요전번 편지에 상해로 떠나면서 못보고 가니 용서하라고 했어」

하면서 매우 실망하는 표정을 하였다。

「왜 시나하나 읊으지」

이렇게 히야까실 할려다 나는 참었다• 그와사귄동안에 그때와같이 해수에 잠긴 얼굴은 없었기에——。

「그뒤에 삼년이 지났다。나는 동경사리다섯해만에 겨우 M학교 수학부를 졸업하고 「중등학교 수학선생」의자격을 증명한다는 조희쪽하나를 어더가지고 서울로왔다。이 조희쪽을 간판으로 내세우고는 동분서주로 먹을자리를 쪼처다녔다。그러나 결국 그것은 실업을 증명하는 . 조희쪼각밖에는 아무것도 못됨을깨다랐다。오히려 지긋지긋하든 학생이라는 직업이 그리울만큼 나는 쓸쓸한 겨다가 가망이 않었지는못할 그날 그날을 하숙에서 지나지않으면 않되었다。

그런데 한달쯤전에 어데서 굴너왔는지 택호가 도토리같은 자태를 나타내였다。나는 취직이나 된것같은 반가움을 느꼈다。

「아 어게 얼마만야」。

「아 이게 얼마만야」。

누가 먼저 말한지도 기억않된다。둘이 손목을붓들고 내방으로 들어갔다。

처음에는 모통 누구나 오래간만에 만난 친구끼리하는 말을 건넨다음 나는 이러스면서

「자네 술 허나?」

하고 물었드니

「좀 하지」

「동경 있을때 안먹드니 마주 변했네그려」

「좀 변하기두 해야지。첫재 내얼굴좀 보게 조ㅁ늙었나?」

하고는 딴은 전에 보지못한 턱밑에 잘잘하게난 쉬염털을 다섯손까락으로 어루만진다。

「조와졌는대 그래」

「에끼」

둘이 이말끝에 우섰다。내가 잠간기다리라고 한주 벌서 눈치를채고

「고만두게 고만둬。우리같은 룸펜이 담배만 피우면 족하지」

하고 마코를 끄낸다。

나는 우스면서 여전하구나 라고 그에게 들리지않을만큼 중얼댔다。

앞가개에서 정종을 두홉을 사가지고 반주로는 수루메(오징어말닌것)와 과자를사가지고 들어와서 소위 고등룸펜다운 술상을 배푸렀다。

몇잔식 도는바람에 술에는 선수가못되는 우리들이라 상대를보아 넉넉이 자긔자신의빨개진얼굴을 깨달으며 과자를 깨물고 있었다。이때에 나는 과자를 씹는다는데

에서나 대호의모양에서나 일시에 동경서 인순과가치 차자오던생각이 났다。── 동시에 인순이라는 여자를 연상할수 있었다。

「참」

하고 내가 인순의 소식을 물어려할때 대호가 내말을 가로채서

「참」

하드니 이어서

「자네 R이 서울와 있는거 아나?」

「R이 누구야?」

「상해갔든 리인순이말일세。」 (이때 처음으로 나는 대호가 인순을 R이라하는 소리를 들었다。)

「글세 나도 그애걸 좀 아러볼려 하든차였네。무어? 어듸와있어? 서울와있어?」

나는 내자신이 느끼러울만큼 흥분된 기세로 물었다。

이튼날저녁에 대호와나는 그여자를 방문하려 집을나섰다。여자의집을 방문하려면 낮브다는 초저녁쯤이 편찬은 모양이다。그여자가 구두를 닦어신지않은 사람을 멸시한다는 말을 들어서가 아니라 나는 구두를 반즈르하게닦고 머리속에 배겨두었든 넥타이까지 꺼내어매고 제법 차리고 나섰다。

가는길에서 대호는 무러보지도않은 그여자의내력을 살다놓았다。그것은 대개는 그전에 동경서부터 듯든것의 되푸리였다。

나는 모르는체하고 일부러 거름을 빨리하였다느꼈다 하였다。대호도 빨리하였다느꼈다 하야 끌끌넉 나를 괴롭게 하였다。나는

「그런데 지금 있는데가 누구집야? 하숙하고있나?」

하고 그여자의환경을 아러보려 하였다。

「응 저 즈이 아버지의 사촌의집이라나 그럴대지 아마」

「그럼 당숙의집이로군」

「당숙이되나?」

그는 모르겠는데 하는 표정이었다。나는 당숙이란말도 몰나?하는 표정을보였다。

「이렇게 모냥내서 R이반하면 어쩔라구 그래」

하면서 대호는 제딴은 신통한말이나 한것같은상 싶다。나는 속으로 이사람이 정말 병정노릇을 할려나 하였다。

이윽고 목적한곳까지 다왔을때 우리들은 상해에까지 도라다닌 여자가 거주하는곳

이로서는 (비록 저집이야 날찌라도) 못척 조박한집을 발견하였다. 이르자마자 덮어놓고 택호가 들어섰다. 내가 주춤하는사이에 택호가 되짚어나오드니 괜인 괜인 한다. 들어가도 상관없겠나 하는 의미의 눈짓을하였드니 보았는지 못봤는지 그저 오라는 괜인 한다.

그러나 중문간에도 채 못드러스자 나는 정말 주춤안할수가 없었다.

마조 보히는 방문이 (그방이 그여자의방이라는것은 직각적으로 아렀다.) 활닥 열리드니 젊은 여학생풍의 여자들이 아마 서너명 나온다. 그리드니 나와 어긋지며 (물론 나의 아래위를 훑어 봤으리라.) 무어라고 떠들면서 나갔다. 나는 그순간 그대로 나도 나가버릴까 하는 생각이 불끈 솟았다. 택호가 밉살스러울만치

「괜인」

하고 재차 소래침으로 나는 예라 하고 불쑥 드러섰다.

「우리새에는 다른동무가 오면 영보하는것이 보통이랍니다.」

이것이 그여자가 몇해만에 처음보는나에게 건내인 최초의 말이었다. 나는 실례하였읍니다 하고 정면으로 그여자를 못보고 택호쪽을 보았다.

「앉이세요.」

「네.」

「방석까시고 편히 앉이세요.」

「네.」

「호호……」

「…………」

나는 역시 택호만 보고 있었다. 어색하고도 야릇한불안이 나를 음습하였다.

택호가 손을 나에게향했다 여자에게향했다 하면서

「아마 두분이는 꽤 오래되시죠? 만나신지가.」

하였다. 그때에 비로소 그여자의얼굴을 마조보니 여자는 나를 똑똑이 바라보며

「아마 한삼년되죠? 제가 와세다 있을땐가 후까가와 있을땐가……」

「와세다 게실땝니다.」

나는 그제야 제대로 말이나왔다.

「참.」

하고 그여자는 우섰다. 택호가

「후까가와에는 조선노동자들이 만대죠? 거진들 경상도사람이 많더군요.」

한쪽
「동경에 오래 계셨으면서 왜 모르셨세요?」
하고 또 우셨다. 택호도 애해해 하고 우셨다. 그다음엔 내가 모르는사람의 이약이 또는 소식에 대한 말이 돌사이에 있었다. 나는 그동안에 방안을 삶혀보았다. 방구석에는 책상이 하나 놓혀있고 그위에는 노랑꽃을 꽂은 화병이 있다. 경대옆에 조그만 괘작이있고 그 우에는 신문이 몇장 허터저있을 뿐이였다. 나는 실상인즉 그곳에서 상해에서 온여자의방을 상서내려하였든것인데 그런것이라고는 아모것도 없는것을 발견하고 실망에가까운 놀냄을느꼈다. 더욱이 벽에 걸녀있는 밀레의 만종(晩鐘)을 보고 한참 그 그림에있는 젊은농부의부부를 바라보고있었다. 속으로는 코무슴을 치면서......

「상해에서는 무엇을 하고 계셨나요.」
나는 임이 택호로부터 방낭적이였든 그여자의 상해시대의 전면을 드른바 있었으나 밀부러 드러보자고 물었다.
「상해에서는 학교를다녔읍니다. 일을할려면 좀더 자신의 공부가 필요하니까요.」
「그리고
「거기서는 긔숙사생활을 하고있었는데 조선여자라고는 저하나뿐이었지요. 그런데 어떻게 친절하게해주는지 글세 밥반찬도 만난것은 죄다 저한테가다주어요. 그러구 빨내같은것도 저는 손두못대게 하구요. 중국여자들은 조선여자들보다 쾌활허구 솔직허구요......감정적이아니구 이지적이구 소극적이아니구 적극적이얘요.」
「또」
「아침에 이러나면 밥먹기전에 체육실에서 운동들을허구요 또 저녁밥먹구는 열시까지 자유시간이얘요. 그때는 모두들 시가로 놀너나가죠. 이시간에는 맘대로다니지만 신간만되면 제각금 꼭 도라옵니다. 자유적이면서 규률적이얘요.」
나는 대체 이여자가 다녔다는학교가 무슨학교이길내 그리 굉장하며 아마 여자대학쯤은 되나요 하고 질문하려하였드니 또 택호가 가로채며
「남학생들과 교재는 않읍니까」
하였다.
「왜요. 우리학교에서는 남자들이 긔숙사차저오는것은 허이꺼예요.」
「남학생들이?」
택호가 이렇게 반문하는것을 이번에는 내가 가로채서

47

「중국여는 남학생들도 쾌활하고 또 적극적이군요」
하여버렸다。
「그럼은요。 호호……」
나는 이여자는 무던이 웃기잘하는여자라고 보았다。 다만 그여자가 다른 평범한 조선여자에비하야 손으로 입을가리지않고 웃는것은 아조 바루 상해에서 공부한 여자인것같은 감이있었다。
「밖에 산보좀 않으시렵니까」
하고 택호가 제안했다。 사실 나도 이러한 게딱지같은 방속에서 시원치않은 이약이를듯느니보다。 길거리로쏘다니는것이 더 우리들에겐 흥낙적이고 제일 상해상해소리를 안드르리라는 생각이 간절한편이었다。 이런때에 택호의 제안은 나로하여금 그런 생각이 저치(彼君)에게나니 제법이로구나 하고 감탄케할만큼 명낭한 제안이었다。
거리에 나섰을때 그여자는 상해에서온 여자는아니었다。 보통 조선여자의 하나겠다。 더구나 아모 육체적으로 특수한 미(美)를 가추지못한 그여자로 키가 후적큰것은 별다른의미로 사람의눈을끄렀다。 나는 사람들이 나의넥타이를 반즈르하게닦은 나의구두를 처다보지나않나하고 공연이 초조하였다。
택호는 불정을만가겠느냐 고하였으나 나는 조용이앉어서 차나 마시자고하였더니 여자는 내쪽에 찬성하였다。
차집에서도 택호는 상해가어쩌니 동경이어쩌니 (거의 옆의사람들이 들니도록) 지꺼렸으나 여자는 게에대한 아모말도없었다。 여자란 제아모리 여러곳의물을먹어도 여러사람앞에서는 고요한것이로구나 하고 (수접어하는것이 이런것이라면 나는 그것을 여자가 가진 아름다움이라고는 못하겠다고 생각도하였다。 나는 속으로 나의 남성됨을 찬양하고 택호군의 여성됨을 탄식하였다。
그다음날에 만났을때는 우리들은 지나요리점에있었다。 지나요리에대한 강의가 있었든것은 물론이다。
그다음엔 활동사진관。 삐비끌푸장。
상해생활의이약이가 거의다되면 그여자는 고요히 화재(話材)를 변하야 이약이하는것이었다。 여자에게만 식히는것도 뭐가않인줄알고 나도 무엇을 말하려하였으나 섯재는 자료에 곤란하였고 둘재로는 그런것은 상관없다는듯이 그여자는 혼자 지꺼리는것이었다。 나는 마치 통속잡지의 넌센스란을 읽는것같은 감상이 있었다。 지리하고 건조한 하숙생활에는 이러한것똠의 위안제(慰安劑?)는 결코 해로운것이아니었으나

그러나 이 유희는 가난뱅이살여자인 나로서는 너무나 비용이 많이 들었다. 그여자와 가치함에 반드시 그비용은 나나 그렇지않으면 택호군의 코무든 돈에서 지불되지않으면 안되었다. 여자로더부러 이러한경우에있을때 경제적부담을 여자에게도 준다함은 사나히로서 부끄러운일이라는것을 잘알고있었다. 물론 택호엽이 그여자와나와 둘이만이 만날적도 있었으나 나는 별반 자미를 못느꼈을뿐아니라 그럴때마다 주머니의돈을 속으로 계산하고 있는것이었다.

나는 그여자와 만남이 심하게말하면 시간과 금전(얼마는 안되나)을 허비한다는 것 이외에 아모것도 아니다는것을 확실이 깨다렀다. 그러나 나는 우물속에 빠져들어가는것처럼 걸려갔다. 이넘끼리 어느 목적의식을 전제치않고 「동무」로만 사귄다는 것은 대개 이와같은 [illegible] 것이 아닌가 하고생각하였다.

나는 이성과의 접촉이라면 지금부터 다섯해전 나의 중학시대를 연상하지 않을수가 없다. 마찬가지 학교 [illegible] 반드시 [illegible] 그를만났다. 마치 산시게(活時計)와같이 일정한시간에 [illegible] 에안고 삽붓삽붓 거러오는 그를 볼수가있었다. [illegible] 외면을하고 갈나는것이었으나 마음은 그의거러가는 [illegible] 나의 흥분된감정은 상당히 고조되었으나 끝끝내 [illegible] 이외에는 더나가지 못했었다. 십팔구세의 소년이던 누구나 경험할수있는 유치한 연모를 일년동안 계속하였을때 나는 동경으로 향했다. [illegible] 시간의 그 얼음으로 주소도 아지못하는 여학생을 지금이라도 넉넉히 눈앞에 그려볼만큼 뚜렷이 기억하고있다. 어떠면 나는 그여학생을 풀라토닉한 사랑을하고있는지도 모른다. [illegible] 도모지 비교가 안되고말고 하고 아직까지도 그여학생의(지금쯤은 벌서 [illegible]가고 [illegible]) 야담스러운자태를 생각해내면서 나는 [illegible](여자란 [illegible]) 여자란 [illegible] 무가치한 존재일까하고 의심수히 여[illegible]었다.

[illegible] 대체 택호같은 [illegible]물도 그러하다. 그때(여학생에 애정을 느꼈을때)에 택호같은 건달이라도 [illegible] 여학생의주소쯤은 아러울것을 — 그러나 사실은 고르지못하다 — 조[illegible] 마음에도없는 여자와 다정적(多情的)인 회제를하고 있지 않은가 [illegible]

나는 하로저녁을 곰곰이 생각한끝에 [illegible] 어더서 어느날 그여자와 만났을때

「[illegible] 바쁘니까……」

라는 이유로 일주일에 한번식 만나기로 하였다. 그런즉 그여자는 나에게 가까히

닥어왔으며
「그럼 요담 목요일이군요。그렇죠? 오늘이 목요일이니까」
「네。그렇게 되죠 아마。」
「그럼 어데서 뵈올까요。문(택호)도 가치 할까요?」
「문을 먼저 저의집으로 보내시오。」
나는 무뚝뚝한 어조로 내어던지듯이 말했다. 여자는 그럼 그러세요 목요일날은 다른데 나가지마시고 기다리세요 하고 좋느다싶이 말한다음에 꾸욱 하고 다저놓았다. 그때에 나는 애원하는듯한 그여자의 표정을보고 이유야 어쨌든 이렇게까지 간절한 그에게 나의태도는 지나치게 냉정하지않은것인가 하는 가엾어하는 마음까지 생겼다。이렇든 저렇든 꺼림직한 불쾌가 나를 사로잡고 놓지않었다。

내가 거의 잊고 하마트면 약속까지 어긋질뻔하였을때 택호는 차저온것이다。
나는 그여자와 만나지않은 이 일주일동안 나에게 가장 중대한일이 이러났다。그것은 오래동안 와신상담(臥薪嘗膽)하고 고대하든 취직이 가망성이있는듯한 자리가 났다는 소식을 들었든것이다。나는 그 말을 듯고 고대하고 또한 만반의 준비를하고 있었든것이언만 공포심같은것이 치미러서 가슴이 두근거리고 흥분이되어 못견데었다。나는 학교쪽의 아모개 신문사의 아모개 교회쪽의 아모개를 만나려고 글자 그대로의 동분서주를하고 도라다녔다。그로인하야 나의 정신은 피곤할대로 피곤하였다。그러나 그끝에 나에게 전한말은 동지할때까지 기다리라는 신통치않은 소식뿐이였다。허나 이 신통치않은말이 나를 무섭게 위협하고 조롱하는것이였다。
그럼으로 인순이란여자의 존재쯤 잠시 잊었다드래도 나에게 죄라곤 없다。
이 약속을 망각하였다는데대한 나의 회피적변명이 다음순간에 깨어지고 말었다。
택호가 거러가면서
「자네 너무 소극적으로 굴지말게。」
한다。그말이 무슨뜻이냐고 반문하였드니
「자네가 먼저 말을하면 区은 아조 결혼까지 할작정이데。」
나는 이말에 머리털이 웃숙하였다。그러나 순간에 나는 정색을하며 대체 무슨소린지 말수가없다고 골을내고 말했다。택호는 내말에는 상관없이
「아무리 뭣하대두 여자쪽에서 그런말을 먼처 하지는 않는걸세。」
하고

「언제 벌서 그렇게까지 되었나?」

하면서 누런 이빨을 내뵈였다. 나는 어안이 벙벙하야 반사적으로 그의얼굴을 치어다보다가

「난 실례하겠네」

하고 오든길을 도라섰다. 그는 어쩔줄을 모르고 나의팔을 붓들며

「이사람이 왜이래・쓸데없이」

나는 그팔을 뿌리치며 그대로 걸음을 빨리하였다. 그는 쪼처오면서 나를붓드렀으나: 나는 더세게 뿌리치며 룽명스럽게 노아 하고 달어나듯이 빨리걸었다. 력호는 더이상 쪼처오지않었으나

「그럼 지금말은 취소하겠네」

하였다가

「하여간 만나서 직접 이약이 하게그려」

하는소리가 등뒤로 들녔다. 나종에는 여보게 여보게 하는소리가 꽤 크게들니는것을 남겨두고 나는 보조를 더욱 속히하였다.

「흥 오늘이 목요일」

나는 무한이 불쾌를느끼면서 이것을 핑계로 단연코 절교하리라 생각하니 무거운 짐을 버서던진듯한 몸가벼움을 느꼈다. 핑계뿐이 아니라 정말로 밋순이란여자는 들맹이나 모래처럼 나와는 무관계한 물건이 되고마렀다.

나는 이대로 집으로가면 력호가 되처오지나 않을까 하는것과 오래간만에 흔든된 머리를 가다듬을까 하는 마음으로 집에는 안가고 종노통에서 본정통으로 거리를 헤메여 다녔다. 전등불이 몹시 환하다하야 공검한 정동 방송국앞거리와 총독부앞을 지고 삼청동쪽으로 돌아보았다. 어데를 어떻게걷는지 모르게 헤메다가 좁은뒷골목까지 왔을때 그곳에는 선술집이있고 그안에서는 왁자지하고 떠드는사람들이 술을마시고 너비아니를 굿고 하고있었다. 나는 흥분제를요구하고있는 나자신을 깨닷고 근심모르는듯한 그들께 한목 끼워볼까하는 생각이 이러나서 쑥드러가버렸다.

서너잔을먹었으리라. 나는 얼굴이 취하야 술이란것도 과연 무조건으로 금할것은 아니야 하면서 선선한긔운이도는 첫가을의바람을아느면서 전동골에 드러섰다. 대관절 몇시나 되엿을까 하고 시게를 보려하였으나 길가의상점들이 거진 가개를 드렸음으로 볼수없었고 상당이 느젓구나 중얼대며 집으로 향했다.

나는 방문을 왈칵 여렀다. 그순간 아 하고 소리칠번하였다. 방안에는 ― 바모도 없

51

방안에는 그여자가 앉아있었다. 나는 멈춧하였다. 어쩔수없이 나는 문앞에 머무르
들어섰다.

「인제 오세요?」

그여자의 말소리에는 전번과는 다른, 수집어하는빛이 띄워있었다.

「언제 오셨소.」

하고 그여자와 만나기위하야 입었든 양복을 그여자앞에서 벗어서 거렀다.

「약주 잡수셨어요?」

「왜 얼굴이 붉습니까?」

하면서 나는 우섰다. 그러치만 그여자는 우찌않었다. 자세히보니 그여자의 의복은 전에보지못하든 화려한것이었다.

「문 한테서 무슨말 드르셨에요?」

「택호 한테서요?」

이렇게 반문하며 나는 아까의 택호가 한말을 생각하고 곳

「아ㅡ니.」

하고 시침이를 떼었으나 학근 하고 얼굴이 다는것은 금키 힘드렀다.

「……………」

잠시동안 침묵한다음에 그여자는 고개를 드렸다. 그렇게하는 그여자의 태도는 비천한자가 우월한자앞에 항순해하는양 그것이었다. 나는 그여자입으로부터 장차 나오려는말에 어떻게 대답할까를 생각하고 당황하였다. 보니까 그여자의 눈에는 어른하고 눈물까지 감도는것이었다. 그리고 조금있으면 느껴울만큼 글성글성한 그여자의 눈은 내가 본중에 그중 여자다운 귀여움을 품고있었다. 나는 나까지 쎈치멘탈하게 되지않을까하고 얼는 말해버렸으면 시원하리라고 생각하였다.

「정말 아모말도 못드렀에요?」

「정말.」

「정말?」

「……………」

「저……」

하드니 결심한 모양으로

「저 수일간에 전 상해로가요.」

하고 다시 고개를 드렸다. 과연 그여자는 느껴울기까지는 않었다. 그러나 그여자

의먹개는 완전이 흔겼도지고 있는것을 나는 보았다.
「상해로 가시다니요. 왜? 무슨일로?」
「…………」
「얼마동안?」
그여자는 대답을안했다. 그러나 다음순간 그여자는 평상시와같은 우슴은 우스면서
「그래서 작별차로 왔어요. 이래뵈도 꽤 생처해서 참아 어떻게하나 하고 문한테다 부탁만하려고 했었어요. 그러가 용기를 내어 뵈려왔어요.
하고 코를귀고 코를 드려마셨다.
나도 우스면서
「문이 뭐라고 안그래요?」
「아-뇨!? 무슨말요?」
「아무것도 안예요」
우물쭈물 하면서 나는 우섰다. 그여자도 따러우섰다.
나는 지금까지 가졌든 증오를세서버리고 나를 저바리지않는 동무를 작별하는 마음으로 대하였다. 룩별이 귀엽지도 않었으나 반대로 밉지도않었다.
「에그 느젔는대 어서 가야지」
한참동안을 이 예약이 저 이약이하다 시간가는줄 몰났드니 그여자가 깨닷고 이러섰다. 더앉었으라고 말릴수도 없음으로
「그렇면 내열이고 모래고 한번 또뵈올수 없을까요」
하면서 따러 이러섰다.
「아이고 비가오네」
하는 여자의말에 밖을내다보니 비방울이 전등불에 빛이며 반자위에서는 벌서 후드득 후드득툭툭 부듸치는소리가 난다.
「어쩌나」
하고 여자가 나의얼굴을 치어다볼땐 벌서 소낙비가 좍-좍-쏟다졌다.
「잠간 그치거든 가시죠」
이렇게 내가 말한즉 어쩌나 하면서 하는수없이 그여자도 앉었다. 둘이는 잠자코 비소리여만 정신을두고있었다. 나는 이때에 우산 하고 우산을 깨다랐으나 그대로 비만 그치기를 기다리고 있었다.

몇일후에 나는 종노뒷골목 목노술집에 또 갔었다. 인제는 택호와 둘이었다. 술도 많이 마시고 왔었다.

택호는 술이 잔뜩 취하야 방바닥에 큰대자를 쓰고 자빠져서 콧노래를 부르고 있었다. 나는 그 얼굴에다

「여보게 R이 아직까지 상해 않갔다든가?」

하고 물었다.

「왜 자네 몰르나? 여태 않간모양이데」

하면서 또 콧노래. 나는 그를 흔들면서

「어째 않갔어? 응?」

「……흥 누가아나. 간댔다 않간댔다 허니까」

그는 벼란간 벌떡 이러나드니

「나는 애초부터 R을, 목적한게 아니라 다른 여자를 좀 어떻게 소개해줄까 해서 쫓차 다닌거야 그랬드니……」

하고는 벌떡 도로 잡버졌다.

「좌우간 가기는 갈테지? 상해간다는것이 거짓말은 아니겠지?」

여보게 여보게 하면서 흔드렀으나 그는 대답지않고 벌서 코를 골고있었다.

나는 조희쪽각에 연필로 선(線)을 그었다. 평행선(平行線)과 대각선(対角線)을 그이고

「똑같은 방향에 마조 빼터있으면서 영원이 억긔지못하는 평행선. 한 포인트에서 억긘다음엔 반대방향으로 헤여지는 대각선」

이라고 적어놓고 평행선우에다

「얼음. 모르는 여학생」

한다음에 R이라고 대각선우에 썼다가 그조희알너 찢어버렸다 그리고

「이 비러먹을놈의자식들은 통지해준다구만 그러구 언제 해준다는거야」

하고는 휘지벌이 될대면되고 말대면말나고 고우숨에 담배를 천정에다 휘— 하고 뿜었다.

옆에누은 택호를보니 붉어진상판에 아조 붉어진코가있고 그아래에는——누런이빨을 내밀고 딱 벌닌 입에서는 침이 께제제 흘니고 있었었다.

風浪 一幕

韓相稷

때 지금

곳 江原道山僻面의 어느 漁村

人物

南長海 아버지 六十三才

山出 둘째아들 二十三才

陽生 셋재아들 八才

錦珠 딸 十六才

海得 맛아들 二十五才

風女 漁場主(해삼집)의딸 二十才

崔參奉 村老人 六十一才

젊은 漁夫들 六、七名 二十三、四、五才

景— 漁夫의 집。가을 느진저녁때。

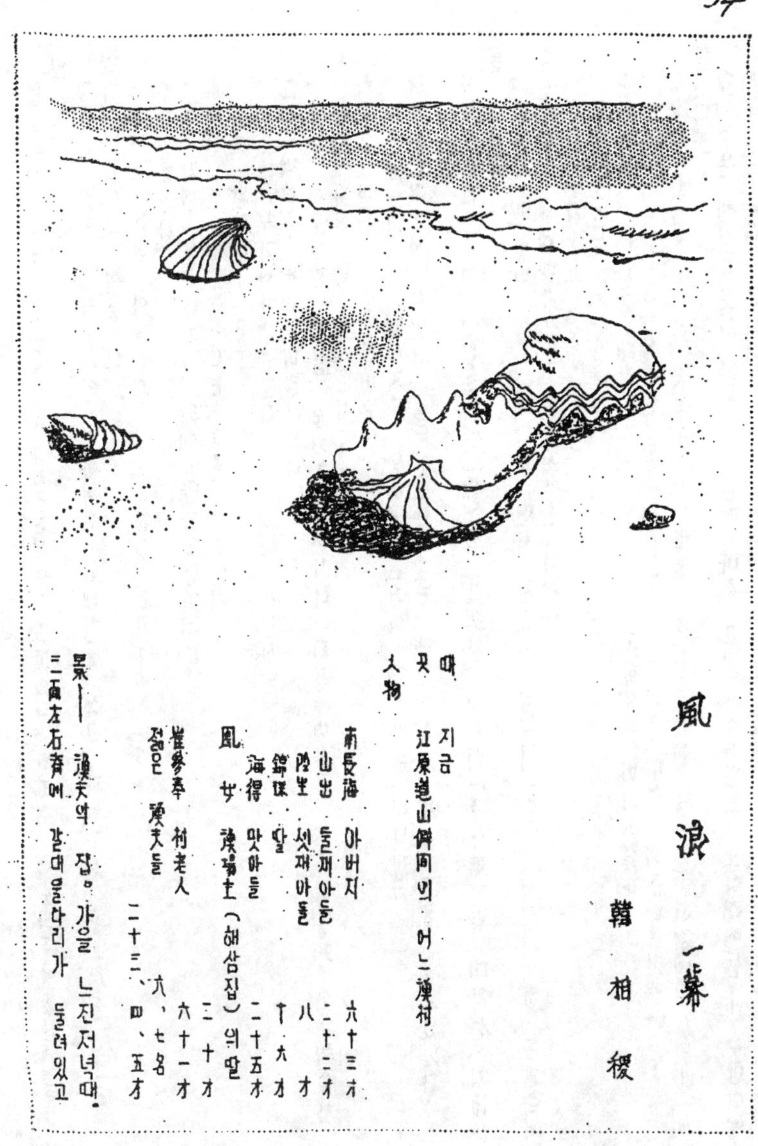

三面左右角에 갈대울타리가 둘려있고

初봄 갈대로덮은 土壁집. 中央이 마루. 등잔이 켜었다. 左쪽으로 거적문단 부억. 右쪽이 土壁방. 곳곳에 두름으로 꿰여너른 魚物이 걸여있고 左쪽 울타리에는 廢物된 그물이 덮여있다. 집 바루뒤에 버드나무가 서있고 마당右便길체로 두개三脚에 架줄좋고 乾漢가 貧弱하게 두어두름 걸여있다. 右쪽에 싸리문

擧幕—— 長海는 무릎에 업되여 우는 陸生이를 달래고있다. 쏴아! 물결이 바위에 부닥치는 소리가 요란히 들여온다.

長海 에히—ㅅ 무서운놈의 풍낭이다. 이 사나운 풍낭이 어데서부터 밀여드는지도 모르거니와 또 어데로가는지도 모르고사는 사람들이로구나. 내가 코를 흘이며 바다속에 마풀(海草)을 뜨더먹든 버럽때적에는 그 억센 풍낭이 우뢰소리를치고 달겨드는것이 몹시도 장해보이고 좁다란 가슴이 락러지는것 같이 시원도하였지. 그러나 육십평생을 두고 수백번의 풍낭과 싸우고 무려를 고하였으나 얻은것이라고는 하나도 없이 이렇게 머리가 허엿케 시미고 눈미 참캄해오는것뿐이로구나. 에히 나는 바다가 싫여졌다. 미워졌다. 치가떨여고 무서워졌다. 나에게는 무서운것밖에 남은것이 없구나! 나의 자랑이였든 장쾌한마음. 억센힘줄. 이리떼같이 달겨들어오는 성난물결을 막어치든 그담찬기운이 이제는 죽어버렸구나. 아! 설다 ...... 그래도 나는 숨이 맥히는 끝날까지 저 바다와 싸우지않으면않될 운명이란말이지. 생각할수록 무서운것뿐이로구나!

陸生 아버지 저 물소리를 드르세요. 오늘밤이 들기전에 밤만해도 고기배가 드러오지 못할가봐요.

長海 육생아! 물지마라. 응! 벌서 사흘채나 오늘쫑이빠 끌일지아니 우리는 귀신바위에가서 재를물리고 도라울배를 기다릴수밖에없니. 자 끌며라. 응. 착하지.

陸生 아버지 나는 무서워요. (몸서리를 친다) 귀신바위에서 어제밤 비가 뿌리고 천동이치는데도 웃말 음전이가 창성(滄屋)이를기다리다 밋어서 빠저죽은 귀신이나와 머리를풀고 목을놓고 울드라든데—— 나는 얍갈해야요.

長海 예에 어리석은 자식아! 너는 내아들이지 사내대장부가 않이냐 무섭긴 무엇이 무서워 너는 바다에서나고

바다에서자라고 바다를 마음대로 뒤흔
드를 억센자식이지 이번 형이나가 바
다에서 죽거든 너는 반듯이 그원수를
갚고 싸워이겨야지않니! 그러고 사내
죽은 귀신은 귀신도않이고 그까진 계집애죽은
귀신이 멀 무서워! 자 울지말고 일
어나거라. 응!

陸甫 (머리를들고 일어난다) 어머니
가 도라가실때 너는커서 아버지나 형
님같이 바다로가지말고 서울로가서 공
부를 하여가지고 큰벼슬을하는 훌륭한
사람이되라고 하시든말슴을 나는 언제
든지 잊이않을터야요.

長海 않이지! 않이야! 그렇게해서는
않된다. 네어미는 일생을두고 바다와싸
우고 구러든때가 끝내 바다에나가 죽
고말지않었니. 그래서 사모치고사모친
원한으로 귀여운너도 바다때문에 죽을
까바 그런말이지 너는 어머니를생각하
고 그원수를갚기위해서는 화려한 서
울로가지말고 바다로 가야만하지않니?

陸甫 그렇나 바다는 무서워요. 어머니를
데려가고 아저씨, 창성이, 그리고 응전
이까지 죽이고 말지않었어요. 동리사람
들도 헤일수없이많이 죽어버렸지요,
(파도소리 요란하다) 아! 저 물소
리! 또 소리를 칩니다.

長海 에잇! 망할놈의 바다. (벌컥이
러난다) 구렁이가 동어리를틀고 울엄
게 우는소리같구나! 악에바친 호랭이
가 까닭없이 절벽에다 대가리를 맛찟
고 어리석게 우는소리같구나. 그놈의
바다 그대로 망해버렸으면…… (분노
에 떤다)

참봉 (드러오면서) 흉헌날세다. 암만
해도 재앙이야. 무슨조활테지. 그렇지않
은담에야 이럴수가있담. (長海를보고)
참! 잘있군, 어떤변통을 꾸미든지 해야
지 가만이야 있을수가있나. 이길로 해
삼집행감헌데로가서. 돈이얼마가들든간에
구조선(救助船)을 풀도록해야지. 이대
로 둘수야있나. 가세. 가!

長海 모두들 죽던지말든지 난몰느네
나는 바다이야기는 다시않할나네. 나가
지도않고 생각지도않고 보지도 않을테
니간!

참봉 아. 아! 니 이게 무슨말인가?
좀 여차해졌나? 陸甫야! 자근형은
새벽에도라왔다지. 그뻐는 무사했다되?

陸甫 네

참봉 그런데 어데갔니? (집안을 도
라본다)

陸甫 웃말로 갔나봐요.

참봉 어떻게 이사람들이 주선을 하두
록해야지. 원 어찔셈이람. (초조해한다)
누나도 별애 않나왔니?

陸生　그러문요.

참봉　(마루턱에서 일어나며) 심헌놈들이지. 동리왼통은 벌컥뒤집펴 아우성들언데 그래도 마을게집배들을 붓들어두고 일을식혀먹어야 속이편헌가, 그놈들의하는짓이란 고약하기 짝이없지. 사람들도 못먹는 생생한생선을 싸게사드려다 썩혀 거름을맨들고 그정(精)은 약을맨드러 서울다가 빗싸게 파라먹지않나. 우리도 분상하지만 빗싼값으로 거름을사쓰는놈군들도 절통헐 노릇이지 …… 이런말은 해무엇하나. 어쨋든 돔리 팔팔한젊은사람들은 한마리도 안잽피는 고기를 자바볼까하고 생사모를 험한바다로 나가있구 더구나 색시애들은 그 거름맨드는데서 좸일 가처있지, 그렇니 돔리일은 누구더러 허란말이람. (입맛을 쓰게다사며 마당을 건일는다)

陸生　누나가 왓가나제 오늘은 반날만하고 돌여보내달나니까 박기수(技手)가 벌컥뛰며 이달월급을 않주겟다드라나요. 그래서 누나가 울드래요. 뒤ㅅ집간난이는 장질부사중세라고하면서 벌굴이 새ㅅ파랏케질여 도라오겟지요.

(此間 二十五行略)

陸生　아저씨 이밤안에 바람이 자지않으면 구조선이 간다드라도 헛님빼는그전에 큰일이 날걸요.

참봉　그렇는지도 몰으겟다. 참 거정이다. 앞될나니깐 헐수없어. 별로 키. 돗이 다부러진걸가지고 갈게머람. 남들은 튼튼헌배를 가지고가서 무사히 도라왔는데 지금까지 네형의배하고 장서방네배가 아직 안드러왔다드라.

長海　글세 그만들두어. 헛걱정을해 뭘하는가 말이야. 튼튼헌 키와돗이 죽고사는데 무슨소용이야. 거저 운명이고 천벌이러도그려. 우리는 재양바든 사람들이야. 재양!

참봉　원 자네는 재양이니 운명이니하지만 별로 그날밤 않나갔드라면 좋을게않인가. 그것도 재앙이고 천벌이야! 앗차 이르다가는 밤들겟다. 육생아. 아버지좀 부축해드리고 있거라. 여보게 좋은 게책이라도 생각하게. 그러지말구 그런 낙맘은 벌서부터 불때가 않인세. (나간다)

陸生　아버지. (달여들며) 어떰케요.

長海　아아! 이자식이 죽지야 않었겟지

(間. 沈默.)

(錦琪드러온다. 펀 피곤한 몸動作.)

陸生　누나! (달여간다. 손을 쥔다.)

錦琪　아버지!

長海　느젓구나. 좀 배가 고푸겟니

錦珠 어빠 만왔지요。(失意로) 어찌면 좋아! (멀이서 여러사람소리 들인다。부人 아희 장정의 뒤섞인소리。)

長海 저게 무순소리냐? (점점 急調로 들인다。)

錦珠 지금 제가오다가보니까 깨진배쪼각이 떠드러왔는데 어데서온사람인지 모를사람이 그배쪼각에 정신을잃고 쓰러저있다고들 야단이겠지요。다른데사람이 물에쫓겨 밀여드러온가봐요。

長海 에이 지긋지긋하다。또 배하나가 바위에맞찌며 깨진게로구나。내가서。보구오마。마음놓고들 얼즉이 자거라。(나간다。男妹 한참이나 바라본다。마루에 男妹걸터앉는다。)

陸生 누나! 나는 이렇게 무섭고 사나운바람이 부는날밤은 작구만 어머니생각이나서 못살겠어。(두손을 눈에대고 운다。)

錦珠 그래도 울지는 마러야지! 울지마라。응! 밤사하에 어빠가 도라오고 바람이 자고 날이개이고 따스러운 해가 뜨는 아침이되면 우리는다시 기뻐지지 않겠니! 그렇게 울여고만하면 않돼。응! (동생의머리를 쓰다듬어준다。)

陸生 어머니는 날더러 고기잡이가되지말고 글마는 훌융한사람이되라고하셨는데。아버지는 나더러 작구만 또 어부가 되라고 그르겠지。무서운 바다도 않무서운체하고 힘을내라고 그르겠지 나는 바다가 무섭고 보기실허 죽겠어。또 자미없어。어부는 아무것도모르고 거저 바다에나가 고기색기만 잡어다가 그날그날 먹고살지않어。그게 무슨 훌융하고 장해!

錦珠 그런게않이야。네가 훌융현사람이 아직 않이니까 바다가 무섭고 보기가싫은게 않이냐。훌융현사람은 바다가 무섭지도않고 보기싫치도않단다。큰기선을 타고 이리저리 놀러단이는 그런 훌융현사람은 서울에는 만탄다。그러나 기선도없고 돈도없이 아버지같이 어빠같이 큰바다에 떠다니며 무서운 풍랑을 처없세는 그런 훌융헌사람은 서울은 없지않어。우리육생이는 훌융한 바다의 사람이되지。

陸生 나는 훌융해지고싶어 맘대로하고 싶어。(錦珠의 치마무릎에 얻덴다。)

錦珠 그럼 되구말구。저까짓바다。저까짓풍낭 저까짓폭풍치는밤이 멀무서워。육생아。그렇지。(놀래며) 아니? 왜 가자나! 잘자라。응。아무생각도말고 잘자라。응。(머리를 쓰다듬어주며 하늘을 치여다본다。) 오! 하늘이시여! 저사나운 바람이 멈추고 무서운

파도가 잠이들고 동우리를잃은 물새들
이 저집을 차저가는 밝고 따스한 새
아침을 주십시요." 어빠! 버빠! (幻
覺的으로…… 고요히 이러나 窓밖이를
안고 방으로드러간다. 잠이든다.)
山出 (숨을죽이고 드러온다. 鳳女 울
다리밖에 섰다." 보ㅅ짐 (行李)을 드렀
다. 주저주저한다. 보ㅅ짐을 감출려고
애를쓴다.) 鍾珠야! 자늬? (나즌목
소리" 악간 떨인다. 鳳女를보며) 얌게
슈." 드러오우." (집안을 살핀다.)
鳳女 (아무말없이 마당에 드러선다.
보ㅅ짐을 마루밑에 감추운다.)
山出 잠간 기다리우. 그리고 밖앗을
좀…… 바지, 조끄리한벌하고 신한커레
만 차즈면 되니까."
鳳女 (疑訝에 찔이여 집안을 휘휘 둘
러보며 넋잃고 앉었다." 그대로 쓰러저
울기시작한다.)
山出 (뛰여나오며) 여보! 여보!
쉿! 이게 무슨짓이요. 아니 께 이러
우." 응! 남이드르면—— (황황한 눈
으로 집안을 돌나본다.) 다된별을 왜
더 참지를 못하고 그리우.
鳳女 까닭없이 울고만 싶어요." 지나간
일 또는 앞으로할일이 무서워지고 슬
퍼저요."
山出 왜? 이 약한소리를하우." 응. 여
보 쉬ㅡㅅ 곤처요.
鳳女 노아요." 실컨울게." (누긴다.)
山出 여보 왜 이런일을하우." 응 (焦
燥하다) 당신은 나보다 더 강하고 더
담찻지 않었오.
鳳女 나는 약해요. 도무지 그런일은
못할것같고 또 해노은일이 무서워젔어
요
山出 그러면 이 저즈러놓은 일을 당
신은 모르겠단말이요." 그래서 나와 약
속을 깨트리고 다시편안하게 집으로
도라가겠단 말이요?
鳳女 않이요." 그런것도 않이여요. 그런
것 저런것을 나는 생각할만한여지지도
않었어요. 거저 마음미 서누해지고 울
고싶을뿐이야요. 왜 그런지도 몰나요.
山出 그래서 당신이 한일, 내가 저즈
른일을 따루따루 갈너놓고 이다음에
세상에 탈로가나드라도 각각 저의죄만
차저가진잔 말이지 머요!
鳳女 (놀래면서) 여봐요." 왜 그런
좋치않은 말을해요." 이제보니까 당신은
내속을 참으로 애러닐수없는 사나희구
려." 더 말을 마려요. 울고만싶으니까요.
(다시 쓰러진다.)
山出 이거 왜 이런짓을 하우." 남이 드
면 우리는 여보! [illegible]
당신속을 여러주고 [illegible]

鳳女 하여왔으면 그만이지 더 어찌란 말이요 아러요. 그건 아러요. 그러나! 그러나!

山出 그렇면 왜 이렇게 약한짓을 또 내눈앞에서 하고있오. 흥! 당신은 나를 지난날에 고롭을 주었고 그리고 못할일을 하게하였지 않었오. 그러나 앞날에 믿는 사람이 되리라고 멀지않은 몇일전 저녁에 그렇게 말하지 않었오.

鳳女 그런말을 또 되푸리할것은 없어요.

山出 나는 당신을 어렸을때부터 좋와했다는것을 잘 알지않소. 그러나 내형은 당신을 빼앗고 나를 미워했오. 더구나 지난봄에 와서는 내눈이 생생한앞에서 내형은 당신과 언약(言約)까지하고 말었지않었오. 그때부터 나는 내형을 원수로 역이었고 틈만있으면 죽일여고 애를 썼었오. 그것을 당신은 나에게 쾌히 승낙을하고 이번 풍낭에 빌기전날밤에 내형을 죽일 계책까지 가르켜주지않었었오. 그때 나는 당신이 나를 형보다 더 속에다 품고있는것을 나는 좋와서 내형을 ―― 내피가 섞인 형을 죽이고 도라본것이 앎이요. 나는 멍텅구리도 앎이고 미친놈도 앎이었었오. 나는 오즉 당신을 빼앗겠다는 부심뿐이었지않었었오. 여보,

鳳女 여보. (나즌목소리) 누가 그런 말을 하랬오. 쉬―ㅅ 누가드러오면 어째요. 조심해요.

山出 (표정을 박구어) 그런데 지금 당신의 짓은 도모지 알수가 없구려 왜 그러우?

鳳女 무슨 생각을 했든것이 앎이었구 우리들을 위해서는 맛당이 헐일을 했지요. 그러나 사람을 죽인것과 또 이어촌사람들은 이어장하나때문에 사러나가든것을 우리는 몰래 비료회사에다 파러먹고 도망가는것이 암만해도 앞날이 좋지못할것같고 무서워저요.

山出 우리는 지금 그런생각을할때가 않인것을 왜 이젔오. 응! 우리에게는 인정(人情)이라든지 가엾다든가 고생스럽다든가는 벌서 잊어버려야할것이 앎이요.

鳳女 내일부터는 이마을사람들은 여태까지 맘대로잡든고기도 못잡고 굼고 울고 우리를 원망하고 죽을것이지요.

山出 그러기에 우리는 이 굴머죽어가는 마을을 떠나 서울로가자는것이 앎이요. 이밤이 밝기전에 우리는 서울로 가야하우. 당신의 아버지가 돌아오기전, 동리사람들이 풍낭이무서뷔서 떨고있을 동안 우리는 이마을을 떠나야만 사우.

鳳女 우리는 가다가 죽을것이지요. 사람을 죽인죄, 동리사람의 어장을 파러

먹은죄, 그리고 우리들의 더러운짓……
꼭 죽어야해요. 죄지요, 죄야요.
(둥당거리고 달이는소리 요란하다.
놀라리뒤로 달린다.)
버린데소리 엄마!
여편네소리 바위야!
젊은 여편네소리 삭삼이네요?
船工의 소라 배가 드러왔네! 배가.
船工의 소리 정서반네배야!
다른船工의 소리 모두들 사렀나!
여편네소리 칠성(七星)아! 칠성아!
(山出과 鳳女 떨며 처안고 앉었다)
山出 여보! 당신은 먼저가서 싸디고개 아래서 기다리우. 잘 피해가야하우. 곳 갈게.
(鳳女 보시짐을들고 다러나간다.)
(由, 山出이 黙々히섰다가 따러나간다.)
(長海와 참봉 드러온다.)
長海 암만해도 죽은자식이지 그렇지않은담에야 남의배는 다드러왔는데 그자식만 않올이가였나. 애비는 오장을태워가며차저도 하눌은 무심하구나. 이십여년을 살을찢고 피를뽑바가며 길러낸공이 이리덯게도 무심히 스러질수야 있었단 말인가?
참봉 (失意를 하면서도) 아직도 모르느니. 새벽에 배가 달는지아나.

長海 어긴 .멀와. 꼭! 재앙이야, 천벌이야! 해마다 팔팔하고 뻔련뻔련한 젊은사람이 세넷 행죽을해가겠나. 게다가 요 글레(近來)로는 한달이 가기가무섭게. 굴이나지않나. 이번에는 누구수나 안날지모르지..
참봉 지난달 정첨지달의 바루 한사날 말일세. 그렇게 패등패등하는 며가 가 마속에서 배아리(腹痛)가 치리자서 혼인집이서 송장을치는 생각을해보게. 그나그뿐인가. 요 며우같은 유권이 편이 창성이와 배가맞드니 그녀석이 덜컥 죽고나니 몇어서 야단을하다가 금년에 저 죽지않었나. 어쨋든 계집에 주접이란 불길해. 불길해!
長海 나는 이놈의 재화(災禍)가 끝칠때까지 기다리고 싶지는 않네그려. 어서 죽든지해야지!
참봉 인전 이저버려보세. 암만 속을태웠자 생기는일이 있을이 있나. 그런데 배들은 자나?! 산출이는 종일 볼수 없으니 어델갔나?
長海 개두 현때문에 분주히 싸다니느라고 뱐드러오나보지 아까 구조선을 떤다고 나간것이……
참봉 웬 구조선은. 해삼집병감이 닷새전에 온천(溫泉)예를 갔다고 아까 갔다가 거냥왔는걸. 팔자는 그만큼은

돼보아야 할텐데.
長海 그렇면 이자식이 어덴갔을까. 이
제는 자식이라면 간장이 성큼성큼 물
러앉고 뼈쌀이 조라드는것 같애서……
참봉 그러나 평생동안 자식구경하나
못해본나는 옛구눈에. 언챙이기루서니
자식하나만 있어봤으면 원이없겠네. 허
허
(群衆의 소리. 요란하다. 그 소리
더 激惡된다.)
(달여드러오며)
村一人 산출이란놈을 내놓으시요.
村衆 끄러내라. 그 죽일놈을……
참봉 이사람들 왜들이르나 말이있건
조용이 함세그려. 산출이라니 멀 저즈
렀나?
村一人 아저씨는 왜. 이 버리벙한 소
리를 하시우. 아저씨도 무슨. 한차레
어더잡숫는 목이있오.
長海 여보게. 학순이. 무슨 빌이게 그렁
게 안된소리를하나.
참봉 여보게. 자네가 나를 어찌보고
그리는 말인가. 이렇게 급한때는 어른
도 없고 해도 없나. 삐이 버릇없는 놈들.
(침을 닥닥 배았는다.)
村一人 있는데만 대요. 난 그놈만 맛
나면 그만이니 잔.
長海 이사람아 말을해봐! 왜 그렇나

소름이 치네그려!
村一人 그렇게도 재꼼처 듯고싶우. 그
놈은 봉녀란년을 꿰여서 어장소유권(
所有權)을 다른데다 넘기고 말었오.
우리는 그소유권이 누구에게로 갔는지
그것만은 모르우. 그뿐이요. 그리고 우
리네중에서 제일 충실한 사람이였든
해득이를 그간사한놈 산출이란놈이 삼
섬바위께서 내려굴여 죽이고도라와 봉
녀란년을 빼아서가지고 어데론갔는지
모른단말이요. 무슨낯으로 또 듯자는
것이요.
長海 무엇이? 학순이 여보게 학순이
이게 바른정신으로 한말인가. (여보게
학순이! (우름을 뿜는다.)
참봉 해득이가 죽어! 그러면 저 폭
풍때문이 않이였단 말이지! (에이 박
한놈 박한놈! (全身을 떤다)
長海 정말인가? 정말인가? 않이지!
않이야! 산출이란놈이 어찌 제형을
그렇게 했을이가있나? 이놈들아" 어서
펄적 물너가거라. 가거라. 가! (작대
기를 휘둘으다가 쓰러진다.)
한 漢笑 그년놈들은 지금쯤 홍수천 개
물을 건느고 있을것이다. 그년놈이 건
느기전에 잡어야한다. (群衆 와 하고
몰이여 나간다.
(그때 海得의 屍体 들것에 담기여 드

려온다.)

(나가든 群衆 고개를 숙이고 따라
드러온다.)

長禧 해득아 왜 이런 몹쓸 재난을 받었느냐. 애비의 죄다. 애비의살이 애비의살을 죽였군아. 네가죽은게 않이라 애비가 죽은게로구나. 애비의뼈가저리고 피가쓰리다. 해득아! 갓구나. 바다에서 얻어 바다에서 잃어버티였구나. 울수도 없구나. 우슬수도 없구나. 어이구 이자식아! (長禧 長林에 엎데여 느긴단)

(먼동이 터온다. 점점 밝혀진다. 一同 默念. 暗淚를 본다.)

(流浪의 屍体 들것에 담기여 나간다. 천천히…… 群衆合唱거름을 옴겨 따라 나간다. 長禧하나만 남는다.)

長禧 (하늘을 우르러 보며) 해득아! 산줄아! 금주야! 욱생아! 너는 다 내자식이다. 형제였지. 같은 피였었지. 그러나. (中四二行略)
왜 죽이고 죽우고 우느냐? 바다야! 너는 내 평생을두고 고생과 굼주림을 끌엘새없이 주었지. 그런데 왜 마지것 그 사납게 노한 얼굴을 풀지않느냐. 다다 지나갔다. 저 바다의 풍낭은 이제야 끝이 없구나. 해가솟으면 바다물은 금빛에 나고 그전과같이 갈메기떼가 날겠군아. 다지나갔구나. 바다는 고요하구나. 아! 슬푸다. 왜? 나는 풍낭을 이저보지 못하는가. 이자식들은 다시 인생의풍낭을 일켜 놓었군아. 풍낭아! 풍낭아! (쓰러저버린다.)

— 고요히 幕이 나린다 —

作品募集

規定은 廣範한 文学範圍에서

取捨는 一任할것

(但 返送은 返信料添付에限함)

期限은 九月末日

發表는 「三四文学」第二輯

三四文學

第一輯 定價 拾五錢

昭和九年八月十二日印刷

昭和九年九月一日發行

京城府壽松洞四五番地

編輯發行兼印刷人 申百秀

京城府壽松洞四五番地

印刷兼發行所 三四文学社

電話(光)一九一七番

京城府寬勳洞一四二番地

販賣所 北星堂

振替京城一六〇八二番

「34」의 宣言

그림 · 현 웅
글씨 · 풍 연

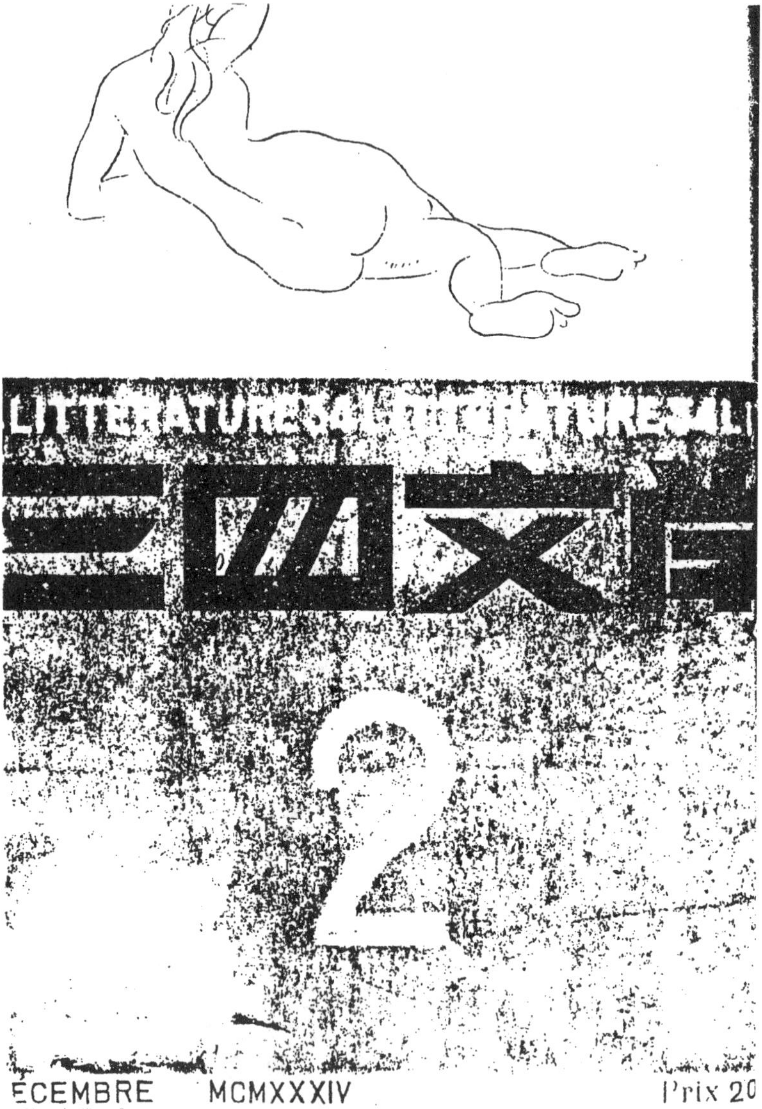
2
ÉCEMBRE MCMXXXIV
Prix 20

34 LITTERATURE

NUMERO
2
DECEMBRE
MCMXXXIV

三四文學・十二月・第二輯

表紙 鄭玄雄

扉繪 申鴻休

CUT PICASSO

同人

金元浩
백수
劉演玉
李時雨
李孝吉
鄭玄雄
趙豊衍
韓泉

4

第一人稱詩

李時雨

내가ソノコ하고제비초리의이야기를하고있으면、 나의제비초리의三人稱의悲劇。 제비초리는가늘이면은가슴이기때문에슬픈것이라고、 나는ソノコ한테슬픈제비초리의辨明을하는도다。 肉體를稀薄히하는나의形而上學이두려워서、 나는나의피의不純함을슬퍼하고자눈물을내입냐고、 작고만작고만하품을하는도다。

5

續

아아나의永遠은나의ㅉ옥닙속에季節갈이숨었는도다。

아아나의 a priori 는소나무처럼자고만자고만成長식하는도다。

6

CROQUIS

鄭 芝 雄

日 記 帳

지난날의 畵布는
灰色의 monochrome
오늘은 煩惱위에
거짓의 우숨짓는 漫畵입니다。

郊 外 寫 生

彩色과 妄想의 陶醉에서
문듯 깨여보는 視野에는
낫서른 田園의 바다와같은 沈默입니다。

7

길

해(歲)前에 해매어든 鋪道위에서

그때에 남겨논 나를 맞난다。

안개를거름

圓形의 空間이 나를 따라 움즉인다。固定된 距離를
가지고。………都會의 點景이 나의 獨占한 空間으로
뛰여드려왔다 瞬間에 사러진다。 나남의 生活과같이。
나는、나를 둘러싼 두려운 힌빛속에 原始의 恐怖를
느끼며 걷는다。

8

風景

張瑞彦

I 露西亞

敎會堂도 업구
달빛멋업는
西伯利亞
눈벌우에서
어느 젊은 女子 하나가
슲슲한 밤에
마라손 練習을하고 잇드랑

11 박

바람 부러
거스러진 새ㅅ대집웅은
고요한 달밤에
박하나 낳았다。

10

프리마돈나에게

韓　泉

靑春한 自由主義者인 프리마돈나
그이는 갈닢봉에 매친 이슬이라오。
끄ㅡ에로스가 꿈꾸든 구름다리봉에서
스물 돈나의 하늘거리는 두 觸手。

意志어린 「센스」가떠러트린 로맹의海水浴場인「라벨」은
벌서옴분한香水를 「레반」 꿀작이에 解放시켜주었고
「시로암」의 湖水가꿈꾸든 두눈총에 어리인온세계는
외로히버림받은 이니스프리의 「루바」의 탄식이라오。

그대 호젔한 마음의 부푸른港口에는 배 하나
어느듯 「파도롤」은 바다바람이 안어다 준다오。

——그날

아폴로의 붉은정열이 행복한다임을 프레센트할때
그와나의 「셰ー즈」는 먼 야자수그늘이 고향이었고

그 「이데아」는 天上의美가 예기하다 지친
푸른 칸파스속에서 새로운 「경윤」을 이루어나간다하오。

1934·8·1 동경에서

11

12

떠도는 　　백수

——눈두덩이 부푸며 오르메고

마음의 티끌이
회오리바람을 날고
이무리가는
딱정이를 덧처놓아
두근대는 가슴에
불모없이 낯을 붉킨다。

잊으려 자리에 누어
몸을 죽이니
어둡다。
지나친 일이 되처넘며
귀ㅅ가에 맴을 돈다。

——三四、五、十二

13

어느혀의재간

두멍진 못가에
반반한 닙쪽을 띄여놓고
낡고 헝크러진 그물을 떠붙어
침을 튀기니
삭어난 곳이 번드렁게 멕구어 지떠랑。

고기떼
솜깃하야 뭉켜도니
니는 거품에 꼬리를 내휘저
당겨올림에
삭어난·매되입술
거듬떠볼 겨를도 없어랑。

――三四、五、廿四

九官鳥

崔暎海

이사나히는 故鄕을잊은 永遠의放浪客이요。
케애비는 佛蘭西人、케 애미는 米國人——。
한동안 內地人의 戀人도 가져보았소

「나의 동무야 나의 兄弟야」先覺者인 이靑年의
얽매인 聲帶가 空氣를 振動시켰소
그러나 中國말을드를 줄아는 이웃을 못가졌소
옆집의 색씨가 딴편을보며 「오하요ー」라하오。

——三四、九、十九

15

가을

劉演玉

시냇물 소리는 明朗한 合唱隊의 노래
溪畔인 마을 處女들은 아름다운 「피아니스트」
살랑거리는 가을 바람에 調和된 그 노래는
언덕을 넘어서 넓은 들로 울리여가네
노래의 聽衆은 고개숙인 벼이삭
먼-山우에 흰구름도 醉한듯하구나
어느새 하아얀 옷들이 풀우에 널리고
「고바르트」 한울은 더욱 높아지네,

— 三四、九、八

16

가을의마음

洪以燮

가을하늘、높어 구름이간다
일그러진 마음의한구석에서
또 오늘도다못생각을하랴——
맑고가는찬바람에
할퀴운내마음、가노라
떠가는구름따라、저ㅡ地平線까지
希望없는하늘의愛憐함이여
오늘도 『파우스트』의책장을넘기노라
타분한몬지속에서

17

상우 한울빛물병에꽂어
코쓰모쓰의숨어간자최
말없는가슴의骸骨아!
코바르도빛푸른빛을좋아하던.
明朗한그날의마음
잊어버린오늘은灰色의담墻
끝까지맑게개인午後
仁旺山끝은城가에서
西쪽저멀리 빛나는黃海를그리며보았노라
半百의안타까운老翁의人形이여
이두지못한제마음의呼訴는
가랑비오는밤의벌레소리

18

幽靈

杜春

色과灰色의明暗

骸骨과妖女의錯亂

陰濕한小路의神經을밟어

吐瀉의感觸을즐겨하려나——

哄笑와醜聲이 아우성치는곳

숙삭임이 챗빰을 재거려

妖笑하여—咆哮하는野獸를 抱殺하였노라

亂舞하여—懷疑의 波紋에 入水하였노라

오 밤의幻像을受胎한 亡靈이여

아장거리는步調여——

밤은 낮을 삼고
낮은 밤을 삼어
萬象이잠든夜半에
붉고푸른 街燈의 거리에 나타나리니——
醉안 장미의嬌態
海神의誘引——
(鐵路우에 달리는車輪의 發作이여)
보라, 宿命의 夜陰에핀, 장미의造化를——
白蛇같이 늘어저 빛나는 神經의腐爛을
아 幽靈이여 太陽을 아느냐!
솟았다지는
永遠한 永遠한 日月의 反復을。

——三四, 八, 三——

傷春曲

金 大 鳳

1 相 殺 (兩面生活)

地球가 돌때
나도 돌고
流星이 흐를때
나도 흘러
넘나드는
스물다섯고개 넘고보면
짝없이 고단하이
아마 앞뒤삶의 상쇠함이련가

2 幻 影

이제는 아무것도 없다
남었다야
눈물의 거림자
괴롬의 거림자

부끄럽의 거림자
화며의 거림자
모욕의 거림자
멸시의 거림자——
내사랑의 決算——그가 남겨두고간 선물

나는 이선물을
「憤」이란 포장에
차돌밖에 없다
하루에도 몇분씩 헤이다가
차돌밖에 없다

3 葉書 한 章

안해 아들 또한 내모ー든것을잃은
나의게 무엇이 있으리까

천날에 나를 안다는 나의 외질에서 온葉書한章
放浪客처럽——
나의 보겥트에서 딩굴며있다

22

아름다운술을虛空에뿌리노니

金海剛

1

밤이다。
가장 妖艶한粉粧으로 蜉蝣와같은 나래를 펼치
모든 人類의心臟을 뽑아 마시든 大都의넋은
죽은太陽의 巨大한屍體를 않고 大地우에 고요이 누었다。

太陽의 적은子孫들——
先祖들이 찾다가 버려둔 光明의 骸骨을 찾으려
더욱 괴이고 포닥포닥 묵은책장을 넘기든 흰 손까락들도、
貴重한 노래를 개천에 흘리고
새로운 曲調를 주으려 몸지않은 길ㅅ바닥을 쏘대든
어린 도령들과 아가씨들의 눈瞳子에 켜진 초롱ㅅ불 들도
苦悶하는 밤大都의 거세인呼吸에 간얇히 떨티는구나。

2

무덤같은 잠꼬대에 四肢가 구더가는 밤大都의 상파닥을
호늘로 守護하는 街路燈의 졸음을 좇는 눈瞳子여!
蒼空에 벌려진 아름다운星座의 어린姉妹들은
네 눈섭우으로 푸른 실안개를 고요이 뿜어 보내는구나。

허마를 바수며 허덕이는 밤大都의 적은넋들이여!
이모로의 적은 할들을 들고
너의들는 어데로 다라나려느냐。
巨大한 네母體의臨終을
너의들은 그대로 차버리고 떠나려느냐。
世紀의자루를 바로 봐오려든 헛꿈도 이미 깨어졌거늘——
새벽의都城이 너의들의 발굽에 묻허진줄을 아즉도 깨달찌 못하느냐。

3

검은 것이 거치고
수없는 아침이 들窓을 열어 젖길때
피 방울이 깨어진 너의들의 얼굴늪 또 보아야만 할지니
千길 구늘속깁는 내가슴의 답답한 傷處를
들여다 보기도 이제는 싫다。

높은 뫼에 올라
밋친우슴을 치며 虛空을 울어려
내、아름다운술을 뿌리노니——
그리하야 손질하여 너의들 러은 넋을 불으노니——
그대들이여!
醉할지어다。길이 醉할지어다。
太陽의巨大한屍體를 안은채
길이 素服한 무른喪臺에서 깨어나지 말지어다。

25

落照에 물든구름

지난해녀름에 여러동무와함께 玉女峰을찾어
黏壤바다를 건느면서 읇어무었든것이다。

늘 샘

落照에 물든구름 壯하고도 妙하고나
壯하고 妙하더니 있다도로 없어지네
自然의 無限神秘를 여기서도 보옵네

뭉이고 헤여질젠 나무요 山이러니
옮으고 나뉠때는 물결이오 즘생인데
빛마다 짙고엷으니 뵈다마다 하노나

바다로 나리는몸 하늘로 올라가고
하늘을 올으는몸 바다로 나려오다
되도라 저자리선들 오고감을 뭃을려

偶感二首

李孝吉

모를건 世上事라 조히한장 새여두고
바람낚는 사람사리 놉가에 낚술치나
왼종닐 띄노롬만이 까불끼를 하더라

銀杏꽃

三更 깊은밤에 피지다는 느지렝이
우물가에 지는꽃을 어느 뉘 보았던요
본사람 없으오련만 보았다 들 하더라。

三四·一〇· 全州갔던길에

秋 愁 (破格二章)

金 道 集

날마다 저녁이면 몽긋아 돌든달이
날마다 쳐다보곤 밤새며 울든달이
아직도 아니뜨시나 어이할꼬 이밤은。

×

벼루너 먹장갈아 써볼까 적어든붓
가득타 헛소라만 없음어쩌 하리아까。
무치면 또말른것이 외밥이라 합내다。

—一九三四年十月廿九日—

發映聲畫藝術의 根本問題

韓 秀

1 發聲映畫는 無聲映畫의 藝術的發展形態인가?

藝術로서의 發聲映畫를 考察하는데있어 第一먼저 明確히하여둘것은 無聲映畫로부터發聲映畫에의移行이決코 一部分의사람들에게依하여 至今까지믿고잇든것처럼 藝術로서의 映畫의直線的發展의結果가아니고 藝術的으로서는 어쨌든지 一個의飛躍이라고하는것이다。이것은다만 藝術로서의 發聲映畫를理解하는데 必要할뿐아니라 이새로운技術的可能性우에 거기에固有의新藝術을 發展시킨데있어서도 絕對必要를느끼며 極端으로말할것같으면 發聲映畫의藝術的理論은 實로이點에關한 明確한認識으로부터 出發한다고하여도 過言이아니다。

勿論無聲映畫로부터 發聲映畫에의 移行이라하는現象을 如何히解釋할것인가하는點은 映畫의 有音化의傾向이 事實上 一般化되게된 一九二八年—二九年에벌서 그들의 사이에있어서 大端히興味있는 問題로서、結局 二元論에對한 一元論의勝利라고하는結末을取하고 하였든지 여기에對하여서 大體로서는 解決된것이었다。그러나 一元論이라든가 二元論이라든가 하는것은藝術的立場으로보면 決코充分한 解決은아니었다。

一元論이라하는것은 無聲映畫로부터 發聲映畫에의移行을가지고 至今까지無聲映畫의 段階이었든映畫的잔루의 藝術發展의 必然的結果라고 主張하는것이고 다시말하면 發聲映畫는 無聲映畫보담一段完成된 映畫藝術의 直線的發展形態이라고 解釋하였다 그러나 이 一元論은 다음에 詳細히說明한것처럼 明確하게 映畫에있어서 所謂「藝術的發展」과「技術的發展」을 混同하고있다。거기에比較하면하여튼 無聲映畫의 技術的基礎우에는 그의特有의藝術的잔루가 成立한다고하면 發聲映畫의 技術的基礎우에도 또한거기에 適應한新藝術的잔루가 成立할것이다。따라서 無聲映畫와 發聲映畫는 적어도藝術的으로 獨立한것으로 [illegible]히 兩立할것이라고 說明하는 二元論의 便도正當하다고 말할수있다。

그런데 이 二元論을支持한 사람들는 發聲映畫가 急速度로 世界映畫市場을 風靡하고 無聲映畫가 漸漸 스크린에서 자최를감추면서 있다고하는 嚴然한目前의事實을 說明할수없엇다。

이런데서 不利한事情에 依하야結局 一元論이 勝利하였다고하는것이지만 그때문에 一元論의主張그속에 包含된 根本的缺點을 그대로放認한다고하면 將來어떠한過誤가 생길지알수없는것이다。

그러므로 우리는藝術로서의發聲映畫를 理解하고그의 特有한藝術法則을 樹立하려고할것같으면 第一步를 正正當當히 밟지아니해서는 안될것이다。

2 映畫의藝術的發展과 技術的發展

여기에있어서는 映畫技術과 映畫藝術과의 相互關係로부터 考察하는데있어 映畫技術과 映畫藝術과는 어떠한點에서 相互依存하고있는가, 또는映畫技術의發展이 必然的으로 無條件으로 映畫藝術의 發展을가진것인가? 먼저 이點에對한吟味로부터 出發하여 問題의核心에까지 드러가려고생각한다。

여기에서 寫眞으로부터 映畫에, 無聲映畫로부터 發聲映畫에의移行이라고할것같으면 이移行을可能케한것은 疑心할것도없이 技術上進步이다。

自然의再現을目標로 一直線上의 目標를基準으로하고 각생하면 自然再現의可能性을 漸漸豐富케하며 究極의目標로 一步一步를 接近하여간다는 意味에있어서 無聲映畫는 確實히 靜止寫眞보담도 一步進展한發展形態이고 發聲映畫는 그보담도 一段더-發展된形態라고 할수있다。

換言하면 無聲映畫로부터 發聲映畫에의移行은 明確히自然의理想再現이라고하는 技術上의目標로 들아가면서있는 直線的發展의 푸로세쓰이고 技術的으로는 이移行을 一元論的으로 說明할수있다。 그러나 勿論 自然의 푸로세쓰 그대로 映畫의藝術的發展의 푸로세쓰와 同一視할수없다。

勿論 自然보담 좀더完成된再現을 目標로하는 映畫技術이 그의發展의 各段階에있어서 그의技術的可能性 그限度에適應한 藝術的쟌루가 漸次發生하여온데對하여 말할것같으면 「寫眞으로부터 映畫에 映畫로부터 發聲에의移行이 그들의藝術的쟌루의 藝術的發展의 必然的結果라는것이 誤解이다。」 라고하면 一個의藝術的分野의發展는 그가가진表現物質의 可能性과限度를 基底로서처음생각하는 까닭이다。 形式의性質은 本來形式의手段에依이여 決定된다는 그곳으로부터 藝術的쟌루의獨自性이生하며 樣式法則이 生하여오는것이다。

換言하면 靜止的手段에 지내지않는 寫眞藝術이든지 運動의視覺的再現藝術 거기에든지 다시視聽二覺에依한再現技術에든지 各各거기에 基底되는別個의藝術的쟌두가 成立할수있는것이고 그各各쟌루의 藝術的獨自性은 그의基底되는 形式手段의 物質的可能性의 限界와結合되는것이다。

換言하면 無聲映畫는 無聲映畫로서 藝術的으로完成하려고하였기까닭에 無聲의그畫面에依하야 視覺以外에 聽覺的象徵的그것까지도 視覺的形式手段에 依하여征服치않으면안되였든것이다。

여기에서 發聲映畫는 無聲映畫보담 表現力이豊富하고 效果가强大함으로 發聲映畫는 無聲映畫의 藝術發展의所產이라고 하는것은 一種의結果論이었지 藝術形

式의 獨立性을 無視한것이다。

그러면 兩者는前述한바와같이 自然再現을 目標로서 發展하여가는 技術的發展의 段階에있어서 獨立한藝術이라고한여서도 말할것길으면 文學 演劇 繪畵 彫刻 音樂等와같은 그러한사이와같은 큰거리가있는것이 아니고 그의隣接關係가 大端히 密接하고 兩者間에는 極히 類似한特徵도 있으며 어떤境遇에서는 共通한形式原理까지도 存在하는것이지만 그럼에도不拘하고 兩者間의獨立性은 嚴然히 存在하고있는것이다。

3、無聲映畵의 藝術的發展方向

그렇다。有聲化되면서 映畵는表現力을 增大케하였지만 이境遇에있어서 表現力의擴大强化는 純視覺的再現力으로부터 視聽兩覺에依한 再現에의 말하면「物質的可能性의 增加의結果이었지 決코無聲映畵의 藝術的表現力이 擴大强化하였다는 意味는 아니다。」라고하면 無聲映畵는 純獨立의 藝術로서 完成하기때문에 그의技術的基礎인 純視覺的手段에依하여 그自身이 그리고있는 完全한世界를 創造하지않으면 안되기때문에 聽覺的世界 抽象的世界를 視覺的手段에依하여 藝術的으로 어느程度까지 征服하지 않으면않되게되는것은 그理由이다。

이러한 藝術上의形成力을 無聲映畵에 提供한것은 몬타ー쥬이었다。

몬타ー쥬는 다만 機械的再現手段그용에 藝術을可能케한것뿐만않이라。映畵로서 藝術로된 最初의根本的要素이다。몬타ー쥬의 機能은決코 一言으로서 말할수없음으로 이問題는 다옴으로밀고 無聲映畵가 몬타ー쥬라는 形成手段에依하야 如何히 巧妙하게 聽覺的世界 觀念의世界 抽象的世界를 征服하였다는것은 푸도ー홉킨「映畵脚本과映畵監督」에서 詳細히 알수있을것이다。

그러면 여기에서 생각할때 藝術形態의「헤게모니」의 移行을찾어볼적에 以上으로서 無聲映畵와發聲映畵와는 藝術的으로 兩立할수있다는主張은 大體理論的으로 是認되면서 그半面에있어서 토ー키ー出現以來 現時사이렌트映畵가 世界映畵市場으로부터 자취를 감추게됨에 이르렀다는것은即이主張으로서는 說明할수없다는것은 兩立論의支持者는 目前의事實에는 눈을감고 다옴과같은 夢想을갖였다。

토ー키ー의 完成과함께 無聲映畵는 無聲自身에있어서의映畵的藝術의 位置가明確하게된다는것을 確實히豫想하는同時에 無聲映畵는 토ー키ー의 大衆性 工業性을 여이면서 그自身에適當한 길을 即 映畵小劇場의運動을 發見할수있었다。이傾向에는끝今日까지 無聲映畵와는 別個의方法으로서 自己의길을밟고있는 純映畵乃至絶對映畵의運動도 參加할수있었다。이두개의藝術的傾向은 어쨌든지 토ー키ー에對抗할 一個의方向을 指示하는때 지내지아니하였다。그렇다 純映畵乃至絶對映畵에 依하여 代表되는 映畵에있어서의 前衛的藝術運

動의 非商業性을 強調하지않고 그의實驗室的그러한 役割을 強調한다면 그것은 차이렌츠映畵만에局限될것이 아니외다。그러면이것으로 藝術的形態의 「헤게모니」의 移行의現象을 說明하려는것은 처음으로부터 不可能한 것이다。藝術形態의 헤게모니의移行은藝術形態 그의內在的原因에 있는것이아니고 全然對外的關係에있는것이다。다시말하면 어떤藝術形態의衰微는決코 그의藝術的墮落에依하여 招來되는것이 아니고 反對로 藝術的으로 精進하고發達하면서 있음에도不拘하고 그의藝術形態와 그것을支持하는社會的 經濟的基底와의 遊離乃至矛盾에 依하여 必然的으로 招求되는것이다。

4、토ー키ー에있어서의 表現法則을如何히 樹立할것인가?또다음에 토ー키ー의그의視聽二覺에依한 再現技術을에 如何히 藝術形式을樹立할가?

初期의 토ー키ー의作品은 從來 映畵的表現을全혀破壞하고말었다。거기에는 無聲映畵藝術家며 理論家들은 토ー키ー에對하야 아주무서운 反抗心을 갖이게되고 映畵的잔두의混亂이 始作된것같이생각하였다。至今까지 完成하여온純映畵的手法의 水準의惡化된것을보고 그들는 그原因이 音響거기에있다고생각하였다。그러나 이것은 無理라고할수는없다。그들은 그罪가 토ー키ー라고하는 新映畵的잔루 그自身에있는것이아니고 初期의 토ー키ー製作의基礎原理가된 音響과畵面과의「싱크로니제이숑」그의自身에있다는것을 몰랐든것이다。

映像과音聲과의 「싱크로니제이숑」은 確實히 토ー키ー技術의理想이요 또 이것은技術的으로 絶對로達成치않어서는 안될것이지만 그러나 토ー키ー의藝術的創造라고하는 點으로부터본다고하면 再現手段에멈추고 表現手段은 아니었다。

『「싱크로니제이숑」은「노벨틔」를 滿足시킬수는 있었지만 토ー키ー를 何等의創作的努力이없는平凡한 寫實主義的인것에 墮落시키고말었다。』라고하는것은 無聲映畵는 前述한바와같이 純視覺的手段에依하야 다만具體的世界뿐만아니라 抽象的世界 聽覺的世界까지도 征服하기때문에 따라서 그의 몬타ー쥬도 거기依하야 特徵을갖이게 되였다는데서 無聲映畵는 表現形式을 固執하는 限에서 音聲의附加는 이러한點에서 아무런所用도 없는것같이되면서 音聲은從屬的이되고 表現의重役을갖어온다는 結果에 이른것이다。이러한意味에서 音聲을自由로支配할수있는 只今에있어서 視覺的以外의 抽象的觀念及聽覺的現象을 純視覺的手段에依하야 表現하려고하는 無聲映畵的手段은 當然히 그 手法으로서의 存在價値를 잊어버리지않어서는 안될것이다。여기에서 「具體的記號와 具體的記號와의 對立에依하여 畵面的으로는 表現할수없다는 抽象的觀念을表現한다」는데對하야 에이젠슈타인의 所謂「辯證法的몬타ー쥬」는 全혀 그必要를 느끼게될수없을것이다。또다시 映畵的分析 또는「組立」等을 말할것같으면「只今여기에서 일하고있

는男子를 어떤사람이찾어와 「도아」를 「노크」하였다면

「들어오시오」라고 對答할것을 이 씨ㄴ을 無聲映畫라고 한다면——

(1) 방안에서 일하고있는 男子

(2) 도아를 노크하는손

(3)、 그男子가 일을 그만두고 對答하는것

이렇게 세개의 캇트를 몬타—쥬하는것이 普通이다。어기에 있어서 캇트(2)는 노크의 聽覺的現象을表徵한것인故로 「노크」그소리만날때에는 一般的으로 不必要한것이지만 이것이 無聲映畫的表現手法을第一먼저 생각하고 各 몬타—쥬畫面에 싱크로니제이숑 그우에 있을때이지만 이것이反對로 音響이든지 「다이아로—구」가 主로되어 畫面이全혀 音響의 挿繪에지나지않든지 「다이아로—구」를 展開하기때문에 隨伴的이된다면 視覺的그것이 全然創作表現을 갖일수없다는것이다。이렇게 映像과 音響을 同時化하는것은 影像을重하게보든지 或은 音聲을重하게보든지 그어느것이든지 結局兩者의重點의 關係에잇다는것은 換言하면 그中어느것이든지 意味를잇어버려도 좋다고하는데에 지나지않는다 그結果、겨우없은音響은 無意味한것으로 만들던지 或은音聲의過重이 視覺的表現의手法을 必要以上으로 破壞하게된다。이러한좋지못한 結果에들어가지않게함에는 「影響」과 「音聲」과의 그重點을 깨트리고 다시 말하면 싱크로니제이숑을 破壞하고 各各獨立한 要素로서 取扱하지않어서는 [illegible] 것이다。이點을指摘하여 藝術로서의 토—키—의나갈길" 暗示를준것은 一九二八年에 發表된 에이젠슈타인、부도후킨、아렉산들프。三人連署 「映畫藝術에 있어서 發聲映畫에 關한宣言」이다。

——「監督의發展과完成그것때문에 새可能性을 주는것은 場面에對하야 對位的位置에있는 音의 利用이다。監督의 새要素로서의 視覺的影像으로부터 獨立한 因子로서 取扱하는 音은 必然的으로 가장複雜한 問題를 發表시키고 解決함에 一個의 큰 힘을 提供하게될것이다」

이宣言에 依하야 우리는音聲을 視覺的影像으로부터 獨立한因子로서 使用하는것을 알었다。

그리고 그것이 다시場面에對하야 對位的位置에있는 音의利用法이라는것을 알었다。

影像과音聲과의 對位的「組合」——이것은 全혀 에지젠슈타인의 「映畫形態의 諸般原理」에서 보아도알겟지만 에이젠슈타인은 映畫的形態를 衝突의 諸般形態로서 方式化하고「視覺的刺戟과 聽覺的刺戟과의 衝突이 發聲映畫를만든다」고 말하고있다。

換言하면 影像과 音聲이 獨立한因子로서 對位的位置에있고 影像또는音聲만으로서도 表現할수 없는것을 兩者의對位的 몬타—쥬에依하야 만들어낸다고하는것이 그의 要旨이다。이것은 쏘베—트以外의 토—키—가 싱크로니제이숑을 製作의 根本原理로한것과는 正反對의 立場에있다。

여기에서 어느것이 오른야하는 問題가 생김에잇어서 大端히 巧利的折衷說을 提唱한 森岩雄氏의「日本토ー키ー의取할길」에 依하면「日本토ー키ー는 아메리카 또는 쏘베ー트式의 어느것이든지를 決定시켜갖아고 나가라는 그런無理는 없는고로 各各長短을 보아 題材에依하아 또는「同時性」或은「對位法」으로 或은兩者를 摘當히使用할方法을 取할것이다」라고한것은 理論的根底를 조금도 갖이지아니한 理論이다。

여기에서 우리는對位法과同時性이 어느것이 果然토ー키ー製作에잇어 根本的原理가되겠느냐? 하는 點을 찾지않어서는 안될것이다。

同時的處理가 抽象的觀念 또는聽覺的現象의 表現에 關하는限에서 無聲映畵的手法을 破壞하는것이고 또當然히 破壞하지않어서는 안될것임은 前述한바이지만 그리고또한 音聲이 獨立의因子로서 使用되지않으면 안될것도 肯定할수있지만 그것이「發聲映畵에關한宣言」에서 말한것같이 對位的處理에서만있다는것도 잘못이라고 생각된다。나는同時性이 機械的再現에 지나지안는다는것을 充分히 認定하면서 한便으로는 影像과音聲과의 對位的處理가 그根本에잇어서 同時性을前提로서 처음可能性이 있다고 생각하고있다。이것을 說明하기爲하야

첫재「影像으로부터 獨立한要素로서의 音聲」에對하야 考察해보면

「베로푸라ー쥬」가 指適하고있는것과같이 映畵의精神或은 音을듣고 그의音源을 正確히 안다는것은 決코 容易한것이아니다。音과音源을 우리들의 日常經驗에 依하여 或은知識에依하여 一致케하는때에는 音을 音源으로부터 獨立의因子로서 使用할수있지만 이兩者의關係가 大端히 特異한것인고로 우리들의 日常經驗을 超越하여있는때에는 音만을 따로히 獨立의因子로서 使用키는大端히 困難한것이다。이렇게되면 그自身이獨立하고 意味있는 音은數에있어서 大端히制限되게된다。

그러나 音과音源의 聯想은 決코 日常經驗만으로서는 唯一의 動機라할수없고 映畵에依하야 새로 그關係를 設定하고 다시말하면 싱크로니제이숑에依하여 그 一致를만들고 다음에 그것을 前提로서 音을 影像으로부터 抽出하여 獨立한因子로서 使用할수있다。

여기에서 그렇게한 影像으로부터 獨立시킨音을 다른影像과對位的으로 結合하는것이 發聲映畵의 唯一의 表現法일것인가?

「發聲映畵에關한宣言」은 참으로 唯一의 表現法과같이暗示를준다。그러나 에이젠슈타인의 所謂「對位的몬타ー쥬가 影像에있어도 音聲만에 있어도 表現할수없는 兩者의 對位로부터 製作한다」하는것을 目標로하는것을 알고있는 우리들는 이對位的處理가 明確히토ー키ー에잇어서 어떤特殊한 表現手段이라고밖에 생각하지않을수없다。

—— F·N

34

遊戲軌道

趙豊衍

다른사람은 제쳐놓고, 몸에 가춘것이라고는, 內面의空虛를 裝飾하려는 주동이와, 最后의 虛勢인 自尊心밖에 안남은 나에게는, 가슴은, 하숨만 생기는 苦悶과 그렇지 않으면, 思索에 對한 衝動만이 접어갈따름이다。弱한者에게서나는 一切의것이 惡이라고한 니-체의말을 믿는다면 나는 惡의 한分子인것인가 생각되어흘도 슬퍼지는것이며, 萬若 어린意味의 슬픔을 許容할수있다면, 가슴은 구슬픈季節이란말도 肯定안되는것은 아니다。

나는 애나(愛娜)도 더부러 이 喫茶店에 자리를 한가지할때, 비로소 因緣없은 季節의感覺을 맛볼수있는것이다。

애나라는女子는 나의 雄辯을 들어주는 唯一한 聽衆이오, 커피-란것은 나의 가지가지의 思索을담었다가 배앝어주는 唯一한 프리즘이기 때문이다。

나의 혀(舌)는 애나를 태워서는 마라손選手와같이 長距離를 다름박질하다가 어떤때는, 제법愛嬌한 벌판을 低廻하고, 때때로 그女子로 하여금, 男子란, 女子앞에서는 過度의親切과, 非常한勇氣를 아끼지않는다는自尊心을 갖게하고나서, 나는 한점 女子의理智의 單純함을 輕蔑하면서 스스로 享樂을快히하는것이다。

커피-는 妙한香으로, 永遠히 透明치못한 그곳에서는 散漫하여지려는 永遠히 藥이될수있는 惡의思索이모조리 吸收되어, 濃褐色의 그속에서는, 무엇을 저즈려고만 드는 衝動이, 가볍게 熱騰하면서 보이지않는길은 코속으로 숨여드는것이다。

그러기에 나는 그것을 얼른 마셔버리려고않는다。 마시고난뒤의 空虛는 내自身의 空虛와같이 不幸히 뵈이

며——커피ー없는 찻종지의 식어진 白色은, 애나아닌 어느 뿔조아 女性의 皮膚와같은 貴族的 存在를聯想식히가 때문이다。

내가 다음에 紹介할 小說(도 詩도 아무것드아닌글)은 以上과같은 前提를 두지않고는 너무나 無謀한짓이라고 스스로 告白한다。 왜그러냐하면 本質的으로 깊이(深)를 느낄수없는 文學作品은 決局 虛僞이라는것을 잘알면서 나는 나의 稀薄한 生活에서 억지로라도 小說的 雰圍氣를 자아내고자하는無理한 矛盾을 犯합을 辯明하지않으면 안될줄을 알기때문이다。

사람은 恒常, 더구나 젊은사람은, 제 周圍에 不遇한 環境만을 가졌을때, 아직 건되려보지못한 世界를딘즛이 꿈꾸어보고, 그에 으수한實現을 慾望하는 根性이 있다。 이것은 夢이다。

말하자면 다음의小說은 나다운꿈은 그런夢의 模造品이다。

×

白樺숲속에는 가느다란 외쪽길이 하얗게 속으로 속으로 들어가고있다。 그위를 젊은 男女가 步調를 느리게 걷고었다。

사람도 강아지도 나타나지 않는——때때로 白樺落葉만이 사랑스러히 두사람의 발밑으로 모여드는 쓸쓸한 가을의午後이다。

두사람의 이야기는 어데서 부터 始作된지 모르겠으나, 이야기는 떨어지는 나무잎새와같이 이따금 이따금 이었다。

「結婚 안하셨어요?」

이것은 女子의말이다。

「아ー니。 아마 당신도 未婚이지?」

「………………」

「………여보, 아리나, 너무하는말이아니오, 아리 結婚안했느냐말는。」

「………………」

「三年이란歲月은 지나놓고보면 금새지만、그동안에變하걸로보면 못처 變하는거야……。」

그는 이말을 하고는 저법 한숨을 내쉬었다。

三年前에 두사람이 이곳을 것고 있었을적은 男子는 失職한 文學靑年、女子는 失職한孤兒였다。그러던그들이 映畵와같은 三年사이에 卒地에 男子는 鑛山에 달려가 千金을었고、女子는 보도 듣도 못한 伯母에게서 遺産을 相續받었다。(꿈같은 幸運인저)

사람의마음은 白樺나무가아니니까、거죽이變하면 속도變한다。女子는 相當한財物을얻은뒤에는 마치 男子의存在를 잊었던것처럼、그보다 共한것은 아조 난생처보는 사람처럼 푸대접을 하는것이었다。── 이것이 男子의 한숨을 자아낸 根源이다。(언제적부터의 아리나 이나)

「아리나!」

男子의 소리는 에뜻한 情緖를 품고、그의손은 女子의허리를 껴안으려하였다。

「아리나! 나와結婚합시다!」

女子는 가볍게 男子의손을 떨쳤다。男子는 다시 손을 대지않고、그러나 이번에는 더욱 거센소리로

「내가 무슨 無理한請하요? 우리들은 前부터 約束한것이 아니요?」

「……………」

「왜、말이없오?」

「………그렇지만……」

「그렇지만──」

「………約束은 實行이 아니애요」

「그約束은 거짓이었나!」

「愛情에對한 約束은 借用證書와는 달너요」

「무었이다르단말이오」

「몰라요」

女子는 오든길을 되처 거렀다。男子는 말없이 날내 따려와서는 이내 억개를 서로하게되었다。

「R씨!」

女子는 沈着한語調로 이렇게 男子를 부른담에

「至今 우리들은 서로 愛情을 느끼지 않으니까…」

「누가 그래요」

「當身이 그前에 그러잖었어요? 愛情이 없는 結婚은罪惡이라고——」

「아니 누가 그랬느냐 말야。至今은 愛情이 서로없어젔다고」

「……저는 조곰도 느끼지 않어요。」

「어째서。」

(어째서?)

아리나에게도 R에게도 同時에 떠오르는 두사람이있다。

한사람은 巨大한邸宅을 진이고있는 K氏。또한사람은 그의秘書의L이다。그러니까 R의存在는 미쓰•아리나에게서 無視當한지 임이 오래였다。

그뿐아니라 R과接觸하는것은 過去의自己를 還想식히어——그것은 現在의 아리나의 自尊心을 無限히 傷하게 하는것이었다。그러나 면은 그리도 가까히하든사람을 이렇게 對하는것은 너무 바불한짓이라고 생각도 하여보았다。

「R씨!」

女子는 決心하고

「우리들은 三年前에는 보잘것없는 不幸한사람이 아니었어요? 그러던 것이 뜻하지않은——」

「財産이 굴너오고 榮華가 따라오고——」

「R씨! 그러니까 우리들은 서로 옛날을잊고 헤여지는것이 幸福되지 않겠어요?」

「幸福되지 않지——」 적어도 나한사람은」

「나아니래도 女子는 얼마든지 있고——」

「男子도 얼마든지 있지——」

흥, 男子는 女子의마음의 輕薄함을 비우섰다。

女子는 女子대로 男子를 속으로 侮蔑하였다。

「아리나!」

男子는 다시 한번 女子를 불렀다」

「아리나의편은 나를때놓고는 없을거요、당신은 너무지나치게 突變한環境에 마음이 뜨고 있소。」
「그만 저는 갈테야요」
女子는 거름을 遠히 한다。

아리나의 탄、自動車는 아스팔트외를 소리없이 굴르고 있었다。(그女子는 至今 K氏의 邸宅에서열니는 舞蹈會의 招待를 받었다。)
自動車안에서、따뜻한 窓外套에싸이여서 그女子의마음은 자못 온당치 않다。
몇일前에 忽然히 나타난 R。——아리나는 그를 미워할 조곰의理由도 갖지는못했으나、여태까지의 生活에서 어떻게든지 飛躍하려는 이非常時에는 한사하고 蕭麗하지못했든 自己의過去를 들추면서、愛慾을强請하는것은 이것은 아리나로서 凡然히 둘 問題가 아니었다。
그리고 그날、白樺숲속에서 自己에게 말한 R의말——。R은 언제고 아리나를 쫓어다닐것이라는。
그보다도 잊어지지않는 不快한말은、衣裳과住宅이 貴族되기보다、앞서、常識과根性이 貴族이여야 하겠다는말이다。아리나는 心臟속에 아직도 남어있는、三年前의 상껏의게집아이를 否定할수있었든가。그의살결은 化粧하지 않고도 커피종지같이 희였든가。
그렇다。R은 그날、自己에게 「상껏」이라는둥「現在는 아리나의 인프레순時期」라는둥 별별辱說을 다하였다。
움질할子息。(죽여버릴까)

市內의 煩雜한거리를 떠나서 閑寂한어곳에는엄청나게큰 宮殿같은豪華版이 있었다。말할必要도없이이것은 K氏의邸宅이다。
즘생의껍질로 한外套를입은 婦人과、燕尾服을입은 紳士들이 雙으로 或은 三三五五로、다음 다음의 自動車에서 몰녀나왔다。그리하야 그들은 室內에서 흘어나오는 요량한音樂에 마춰서、금붕어와같이 거러드러가는것이다。
代理石으로 둘려싼 담벼락이라든지、天井의 으리으리한 電燈이라든지가 모다、驚異 그것이었다。
그러나 될수있는대로 아리나는 그런것을 注目안하는것처럼、바루、몇번이나 와본사람같이 선뜻선뜻 드러서서、한편자리에 앉었다。속오로는 「어쩌면!」하고感嘆을 아끼지 않으면서。그손님。그花草。그飮食。

「오셨읍니까?」

親切한 소리에 아리나는 고개를 돌리니 그는 K氏가 아니었다。L이었다。아리나는 반기면서 貴婦人같이 손을 내미렀다。二十前後의 美男子는、라몬나바로 모양으로 우슬때마다、힌닛빨이 보기좋게 나라났다。

周圍의 번거러운 속삭임과 떠러커、하마트면 鬱鬱하여질뻔한 아리나에게 L은 親切히 應待하여주었다。音樂에 마춰서 왈츠를 춤출때는 아리나의 젖이 은근히 美男子의가슴에 닿곤 하였다。(동생으로 여기는L에게서도 아리나는 肉的快感을 맛볼수있었다)。

춤을 추면서、아리나는 L의귀에 대고 K氏는 어째 뵈히질 않어요 하고 속삭이었다。L은 뺨을 댄채、아직 준비가 못된모양입니다。그래 代身제가 있지않습니까。

「호호………」

아리나는 더욱이 滿足하고 제흥에 겨워서는 어쩔줄을 몰났다。그리고 K氏가 L과 이렇게 하는것을目睹한다면 얼마나 질투할수있을까 하고、K氏가 도모지 그림자도 뵈히지 않은것을 괘씸히생각하며 만나기만하면 가만이 怒해주리라고 생각하였다。 춤이 끝나고 자리에 앉었을때 손님의 앞에는 洋酒가 전해왔다。

L은 샴펭의 마개를 제치드니 산뜻한 술을 컵에따렀다。

「미스타ㅡL도 한잔」

L은 귀염성을 얼굴에 가득이 띄이면서

「千萬에요。저는 원채 술을 못먹습니다。」

「品行方正이군요。호호…… 그러면 한잔만이래도 드세요。不良하다고 욕하지마세요 호호……」

「온 천만에、그럼 한잔만ㅡㅡ」

L은 至極히 황송해하며 잔을 드렀다。K氏가 없는것을 섭섭하였지만

아리나라면 得意萬萬 그것이었다。(生存意義며)

이때이다。갑작이 室內가 떠들석 하여졌다。손님들의 視線은 한구석으로 몰니었다。다음 순간 아리나는 찬물을 맞은것같었다。

점잖은 氣分으로 거러나오는 紳士는 K氏임에 틀님없었으나、이 紳士의 바로 억개를 같이한 꽃같은시악씨는 누구란 말이냐。이욱고 緊張된室內에서 커다란 목소리로

「두분의 約婚을 祝賀합니다」

하는 소리가 났다。손님들은 一時에 와ㅡ 하고 歡呼하였다。場內는 至今까지의 混雜을 五倍 六倍 더하였다。七色의레ㅡ푸가 소낙이처럼 쏟아지고 붉고 푸른 風船이 자옥한 담배煙氣와 술내에 醉하야、魚族같이 헤엄을 치고 돌아다녔다。

술이、飮食이、작고만 작고만 쌓이었다。

손님들은 이 晩餐의 主人소을 에워싸고는 아리나같은것은 도라보지도않었다

아리나는 아까와는 反對로 精神이 어떨떨하여졌다현기징과、구역질이 금방 나올것 같었다。

「電話로 招待하신분은 미스터ㅡL 였었에요?」

이말을 드른둥 만둥 비、하고는 L은 아까의 못먹는다든 葡萄酒를 드리켰다 (招待狀도없이 온 손님은無意味한손님)

憤怒에 견델수없는 아리나는 어려나려고 할때다。힘껏 맞은편 자리에 있는 얼굴——分明코 그는 R의 얼굴이다。無氣味한 善人 R의얼굴이 다。

첫、하고 아리나는 R을 욕하는건지 自己自身을욕하는건지 저도모르는 소리를하고 술을 한잔 꿀꺽마시었다。그리고 L의 억개를 치면서

「나에게 親切한 미스터ㅡL을 爲하야」

하고 술을 따랐다。

「온 千萬에——」

(무엇이)

이때에 아리나는 瞬間的으로 謀策을 피하였다。

「L을 誘惑하여볼까! 그리하야 K의秘密의 眞貞을빼앗어보자」

이것이 至今의自己에는 K에게도 R에게도 L에게도 아리나 自身에게도 復讐의 唯一한것이오、또한 興奮된 感情을 慰勞식히는 切實한 때라고 생각하였다。그만큼 그女子는 서둘렀다。

「미스터ㅡL」아리나는 술이먹구싶어요。좀더 勸헌술이……」

어린애처럼L을 끄려다니었다。L은 너무 藥酒가過하신데요、하고는 술을따랐다。

손님들의 얼굴이 二重露出도 옹직여 보히기까지 아리나는 컾을 놓지않었다。아리나는 L의뺨에다 입술을

가까히하고,

「미스터―L이 좀 바래다 주어요, 내집까지 응?」

하고 담배를 물고 불좀 하였다。L이 라이트를 갖다댄즉 아리나는

「좀 부쳐주어요――」하고 담배를 L의입에물녀주었다。」

L은 담배를 부쳐준다음에

「잠간 外套를――」

하고 일어섰다。

「호호………」누가들어도 쓸쓸하다 할만한 웃음소리다。

(그때 아리나는 R을 다시볼수 없었으나 R이 自己의 一擧一動을 살필것이라는것은 醉한中에도 意識하고 있었다。)

男子는 女子를 안다싶이하야 自動車에 앉히었다。

아리나의 집앞에 왔을때도 아리나는 男子의 목덜미에 매어달려서 비틀비틀 들어갔다。

「十七號室!」

하고 아리나는 방문 열쇠를 꺼내서 男子의손에쥐어주었다。

「덜커덕!」

이소리는 문닫는소리와 아리나가 寢臺에 넘어지는소리가 한꺼번에난 소리다。

아리나는 옷을 벗기始作하였다。 젖가슴이 술에醺醉된興奮에겨워, 툭 붉어지고, 있었다。

「아리나!」

「?」

아리나는 술김에도 精神이 번쩍났다。

「아리나! 내가 누군줄 알어?」

R이다。 女子가 느낄수있는感覺――羞恥感, 恐怖感을 單번에 느끼었다。

어느결엔가 男子의 손아귀가 女子의 허리를 휘감었다。 女子는 本能的으로 男子의가슴을 떠다밀었다。 그러나 떠다밀었을적이면 以前이, 아니 더욱 굳세게男子의팔은 둘러 붙는다。

순간에, 아리나는 別로 反抗도, 소리를 질러 사람을 깨우려도 하지않고, 오히려 이상한 슬픔만이 복바쳐 오르는 自身을——이것은 술을 過히 마신까닭인가 생각하면서 ×××××, ×××××××××。

×

나의 커피는 半도 채 마시기前에 식어버렸다。나는 커피한잔을 또 식혔다。애나가 異常하게 生覺했든지,

「커피—는 웨 또 식혀요?」

「더러는 따뜻한것이 먹구싶어서——」

하고 나는 웃었다。그리고 차를 가져온 아이에게잠깐 섰으라한後 애나더러 무엇이든지 먹고싶은것을注文하라고 하였다。무엇을 먹을까 生覺하는 애나에게, 洋酒 어때? 하였더니 애나는 더욱 놀래면서 참말? 하는表情으로 나를 치어다보더니

「쬬니우오카—」

한다。(하필 쬬니우오카—가 맛인가)

담버락에 붉은 白樺숲을그린 油畵術와, 洋酒와, 애나와——그리고 레코—드는 方今 웨버—의 「舞蹈會의招待」를 울리고있다。나는 이곳에서 내小說과 恰似한美妙한맛을 느끼느니보다, 現實이 너무나 淺薄함에幻滅을 느끼면서 다시 새로운 憂愁를 피하였다。

나는 애나가, 나의 주머니를 疑心하는것을 풀어주기爲하야 포켙에서 紙錢장을 내뵈였다。

애나는 이—하고 손벽을쳤다。(남의돈을 제돈처럼생각하는 목궁길은 이少女를 나는 미워하지 않는다)

몇잔을 한뒤에 나는 일어스면서

「우리 다른데가 먹지」

하고 女子를 데리고 나왔다。

밤거리는—가을의밤은 遠히 이슥해저있었다。

「애나—」

「응—」

「우리들이 富者가 되어도 서로버리지 않을터이지—」

하였더니 女子는 아래입술을 옴하고채롬면서 나의정갱이를 세게 꼬집었다。

나는、내어깨에 매어달려 걸어가는 애나나、나나、서로 反抗하거나 미워할줄도모르는——그러타고 R과같은 執着한愛情도 못느낌을 멋없이 생각하다가——反對로、뿔조아 계집애를 끝끝내 쫓어서는、남과 바꾸어서 까지、달려붙는 R의行衛는 頹落한 戀愛觀에서 나온 過誤라는 虛無孟浪한 斷定을 나리고 혼자하하하하 하고 웃었다。

애나와나는 나의下宿을 꼬불꼬불 들어가게되는 모퉁이 까지 왔다。(그곳에는 양약국이 하나있고 아직 가게를 닫지 않었다)

나는 애나더러、밤중에 둘이 가치 들어가는것은、남보기에 흉하니까、먼저 들어가있으면 나는 仁丹을사가지고 나중에 들어갈터이라고 일른뒤에

「들어가면서 바른쪽방——四號室。……알지?

하고 맹꽁이자물쇠의 열쇠를 내어주었다。그리고 藥局에 들어서서는

「仁丹—」

한다음에、仁丹을 가져온 店員에 닥어스며 얏으마한소리로

「×××주우」

하고 눈짓을 하였다。

(나는 醉中에도 나의 肉體를 擁護하려는——所謂衛生法을 잊을수는 없었다。)

一九三四十一月一日

4輯以上의 誌代를 前納한 本誌直接讀者를 社友로함

社友에겐 本誌郵稅와 特輯의 增額을 免除함

社友의 作品은 社友原稿로서 特別取扱을함

社友는 作品考選提示에依하야 本社準同人、或은 同人으로 入社할수있음

詳細는 要二錢切手

◇

3輯 1935年1月發刊
4輯 1935年3月發刊
5輯 1935年5月發刊
6輯 1935年7月發刊
7輯 1935年9月發刊
8輯 1935年11月發刊

◇

3輯—4輯 誌代 參拾錢
3輯—6輯 誌代 六拾錢
3輯—8輯 誌代 九拾錢

送金은 本社宛、小爲替로

◇

每輯5部以上 先金注文者에겐 二割引함

◇

支社는 每輯10部以上 先金注文者에게 許함。

詳細한規定은 要貳錢切手。本誌見本을 必要로할時는 誌代外送料를 此에附加함을 要함

◇

本誌의 配布網은 現下 左와 如함。

開城南大門內 文英堂
大田區東町二丁目 安中與
全州邑大正町 中外書院
東京市本鄕區 韓鉀瓊

投稿規定

種類 評論、詩、小說、戱曲 想華、其他

枚數 四百字詰原稿用紙로、評論은 十枚、小說、戱曲은 卄枚、詩、想華는 五枚以內

期限 十二月十五日

發表 「三四文學」第三輯(一九三五年一月)

注意 被封에 •應募原稿•라 朱書할것

誌上匿名은 可하나、稿尾에 住所姓名을 明記할것

採否는 一任할것

質疑、返送等은 返信料添付에 限함

但 採用될時에는 此에應치않고 揭載誌一部贈呈

昭和九年十一月十七日印刷
昭和九年十二月一日發行

定價20錢

三四文學•第2輯

編輯兼發行人 申百秀 京城府壽松洞四五
印刷者 金鎭浩 京城府堅志洞三二
印刷所 漢城圖書株式會社 京城府堅志洞三二
總販賣 北星堂 京城府寬勳洞一四二 振替京城二二四〇〇

發行所 三四文學社 京城府壽松洞四五 電話光一九一七

文學
3

) 3 MARS MCMXXXV

三四文學

第二年■第三輯

L'ANNEE 2 N!

三四文學

第三輯

絶緣하는論理

李時雨

한個의돌이 있다。이認識을 正確히 傳하기爲하야 描寫가始作된다。換言하면 그것은 한個의돌이 있는것以外 돌 目的으로하지않는 文字의使用의 限定이다。한個의돌을 認識하는 記述에있어서 한個의文字가 갖는 수많은 聯想은 다른文字의聯想으로 말미암아 制限된다。文字의 「이메이지」의 算術이다。드듸여 固定한算術이 計算된다。한個의事物에對하야 한個의文字가 選出되는것이다。이作用을 가러켜 「레아리즘」이라고 부른다。(Faulker) 精神에關係없는世界、換言하면 虛無의世界의 假說、精神의記號인 概念으로서 認識하는世界는 相對的인世界에 지나지않는다、自然그自身의 絶對의世界、完全의世界의 假說이야말로、完全의自然、絶對의自然이라는 「슐레아리즘」의 本體說。

算術하는 「레아리즘」과 算術하지않는 「슐레아리즘」 「三四文學」二輯 「프리마돈나에게」(韓泉)의 推理에는 距離가 있다。여기서나는、全然結合할수없는、「聯想의結合」을 말하였을뿐이다。

朝鮮에있어서의 自由詩의 全盛時代는, 임이 自由詩의 頹廢時代를 懷胎하였었고 所謂民衆詩,「푸로레타리아」詩에依하야 低下된 詩가, 그純粹性을 喪失한代身에 그商品價値를 獲得한 時代이기도 하였다。即 詩의方法과는 달은 思惟의 方法으로의 結果的産出인「思想」이란意味의 內容의 發展만을 探求하였고, 形式은 언제까지던지 固定된 「카메라」와한가지 發展치를 못하였든 까닭이다。民衆詩가 「푸로레타리아」詩로 變化한것은 우리는 詩의進步라고 부를수있을가, 思想으로서의 進步는 必然的으로 文學의現實性을 排棄하고, 思想의現實性으로 나아간다。思想의現實性으로 나아가는運動은 文學의現實性인 超現實主義를 否定하고, 自由詩를 拒絶하고 發生的인 「노래부를수있는詩」에까지 退化하는運動이다。요지음 朝鮮푸로레타리아詩의 沒落에 간신이그存在를어든 朝鮮民衆詩運動이 「노래부를수있는詩」를 主唱하고있는것은 매우興味있는 現象이다。

變化하지않는 詩人을 進步치않는 詩人과한가지 우리들은 認定할수없다。詩歌에 進步的意義가 없어진다는것은 葬送行進曲을 듣는 것이다。社會는 發展性이없는 如何한것의存在던지 許容할만큼, 寬容치는 않은 까닭이다。注目할만한 「엣세이스트」 上野三郎氏는, 그의 『曲線論』속에서 (歷史의「푸로세스」에있서, 일즉이 原因을 가지고發生한 結果가 永久히 그 原因에만 踏襲해있다고 생각하는 誤謬는, 對象의 發展과 變貌를 대닷지못하고, 永久히 過去의 對象만을 쫏아단이는 寫眞家의 類인것이다……)라고 한말은 傾聽할만한 말이라고 생각한다。一般으로 今日에 詩라고 부르면 무엇을 가르키느냐고 하는境遇에, 우리들은 最初에 現在우리들이 規定하고있는 「와아손」을中心으로 그詩의 性質과 範圍를 限定한다。설혹 그것이 過渡期이기때문에 적지않은混

亂이 許諾되고 不明瞭한 若干의 保守的詩人에 依하야 그들의 묵은「와아손」을 固守시키는 若干의 餘地를남긴다하더라도。歷史는「와아손」의「와아손」인 緣由로서 조곰도 그들을 許容치않는다。例를들면 오늘날에있어서 詩라고부르는것은 明確히 從來로『自由詩』『散文詩』라고 불너왓든것을 가리키고 決코 이러한詩가 나오기以前에있어서 詩의槪念을 차지하고있든「時調」라든가「漢詩」라든가 或은「韻文詩」라든가를 意味하지않는다。이거와똑같은意味로서 또한「自由詩」와「散文詩」(律的散文)을 우리는 認定하지않는다。

「오오케스트라」라가 끝이나도 아직까지「라팔」을 불고있는者가있다。(春山行夫의『「포에지이」論』에서)或은 昭和十年의 鍾路通에서「비로우드•망도」氏를「보헤미안•넥타이」氏를볼수있다는일은 大端히우수운일이 않이치가않을가

絶緣하는 語彙。絶緣하는「센텐스」。絶緣하는 單數的「이메이지」의乘인 複數的「이메이지」。絶緣體와 絶緣體와의 秩序있는 乘은 絶緣하지안는 優秀한 約數를 낳은다。그리고 絶緣體와 絶緣體와의 距離에 正比例하는 Poesie Anecdote의 空間(Baudelaire이 말한 神과갖치崇高한無限한 或은 moi의消滅)이리하야 絶緣하는 論理에서 스사로 小說과의 絶緣은「포에지이」의 純粹함은 實驗되는것이다。

固定한「레아리테」다 固定하지안은「레아리테」。레아리테는「이마아쥬」의 切斷이다。固定된「레아리테」는

「이마아쥬」의 죽엄이다。或은、「價値가 없어진 奇蹟은 一種의 推象이다。」(Aragon)

特히 詩와 繪畵와는 二十世紀에있어 類似한 點이많고、繪畵에 있어서도 通俗的裝飾價値로서는 零無한것이 있는 것과같이、詩에있어서도 「저어나리즘」의 價値로는 零無한것이 生기는點은 同一한 藝術上의 理由로부터 이다。이것은 決코、一般에게 모르는 作品을가지고 優秀한 作品으로 하는것은 아니다。作品의 必然性이 거기있고、따라서 그작이、그때문에 價値가있다고하는것을 認定하기때문이다。社會一般이 詩또는 詩人에 對하야、沒理解하거나、無識한것은、조곰도 詩의發展을 阻害하지는못한다。優秀한 批評精神에 基礎된 今日의詩에、얼마나 많은 今日의 小說家나 評論家가、이發展에 뒤떠러진것인가。藝術을爲한 藝術이、文學的으로 當然히 限定된 「그룹」그것으로서 退嬰하고 있는것같이 보이는것은、다만 그들의 工夫의 不足함에있다。如何한 藝術에있어서도 優秀한것이면 優秀할사록、何等의 知的把握、槪念的根據좇아없이 興味를 느낄도리가없다。社會的一般에게、詩를 理解시키고자하는 欲求는 至當하기도하고、그것을 積極的으로 欲求하는것도 구태여 不讚成은아니나 當然히 스사로 區別될、彼間의 消息을 混同시키어、詩그것을 一般의理解에까지 끄려내릴나고 焦燥하거나、趣味를 모르는 詩나 或은 理解못하는 詩에 當面할때마다、아모反省없이 適從을 품는것은、言語道斷이다。

文學의 方法에로서의 象徵主義를 一般의 文學의 自然主義의觀點으로부터、본다은것은、象徵主義의 Balamco 만은 보는데 지나지못한다、라고하는말은 成立할수있다。

어떠한 새로운秩序로서 現秩序를 破壞하는것이 「포에지이」라고하면 단지 破壞한다고하는 精神的인、反抗의

I 2

態度로서만 破壞하는、直接의精神에依한 秩序의破壞는、往往 反「포에지이」가된다。정자의「또롬」即 詩的形態의 破壞만은 完全한代身、이번에는 도로혀 破壞하였다고 생각하였든 詩의觀念에 反還하는것이다。實상인즉「포에지이」의 그러한破壞의 또한側의 머한后귀이있는 主知의位置、即、현 方法論的인 秩序를 必要치않게된 새로운 方法論的인 秩序로의 主知에 있다는것을 沒却하고、다만 現象的인것을 過度하게 信用하야 거기에다 偶然的인 經驗的事物을 添加、接木할나고하였든 까닭이다。여기에 自由詩를 標本으로 들수있다。所謂 自由詩가 自然主義文學運動에 對應하야 韻文의 形態를 깨트리고 散文의 文學的方法을 取하자 「산무」로서의 散文을 主張하였으면서 그것을 基礎하는 方法論을 韻文의 그것에 비렀음으로、단지、散文의 形態를 갖는다는것으로만 말미암아、다시말하면、散文其自身의 資格뿐만으로는、「포엠」을 規定할수없는 狀態에있다。即、「포에지이」의 方法을規定하는 批評的見地를 散文의硏究에있어 缺如한關係로、今日에있어서도 韻文의詩學인 音律을 唯一의 詩의要素로 생각하는수밖에는 없게되였든것이다。韻文의詩論에 韻律이 不可缺한것과같이 散文에있어서는、純粹한 散文의機能、即、韻律에서 獨立하는 純粹한 「意味」가 不可缺하다는데서、眞正한 意味의 散文詩는 出發한다는 것은、여기서 暗示된다。

(詩人들은、어찌하야 安易한、韻文으로 詩를 쓰는것일가。——그理由는 三世紀를 스사로의 組成에 消費한 韻文이 第三世紀의初葉에있어、一躍 其最后의 性質과 價値와의 總體에 到達하야버리였든 까닭이다。以后 韻文에對하야는 아모것도 할만한 일이 없어졌기때문이다。(中略) 며以上은 頹廢하기以外는 더없었든 때문이

다。——그래서 散文으로 쓰지않으면안된다。韻文은 이以上 完全히 될수없는 까닭이다。韻文과 散文과의 妥協的인 試驗、이것을 사람들은 漠然히 「自由韻文」「解放된詩」「律的散文」「自由詩」等으로 불너지만、이 試驗의 後에는 韻文은 「로이아티쯤」으로 쥐거품질침에 불넘었다。)(George Ferre) 自由詩의 敗北을 생각하는것은、歷史에서 歷史로 도라가는때에있다。鄭芝鎔氏가 朝鮮自由詩壇에 가장 높은자리를 가질수있다는말은 鄭芝鎔氏가 가장 完璧에가갑웁게 쥐거품질 칠수있다는 말과一致한다。北極—兩極。自由詩의 悲劇。

消滅을 努力하는、「海峽午前二時」「비로봉」「時計를죽임」「歸路」「臨終」「벌」「갈닙네아바다」……等。

「意味」의獨立을 敢始한、「海峽午前二時」「비로봉」「時計를죽임」「歸路」「臨終」「벌」「갈닙네아바다」……等

「한個의 情緖의 「레아리쯤」과 한개의 情緖의 체에처인、「레아리떼」의 「레아리쯤」。

한개의 思想의 「레아리쯤」과 한개의 思想의 체에처인 「레아리떼」의 「레아리쯤」

情緖와 論理는 임이 情緖와 論理그自體의 一致입으로、거기에는 時間도 없고、空間도 許諾치안는다。自由詩가 最後로 달내드는 「아빡아쓰트의神」이다。여기서 우리는 純粹한 「意味」의 새로운 出發만을 洽滿하게생각하자。」(李時雨)

괴로움가운데의微笑

한아름다운人間性의考察

孫 明 鉉

露西亞의作家안똔·체홉—그는「괴로운가운데의 微笑」의 作家라고한다。나는 이곳에서 체홉을 論하고자함은 아니다。오로지 우리들이 체홉같은 作家를通하야 엿볼수있는「괴로움가운데의 微笑」란 어떠한人生의態度이며 어떠한心境을일카름인지 二三愚見을 披瀝하고자하는 바이다。

「괴로움가운데의 微笑」란態度는「맑쓰」的意味의實踐行動의 態度가아님은 詳論할必要없이 明白할가한다。차라리 그는 人生觀照의 一態度이다。一態度이라함은 人生觀照의 態度에도 여러가지가있는 까닭이다。나는 이여러가지態度中 가장훌융하고 아름답다고 생각되는 二三態度를 選出하야 그를「괴로움가운데의 微笑」란 態度와比較함으로써 後者의輪廓을 明瞭히하야볼가한다。

第一、聖者的態度。第二 哲學的(或은瞑想的)態度。第三「괴로움가운데의 微笑」의 態度。

第一 聖者的態度란무엇을 云謂함이뇨。聖者的態度로써 萬物을觀照함에는 聖者的心境이必要할것이다。이聖者的心境은人間으로써 到達할수있는 最高至難의心境이다。「何故로 最高이냐?」의 論은暫時略하고 何故로 至難이라일캇는가? 全的意味에있어서의 聖者的心境에 到達함에는 自然的見解 自然的慾望의 主體로써의 自我를滅盡하고「再生」(twice-born)해야한다。自然的自我를 滅盡함이 벌서 至難한일이오 滅盡한다음에 再生함은 더욱더욱至難하다 내가이곳에「自然的」이라함은「個別的或은「主客對立的」이라함과 同義다。人間은 當初부터「我」와「物」—다시말하면 主觀과客觀을 對立시킨

다。知的方面에있어서의 主客對立的見解가 意志方面에 移植될적에 利己的心情이 發生한다。「我」를 主로하고 「我」에對立하는 「物」或은 「他我」를 從으로할적에 一切의我見 我執 我慾이發生한다。이러한我見 我執 我慾―一切轉例妄想의地盤을 徹底的으로懷疑함으로써 顚覆하고 否定한極에―임이 否定될 아모것도 남지않을 때 忽然展開되는世界가 聖境이다。何等의我見도 없고 我執도없이 萬衆을如是하게―있는그대로 反映하는「大圓鏡」같은境地―이것이聖境이다。「天地與我同根,萬物與我同體」의境地,따라서 一切衆生을慈愛로써 抱擁하는境地,一切의 煩惱를切한 絕對悅樂 卽願望없는悅樂(wunschlose Freude)의 圓滿具足한 境地이것이聖境 卽聖者的心境이다。이聖者的心境에到達하기까지의 人間의마음의過程을論理的으로 表現하야보건대 第一段 自然的自我의肯定,第二段 그否定。第三段 否定을否定함으로써의 或은그를揚棄(aufheben)함으로써의大肯定。卽 (小)肯定→否定→大肯定이다。이論理的圖式(Schema)或은形式은단지聖境에到達하기까지의 一人間魂의 거러가는過程或은 段階일뿐안이라 모든現實界의人間群을 本質的으로 또 이三形式가운데에 適合식힐수있으리라고 믿는다。例를들면 幾億萬人間群의九十九파―센트는 本質的으로 我見 我執 我慾의 小肯定의世界에跼蹐하는 凡俗人이오 第二段 否定의段階에 屬하는人間은 眞實한藝術家 詩人 其他哲學的瞑想的人間들―가까운 代表的例를들면 藤村操라든가 芥川龍之介같은人間들―이다。第三段 大肯定의部에屬하는人間은 勿論聖者요 그數가極少하다。勿論量的으로나質的으로나 複雜한人間群을 如此히簡單한形式에 充當함에는 不少한無理가있을지모르나 적어도 各人間의主要特徵에 着眼할적에 모든人間群은 以上三形式中의 一形式에屬하거나 或은一形式과他形式의中間屬에介在하리라고믿는다。

以上으로써 우리는 聖者的態度를論하고 附屬的으로 一切의人間群이本質的으로 其中一에 或은其中間屬에屬하는 人間的存在의三類型을 觀察하였다。

다음 哲學的或은 瞑想的態度란 如何한것일가 그는 簡單히말하면 프라톤的이데아(idea)를 觀照하는態度이다。或은英國詩人시에리(P. B. Shelley)가 그의 詩 "Prometheus Unbound"中에 한理想的詩人을 "Nor seeks nor finds he mortal blisses, but feeds on the aereal kisses of shapes that haunt thought's wilderness" (그「詩人」은 人間的幸福을 求하지도않고 發見하지도 않는다。그는 思想의 曠野에 깃드리는 形相과의 靈的接觸에 心醉한다。)라고 表現할적에 이詩中의詩人 (勿論 시에리自身도 그러하지만)의 態度가 哲學的或은瞑想的態度일가한다。瞑想하는魂―그는 孤獨한魂일것이다。一切의 mortal blisses를 厭離하여버린 廢墟에서서 부르는 그의노래소리의悲壯함이여! 드르타

孤獨한魂니ー체(F. Nietzsche)의 노래를!

"Nun stehst du bleich,
Zur Winterwanderschaft Verflucht,
Dem Rauche gleich,
Der stets nach kältern Himmel sucht.

Flieg, Vogel, schnarr
Dein Lied im Wüstenvogelton!
Versteck, du Narr,
Dein blutend Herz in Eis und Hohn!

겨울의 放浪者의 宿命을갖고
佇立한 너의姿態 蒼白도하다
蒼空에 퍼오르는 一縷의煙氣
에따다 너의身勢 그煙氣같가

× × ×

나머라 새(鳥)여 부르라 노래를
荒凉한 砂漠 뭇새들의 曲으로 불어라 어리석은者
너의 피吐하는 心臟을
어름과 嘲笑의 속에

—F. Nietzsche: Vereinsamt"(孤獨)中에서—

이와같치哲學的. 或은瞑想的態度의所有者는 塵世를厭離하야 塵世의彼岸에빛나는 프라톤的이데아(理念)의世界를·憧憬하고追求한다。 所謂思想界의貴公子다。 이데아의별빛이 그의眼前에빛날적에 그의마음은 歡喜에뛰리라, 그러나 그별빛이 雲影에가려질적에 그의마음은寂寞하리라, 외로우리라。 그리하야 이데아追求의 길손의 길을出發할적에 厭離하야버린 此岸의幸福을 回顧할적에 니ー체的哀愁를 不禁하리라。

"Wohl dem, der jetzt noch Heimat hat!
(이제도 아직 鄕土를갖인者의 幸福함이여)
"Wer das verlor, Was du verlorst, macht nirgends Halt" (너의 잃은것을 잃은사람은 定處없이떠다니는 浮萍草리라)

니ー체가그의著作 "Schopenhauer als Erzieher"(教育者로써의쇼펜하우어) 에서 말한것과같이 이러한 孤獨과寂寞을 忍耐하여가며 꾸준히努力함으로써 一生을맟친 사람들ー故 不成功은 度外視하드라도ー그들은 다人生行路의無言의教育者요 眞實한意味에있어서의 偉大한人物들이다。 그러나 厭離하야버린 此岸의幸福과 이데아의사이에서 進退維谷·孤獨과苦惱를忍耐하는 勇氣가不足할적에 그의心境을 理解하는者로하야금 襟의暗淚를不禁케하는 悲痛한自殺의犧牲者가 現出하리라。 그러면 이러한瞑想的魂의所有者는 우에말한肯定↓否定↓大肯定의圖式中의 어느部에屬할것인가。 그는否定의底에서 大肯定ー佛家의言을借用하면 大乘的境地ー의 山頂의一角에빛나는 이데아의별을憧憬하는限에있어서 따라서 大

1.7

肯定의 世界의 全面이아니오 그를限定한 一局面을見(Schauen)하는 限에있어서 否定과大肯定의中間層에 屬하려라고믿는다。 다시말하면 如此한瞑想魂의 所有者는 現象界와이데아界를對立시키고 아죽 그對立을打破하야 大肯定의世界—「柳綠花紅」「日日是好日」의 大乘的境地—一切의對立을超越한「眞如」의境地에 到達하지못한限에있어서 永遠의 Romantiker 라고할수있다。

끝으로 우리의 主題인「피로움가운데의 微笑」의態度로 도라가자。이態度는 肯定↓否定↓大肯定의圖式의 어느部에 屬할것인가。이態度도 아죽大肯定의域의 全面에到達하지는 못하였다。그러나 否定에 끝이지도않는다。故로이態度역시 否定과大肯定의中間層에 屬하리라고 생자하나 다가치 그層에屬하는 瞑想的態度와는 좀色彩가다르리라고믿는다。첫재「피로움가운데의 微笑」라고할적에「피로움」이란 어떠한피로움이며 둘재 何故로피로움가운데에 微笑가있을가? 이「피로움」을 우리는代表的厭世哲學者쇼펜하우어의哲學으로써 解釋하야볼가한다。무릇 모든哲學者의立場을 大別하야볼재 (1) 主觀으로부터 客觀에及하는者 (2) 客觀으로부터 主觀에及하는者 (3) 主客未分之境에서 出發하는者—이세가지가있으리라고 생각한다。쇼펜하우어의立場은 主觀↓客觀即 (1) 일가한다。우리는自我를內省하야볼적에 思惟 認識等々의作用을하는 表象我와 表象我의根底에있는 即그보다도 根元的인意慾의作用을하는 意志我를發見한다。表象我의側面에서볼적에 世界는 表象하는自我即主觀과表象된「物」即客觀이分離된다。客觀은 어데까지主觀에對한客觀이다。그러므로 단지表象內容으로써의客觀은 表象하는自我 即主觀과獨立하야 存在한다고할수없다。그럼으로「世界는 나의 表象이다。」(die Welt ist meine Vorstellung) 이란 命題가 樹立된다。그러나 自我는 自我를단지表象하는 自我로써뿐만아니라。그根底에 意志하는自我로써 發見한다。그럼으로 이意志我를出發点으로하고 類推에依하야 客觀에及할적에 우리는表像我의根底에 意志我를發見하는것같이 表象된客觀 即世界의根底에 意志를發見한다。그러므로 世界도 단지表象으로써으로써의 世界뿐아니라 他面意志로써의 世界의側面을 갖이고있다。世界가表象我와 獨立하야實在할은 그根底에意志가있는까닭이다。이世界의 根底에있는 意志와自我의根底에있는 意志는同一한意志다。칸트가不可認識이라고한「物自體」는 이自我及世界의根底에있는 時空을超越하야 存在하는 普遍的意志다。然而 이物自體로써의意志는理性的意志가안이라盲目的意志다。이盲目的意志가時間、空間、因果律等의範疇를通하야 個別化한 世界가 現象의世界—우리들이 眼前에보는世界다。이現象界를 大別할적에 無生物界와生物界도 區分된다 物自體로써의 盲目的意志는 無生物界에있어서는 단지「存

在意志」로써現象하고 生物界에있어서는 「生存의意志」와「種族保存의意志」로써 現象한다, 누구든지 살고싶음은 이「生存意志」에依함이오 戀愛를하고 結婚을하고 아들을生産함은 이盲目的 形而上學的「種族保存의意志」에 그根據를두고있다。 앞집아가씨와 뒷집총각이 샌든엿보고 빠굿이우술적에벌서 生産될種族의胚胎를본다。 生物界라하드라도 狹隘의動物界까지는 이二大意志에다(盡)하나 人間界에이르러서는理性 其他知能 感覺의發達에依하야 二大意志를根幹으로하고 多色多樣한慾望이 派生한다。 한慾望이到達된瞬間에 우리는快樂을 느낀다。 그러나 慾望의根元인意志가 本始盲目的이오 그의本性이 끝이지들아니하는 無限한追求에있음으로 한慾望이到達하면 다른慾望이出現한다。 이와같이하야 無限으로 慾望의滿足이樂이오 慾望을到達하기까지의 缺乏感이苦다 한慾望의滿足으로因한 樂은다른慾望이 또이러남으로瞬間的이오 消極的이오 慾望이계속하는限에있어서 苦는 永久的이오 積極的이다。 우리는몸이健康할時에는 別노 健康의樂을感하지않으나 손까락하나가앞으드라도 大端히苦痛을느낀다。 이簡單한例로보드라도 樂이 消極的이오 苦가積極的임을 알것이다。 한慾望의滿足으로因한樂이 다른滿足이또이러남으로 瞬間的이라하드라도 이러나는慾望을 차레차레모다滿足시키면 좋을것이나 그러나 現實은反之하야 한慾望을到達함도 여간困難한것이 아니다。 그困難한慾望의到達을해보았자 樂은瞬間的이오 바로水泡같이 사라저버리고만다。 또萬若 한慾望의滿足後에 다른慾望이 이러나지아니하면 우리는 그때에는 倦怠를느낀다。 倦怠도 積極的苦痛에 지지안는一種의苦임은 우리가 다周知하는바다。 이리하야 自然人으로써의우리는 時計의振子같이 苦惱와倦怠의兩極間을來往反覆하다가 一生을맞이고만다。

이것이 쇼펜하우어의哲學上으로본 苦 卽「괴로움」이다

그러면 우리의主題인「괴로움가운데의 微笑」란 「微笑」는 어떠한微笑일가。 그것은 따뜻한同情의微笑이다。 무릇同情은他我의속에 自我를볼적에 이러나는 따뜻한人間的情緖이다。「괴로움가운데의 微笑」의 所有者ㅡ그는 그自身벌서 苦惱에沈淪한人間이다。 恒常 一抹의憂鬱의 빛을띄이고 있는사람이다。 그는 自己自身뿐안이라 自己의周圍에있는 모든人間이 그生存에必然的으로따르는 苦惱와倦怠의重壓下에서 呻吟함을보리라。 그러므로 他我의속에 自我를본다함은 結局仰我의속에 自我와같이 苦惱하는人間的孔在를봄니다。 他我의속에 自我를본다. 할적에 이「본다」는作用을하는者는 個別的自我도아니오 함을며 他我도안이오 도로혀個別的意味의自我와他我를 包含한 或은自他의對立을 超越한大我或은普遍我일것이다。 다시말하면 上述한人間的存在의論理的圖式 (肯定↓否定↓大肯定) 에있어서의 大肯定의主體가되는 「我」와

同等의「我」일것이다。同情!「他我의속에 自我와같이 苦惱하는 人間的存在를 본다」는 論은言語上으로보아도 明瞭할가한다。同情을 獨逸語로는 Mitleid 라하고 英語로는 (Sympathy) 라고한다。兩者다「同苦」의 뜻이다。(希語原上으로볼적에)

同情의마음으로 同苦하는人間群을接할적에 세즘的「괴로움가운데의 微笑」의所有者는 괴로움과 惡에 沈淪한人間의속에도 夜光珠와같이빛나는 人間性의 善良함을 보리라。그리하야 모든괴로움을忍耐하야가면서 一步一步前進하여나아가는 人間의着實한步調가 遲遲하다할지라도 決코無意味하지아니함을알고 將來에對한微明하나마 確固한希望 或은信念을갖으리라。

勿論「괴로움가운데의 微笑」는 一切衆生에게 對한 따뜻한同情의微笑다。그러나同情 그自體가 벌서同苦를 土台로하고있는限에있어서 그微笑의所有者는어느便이나하면 富者 强者 自慢者 權力者에게보다도 貧者 弱者 失望한人間 落伍된人間 悲慘한人間의 벗일것이다。그리하야 自爲自慢者는自我에對한 幻滅을느낄적에 五色燦爛한前途의希望에뛰며「明朗한」人生을謳歌하는 青春은秋風枯葉에紅顔旣褪하고 希望이墮落하였음을늘노 느껴울적에「泣くのちやないよ。波島」「쓰라린人生의波島」하고慰勞할것이다。모든人生의쓴마음을버리고 괴로움을 忍耐하여가며 健實히一步一步前進하야 나아감을 가르칠것이다。如此함이「괴로움가운데의微笑」의態度다。

다음 이「괴로움가운데의 微笑」의態度와 聖者的態度及瞑想的態度를 比較하여보자。聖者的態度의 所有者는 一切의對立을 超越하고 따라서 苦惱의主體로써의 個別的自我를滅却하야 世界와自我와의圓融相 即之境, 明明한心境에 到達한데反하야「괴로움가운데의微笑」의所有者는 아즉그境地까지到達하지못한 一介凡夫인限에있어서 兩者는다르나 他面兩者가 다衆生에對한慈愛라든가 同情의따뜻한情緖를갖이고있는限에있어서 同一하다 다음瞑想的態度와「괴로움가운데의 微笑」의態度를 比較하야보자。瞑想的態度는塵世를 極度로厭離하야 塵世의彼方에이데아를追求하는 孤獨한魂의 態度임에反하야「괴로움가운데의 微笑」의態度는 좀더人間味가 豊富한態度가않일가한다。瞑想的態度를 純情한아가씨의 그무엇을노思慕하는 憧憬의態度라하면「괴로운데의 微笑」의態度는 마음좋은할머니의 慈愛로운態度가않일가。이点에있어서「괴로움가운데의 微笑」의態度가 瞑想的貴公子의態度에比하야 좀더聖者的態度에 가까우리라고믿는다。勿論 聖者及「괴로움가운데의 微笑」의所有者ㅣ兩者가다 그城까지達하는 過程에서 孤獨한魂의 쓰라림을느꼈으리라。그러나三者가 다狹隘한 小我의領域內에跼蹐함을滿足치않고 그領域을버서나라하는限에있어서 同一하다고할수있자。聖者는 벌서小我의領域을 完全히

解說한 自由人이오 餘二者는 버서나라고는하나 아주完全한解脫에到達하였다고는 할수없을줄안다」 餘二者의사이에도 上述한바와같이 程度或은色彩의差異가 있다할지라도 以上 三態度는 史上에出現한 또는現實存在하여있는 各偉人들의 다른態度마고 보아도좋고 한人間魂의發展過程의 側面相으로 보아도可하다」 何如間 聖者的態度는 人間으로써到達할수있는 最高의態度이다」 이世上에永久不變한絕對의眞理가있다면 그는人間存在의最高의意義와 價値를實現한 聖者의敎訓일것이다」（勿論우리는 以上에있어서 聖者的態度를 論할적에도 그實踐的側보다도 人生觀點의 側面에注目하였지만 他面 基督이라든가 佛陀같은 聖者에게 볼수있는 그獲得한바眞理의 實踐過程에있어서의 눈물겨운難行苦行의 側面을이저서는않된다）

보라 基督과佛陀같은 大乘의聖者는 勿論이오 其他老子 莊子 톨스토이 도스토엡스키ー 쇼펜하우어 괴드멘等等의偉人들이 그表現方法은 多少差異가 있다할지라도 其眞精神에있어서 모도다같이 小我를解脫한 衆生愛를부르지젔음을。나의恩兒우이만하고 끝으로 괴로움가운데의 「微笑」의主人公제홉의말을 들어보자。

「わたし今こそ知りました。ねえニスチナ わたし達の仕事では一一〇つこ〇〇〇〇〇〇〇〇〇〇〇 創作するのでも 芝居をするのでも同じ事どすけれど一肝心なのは名譽でもなければ成功でもなくて 只一つ耐へ忍ぶといふこと

なのが。人は自分の十字架を負つて 信仰を持たなければなりません。わたしも今では信仰を持つてゐますから、そんなに苦しくもありません。そして 自分の使命を考へると、人生も恐くなくなりますのよ。」

（アントン、チエホフ作「かもめ」中村白葉譯）（傍點点筆者）

「わたし達もゆつくり休めるでせうよ！ わたし達は天使の聲を聽くんですわ。此地上のすべての惡も わたし達のすべての苦みも、全世界を滿たす大慈悲の中に、溶け去てゐふのを見るんですわ。そしてわたし達の生活は、深切そのもののやうに、靜かな、柔かな、甘いものになるんですわ……（ハンケチで彼の淚を拭いてやる）氣の毒な ワーニャ伯父さん、一あなたは泣いてゐらつしやるのね……（淚のひまから）あなたはこれまでの生涯に喜びといふものを御存じなかつたのね。でももう少しよ…… わたし達もゆつくり休めるやうになりますわ！」

（同上、「伯父ワーニャ」）（同上）

三四文學

第四輯

昭和十年五月發行
限定千五百部
菊判一〇〇頁
頒價 20錢・〒4錢

寫實主義(繪畫)漫步

——Courbet의 周圍를——

鄭玄雄

寫實主義라는概念은 別로 新鮮한것도아니오, 十九世紀佛蘭西에서 勃然히出現한 觀念도아니다.

멀니 復興期의 렘브란드 Rembrandt 에도 또한 이 Rembrandt 의 對客觀에 意識에서 成長한十七世紀和蘭畫派에도反溯할수있고 十八世紀英國콘스탐블Constable 佛蘭西샬단(Chardin)에도본다.

허나 寫實主義라는것이 純粹한 觀念形態로서, 確然히 存在性을 社會에 認識시키게된것은, 第二帝政時代佛蘭西다.

그것은 表現에있어서 모든 觀念的狹雜物을 除外하는것—即, 現實的이요 經驗的인것 만을 追求하야 再現할것, 또한 그들의 唯一한 目的은, 반듯이 그들이 屬한 時代를 描寫한다.

이것은 곧 浪漫主義 理想主義의否認이된다.

歷史的으로 寫實主義는 무엇보다도 浪漫主義의反抗이다. 傳說이나 歷史의挿話 그렇지않으면 詩人의幻想에對한 圖解, 엑소티슴—이와같은 浪漫派의題材와精神에 쿨베Courbet는反抗한것이다. 그리고 이內容的인것의 否認은, 現代繪畫가, 文學的要素를驅逐하고 造型藝術의純粹性을 强調한, 첫曙光이라 볼수있다.

社會學的立場에서 寫實主義의發生을 본다면, 十九世紀佛蘭西는 새로운 社會組織을求하야, 懷疑와, 希望과, 煽動을안고, 革命을부르짖든 時代다. 이러한過渡期의藝術은 必然的으로 浪漫主義的色彩를 띄다 內面의不安을 잊으려는 마음은, 浪漫主義藝術를求하

야 透避한다。十九世紀中葉까지 浪漫主義는 戲典的 煽情과 陶醉的色彩로서 古典主義를 虐殺하고 畵壇을 獨占했였다。

허나, 새로운 社會組織의出現으로 그들의 煽情도 식어지고 矛盾과 不安도 除外된때에는, 누구나 眞實한 生活을 要求한다。眞實한 生活을 要求하는反映이, 藝術에있어서도 現實的인 素朴한것을 要求하게된다。

思想的으로는, 콘트의實證哲學 베르날의 自然科學 테ー느의 藝術社會學 쫄로ー벨等의 自然主義小說이 十九世紀佛蘭西를指導하는 文化學勢力을가젔었고, 이것은 가장 現實的인것을 慾求했다。現實的 인것에 對한 熱熱한要求는, 當然히 尙古主義 浪漫主義를排斥한다。

이것은 十九世紀以前에있어서도, 우리가審美的意味에서 寫實主義로서보는 繪畵 (美術史上에서 말하는 十九世紀의寫實主義와 區別하기爲하야 이렇게말하야둔다) 에서 반듯이볼수있고, 또한 이寫實主義는 恒常 無氣力하게 固定化된 藝術에反逆하고 새로히 飛躍하는 原動力이였다。

이事實은 十六世紀末葉 伊太利의 카라밧조 Caravaggio 에서도 본다。復興興의 燦然한 餘光이 空虛한 折衷的아카데미쯤으로 墮落했을때 그는 寫實主義를 標榜하고 十七世紀伊太利繪畵의 갈길을指示했다。美術곧 頹廢된 宗敎畵이였든 時代에있어서 聖者를 農民들로 表現하고, 로ー마나, 나포리街頭에서보는, 平民의風俗畵를 그렸다。十五世紀佛蘭西의 르난 Lenain 三兄弟의 嚴格한 寫實的手法으로 그린農民畵 十八世紀의 샬단 Chardin은十八世紀後半期는 부르본王朝의 宮殿文化가 餘地없이 頹廢했을 때다。이때에 美術은 貴族의禮讃이요 貴族의 享樂的生活의 反映이였다。따라 그것은 肉慾的이요, 感情的이요, 오로지 官能美의 追求다。嬌態와 脂粉의 香氣가넘친다。샬단 (Chardin은 이같은 畵面에反하야, 反主朝趣味와 堅實하고 素朴한 寫實的態度로서 平民生活에 沒潤하야 平凡한 平民에生活을 그렸다。그러고 다음에올, 佛蘭西繪畵에礎石을놓았다。

이 Lenain Chardin의 影響이 Courbet에 맺인다。

何如間 쿨베Courbet는 十九世紀가 要求하는 가장 適切한 代表者였다。寫實主義라면 Courbet를中心으로 위아래를 둘라보게되고 同時에Courbet를除한 寫實主義는 생각하기어렵게된다。

쿨베 (1816—1877)의 思想的敎養에는 부르돈의 커다란 影響을본다。「繪畵는 반듯이 그時代를 描寫할것이요, 同時의 社會의 批判的役割을 가저야한다。」는 부르돈의 思想을 直接 그의藝術論으로서 받어

드려다볼수는없지만은 쿨베도 藝術을爲한 藝術을否定했고 一八七〇年社會黨의叛亂運動에 直接參加하야 六箇月의處刑과 五百平랑의罰金을물고 그後 反對政黨의壓迫으로 瑞西에亡命하야 그곳에서 最後를맞이였으나 이만큼 熱熱한 反抗的精神도 가지고있었다 自己의「碎石」에對하야 「여기에 나는 그들의 悲慘한 生活을 奴隷的奉仕를 要約해 表現하려했다。事實 그들은 겨우 하늘의 조고만 구석밖에 보지못하는것이 아니냐」附加한것을보면 思想의 誇張같기도하지만은 自己의 制作目的을 實踐運動의方法으로 생각했을는지 모른다。

푸로폐타리야美術에서 쿨베를 檢討한것은 여기에 있다。

그러나 이러한意味로서 쿨베의藝術을 批判한다면 局部的批判에끝여버린다。그의 藝術의根本精神은 그의 全部의作品에서 볼수있는거와같이 對社會的意識보다 도로혀 徹底的으로客體에 眞實을追求한는데있다。冷徹한科學的態度로서 對象의 레아리테를 把握하려는것이다。

「왜 實在하지않은것을 볼 必要가있느냐? 想像으로 모든것을 汚損시킬 必要가있느냐。」또「나는 일즉이 天使를 본적이없다」하며 浪漫主義에 對立한다。「藝術은 現實的自然속에 있다」하며 理想主義를 거며찬다. 物質的實在에對한 積極的把握을誇張해서 「恣를에 切斷되는 自然은 임이 한箇의畵面이다。」말한다。그러면서 自己는 對絕로 自然을 無計劃的으로 直切하지는 않었다。이것은 客觀的對象의 追及을말하는同時에 傳統的構圖法에對한 反抗이다。「繪畵는 全혀 物質的表現語다」한다。

「碎石」이든지 「畵房」이라고부르는「나의 藝術生活에있어서의 七年의 形想을 表示하는 現實的象徵」이라는作品에서도 그는 意識的으로 어떠한 寓意를 添附했는지는모르나 우리가 거기서보는것은 그가主張하는徹底한 레아리테다。

現實的이요 經驗的인것에 追求하는態度는 自然에 對한 本質的硏究요 自然을所有하려는 本能的 努力이다。同時에 이것은 視覺에 絕對性을 두게된다。이 觀念이 印象派에이르러 極限에다다른結果 自然을 光線으로서 感受하고 色彩의 原色粒으로서 表現한다는 곳까지왔다。이 視覺的專制의 反動으로서 後期印象派가 發生되였지만은 이것은 다만 表現形式의推移였었고 그의 根底를흐르는 思想은發生當時의寫實主義의精神 物質的레아리테의表現과 現實的인것에把握이라는곳에있다。

即 寫實主義가 發生當時에있어서 平民主義、物質主義、實證主義等의思想속에서 生長한것은 事實이지

만은 쿨베의 存在는 審美的意義의 레아리즘으로만
다음時代의 問題를 提供한다。
　마네Manet 르노알Renoir에서 세산느Cezanne 그리하
야 스론삭코, 보라망크等에 그들의 作品은커다란影
響을 준다。
　쿨베以來 지금까지 半世紀間 到底히 指適할수없
을만치 多色의流派가 華麗하게 登場했었다 모도 眞
理를探究하려는 意圖에서 出發한것이지만은 建築的
이었든 同時에 破壞的이었기도 했다。盲目的으로破
壞를爲한 破壞도했다 病的畸型兒도 있었다。그러나
이속에있어서 發生當時의레아리즘의 精神은 훌늉한
藝術속에 흐르고있었다。
　捷近에있어 畵壇에 쿨베와 코로Corot에對한 關心
이 커졌다。오래동안의 無軌道的이요 不建全했든 諸
畵運動에對한 不安과 幻滅에서나온 必然的反動으로
서 레아리즘을 再認識하려는것이라 생각한다。
　時代性의反映이 없다는것으로도 美術史上에서 Corot를
바비손派로서 부르지만은 審美的意義의寫實主義的立場
에서 코로는쿨베와 同樣의 價値와 意義를 가지고
있다。
　Jtenb allel, Claedin, Courbet, Corot, C zanne 를 한線
위에 聯結해볼때、우리는 寫實의精神이 어떠한것인
가를 確然이 알수있다。

三四文學　創刊號

△34의宣言△

•詩•

잃어버린眞珠	碑　東
アール의悲劇	李時雨
蝴　　　來	韓相稷
떨어진他一篇	백　수
二　次　元	劉誠玉
흐린날의苦悶	鄭熙俊

•歌謠•

풀밭에서•他一篇	李孝和

•斷想•

生活의破片	鄭玄雄

•小說•

公　　　人	金一出
없는사람들	金元浩
對角線上의女子	趙豐衍

•戲曲•

風　　　頂	韓相稷

表紙•扉•社哉	鄭玄雄
寫　　　半	趙豐衍

昭和九年九月發刊
四六倍版•七〇頁
本文•ラフ千代紙
鎭價•拾五錢（絶版）

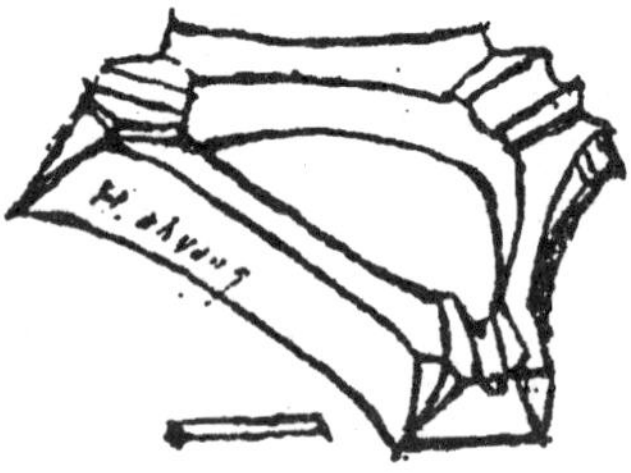

劇藝術의本質問題

韓 秀

1. 劇의本質

오늘날까지 「劇」이라든가 「劇藝術」이라든가, 하는말은 써왔지만 좀더 기피생각하여보면 「劇」이란말처름 槪念이 確實치못한것은없다. 勿論 여때까지 演劇學者라고하는 그네들은 무슨意味라도있는것같이 꼭 劇에 定義를세우고있지만 그中 어느것을보아도 그定義만으로서 充分히 「劇」의本體를說明한 眞實스러운 定義는 찾어볼수없다. 그것은그리고도 十人十色의 모다제마음대로 定義를세우고있다. 이것은 大體어떠한까닭인가?

이것으로부터 먼저 찾어보려한다.

말할것같으면 「劇」 이라는것은大端히內容이豊富한것이고 그런데다가 몇개의斷面을갖이고있는故로 여기에對한우리들의態度며 角度의相異에依하여 解釋그것과 理解그것에 여러가지로 相異가생기지않을까? 또는 一面으로 「劇」이란 時代와가치 社會와가치 流動하면서있기따문이 안일까? 이러한것을 大體簡單히定義를세워낼것인가? 첫재 定義라는것은 어떤事實에對한 一立的 또는 靜止的 그러한 觀察에依한 結果에지내지않는다. 多方的 또는 流動的 그러한 觀察은 여때까지의 定義에는 흑하지안는다. 勿論 定義의價値는 簡單明瞭하게 本質을나타내는때있고 그렁기에 重要하게되여있지만 그 一面에있어서 多角的流動的存在를 犧牲시길수는없는것이다. 그러고 事象의本質은 多角的또

는 流動的存在 二숙에 있지않은가"

그렇기에 나는 여기에서 어떠한 定義를세우려고하지않는다。陳列된 定義의가운데서부터 몇가지의定義를任意로집어내여서、劇乃至劇藝術의 發展의자최를찾으면서 그것이 今日까지흘러나려온것을 觀察하면서 다시 今日의劇作品中에 나타난 새傾向을찾어내지안으면안되리라고믿는다。이러한態度로서 우리는 비로소 定義의洪水에 일키지않고 「劇」의本質을 把握할수있는것이다

2、드라마는 輪郭을 갖이고있다

다시 劇이란무엇인가? 하는問題에돌아가서보장。이 問題에對하야 英國의有名한劇評家 아슈레이·듁스는그著「演劇論」에있어서「「드라마」는 輪郭을갖인 人生이다。」라고하였다。이것은 實人生과劇과의 關係를 아주明確히하는데있어서 가장 合當된말이않일가 생각한다 劇이란 人生을떠나서는 없다고하지만 人生그것은안이다、人生에게는 輪郭이란 그것이없다。人生은 單純한無形物이다.

그러나 「드라마」에나오는 人生은 輪郭이있다。이輪郭이 있음으로부터 우리들은 「드라마」에그런 世界를明確히알수있는것이다。그러한意味로서 이輪郭은「드라마」를 現實로부터 區別할수있다。이輪郭이란 勿論人工的인것이다。그것은 決코 마음대로 하는것이않이고 또 이輪郭에依하여 그려저있는 「드라마」의世界도 決코 任意로끄러낸 實人生의斷片은아니다。이輪郭은 劇作家가 그곳에일어난 事件에依하여 무엇을말할려고하는데서 決定되는것이다。換言하면 劇의主題에 依하여 決定되는것이다。그主題가 完全히發展되고 表明되는것으로서 그限度로한다。

이렇게하여서 所謂 「小宇宙」는 「떼ー마」에 依하여 內的統一을갖이고 이統一에依하여 「드라마」는藝術로서의價値를 갖이게되는것이다。어떤 리아리띄한劇作品이라도 이輪郭을뺄수는없는것이고 또 「리아리즘」은「實際의複製」는아니다。어데까지든지 꼭 「一樣式의意志」가 實現되어있지않으면않된다。그러나 이輪郭을 갖이고있다고하는것만으로는 劇、小說、詩를 區別할수없게되지않을까? 그러면 劇을 다른藝術로부터 本質的으로 區別하는 特色은 무엇일가?

3、劇은 觀衆을 對象으로 한다

劇藝術이 다른 姉妹藝術로부터 特히 敍事藝術로부터 明確히 區別되는特色은 그것이다만 臺詞의 形式에있지않고 動作하는 人物에依하여 「觀客의 앞에서한다」고하는點에있는것이다。이것은벌서 아리스토텔레스

가 그「詩學」에있어서 悲劇에서 말하고있는것이지만 또한 演劇學者들도 이것을 例外없이보고있다。十九世紀의佛蘭西演劇學者. 프랜시스크·사루세이는 이렇게말하였다。「「드라마」라고하는말속에는 同時에 觀客이라는 말이 包含되여잇다。觀客을 豫想하지안는 「드라마」는 생각할수없다。「드라마」가 藝術로서 光輝를 내는것은 많은사람에依하여 鑑賞되며 融合되는 곳에있다。그러므로 觀察은 「드라마」의根本要素로서 빠질수없다。」라고말하고 또한 아메리카의演劇學者 부란더·마슈쓰는 「背景이없고 衣裳이없드래도 그곳에 舞臺며 脚光이없드래도 「드라마」는 存在할수있지만 觀客이없는「드라마」는 存在할수없는것이다」라고 하는것을 보드래도 그사이에 消息을充分히 알어볼수있는것이다。

지금 말한것과가치「觀客의 앞에서 한다」고하는点으로부터 劇藝術의 重要한 特徵과 劇作上에없지못할 約束이生하여오는것이다。約束이따하여도 全部는아니고 劇作上約束 그中에는 이根源以外로부터 生하여오는것도있..。表現手段의 限界로부터 나오는 約束이 그것이다。例를들면 演劇에있어서 場面轉換의 不自由로부터오는 一種의約束이있고 또한 藝術作品으로서 갖이고있지않으면안될 約束이 곧 그것이다。作品은 主題에依하여 內的統一과 調和를 주지않으면 안된다。그러나 여기에서 問題로하는것은 劇藝術의 觀衆을 對象으로하는 곳으로부터 直接으로 生하여오는 劇作上의約束이다。그것은 다른것이아니요 「드라마」의 發展形式이다。어떠한 劇을 쓰려고할때 우리들은 반드시 初，中，終의 段階로서 劇을 進展시키는것이 常識으로되여있지만 이漸次的發展段階에依하는것은 모ー든劇作이 이렇게하는고로 이렇게하는것일가？ 勿論 그렇지도않을것이다。이것은 先驗的으로 갖이고있는 形式도아니고 또한 劇作品의主題를 發展表明하는 目的으로부터 直接生하여오는 어찌할수없는 形式도아니다：全혀 觀客의興味를 끄을고 觀客의感情을作中에誘入시키고 最後에觀衆에게 事件의 統一을주어 劇으로부터 解放시키기때문에 一種의 功利的手段인것이다。이것은 아리스토텔레쓰도벌서 그「詩學」에서 말하였지만 부란더·마슈쓰가 말한것가치 이点으로서 戲曲은 다른藝術以上으로 하버드·스펜사가修辭學에서말한「注意力의經濟法則에關한 諸法則」을適用하였든것이다。

小說에있어서는 모ー든사람의興味를 끄는다는것이必論·必要하지만 劇에있어서도 亦是 그러한것이나 舞臺劇乃至 映畵劇은 一定한時間內에 中絕되는일이없이 展開되는고로 처음 準備的紹介로부터 觀客에게 [illegible]며 人物을 親허하며 途中에서興味를 놓지저않고 最後까지 이끌고가지않으면안된다。質의差異가아니고 程度의相異인지도 알수없는것이다。그러나 이程度의差異

가. 全혀 劇의構成에 銳角과 簡潔과 明瞭와를 要求하는것이다。그러할지라도 보고난뒤에는 全體의含蓄된 感銘을 주지않으면안된다。劇藝術이 觀衆을對象으로하는것은 決코 劇의發展 構成의形式을 만들어내는것은 아니다。

아슈케이•룩스는 劇作의根本에對하여『劇作家만으로서는 時代를 만들수없다』고하였다。어떠한 天才的劇作家가 나타난다하여도 或은 百人의 그것이 나타난다하드라도 어째는 作家가 一方的으로만 쓴 劇作品은 決코 成功할수없는것이고 아무리 훌륭한劇作家가 나왔더래도 거기에應하는 觀衆이 없다고하면 劇作品은 成立할수없는것이다。劇作品이란 룩쓰의 말을 빌어말한다면「兩者의 集團的共鳴」그속에 成立하는것이다。文藝復興期以後의 劇作의消息은 雄辯히 이사이의 經緯를말하고있다。그들은 時代를利用하고 觀衆을對象으로할것을 잊었으며 그리고 自己個人의 思想을쓰고 거기에依하여 時代를 만들려고하였든것이다。그러기에 劇은 그發生原因이고 同時에 그對象으로하는「觀衆」으로부터 全혀 遊離하고 그와같은 劇藝術의 貧困을 갖어온것이다。이것은 그와가치 問題되지않을것같지만 이것이 참말 劇作의 가장重要한点이아닌가 생각한다 舞臺는 藝術家의個性을 重히녁이지않는다。그러나그것이 舞臺의 無理解로부터 生하였다고 할수있을가!

「씨나리오」에준 여러가지의制限이 商品映畵인故로 그런가。「作者와 觀衆과의 사이의 集團的共鳴」이라고하는 重要한 劇作의根本條件까지도 그가운데에 抱含시켜버리는것은 삼가지안으면 안된다。다만 아兩者間의 集團的共鳴이 商品映畵거기에서 如何히 特殊化되고있는가 또는 作者와觀衆을 끓어부치는 그것이 如何하追從的으로 되여있는가 그러한点에있어서 大端히 議論도있겟지만 어떠한 理想的條件이 나타나드래도 劇藝術은 作者의獨壇場도아니고 一方的으로 個人的劇作慾을 滿足시키는 場所도아닌것은 事實이다。

4. 人間의 模倣으로부터 人生의 模倣에

以上으로서 觀衆을對象으로하는곳으로부터 生하는劇藝術의特色 劇作上의 約束을 대개말한것이고 또 勿論 이것만으로서 劇藝術의核心에 들어갔다고할수는없다。

劇作品은 時代의端的그것이고 劇作品은 모든意味에서 가장 敏感히時代相 社會相을 反映하고있고 그리고 何等題材며 主題를 選擇하는데 限한것이아니라 그러한것은 克明히 研究하는 文藝史家의일이지만 여기에서 特히 이러한말을 하게되는것은 劇藝術과 社會를 結合시키고따라서 劇藝術에 對한 우리들의 態度

며 態度가 時代에依하여 社會에依하여서 大端히 틀려있다는것을 말하고 싶었든 까닭이다。

어찌했든 劇藝術의本質은 이歷史的進展가운데에 숨어있는지도 알수없다。따라서 얼마든지 歷史的으로叙述하지않으면 않되겟지만 流動的存在라고하는 劇藝術의 本體에 조곰이라도 미치는때는 이手苦는避한다。여기에서 希臘劇에는 모든點으로보아 個性이라고하는것이 問題되지않었다。아리스토텔레쓰의「詩學」도 個性에는 그렇게까지, 重點을두지않었고 그後個性的傾向은 劇作者의 個性을 重히녁이지않었다고하는 點이라든지 劇의主人公이 全部個性을 갖이지못하였다고하는 點에도 同樣으로 보는것이다。希臘의 劇詩人들은 材料는사람들에게 膾炙된神話傳說에限되고 따라서 그속에 劇作家의 個人的人生觀을 집어넣을수없었다。아리스토텔레쓰가『劇은人間의模倣이아니라』고한 一事의理由도 여기에 있을것이다。그後 宇宙의眞理이며 天의攝理이며 運命 그러한 超個人的等 이러한것이 劇作의 王座를차지하여온것이 十五、十六世紀의 文藝復興期에이르러서 겨우「人間性」이눈을뜨고 個人의 權威가 確立되었든것이다。

아슈레이·듀쓰에依하면『劇作家는 文藝復興에依하여 藝術家로서 獨立의 地位를 갖이게되었다』한다。또한 한편에있어서는 人間萬能의 機運을 만들었고 運命이라든가 神의攝理라든가는 人間의意志앞에서 全혀빛을 꺼버리고, 말었다。이傾向은 一七八九年의佛蘭西革命에 依하여 宣揚된 自由平等의 民主主義의思想에 依하여 强調되게되었고 이러한情勢밑에서 자라난것이 近代劇이었다。

이人間性 人間萬能 그것은 近代劇을 그以前의 演劇으로부터 區別하는 根本的 特徵이다。近代劇硏究家 뿌란떼에르가 그의「드라마」의解釋에『意志爭鬪說』을 提唱한것은 이까닭이다。그러면意志爭鬪說이란무엇인가

元來「드라마」라고하는말은 希臘語「드랑」即「動作한다」하는말로부터 轉化한것은 누구나 잘알고있는것이지만 近代劇이되면서부터 이「動作」에 人間의意志라고하는것은 色彩가濃厚히加味되어서 解釋되게되었다。다음에는「動作」이란 意志의「動」이라고 생각하게되었고 이러한 意味의「動」은 勿論 어떠한障碍에 맞서면서 처음表面에나타나고 그러한곳에 根據를두고「드라마」에定義를 세울려고한것이 佛蘭西의批評家이고 文藝史家인 뿌란띠에르이었다。「드라마」는 人間의 意志의 發展以外에 아무것도 아니다。天命이라든가 運命이라든가 境遇이라든가의 障碍에서 活動하는 人間의 意志의 發展에 지내지않는다』또는「드라마」는·우리들을抑壓하며 誹謗하는 奇蹟的 그러한 힘 自然의威力과 우리들의사이의 爭鬪를 表現하는것이다。또 運

命과 싸우고 社會法則과싸우고 或은 親友하고싸우고 어떤때에는 自己自身과도싸우고 또는 周圍의野心이라든지 利害라든지、偏見이라든지 其他 여러가지의어떠한것과도 싸우고 있을때의 人間을 舞臺옹에 올려놓는것이다。

이意志爭鬪說이 勢力을 얻어서부터는 障碍가 없는곳에 「드라마」는없다고 말하게되었다。 亦實오늘날「드라마」라고하는것을보면 대개는 意志爭鬪에 이끌려있다。 또는 劇의効果라고하는 點으로부터 볼지라도 이說은 確實히核心에드러가고있다。 만약 作品가운데에나오는 人物의意志가 薄弱하고 明瞭치못하면 觀客을最後까지 椅子에 가만히않게 할수없을것이다。

그런故로 意志없는곳에、 劇的葛藤이 生하지못한다는것이 全般的으로 斷言할수있느냐하면 그렇지도않다。 만들어내인 「드라마」에는 意志의葛藤을 찾을수없는것도있다。 그例로서 아ー사ー는 希臘悲劇의「아까메무농」 소폰크레쓰의『에디뿌슴』沙翁의「오세로」等을 들었다。 大體 이러고보면 뿌란티에르의 意志爭鬪說이 普遍性을 갖이지못하였다는것이 個人이劇作의 王座로부터除外되는때있어서 漸次로 普遍性을 잃게되었다는것을아러주었으면한다。 말할것도없이 이뿌란티에르의說에對하야 反對論이 이러난것이니 그中에도 가장 有力한說은 英國劇評家 윌리암·아ー사ー가提唱한 所謂「危機說」이었다。 아ー사ー는 그의著書「劇作論」에었어서「드라마」의 本質은 危機이다」라고 말하였다。

「드라마」라고하는것은 運命이라든가 또는 境遇의가운데에의加速度的으로 發展하여가는 危機 그것이다。

여기에 疑問이 생기는것은 危機이다。 人生에게는 勿論 危機라고하는것이있다。 重病이라든가 破産이라든가하는것이 다ー그렇다。 그러나 實生活의危機는 반드시 劇的危機라고 할수는없다。 그러면 劇的危機와 非劇的危機와의 區別은 어듸있는가? 危機 그속에있는것이아니라 그를 取扱하는遲速에 있는것이다。 小說이 漸次로 發展하는藝術이라면 劇은 迅速히 發展하는 藝術이라고할수있다。

아ー사ー의說도 또한 充分히 傾聽할만한것을 갖이고있는것이다。 우리는 여기로부터 劇作의骨格을찾을수있다。 그와同時에 아ー사ー의생각하고있는 그속에숨은것도 어찌했든 性格至上主義、個人主義의劇的觀念인것을 特히 注意하여야할것이다。 演劇學者의研究에依하면 그래도 亦是모ー든劇作品을抱含하기는困難한것같다

여기에서 아메리카演劇學者 그레이드·하밀톤이 『劇은 對立 거기에 成立한다。』 고하는 說을 提唱하였다。

하밀톤의 對立說이란 무엇인가? 그는 對立 對照그것이 「드라마」가 舞臺에서 成功하기爲하여서는 없지

못할 要素이라하고 또 作中에있는 對照 對立의 量에 比하여 「드라마」는 劇場으로 될수있다고하였다。

그러면 이것은 唐汎한說이기에 結局 「드라마」의定義로서 具體性을 잊어버렸다。그러면 일도부터 本길과드러가자。너무 虎突히 들릴지는 모르나 우리들은 「드라마」라는것은 어떠한것인가? 하는때있어서 부란티에르의 意志爭鬪說。아리사ㅣ의 危機說。하밀톤의 對立說等도 劇의定義로서는 不完全한것이무로 結局 우리들이 찾고있는 「靑鳥」는 그러한곳에는 없었다. 그러나 그 各各의主義는 劇의核心에 드러가고있는것만즘 그러한点에서 劇作에있어서의 約束을 羅列的이지만 어느程度까지는 感受하였을것이다。

여기에서 本道로돌아가 近代劇의 說明까지 하려고한다。近代劇을 古典劇이며 中世宗敎劇으로부터 區別하도 根本的特徵은「人間性」及 「人間至上主義」이었다。그러나 이것이 現代劇까지를 支配하고잇을까?

十九世紀에있어서 社會及集團이發見되면서 이것이劇作에도 影響이미치기때문에 그곳에서 現代劇의 참의出發点이되었든것이다。換言하면 現代劇에있어서는 個人이 劇作의王座를 除外하고 群衆・社會가 劇作의王座를 찾이하였든것이다。實은 個人이 取扱되지만 그것은 벌서 孤立한人間이아니고 群衆의 一人으로서社會의 人員으로서 登場하게되었다。

그러면 現代劇의 傾向에있어서 아리스토텔레쓰의말의意味가 實現될려고한다。「人間의模倣」을爲한 劇은벌서 끝을맺고 「人生의模倣」을爲한 劇이 生하게되엇다

이것으로 簡單하나마 劇藝術을 多角的 또는 流動的으로 考察한것이지만、그러면 우리는 劇藝術을 어떻게한말로서 定義할수있을까? 그것은 좀힘든말이다

이에이르러벌서 一個의定義에 汲汲할必要는 없지않는가! 그러면 諸君과함께 찾든 「靑鳥」는 結局 劇藝術의 多角的 또는 流動的 그속에 發見되지않었는가? 아니 「靑鳥」는 여기까지 찾어와도 아즉 맞나보지못하였다는것이 事實이다。그는끄침없이 우리들의앞으로 날러간다。만약에 어떤瞬間이라도 그모양을보는이가 있다고하면 그는 理論家가아니고 藝術家이다。

—(昭和一〇・一・正)—

3 2

단순한鳳仙花의哀話

——百秀에게올리는詩——

韓　泉

어머니의일만정열속에서신성한瞳孔이신선한宇宙를낳았다。

海氣의닢닢으로짠舞衣를날리면서부푸른象牙의海心을껴안어보려들든、너의비달기의結婚前夜와같은憂鬱한나래는、비ㅣ나리는아부르港口를갸웃거리는독크에서서、오ㅣ랜世代의진실로낡은世代의어머니가물려주시든힌비단치마폭을

쓴바다ㅅ바람에펴ㄹ펄펄날리면서、高尙한마스트옹에거니는구름처름聽衆없는高尙한音樂會에서、다만홀로히흐리어진瞳孔을흰비단치마자락에싸안어들고소리없이미끄러졌다。
——거미알을잡순像인亞流氏들이하ㅣ얀이트를反射하는黃昏의거리………조악돌옹에로。

褪色한초록빛寢室인山脈들사이로서壯한白雲의나래를펄치든전날밤、흰希望의흰로케트는나의동무게순(桂順)이가고히잠든火星가까운酒幕、오리부山城에서산산히바스러떠려

지고말었단다。 永久히그대失望을건질길바이없든바다가바다가搖마중나섰던조개氏의기픈緣分을하품만나는세피어의모래언덕옹에밀리워보내고어린조개속의애기별같은두개의토바즈의眞珠를나란히간지미를만들어——추잡스런상魚氏들에게덜퉁스럽게두마음쓰려들든咀呪받을세피어의바다여!

眞珠의아기들은줄난부끄럼군이기에고요히오로라의안개속으로기어저버리었다。 말없이빰을적시는두줄기시내는가을비나리는航海의表情을본드시、스산산寢室이다。 林檎발도

없고銀빛의고기도없고暗黑도없고、羊떼들도가고殘忍한水夫는아폴로를그리워하는庭園에園丁을시켜서、鳳仙花와白馬를카메라에붕어갔다。茂盛한法律、십만의노예들이움죽이든輝煌한메트로포리스의廻轉木馬가、서늘한椰子樹그늘에서선뜻한懷疑의둥근心臟을어름짱같이느낀다음뮤즈를불러聚餐마당에서노래부르기시작한때는正히輕薄한포에지가피에로인초생달님과할께、분주ㅣ히枯木가지옹에서風琴을단다。

3 6

알파와오메가의肺炎으로因하야、 天國과幽宮다락을세레네
—드하는巡禮詩人마리아를에워싼멘사의强情曲이무르녹기
에、 겨우얻은人蔘첩을들고드어를열랬드니온천만에거미줄
이어찌나끼였든지그만저—오리온의별들이、 내에나멜의구
두코끝에서어느한아가씨의임종을슬퍼하겠지……太陽이
구버보지않는거리란、 별밤아레거미氏들의별밤의……파
라인가！　미지근한溫突夜半은신선한아침의五月에서업싸
이드의宣言을받은菖蒲발에幽靈의침실인가！

생포의不朽의烟氣난、百家의古典파放恣한아침을이나꿔ㅣ의言語속에다몬타ㅣ주한다。永久한文法의接續詞와가치한없이便利를주는이놈은、永遠한스핑스이다。이욱고나의주머니속에간직한바다는종달새의알토를드르면서、그욱한빠라톤으로새벽을招來한다。——세피어의海岸을잇자! 나의言語의意義는너의머리의數에지나지않는다。오로지蓬萊의레ㅣ푸의감은해방된러ㅣ렐이東方바다로깃을찻어、종달새의나래를타고、鳳仙花의마음을안은채——소보ㄱ히나려오기까지……

——昭和九年•十二•廿四——

鶴과太陽

——李來鉉氏에게——

杜 春

西天에는 回轉의 太陽
물놈에는 저녁놀이 빛날때——
아름다운 岩上의

39

이 고요한 水邊에

鶴 세마리

하늘을 우르러 嗚咽하나니——

아 지극한 哀愁의 때여

어듸서 어느곳으로 가려는고

歎心의 길은 悠久하여라

房

李 時 雨

세월갓흔벽에일이의키가나날히자랄적에 일이의부서진작란감은꼿과갓치나날히늘어갓다。 일이의부서진작란감이꼿과갓치늘어가든날 일이의아버지는부서진작란감처럼길우에서절명한것을일이는모른다。 약병마테세월갓치싸혀잇는부서진일이의작란감들。 일이는공일날갓치짜듯한미다지박그로작고만나가겟다고하고、 일이의어머니는작고만나가지를말나고한다。 아아房처럼슬픈일이의작란감들。 이럴때마다일이는이약이하지안흔이약이갓흔아름

다운이야이를房처럼담북진이고잇섯고、 일이의어머니는일이의얼골을房처럼물그럼이바라다보고잇기만하는것이엇다。 일이는엇지하야작란감을부시는게제일조흐냐。 겨울에서부터봄으로。 날마다오른편책상사람에는가위와고무공과오색가지색종히가、 외인편책상사람에도만년필과편지와약이다아말너붓흔옥도뎡기의약병들이너혀잇섯스니마、 가위와고무공과오색가지색종히도너혀잇섯든것이엇다。 겨울에서부터봄으로。 결국달은쓰지를안코、 밤마다벽에서는별의소래가버레소래갓치들니여왓다。 이러는동안에세월갓흔房은일이의房이철이의房으로바귀여지는날은과연어느날일넌지。 화원과갓흔일이의향수등。

가을 三題

柳致環

秋雲

봄을 맑게 눈물에 싯고
邈然히 遡路에 뜬 嬌態의 姿체
天涯는 가이 없고 所望은 물갈거늘
아 孤獨은 孤獨에 절로 빛나다
어데에 마음의 故鄕을 비여두고
오늘은 한낮얼 그 空山에
寂寞의 그늘을 가리는 者여

秋風

뫼어잡은 이 슬픈 狂女는
닿은 곳마다 [illegible] 애닯게 嗚咽하고

43

거리에는 대낮인데도
휫한 曠野같이 몬지들 구을르고
사람들은 蟋蟀이같이 야위저서
날개처럼 그림자를 흘치고 간다

秋 蝶

이는 「有情」의
──淸艶한 그림자
纖姸한 綃紗도 몸에 치웁게
「가을」!
萬象이 寂默한 非情의、空창을
호울로 哀吊의 悲을 압고
了々히 追憶의 꽃없는 두덕을 彷徨하는
아〻 一片
「感傷」의 漂泊이여

──昭和九年秋

여주(技技)

鄭榮水

노란 여주 끝으머리가
날나 받어젔에요 부끄럽게도
이ㅣ가을에
妖精같은 玉별이 쏘앗읍니까、

호리호리한 여주 배속에서
빨간 씨가 나왓읍니다
고추보다도 빩은 알이
몽실몽실 香그럽게 나왓읍니다

九月 저녁 긴ㅣ밤 되여오는데
넘어짐듣한 넓잎은 울타리에
도롤도롤한 노란 여주가
내맘같이 가을마람에 다롱거립니다

東海에서

愚鈍한 帆船이
달팽이같이 기여도는
한! 바다에
푸른 나그네의 맘이 잠들었다.

지금
東海 큰눈을 흡뜨게하는
大氣의 秘密을 銳感한 海燕의 날개짓소리
아아! 나그네의 꿈엔
南國의 이야기를 조잘거릴뿐

보름달

金 正 燾

〝부라티나〟의 反射光의 休息所
暗黑中에 자라난 蓮葉
저 웅물속에 홀로앉은 發광體
兵丁들은 벌써 催眠劑의侵入을받었는데
그놈은 아직도 불장난을 끈치지않고
쌍옴이란것을 아조닛은 그는
뾰족한 입을 닛어버렸다
——그러나 醫師란가버리면…………그놈은….

病監의 딸

任 惠 羅

어머니……——
쇠창살틈으로불어오는 가을바람이
뼈만남은 딸의몸에 숨여듭니다.
핏귀없이여윈 두볼
落葉갑은 입술……
面會室의창문이 열닐때부터
눈내고 슯어하든 당신의마음……

향락과 비단옷을버리고
당신의자애를 물니치고
太陽을향하야 거츤산바다를넘든
늙어듦의딸——어떤白鳥는
상처난 나래를 개안채
떨고왓읍나다,
눈보라와 어둠속에서………

이딸의몸을 묶은
두갈내 세갈내의 굵은사슬…
——눈에보이는 쇠문과 붉은벽돌담
……목에서나오는 검은 핏덩이
그러나 그보다도 몇갑절 힘있게 나를
묶은
당신 …… 이딸의어머니………

나를 잃은 당신의 고독한 생활이
보금자리의 단란을 꿈꾸게하고
당신의 사랑은 다스하게 불어와
이딸의 마음속에 불타는
情熱을식게합니다

흔들리는 마음
점점 가느러가는 노래
(목에서나오는 핏덩이를 마시여가며
노래불을 힘을 얻는다는 새들이
불업습니다)

그러나 어머니
당신의 참다운 딸이 되기위하야
도라가신 아버지가 눈원하든
굳 센딸이되기위하야
이딸은 노래하랍니다
이목이 자라는 날까지

어머니
그노래속에는 이런 구절도 있읍니다
——당신이참으로 이딸을아끼시거든
어머니의 사랑으로 딸의 가슴을
드려다보소서
그속에 끌른 피를 살이기위하야
당신도같이 노래하여주사이다——

어머니!

——昭和九年十二月——

12月의 腫氣

백 수

젖내를퍼트리는귀염둥이太陽

입김엔近視眼이보여준돌잽이의꿈이서린다

hysteria徵候를띄운呼吸器의嫉妬

또끝

나의心臟이太陽의白熱을許容하면

熱帶가故鄕인樹皮의分泌液이rubber質의悲鳴을낳다

어제의方程式이適用될1934年10月14日의거품으로還元한나

하품

기지개는太陽의存在를認識치않는다

새벽길

洪以燮

간밤에쌓연눈
고히잠든人界에
오드머이나리였도라
뫼항울소리
꺼동지동듣니는새벽
니져로잔알도울으고

잊어버린그대의
나의젠체를차즈러
나섰든날

울음도없는그발(跫)소리

소구두마박귀가지나간
두줄기平行된曲線만이
말너빠진舖路齒밑으로
스미여버리고

붉紅빛아침해만
반기며떠올때…

最后의 停車場

劉 演 玉

釜山서 떠나왔다는 汽車가 滿州에 다었소。
三等客室에는 흰 봇다리들을 끄러안은男便과
젖먹이를 잔등에 업은 파리한 안해와
때묻아 보채는 어린게들을 하나가득실었소。
너수선한 車室은 매슥금나게 너지럽소。

이곳은 그들의 最后의 停車場이오
이러한 무리가 數없이 지낫고
이后도 또한 數없이 지날
이곳은 그들의 눈물의 停車場이오

이제 저ㅣ江만 건느면
검은 鐵의 怪物은 가없게도 불상한 그들을

눈보라치고 거츠른 벌판에 떼어버리고 다라나올께아니오。
마처 處女들을 魔窟에 넣는 兇惡한 魔手와같이。

저들의 눈을 보시오
不安과 恐怖에 빛나는 저—눈들을。
거기에는——情들인 넷집을 永遠히 떠나는
哀愁의 빛이 번개처럼 지나가오
그들이 늘보고 일하든 아름다운 메와흐름이며 기름진 벌과함께。

그리고 그들은 只今
絞首台에오를 時刻을 기다리는 死刑囚처럼
마음을 조리며 鐵馬가 움지길것만 기다리고있소。

아!저소리가 들리지않읍니까。
心臟을 찌르는듯한 汽笛소리가
(아! 그들의 가슴속깊은 우슴소리와함께)
고만 불상한 사람들은 最后의 停車場을 떠났소。

(昭和九年十一月廿八日)

아담第一世

하이네初期의政治詩

하인릿히·하이네
李孝吉 譯

당신은 焰刀든은
天使를 보내여,
不當하것도 無慈悲하게도
나를 樂園으로붙어 쫓았거니 ——

나는 지금 안해로머부러
다른 地上의王國으로 떠나갑니다,
그러나 내가 智識의열매를먹은事實은
당신인들 어떻게하랴!

죽엄과天動, —— 그 힘을빌어
당신은 偉大한체하지만,

내가 당신의無力과無爲를 깨달었음을
당신인들 어떻게하랴。

오오神이여!! 說諭逐放
얼마나 안타까웟슴니가。
―그러나 그것은 地上의權威
宇宙의 빛이외다。

樂園――
웨 내가 그곳을 그리워하릿가。
그것은 참다운 樂園이아니엿거니!
그곳에는 禁斷의樹木이 있엇거니――

나는 完全한自由를 원합니다
조금이라도 그곳에 制限이있다면
樂園은 싫하고맙니다。
地獄으로――監獄으로――

(昭和九年十二月廿六日)

솔매기

張應斗

滔滔한 물결이요 峻々한 山勢로다
이루에 자란白鷗 그뉘알아 莊嚴한가
높낮이 나도너몸에 未練할점 없으리

勝景

瀑布 급한물도 못에들어 쉬거늘
人生이 제바쁜들 이길거저 지내리오
가슴속 닷는淸風에 잊고갈줄 몰따라

秋情

하늘 해맑은데 기러기 소리높고
갈대 머리허고 물깃가을 기여든다
휜천편 저어기저쪽 돗대하나 떼기물

(昭和九年・秋)

첫 눈

종 화

어제밤 구진비가 밤사이 눈이로다
꺼칠한 古木우에 까마귀 울며
다쓹넌 草家굴둑에 외줄연기 올으네。

인솔을 한짐진채 비틀대든 어린樵童
오든길 멈추고 눈나바라 보도다
아히야 山직이압이매 눈나린낭 마렴아。

낡은갓 玄周衣에 憔悴한 얼굴로
풍윤넘는 저老翁 팔장끼고 어데가노
눈우에 발자욱만이 뒤를딸아 가며따

1 文藝同人誌에對하야
2 「三四文學」에對하야

(到着順)

[illegible] [illegible] 宙

一、同人雜誌의 數가 적어도 열은 되여야 하겠읍니다。

二、貴誌는 裝紙、體裁等 퍽 좋습니다。創作과 論文이 좀더 많게 하십시요。

金 晉 燮

一、文學의 참된 成長은、아틀、文學에對한 愛好에서만 비로서 期할수있는 것입니다。그러하야 무말할것도없이 文藝同人誌만、이러한 愛好精神의 純粹無雜한 小誌입니다。特히 아즉도 成長하여가는 時期에 處하야 發表機關이 적은 朝鮮에있어서는 文學은 必然히 數많은 同人雜誌의 出現에 그 좋은 發育을 求하지 않을수없읍니다。이러한意味에있어서 [illegible]會 말하자면 貴誌一三四文學一의 使命은 적지않게 큰줄 생각합니다。

二、題號과 組織에 窮乏된 朝鮮文壇속에서 이와같이 新鮮한 同人誌를 볼수있다는것은 차므로 고마운 일입니다 內容과 形式이 正히 一의 [illegible]됨을 [illegible]지않습니다。가옥이 同人全部가 未知의 新人에 屬함이、나를 더욱、기쁘게 며욱 希望있게 합니다。남은 問題는 오즉 同人諸兄의 努力이 얼마나 진[illegible]을 이 雜誌에 提供할수있느냐는것에 있을 뿐입니다。如何間 나는 貴誌의 [illegible]大한 使命에 큰 期待를 가지는 幸福을 잊고서 않습니다。

金 關

一、同好여러분이 모혀。오즉 誠으로 斯道에 精進하시는 것은 고맙게 생각합니다。

二、新新은 取하시되 怪新는 避하시기를 바랍니다。永遠한 生命은 오즉 本道、中庸、堅實에 있는줄압니다。

咸 大 勳

一、어느나라를 勿論하고 文學發展의 歷史는 同人誌에있는 것입니다。貴社의 同人誌는 이런意味에서 [illegible] 들어[illegible]實한 成長發展이 있기를 바랍니다。

二、三四文學은 그 體裁와 紙質、編輯等의 高級品에 大端 기쁜 印象을 줍니다。今後 좀더 充實한 內容을 실허 內와 外와 相關할만한 훌융한 同人誌를 만드러 주시기 바랍니다。

金 東 仁

다른말은 다略之하고 다만 구준하신 努力을 바라며 環境에 支配받지않는 堅實한 文學을 建設하시기를 빌뿐입니다

[illegible] [illegible] [illegible]

一、저一날리[illegible]때문에 참된 文學은 말로기쉽다。그럼으로 同人誌는 文學의 本來의 故鄕을 찾어주지않으면 안될것이다。

二、創作에 置重하고、量보다도 質을 取하야주면 좋겠다。그리고 구준하게 努

力을주기를 바랍니다。

金 珖 燮

一、오늘에 있어서 文學을 貧困에빠지게하는 原因의 하나는 貧로저-날리즘의 急速한 發展에 있다。이에 文學의 卑俗的商品化를 防禦함에는 우리에게 배푸러질수있는바、오직 文藝同人誌일것이다。文藝同人誌란 가장 文藝를 愛護하는 同人가운데서 發酵되는 純眞한 潔癖과 具體的同志的表現이다。新年에 同人誌가 많기를 나는 바란다。

二、「三四文學」— 그대가 무엇을 얻으라거든 十年을 꾸준히 나가라! 그리고 이것을 알어라 —「가난한 心魂이여 내 무엇을 말하라!?」함을………

曺 喜 醇

一、길게 말할 紙面이 없음으로、結論만 말슴드리면、同人誌라는것은 一長一短이 있다고 생가합니다。그러나 一외 純文藝誌가 없는 우리의 現實로서는 同人誌나 뭐너 할것없이 다 必要한것이며、또 原稿、編輯其他理由로 同人誌의 便利點이 많으리라고 생각합니다。

二、「三四文學」의 內容으로나 體裁로나、한幾사이에 그 飛躍的發展에 感服안할수없읍니다。가난한 우리로서는「三四文學」의 그 훌융한、아니 너무 豪華롭다고도 할수있는 編輯에對하야 놀내지않을수없으며、다만 꾸준한努力으로서 더욱 發展하시기만 빌고 바랍니다

李 泰 俊

一、同人誌는 雜誌의 處女다。먼저 純潔하거라。

二、그 氣分과 함께 內容에도 純潔하기를。

李 軒 求

一、참된 同人으로의 友誼的派閥的結合은 새로운 世紀的精神을 唱導할수있다。그러므로 同人誌는 그 高踏的自尊性自負性을 理解하는 同時에 그 發展을爲한相互批判的眞摯性을 가져야한다。

二、좀더 깊은 文藝的境地에서 朝鮮的人間의 精神과 生理的表現에 새로운時代的聰明와 感性과 角度를 가지고 깊이 現實生活의 具現相의 把握에 努力하라。

異 河 潤

一、참된 文藝運動은 同人誌를 中心으로하야 이러나는 것인줄 압니다。그럼으로 文學史上 큰 意義가 있다는것은 많은 實例를 비처여볼 必要조차없을가 합니다。

二、이런意味에서 朝鮮에 오직 하나인 文藝同人誌「三四文學」에 나는 큰期待를 두고 싶습니다。그 題號에 符合되는 歷史的意義를그 內容에서 찾도록—

62

盡은零이니라

백 수

겨울날의 구진비는 비누거품에나 비길, 서글픈 마음을 구비구비 쉽싸되렸다。 그러고, 이슥한 어둠엔 외로운 수이가 나무가지 하나 사귀여보지못한채 살어룸저 든다。 코ㅅ물이 붙어오는 것은 따로히 느꺼운 생각에서 만이 아니다。 모름지기 스러저야할, 본맘이 뒤처오른게나 아닐가。 코ㅅ물은 훌적여 되려마신대도, 이 적요를 꾀뚫는 기침의 가닥이야。 진눅이같이 느러붙는 땅의 찬기운보다는 어깨를 적시는 비ㅅ방울이, 더고질이다。 이쯤되면 이십분전의 술기는 잔곳없이, 얄궂인 육체의 호소뿐이다。 다리가 저리여든대도 그것쯤은 코끝에 간당대는 비ㅅ방울이 어찌해술게지만, 뒤집혀오르는 매식피은 중엔 애꾸진 칩만떼재재 홀릴수 밖에 없다。

석유피짝에 부대쳐어 굴러잡어 단돈 십전이든 허여멀건 사기주발이 우물물로 배를 불렸다。이처는 그앞에 부처같이 꾸러앉어 눈을 감었다。그러고 안방의 시계는 열돌을 울렸다。

옴 소마니 소마니 훔………… 빅십구리마바사하。

얼근이 술기에 도라오르는, 이 선두부같은 목소리가 이제는 헛거품과 무되인 숨결로 써근댈 뿐이다。

영(靈)이 나런다。영(靈)은 영(零)이다。영(靈)은 물방울같이 둥근것이다。다만 존재를 뵈이지않을 뿐이지, 지구가 둥글고, 해가 둥글고, 나무가 둥글고, 사람이 둥글고, 모든 짐생이 둥글고, 모든, 모든게 둥근것이, 다 영(靈)이 영(靈)을 맨드렀기 때문이다。영(靈)에게는 둥그런 사과나 굴이아랑곳없다。아모리 둥그렇게 높러담었기로니, 밥도 일없다。영(靈)은 영(零)같이 속이 빈, 맑은 존재이다。이 사기주발엔 영(零)같이 둥그렇고 맑은 물방울들이 그득하다。그래서 영(靈)은 영(零)같이 둥그렇고 맑은 물속에 그윽히 잠길게다。

이처의 입설이 달달떤다。십년잔 산속에 파무처 사파(娑婆)를 잊고, 하누님만 섬겼느니라。솔뵤만 뜯어, 요기를 했느니라。청룡머락이 나리고, 하누님께서 나리셨느니라。그렇게 숫총이시농도 그만했으면, 넉하니, 사파에 나아가서 불상한 동기들을 구하라。——하셨느니라。내게 영(靈)이 목했고, 다섯손구락이 금목수화토의 오행(五行)으로 작용하느니라。일본내지인들의 심령치료술(心靈治療術)은 환자(患者)를 믿게해서, 심리응용(心理應用)을 하느니라。그러나 나는 곧 영(靈)이 빌린 몸이니라。사람은 그 모체(母體)에서 나올제는 단지 영(靈) 그것뿐이니라。그것이 인욕(人慾)을 깨달은 뒤로부터는 선천적 혹은 후천적의 병마(病魔)를 얻게되느니라。그렇면 병은 그사람 본체내(本體內)에있는 영(靈)그것이 신체를 잘 지배(支配)치 못하기때문이니라。해(太陽)가 물체를 해올 능력이 없는게아니라。여러곳으로 호터졌기 때문이니라。거기다가 화경을 대고, 그광선을 한곳에 몽으면, 그물건은 타느니라。그모양으로 영(靈)이 그신체를 지배치 못하는때는 아니니라。그러므로 영(靈)에서 난것을 의약(醫藥)으로 곤처러드는것은 절대불가능이며, 어려석기 짝이 없느니라。사람이 단 이목구비가, 다 다르니라。이것은 신(神)이 사람을 맨드렀다는 증거이니라。만약에 관에 백여낸놈이 같

다면 누가 제 부모와 처자를 안이 넘수 있으랴. 기가에는 신(神)의 조화(造化)가 있느니라. 그러므로 영(靈)으로 되였고, 영(靈)으로된 몸이니, 웅당 영(靈)으로 곤칠게니라. 약으로 어찌다 났는것은 단지 사람이 다죽게 되였을제 부르짖는 소리, 즉 아휴 하누님어따든가, 정성을 되련다든가, 하는 등의 하누님을 믿게될때에 이러나는 외계의 영(靈)과 자기자신안의 영파의 일치를 봄때이니라. 어디 효자가 자긔아버지가 다죽어갈제 자기손을 끊고서 그피를 먹여살였는데 다른효자가 그같이 하고서도 자긔아버지를 못살렸느냐하면, 먼저 효자는 자긔몸을 잊고서 아버지하나만을 살리는데 팔려 한노릇이요, 나종의 효자는 그것을 법으로 알고 현것이기에 글렀느니라. 그와같이 나를 믿어야 하느니라, 한개의 술법으로 알어서는 안되느니라, 하누님을 믿어야 하느니라. 소금섬을 물로 끄러야 하느니라.

물한목음이 그립다. 이 어둠의 헛헛한 마음은 바다와같이 숨넝거리고, 입안은 사막의 모래ㅅ전에나 비길가 명치끝이 저더어들고 눈꺼풀이 간지럽을 린다. 예가 어데냐, 지금이 몇시냐. 배도포가 웬일이냐. 말총으로짠 관이 왜이리 바스물을 받어내리느냐. 왜, 발끝, 손끝, 코끝이 꽁꽁어러붙느냐. 그래도 도포안, 두루매기안, 마구자안, 죽키호주머니엔 지잡이 두둑하다. 돈이 무에냐.

영(靈)은 참말 영(靈)이냐. 이척의배ㅅ속은 참말 영(零)과같이 텅 비였기도 쉽다. 밥보다는 물 한목음이 더 간절하다. 영(靈)은 물일게다. 머리속에선 배암이 꿈틀댄다.

따악이 소리가 들린다. 가만있자, 손새로 손바닥을 딱딱 세번치는게 활신 힘이 덜들겠다. 아모래도 조선것은 못써.

따르릉 소리가 난다. 설넝탕이라도 배달하는겐가. 아닌게 아니라. 우르륵소리도 난다. ……빅신구리마바사하

휘― 한숨을 치쉬고 내리쉬고, 얼굴을 문질르고, 머리에 빗질을 하고, 옷을 가러입었다.

예멤, 기침을 하고, 안방미다지를 조심성있게, 민다. 확곤 찌르는것은 달구어놓은 방바닥의 더운김이다. 아때스목에는 젊은 계집이 이불을 쓰고 누어있다. 그옆에는 늙은 노파가 꾸그렀다. 영(靈)이 내린 몸이니 입술 잡되신 버릴수 없느니라. 이처는 또 책상다리를 하고 눈을 감는다.

노파는 이처의 눈치를 슬금 훔기고 이불을 제킨다. 젊은 계집의 미끈한 살이 좋으로 드러났다. 계집은 알몸으로 누었는게다. 노파는 이불을 개켜서 한쪽에 미러놓고 밖으로 나가버린다 무며운 침묵이 방안을 휩쌌다::

이윽고 이처의 선무부같은 주문(呪文)이 거품을 품고 나온다. 음 소마니 소마니 홈……………

이처는 두손을 곤두세워 계집의 배를 뚜다린다. 이처의 손이 칼날이였다면 계집의 배는 날산적이 될모양이다. 이처의 손은 어찌 냉혈동물인지 계집의 배는 아품과 차거움에 출렁거린다, 이처의 말을 빌면, 이 출렁거리는 소리가 병이 녹아내련 증조란다. 이처는 계집의 모둥모둥한 앞가슴을 주물는다. 아즉 젖을 물녀보지못한 젖꿍이가 펄떡인다. 그러고 계집의 목숨되는 이처가 시키는대로 바른편, 왼편하고 깟닥어린다.

이처는 되 계집의 배를 주물르기 시작했다. 이처는 그나마의 소리도 고루 잉기지못하고 허덕인다. 계집의 잡분숨결이 뒤석긴다. 이처는 식은 땀을 주채못하고 덜덜거린다. 그적게는 계집이 까무러첬었다. 그래서 어제하로 결한게다. 까무러치면 야단이다. 허지만 영(靈)이 드러와 까무러친게다. 영(靈)은 영(靈)이다. 영(靈)이니까, 잡념이 온전히 다러나면 혼도될것이 당연한 귀결이다. 계집은 어쩨뜬간 계집의, 사내가 이것을 믿으니 그만이다. 계집은 한갑진갑 다거친 ×참판의 소첩이다. 아들은 커녕 딸이라도 나어지고, 발광징이났다

계집은 이처앞에 두팔, 두다리를 쭉 뻗었다. 이처는 계집이 여지껏 장복하든 보약물을 일절 금했다. 금목수화토의 오행의 재간을 부린다. 병은 따로히 있는게 아니다. 예못나면 병이다. 병은 곤처야 쓴다.

「대감은 아죽도 젊으십니다. 와잠(臥蠶)이 평만(平滿)하고 명윤(明潤)한 게다. 인중(人中)이 분명하시니 아들 형제는 염녀없읍니다.」

그러고 이제는 이렇게 계집을 떠맡겼으니, 그만이다。 위선 장적바리가 드러온다。 쌀가마니가 싸였다。 평고기단 허얀하다。 그러고 계집이 애만배는 날이면…………

정말이지 이렇게해서 아들하나 볼수있다면 이치에게도 천이있다, 그것에게도 베푸러볼게다。 이치의 식구는 여섯이다。 본마누라에, 스물둘인 첩, 시집갔다 쪼껴온것까지해서 딸이 둘, 상노겸 비서역인 처제。 어디, 이것이 돈이 된다면 첩하나 더얻어드리리라。 후사(後嗣)가 없어서야 쓰나。 ×참판의 광중도 무리가 아니다, 너도 좋고 나도 좋고 제발 애만 배여지이다。

추녀모스리에 물방울이 부러오른다。 나른한 자리옷에 단근질한 숨길이 어찌어 아직도 끌으려를 남긴다。

——이렇게 계집의 치료는 삼칠이 이십일일을 겨꺼났다。

음역 팔월이라면 제법 서늘해진 때다。 이치의 심령치도술(心靈治療術)은 빼젓히 대문앞에 패를 달만큼, 주머니속을 두둑히 해주었고, ×참판집 서슬대문엔 삼술이 걸이어, 출보, 숫, 고추가 끼치였다。

…………박실구리마바사항。 이치는 정안수앞에 꾸러앉었다。 방안에는 검게 칸 얼굴을 하고 자궁암에 오늘, 낼을 깔딱이는 계집이 누어있다。

내몬에는 병이 녹아 내러느니라。 내가 읊으는 것은 하누님의 말이니라, 관수의 경(經)과는 다르니라, 영(靈)을 이끄러 영(榮)과같이 둥그렇게 뭉치는 화경이니라。 영(靈)은 만세불멸이니라。 인체내의 영(靈)도 그러하니라。 허지만 육체가 다 썩은뒤에는 어찌할수 없느니라。 영(靈)은 맑고 깨끗하니, 혼승백강(魂昇魄降)할 수밖에 없느니라。 오늘의 환자는 그러하니라。 미구에 육체는 죽느니라。

식은 땀이 흠뻑 배여돌졌다, 돈모 돈이지만 허구헌 날 이렇게 식은 땀을 따내고서야, 어느하늘에 백여날 도리가 없다. 몸은 한갓 안정(安靜)되여야 하느니라. 우수사려(憂愁思慮)를 물리처려면 잡념을 버려야 하느니라. 불연(不然)이면 말러 지옥엘 가느니라. ○○○. 금목수화토인 손구락으로 꼽아보자. 이키 이만 재세자항(濟世慈航)을 해야겟다. 보따리를 구리리라. 이도, 하누님의 영(令)이니라.

이치는 어느 산속에서 또 솔났신세를 지고 있을게다. 이제쯤은 극낙신문(極樂新聞)에 이치가 신선(神仙)으로 승급(昇給)했다는 소식이 대서특기되였을는지. 가히 알바없다. 지구의 껍질로 드나드는 지렁이때들에게는 이제나, 저제나, 한결같은 어제와 오늘에 내일이 있을 뿐이다.

—昭和九年十二月……

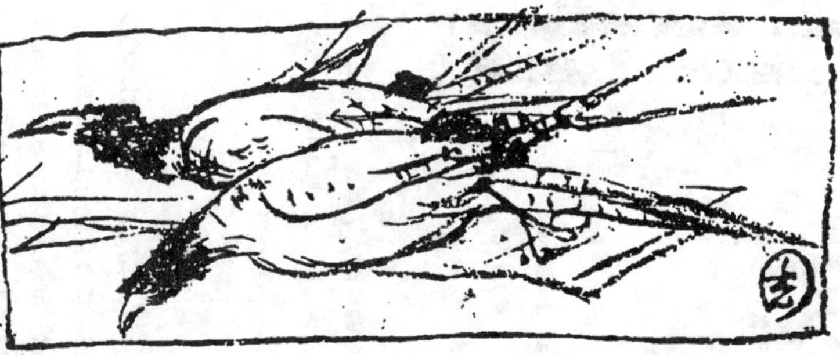

看板選手

──禹畵堂始末記──

趙豊衍

탕탕、타라탕、탕탕……。합석에 못(釘)을 주는 소리다。못박어 나가는것을바라보든 우화당간판점주인 우경렬 (禹景烈) 은 버란간、못을 박고잇든 직공에게 악을썻다.

「무슨못을 그렇게 박어?」하고、처어다보는 직공을 다시 머리부터 「글세 그렇게 뗨뗨이 박으면 간판이 섯하나말야」

직공은 드렀든 장도리를 내어던지고 주인을 처어다보앗다。대관절 어째라는 세음이야 하는 눈치이다。어떤때는 촘촘이 박는다고 야단。인제는 뗨뗨이 박는다고 야단。알수없는일이엇다。

알수없는것은 괴이한일이 아니엿다。시방 우경렬은 못의수효를 세이고잇엇다。그리고 합석한장에 못이 이백개가량들면은 오늘은 주문 (注文) 이 잇고 그렇지않으면 없으리라──이렇게제수를 따저보앗던것이다。그랬더니 직공은 일

백오십개에 박어버렸다。그래서 소리를 질른것이였다。

두손을 양복주머니에 넣는채 경렬은 이런생각만하는것이였다。우화당에 주문이 첫째 줄은뒤부터는 그의 자랑인 너털우슴을 도무지 볼수가 없었다。그는 술을 잘 먹었다。보통사람들은、좋은일이 있으면 좋다고 먹고、언짢은일이 있으면 화난다고 먹지만、우경렬은 먼저먹는것이 보통이였다。이를테면 커다란 일(注文)이 생기면、해 내가기도전에 골 이익(利益)을 따저서、웅 얼마가남으니까、하고는 술을미리 그 이익에서 마시는것이였다。술을먹고 붉어진얼굴로 이우에도없는 명랑한 너털우슴을 허허허허 하고 웃는것이였다。그러든 그가 요지음에는 일절 웃지않었다。이것도 다 앞꺼리는없는때다가 접세니、전등세니、직공들의 월급이니 하는、경비만 푹푹 드러가는 까닭이기도하나 그보다도 큰원인은、한달전에 바루 우화당간판점 건느편짝에생긴 천마당간판점(天馬堂看板店)의 존재때문이였다。

이 봉래정근처에는 큰것적은것합하면 간판점은 모두 너덧은 세일수있었다。간판박사(看板博士)라는 엉뚱한칭호를 갖인것부터 두간씀되는곳에 펭키통만 느러놓고는 「ペンキ塗請負」라고 커다랗게 써부친것들이 너절하게많었다。그러고도 그들은 길으도는 상당히 분주하게 형편(景氣)이 좋와뵈였다。——봉래정이란 동네는 두어군데쯤 간판점이 더생겨도 괜찮을데같으다。

무어 우화당 마진짝에 천마당이 생긴다고 우경렬이가 분개할 필요는 없었다。다른게 아니였다。그가이로인하야 기색이 좋지않어진것은 다음과같은 이유에서였다。(설명을 자서히하기위하야 우선그가 간판업을 시작한것부터 이야기 하지않으면 안될줄안다)

그는 칠쟁이나 간판쟁이를 할만한 팔자의 사람이 아니였다。넉넉지는 못하나마 끄니에 굶거나 하지않는 가정에 자라난그는 스물넷이 되도록 직업이 없이 집안에서 버둥버둥 놀았었다。벳섭이나하는것으로 양식은 팔러먹는것을 면하고、경렬의 형(兄)되는이는 어느 관청에 고원으로 월급을타서는 가용에 보냈다。별로 경렬이가 돈버러를 안한다고 사납게 보지는안했다。그런데 경렬의 형이 장가를 든때부터는 경렬로부

더 제자신의 무직을 한탄하기시작하였다。 형수(兄嫂)에 대하는 체면뿐만으로 경렬은 무슨일이라도 하잖으면안된다고 생각하였다。 집안식구에게 말할필요도없이 그런걱정은 너대까지서로 걱정했던일이고, 새삼스럽게 한탄한들 결국、신통한소리가 못되므로 경렬은 저혼자 묵묵히 궁리해보았다。 말없이 일자리를 얻으려해매어도보았다。 그러나 만만한곳이라곤 나타나지 안했다。 고등보통학교를 삼년급에서 중도퇴학한자로、아모런 배경(背景)을 갖지못한사람은、쥐 취직같은것은 상상도못할만한 현실이었다。

그가 거리에 나다니다가 하로는 눈에띄인것은 간판점이었다、이렇게 말하니 마치 간판점이라곤 도시처음 발전한것같이 생각되겠지만、의식하지않고는、더구나 생활과 별로 교섭이없는것은 그다지 주목해 뵈히지않는법이다。 경렬도서도 간판점은 전에보지않은것은 아니다。 다만 그 일하는양을、또렷이 몇시간동안 서서 바라본것은、직업을 얻으려다닌 그날에 비로소였다는말이다。 직공의 서넛이 한편구석에서 대패질을 한다、톱질을 한다、함석을 편다、하는 다른 한편에서는 주인인듯한 경렬또래의 스므서넛 되어보이는 우에는 검정샤쓰에 아래는 누렁 고두펭당꼬바지를 입은(그는 이런것까지 자세히 드려다보았다) 사람이 「무슨무슨商店」이란 글씨를 쓰고있었다。 검정칠을 멈북 붓에 찍어서는 활기있게 획획 갈겨쓰고있었다。 그앞을 수십명의 구경군이 둘렀싸고있었다。 그리고는 잘쓴다못쓴다、개칠을 너무한다 하고 서투 떠들고 비평하는것이었다。 어떤자는 야아멋이다 하기도하였다。 어쨌든 장한 존재였다。 종로네거리에서 사다리를 놓고、글씨를 쓰든「상투쟁이 간판쟁이」도 연상되였다。 경렬은 그제야 그간판점의 주위를 샅샅히 둘러보았다。 집웅에 달은 간판은、이상한 장식으로 짜힌틀안에 호랑이가 서있는 그림이 그려있었다。 바라보든 경렬은「흥」하고 코우슴을 우섰다。 그밑에 써워있는 글자는 영어로「타이거어 스타지오」(타이거어는 호랑이란말이고 스타지오란 畫室이란 뜻이다) 라고 있는데、Studio 를 Stajio 라고 잘못적혀있었던것이다。 우선 경렬은、영어의 상식으로 이 간판점주인의 무식을 경멸하고、호랑이 그림을 볼때 빙긋이 미소를 금치못했다。 떵키도 더덕더덕 그려붙인 그 그림에서는 범의 흔적도 볼수없을만큼 말이 아니었다。 이런것으로 간판점을 해 것이

내고앉은 그자들이 꽤 우스꽝스럽게보였다. 그럴냥이면 글씨도 번번치는않으리라고 생각했다.

글씨에 대해서는 글열은 익숙한 눈을 갖지못했다. 그는 그림만은 자신있게 결정할수있었다. 왜냐하면 본래 그는 원만치 그림을 그릴줄알었던것이다. 고등보통학교를 중도퇴학한것도 사실.인즉 그림에만 열중하야 학과를 게을리한탓으로 낙제를 하고는 이차피. 졸업을 한대야 그림을 전공할것이니까 하고 제단은 시원스럽게 퇴학할만큼. 한때는 화가지망(畵家志望)의 청년이었다. 결국 열성이 적었던지. 재주가 떨렸던지. 혹은 도구들 작만할 돈이 없었던지하야 어느결엔가 그림을 집어치운지 육칠년이 된다. 그러나 지금쯤이라도 붓을 들면 그따위로 호랑이를 만들지는 않겠다고 자부하였다.

물론 이래서 간판점을 벌려고는 않했다. 그것은 한개의 영업이고. 장사에 조그만 경험도 이력도없는 경멸로서 당장 내겠다고는 생각지않했다. 생각한적도 있었으나 「간판쟁이」라는 칭호의 어감(語感)이 반갑게는 들리지않했다. 다만 그뒤부터는 그앞을 지날적마다 유난히 주목을하게되였고 간판점이라는 영업이 자조 관심을 끌렸다.

어느날 그는 중학시대의 친구로 남대문근처에서 철물장사를하는 M이라는자와 해후(邂逅)하였다. 혹시 이런자에게. 하는 생각으로. 간판점의 내용을 무른즉

「응. 괜찮은 생각일세. 자네는 그림도 잘그리고 하니까. 헐만허이. 기술로 벌러먹어야지. 온 우리같은 영업은 옛날에말이지. 요새는 쫄딱망하는 세상이니까. 팔려는건 고사하고 시세가 올랐다 내렸다 하는통에 그야말로 오줌이 나올지경야」한다음

「첫재 간판점은 미천이 없어도 허는장사니까. ……그래뵈도 우리장사는 처음에 돈천원이나 드렀지」

경렬은 M의 제자랑하는 것말보다 미천안든다는데 호기심이 버쩍 올랐다.

「아아니 미천이 안드다니」

「생질허구 연장만갖이면 고만이지. 미천이 무슨미천인가. 기술만있으면 고만야」

하고 그는, 우선 기술업이란, 「스득크」(在庫品)가 전매로 없고, 주문이 드러오면, 일하기전에 계약금을받을수있으며, 그것으로만도 재료를 만드러 일을 마수면 남저지는 몽땅 이익이될수있다고 설명하였다。

또. M은, 제말의 진실성을 증명하기위하야,

「자네 양복점이나 구두빠에서 선금(先金)을 얼마때도 안받고 일허는놈들이 있든가?」

하고는. 끝끝내 기술갖인사람을 부러워하였다.

경렬은 입맛이 붙어서 M을다러고 청요리집에 좌석을 정하였다。경렬의 마음에 차차로 바람이 불기시작한 증조였다。M은 친절히 정영 결심만한다면 착실한 사람하나를 소개하겠다고까지 말하였다。

「대관절 해볼셈인가?」

하고 경렬의 의사를 무렀다。경렬은 글세, 할맘도없지는않지만......하고 얼른 쉬운대답을 않한즉

「이사람이 아마 잔관업이 천해서하는 모양이지? 이세상에 직업에 귀천이 어대있어!」

「이수시개」로 이를 쑤시면서 M은 너절은자는 평생「룸펜」으로밖에 팔자를 타지못했다는듯이 비웃는눈을 하였다。

「그런게 아니라, 실패가 없는것이 확실하나말야」

M은. 아하하하 하고 큰우슴을치고는「난 또 뭐라구......。이사람아 해보다 안되서 떠없으면 고만이지。돈백환만갖이면 훌륭한 영업을 하는데. 그까지꺼 돈백환쯤 버릴셈 못처? 사내자식이!」

그말끝에도 자기는 벌서 수백환을 손해를 봤다가도. 또 수천원을 한꺼번에 이익봤다고 떠드렀다。경렬은 이자의말에 감심하는것보다. 술그머니 멸시당하는것이 분하였다。드듸어 그는 어깻든 시작해볼까 하였다。그리고 경렬은 커다랗게 허허허허 하고 너털우슴을 우섰다。(이것이 우경렬이 이 소설에 동장하야 최초의 우슴이다。그는 때때로 이 너털우슴을 우섰다。그것은 일종 허열의발로로도보히고 어떤때는 세자신을 비웃는듯한 처량한적도 있는 쓸쓸한 우슴이다)

이야기가 뜻밖에 무난이 진행됨으로 그들은 술잔을 건너다가, 한참만에 M이정색을 하고 아까에 소개해준다면 사람에 대해서 이야기하기시작하였다。 전에 「이런말을 꺼내면; 내가 그사람과 무슨관계나 있는것같은 오해를 사기쉽지만……친구지간이니까 숭허물없이 허는걸세」하는 전제를 둔다음 그사람은, 저의 보통학교때의 동창생으로 또 한고향사람이고, 보통학교만 마추고는 즉시 일본사람간판점에서 십여년을 직공으로 한사람인데, 요전에 M을보고는 제가 간판점을 낼려고해서 그집을 나왔드니 자본이 없어서 못낸다고 그러드라고, M은 좌악 이력을 소개했다。

「금광출원(金鑛出願)할돈 백원이 당장없어서 나중에 몇만원감 광을 반분(半分)하는 계약으로 백원을 돌리는수가 있으니까 어세상은 없는놈은 발광을해드 소용이 없는걸세」

이렇게 또 박식함을 나타내였다。 그뿐아니라 간판직공은 썩 능난한 기술자가 하나만있으면 다음은 원만한자를 몇을 두어도 임금이 싸다고 하였다。

「자네, 자전거 수선하는 직공이 임금이 얼만줄아나? 아주 선수라야 월급이십원너머가는놈이 없다네。 그러니 미나라이(見習工)야 밥만멕이고 담배푼어치만 사주면 고만이 아닌가?」

「어째 그럴까?」

「원체 흔하니까。 자네, 구두 게며다니는자 못봤나? 원통신기며장수천지지」

「그렇기술자란것은 천허군!」

「천허구말구。……그러나 죄다 그렇다군 말헐수없지。 아주 뛰어난놈은 대우가 달르니까。 아 이사람아 인쇄소같은데서두 오래되는녀석은 일안허구 감독허러 빙빙도라다니기만 허는데두 사오십원씩은 꼬박꼬박 받는단말야」

「그럼 자네가 말헌사람두 월급을많이 주어야겠네그려?」

「그야 좀 나께줘야지 허지만 한 서장뭄만 주면 고만이야!」

「삼십원?」

경렬은 속으로 제반 비용을 임시로 따져보았다。 헐만헌 노릇이라고 생각하였다。 다음날에 구체적으로 의론도 해보기도 하고 헤여질 임시에 경렬은 그만한 내용을 대관절 어떻게 아렀으며 그렇게 신통한 장사면 어째서 M 자신이 하지않느냐고 무렀다。」 M은 그런내용은 미리부터 짐작은 했었지만 자세한것은 안서방 (M이 소개해준다는 간판직공) 에게 드렀다고 하고、

「나야 현재 크게 버린 장사가 있지않나 그러구 자네처럼 재주가있나、 자네야 눈썰미가있으니까 얼마 안되어서 선수가되겠지만 안서방이 나허구 허재지만 동창생이라 거북하단말야。 참、 자네가 현대문야 어느 점으로 봐도 반가운일일세」

하였다。 경렬은 안심하는빛과、 기뻐함을 동시에 표현하고 M과 헤여졌다。 감사조차 마지않었다」

이러하야 경렬이 간판점을 내기도한것은 아조 확정이 되고마렀다。 집에서도 처음에는

「글세…… 네가 간판점을?」

하고 얼른 승락을 안했으나 경렬은 직업의 귀천과자본의 안가(安價)등에 대한 설명을 M에게서 드른대로、 설명한즉、 부모로서도 자식의 심리를 동정하고 오히려 호기심까지 없지않었다。 돈백원의 자금도 어렵지않게 융통할수있었다

겨울이 차차 그 자최를 희미하게하고、 거리에는 봄의 기색이 엷게 풀돋기시작하는 삼월초순 봉래정근방에는 간판점하나가 느렀다。 말할것도없이 이는 우화당간판점이다。 경렬의 본심은 종로에 내일냐고 했었으나 종로는 집세가 첫신 비쌀뿐더러 아즉 자미도 보기전에 크게 내일필요도 없겠다고 M과 안서방이 권했다。 M은 그때에도 박식한체하고 태평통과、 황금정통에 고물상이 모타있고 관훈동엔 헌책사、 전동에는 양화점이 모타잇고하나 그들은 경쟁때문에 망하느니보다 되레 뭉쳐잇는더에 손님을 많이 친다고 설명하였다。 더욱 문명된 나라에서는 은행(銀行)은 은행끼리 신문사는 신문사끼리 뭉쳐있는법이란말도했다。 이것

은 그럴듯한말이라고 경렬도 감복하였다。

처음부터 그는 안서방과 가치모든것을 의론하겠다。이러하는수밖에는 없었다。안서방이란사나히는 키가 짝달막한게 얼굴에는 주름살이 누비같이 잡혀있었다 고생을 많이한까닭이라고 변명을 하나, 본바탕이 궁(窮)자를 쓰고있는 외호박같은 얼굴이었다, 얼핏 인상이 좋지않으나, 사괴여보면 그렇지않고 머욱이 누런잇발을 내밀고 웃을때에는 살냥스러운 뢰가 많었다. 게다가 경렬보다, 나희가 대여섯 위임에도 불구하고 경렬의 앞에서는 허리를 굽실굽실 하기를 아끼지않었다。제가 이력자라고 끄처럼 뽐내는 기색이 없는것만으로도 가히 머보히 의론을 한가지할만한 인물이라고 경렬은 대견히 생각했다。

「악주 하시오…」

하고 물었을때에 안서방은

「헬걸입쇼。거저 막걸니 두어잔이나 하죠」

그 많은 주름쌀에 우숨때문에 한층 주름을 늘리고 그는 이렇게 겸손히 대답했다。(나중에 이것은 거즛말이고 사실은「술부대」라는 별명까지 듣는 호주이지만) 그는 아숨일즉이 번도를 싸가지고 와서는 밤늦도록 경렬과함께 개점준비에 열심이었다。

위선 간판점의간판은 영업이 영업인만치 가장 본격적이고 모범적이여만 된다해서 안서방은 손수 대패질을 하야 갖인 재조를 감추지않고 훌륭한 모먼간판을 짜았다。게다가 경렬자신이 타고난재조로 그림을 그렸다。그것은 뿔브즈(齋服)류입은 젊은화가가 화자(畵脚)을 버티고 캄바쓰(畵布)에 그림을 그리는 양이었다。그런다음 안서방이 못을 늘어「美術誹畫版毁迎使量叢畫板店」이라고 알맞게 썼다。이만하면 어느간판점에도 뽕대정서는 뒤지지 악을만한 자신이 붙기까지 열심히 고처곤했다。

안서방은 이만한간판이면 오십원은 받어야 한다고 큰소리를 하였다。우화당이라 지은것은 단순한데서였다。경렬은 별별 좋은일음을 북이며하였으나 마땅한것이 없었고「타이거 스타더오」와같은 실체을 떠카세

는 거저 보기쉬운경이 상책이라해서 「優」자는 「再경련」의 「우」에서 떼워왔으며 그림을 두별이 잘한다는 의미로 「亞」 를 붙였다, 안서방은 데단히 칭찬하고

「우미관(優美館) 간판이나 맙으면 아조됐누권입쇼!」

했다。

이와같이 준비를 끝내고는 그들은 속속히 선전할 필요를 느꼈다。점두에 크게 개점피로의 간판은 물론, 특호활자를 박은 삐라를 장안에 돌렸다。

직공은 차차 형편에 따라 분렬작정으로 목수의 안서방과 또 안서방이 소개한 칠쟁이로 강수복(姜壽福)이라는 스믄아뭇되뵈는 사람뿐이였다。광고도 필경, 이라는데서 문앞에는 「看板見習工大募集」이라고 써붙였다。연장과 칠과, 개어서쓸 칠통도 준비가되였고, 인제는 담박이라도 일을시작할수있을만큼 정돈되였다,

집세 석달치 제반도구 자만한거 안서방의 월급선금(규약은 월급을 선금으로 한했으나 안서방의 사정을 보아서 두별히 지불한것이다) 간판올리는데 재료값, 기타 선전비 등을 합하면 이럭저럭 이백원은 너머섰다。X의 말한 돈백원과는 상위되였으나 그래도 경렬은 만족하였다.

가개를 냈다는 소문을 어느틈에 드렀는지, 간판기술자들이 인사하러 왔였다。그 「타이거간판점」주인도 왔였다。안서방의 설명을 드르면, 일이 바뿔대는 이런사람들을 사용하면 일공(日工) 얼마에 불울수가있는 소위 쇼꾸닝(職工)이란 자들이였다。

제일먼저 주문이라고 드러온것은 어느산파(産婆)였다, 조그만 널쪽에 「산파, 아모개」라고 쓰는것으로 갑으로해도 그리 대단치는 않은것이였으나 경렬은 여간 반가워하지 않했다。그는 희망의 첫길이 돋은것같에서인지 그것을 무료(無料)로 해준다고 했다, 산파는 이상하게역이며 그럴수가있느냐고한즉 경렬은 개시이니까 두별봉사(特別奉仕)라고 말하고구지 돈받기를 사양했다。산파는 마지못해맸이고 같으나, 미안하게 역였든지 다른 동무 산파간판을 둘이나 갖어와서는 이것만은 돈을 받으라고 했다。경렬은 아 받고말고요

선생님은 개시를 해주셨으니까 그렇지요 이것은 그대신 실비로 해드리겠읍니다 하곤 정말 재료갑만 받고 해주었다。 안서방이 나중에

「실비라구해도 오레히 이야 냉겨야 허지않어요?」

한즉 경덕은 「그렇지않어요 산파가 개시헌건 아주 좋은 증조요 산파라는건 아이 받는것이 아니오?

하고 에헤 어때 하였다。 안서방은 아니 아이낳드키 주문이 드러오면 말이 아닙니까 아이는 한사람이 열두 못낳는데 경덕은 이때에 어깨를 웃숙 한다음

「그런게 아니요 어듸 산파가 한사람 어런애만 바라다가 굶어죽게? 거 보구려 벌서 다른산파를 둘식이나 꺼러오지않었소?」 했다。

이런것들을 경덕은 회상하였다。 그리고 요지음의 형편으로는 개점당시의 좋았던 시절은 꿈과같은것이였다。 그는 영업허라고 이곳에 들어오기까지 심여졌다。 조금도 검지않은 자기의 두손을 바라볼때 역시 자기는 이러한 막버티를 할몸이 못된다고 생각하는것이며 지금에와서는 고만두라도 당장에 얻고나슬수도없는것은 아마도 이것이 「직업의집착」 하는 마음인가보다 라 생각되는것이였다。 단순히 천마당에 대한 「장사샘」 이라면 자기의 하는일은 너무나 주책없는일에 틀림없였다。

짐세는 석달처나 밀려서 집주인은 매일같이 드나들며 이번에 울적에도 안해주면 명도신청을 하겠다고 으르대였다。 펭기장수는 펭기값을 재목장수는 재목값잡을 하다못해 월부로신은 구두값부터 몇그릇 갖다먹은 우동갑까자가— 언제나 지불될것인지 가망을 모를만큼 경덕은 옹색하였다 그는 이만한 빗쟁이에는 거이 뚝배기같은 낯거죽을 갖었으며 일일히 대수하는것이 귀찮은듯이

「이왕 참어왔으니 좀 더 참어주든지 그렇지않으면 할수없는것이지 지금은 없는것을 어째란말이요」

하는 뚝같은말로 버희였다, 약간의 떡심도 없지는않었으나 아고 떼어먹을 배장도 아닌듯이 의젓히 그말

끝에는

「설마 내가 떼어먹고 다려나겠소?」

햇다. 빗쟁이들은 더말없이 가는수밖에없었다. 만일에 경렬의 성미를 멀되면날엔 무슨 벼락이 나릴줄 모르기때문이었다. 경렬은 영업에는 자미를 못봤으나 벌서 그는 한사람의「장사꾼」으로는 일이년생은 아니었다.

잡다한 빗쟁이들 코에도 안역이는 경렬에게 제일 무서운것은 직공들의 월급이였다. 이것뿐만은 어찌할수가없었다. 그들은 그달치의 품갑이 며칠만 느저도 일을 하지않앗다 대개는 여편네가 병을 알읍네 처남이 올머왔읍네 하는자가있으면 저녁거리가없어서 세간을 잡혔으니 차저주어야 견듸겠읍네 하고 무슨 핑게로든지 또박또박 글거가고야마렀다. 직공들의 임금이 보름이나 밀렸적의 일이다. 간판점으로서는 어떠한 군데 돈뚜들 구멍이라곤 없었을때이였만 직공들은 경렬을 동정하지않었다. 어느날 경렬이 뻔없는 발길배 간판점에 다앗을때 가게는 첩첩이 닫혀있었다. 그뿐아니라 연장이랑 자전거랑 하는것이 간곳이 없었다. 그길로 경렬이 직공중의 한자를 찾어갔드니 그자는 제집 방구석에 벌떡 자빠저서는 주인을 보고도 인사할줄모르고 하는말이 이대로 나가다는 굶어 죽겠으므로 할수없이 연장을 잡혔노라는 말이였다. 그리고 당장이라도 돈을치러주어야지 그렇지않으면…하고 불쾌한 언사까지 했다. 직공들은 동맹파업과 자산차압을 동시에 경렬에게 집행했던것이다」——이렇게 가슴을 데워주는 직공의 임금까지 지난달치는 한푼도 못준채 있는것이다」

경렬은 보지않겠다고하든 천마당을 기어히 관심하게되는 자신을 슬퍼하였다 천마당은 오늘도 그 넒은 공장이 모자라서인지 길가의 간판을 느러놓고 무척 바쁜 모양이였다. 어멘가 년말대매출(年末大賣出)의아이취를 하는모양이였다. 일하는것을 무수한 군중이 에워싸고있는것은 언젠가 경렬이 아즉 간판영업을 시작하기전에 어느 간판점앞에서 바라보든것과같었다. 시방 그는한 간판점의 주인으로서 바라보것만 그때와

다름없는 호기심을 느끼게되었다。 그는 다시 어째서 우화당은 이렇게 옹색하게 되었는가를 생각해보았다 그는 안서방과 강가를 해고시킨것을 새삼스럽게 후회도 해보았다。 그러나 이자들을 해고시킨것은 근본이 경비절약에서가 아니었드냐。

우화당은 봄에서 가을까지는 경비에는 쪼들리지않었다。 하로에 두세가지의 주문은 반듯이 잇었고 없는 날이 며칠있드라도 반듯이 그것을 대신할만한 값있는 주문이 잇었다。 때로는 수십원의 이익을 손에 쥐어본적도 한두번은 아니었다。 그래서 직공들을 다리고 목노술집에 술을 마시러가서는 제법 부하를 거나리는 주인의 기세를 뽐내보는것은 경렬에게는 다시없는 자랑이었다。 그들이 자조가는곳에는 홍도(紅桃)라는 방년이 열아홉의 아릿다운 색씨가 단골손님인 우화당일동을 다정하게 써어뷔스 하여주었다 어느때는 안서방과 경렬이 곱배기로 내기를하야 결국 경렬만이 끈드레가되여서 여텃에게 업혀서 온일까지잇었다。그날에 번돈을 한꺼번에 마서버려도 다음날에 큰일거리가 걸렬냥이면 그의 마신만콤의 돈은 우숩게 도라왔다。

하든것이 겨울이 닥치면주문하는 손님의 발길은 딱 끈허젔다。 살을 에이는듯한 치운일기에 새로 간판을 하려는 사람은 주문하러 간판점까지 차저가는것조차 성가신것같은듯이 손님은 귀하였다。 일이잇드라도 칠이 어러붙어서 일이제때로안잘뿐더러 집웅에 오르나리며 간판을 다는것은 여간한일이 아니었다。 완성된간판이 비로소 집웅에 달텐려면 별로 마뜻한 일기를 택하기에 여러날을 잡었다。 게다가 낮은짧고 석탄값이니하는 경비가 여름의 배가 들었다。 그러니까 간판점이 겨울을 나기까지에는 가을까지의 버러는 돈을 머끽 쩔러놓지않으면안되였다。 간판점은 어름장사나 굴뚝소제같이 철기를 타는 일종 기절병(季節病)의 영업이었다。—— 경렬은 이것을 닥처놓고야 깨다렀다。 그는 작년겨울에도 이쓰라림을 맛보앗고 그해갈에서는 두달이나 계속하는장마까닭에 간판점은 여름에도 육십여일을 종일 놀지않으면 안되었다。 그러면서도 가을까지의 수입으로 한겨울을 날만큼 간판점영업은 풍부한것이아니었다。 봉래정같이 간판점이 군데군데잇

는때서는 간판가격은 빤한것이엇고 제아모리 주문이 비빨치듯 드러와도 그일을 해낼려면 임시로 쇼꾸닝을불러와야 했으며。우화당이 이런적엔 다든데서도 바쁠시절이라 이들은 좀체로 얻기어려워서 그때문에쇼꾸닝의하토의 품삯은 월급으로 쓰는것보다 세갑절 네갑절이나 비쌌다。마치 이발소의 머리깎을 사람이 수십명이 드러밀렐지라도 이발사는 그 수효대로 깎어낼수는 도저히 없는것과 마찬가지로 우화당의 직공들은 한정된 능력밖에는 못가졌다。그러면서 이발소같이 술창 손님이 잇는영업도 아니엇다。우화당이 다른간판점보다 유난하게 이점으로 타격을 밧는것은 경렬자신이 직공이 아님으로(다든때는 주인겸 직공이 대부분이다) 경렬의 목아치만줄은 수입이 멀한것이라는것은 나중에 아렸지만………

M이 한말가운데—간판점은、미천안드는 장사—라는말은 거짓말이 아니엇다。거리에는 칠통과 붓한자루만을들고 도타다니며 해먹는 글씨쟁이가 무던하게 「많엇다。이들은 M이 말한「기술하나로 버러먹을수잇는」간판쟁이엇다。그러나 이자들이、간판점을 위협하는힘은 놀날만처 커서 간판점의 불르는 가격의 거이반만으로도도두말없이 맘어하는것이엇다。간판이란 한번달면 쉽사리 고치지않는 물건이어든… 이「글씨쟁이」의 존재들、구두방에서 신기려장수(구쓰나오시)역이듯이、간판점을 내고 앉은사람들이 없수허역일물건은아니엇다。애써서 정해논 일거리가 글씨쟁이 때문에 빼앗기는수는 예사 당하는일이엇다。

전에 한번 경성부에서 영업조사를 나왔을때 경렬은 간판영업에대하야

「이 영업은 이름으로 해먹는거니까 저이처럼 시작한지 얼마안되는 놈은아직은손해만 봅니다」하고 어째서 손해보는 장사를 하느냐고 묻는 관리에게「그러기에 차차 일음을 낼라고 하지않읍니까。뜨내기갔이곤셈이 안되요 도꾸이(得意——단골)가없어서는 이장사 못해먹읍니다」해서 그래서인지 세금이 이원얼마가량밖에안나왔먼거을 재딴온무슨 공로자나처럼 자랑하든일이있었다。그러나 세납을 멀내려고한이말은 드듸여 참말이었다。맥주회사니 약국이니 하는 대량으로도 간판을 수요(需要)하는 즘직한 단골을 엇기전에는 간판점은 돈을 벌만한영업이아니고 값산기술자의 그날그날의 생활의 방편(方便)박에는 아모것도 아니였다。

그러고 어느때인가 M이 찾어와서「자네 어느틈에 간판선수가 되였나」하고 물었을적에 경렬은「그러기에 간판은 거죽만 칠허는게안인가」한적이있었다。이말도 사실은 농담으로한말인데、 오늘에와서는 진정으로 간판점은 속없는 거죽만의 장사라는것이 적실히 느껴지는것이었다。

――이만큼 말하면 임이 우경렬은 그가 애초의 각오하든 최악의 불행인 즉 얼른 간판점을떠 얻으지 않으면 도저히 계속할수없으리라는것을 짐작할것이다。사실 경렬자신도 단렴하고 고만둘려고하기를 여러차례하였다。그런데 고만두기는커녕 그는 한달전부터 맹렬히 간판점확장에 전력을드린이유는 다음을읽으면 알줄안다。

그것은 한달전에 바로 건너편쪽에 천마당간판점이 생긴때부터였다 이것이 별다른 사람들이 내인 간판점이라면 경렬은 오히려 그들의 무지함을 가엽게여이거나 혹은 코우숨으로 마러버렸을넌지모른다。그러나 그들은 다른사람이아니라 우화당 개점때부터 이년동안 신고를가치하든 안서방과 강가、그리고 무엇보다도 그주인은 처음에 경렬에게 간판영업을 권하든 경렬의 동창생 M 그사람들에 다름없었기때문이다。이자들이 하필 우화당을 앞에두고 간판점을 내였다는것은 경렬로소는 범연히 있을 문제가 아니였다。

그날도 우울한 거름으로 간판점엘 늦게야 나간때에일이다。 가게에는 아주 안서방과 강가는 보히지않고 십부름하는 해관(海官)――전습생모집광고를 보고 드러온 자칭 미술에 취미있다는열여덟의 소년)이 만이 난로의 불을 쪼이고있었다。「흥、가개가 이지경이니까 점점 너이들이 부지런해 가는구나!」하고 그렇다고 과히 마음에도 두지않었는데 해관이가「지금 간판주문이 들어왔는뎁쇼!」

하는말에 잠시는 귀도 밝었으나 그리 신통치도 않게여이고「얼마짜리」했다。

「큰거 적은거 아마 한 팔십원어치 되나봐요。안상(안서방)이 말허는걸 들었는뎁쇼 무어 팔십몇원인가 그러든대요、안서방이 계약금 까지 받은 눈치든대요!

「팔십원어치면 안상이 계약금까지 받었다...」

8 1

이렇게 해관의 말을 옮겨말한후 경렬은 머리를 스치는 어느예감에 「그래 밟어갖우구 저이집으로 갔단말이자?」 했다。「네」 하고 해관은 대단히 기북전한말을 전하는것처럼 뉴벼뉴벼하면서 말했다。

「뭐 말드르니까 안상허구 강상 (강가) 허구 둘이 해먹는다구 허드군요」

「무었이 어째구 어째?」

경렬은 격렬한 분노를 참지못하야 부리낳게 안서방의 집으로 달녀갔다。 안서방의 집앞을 와보니 아니나다를까 안서방의 집앞의빈 머전에서 안서방은 톱질을하고 강가는 연방 못을주고 하야 해관이가말한 팥십원짜리 간판인듯한것을 만들고있는 모양이였다。 그옆에는 재목이니 합석이니 칠통이니 하는 재료들이 느러노혀 있었다。 경렬은 대짜고짜로 이게웬일이냐고 악을썼다。 안서방과 강가는 이러스면서 웬일은 무슨웬일이란말요 우리는 오늘부터 당신집을 고만두었으니 상관할것이 없지안소 하고 정 어굴하다면 돈의 밀린 월급을 당장에 내놓레요:: 하며 안서방은 주둥쌀 얽힌 얼굴로 빙그레 우섰다。 그새에 보히는 황치(黃齒)는 더욱 경렬의 무력함을 비웃는것같었다。

해관의 전하는 말을 들으면 그들은 벌서부터 그따위 계획을 하고있었다고 하는것이며 안서방이 나가게된것은 홍도하고 안서방이 좋아지내게된때부터이며 그때문에 경렬이 미워진것이라고 하드라는 말이었다。 경렬은 이말을 들을때에 채 자신의 몰락을 역역히 표징한것같은 모욕을 느꼈으며 반풍적으로 어느 복수에 가까운 흥분을 느꼈다。

「흥」 하고 그는 아래입술을 꼭 깨무럿던것이다。

그러나 이보다도 더욱 그의 감정을 찌른것은 며칠후에 M이 방문한것이었다。 M은 모처럼이라하야 경렬을 어느 음식점으로 껄고 술까지 따르면서 이야기하든끝에

「말드르니까 자네가 패 곤란을 받는모양인데」

하고 하고「장사집을 나와 같히 안하려나。 나는 실용상에 손해를 보고 영업을 폐지하고 집에서 놀고

있는중일세」 하면서 이소리를 무었으라도 반갑게 묻는 경렬이 무엇이라고 해 말을할새도없이 그는 이어서 「어제 안서방을 만나서 자세한 얘길 도렸는데 자네가 우화당을 남에게 넹(넘)긴다고‥」

경렬이 입을 다물고 있은즉 M은 마치 전도강연을 하는 목사가 준비하였던 말을 단번에 쏘다 놓듯이 유창이 이야기하는것이였다。

모르는 허도 아니고――기왕이면 나에게 양도해 주는것이 낳을줄아네。 안서방도 고만둔것이 자네집에서 실(섭)안되는걸 빼어니 알면서 월급타먹는것이 미안해서라구 그러데。 그런가‥」 경렬의 대답도 안듯고 M은 또다시 「자네가 실패본것을 내가 한들 벌(별) 수야 있겠나만은 나는 그래도 첨물전허든 찌꺼이가있구 (이리타구 자네가 없다는말은 아닐세。 자네는 더 영업에 힘쓸의사가 아니고 나야 놀구는 먹을수 없는놈이니까……) 그래 할려면 좀 크게 버리어볼가해서……」

잔뜩 M을 뚝뚝이 노려보는 경렬을 바라보고 M은 웃음을 섞어가며

「이사람이 아마 섭섭히 생각하는 모양이로군。――안서방도 이얘기 허매만은」

M은 꿀꺽 하고 술잔을 드리켰다。 그리고 가장 정다운듯이 경렬의 어깨를 치며

「자네、 나허구 가치 않하려나‥」

「나허구‥」 처음으로 경렬이 입을버렸다。

「자네는 그럼두 상당허구 하니、 노는셈대고 와서 일을 봐주면 보수야…… 뭐 가치하는거나 진배없네。 안서방도 아주 간청한단말여」

경렬의 의사를 묻는듯이 M은 여기서 말을 끊었다。 지금까지 잠자고 있던 경렬은 천천히 입을떼였다

「일해면 자네나 안서방이 나를 생각해 줘서 허는말일세 그려」

「암。 이르다뿐이겠나」

「그래서 우화당을 넘기라는건세그려。 우화당을 고만둔다는것두 안서방이 말헌건세그려。」

경렬은 자못 긴 한숨을 내쉬고 「감사하이」하고 「그러나 나는 우화당을 좀 더 계속할 작정일세.」

「아아니 우화당을 계속하다니?」

M은 이상한 소리나 들은듯이 눈을 둥그렇게 떴다. ……

——우화당은 안서방과 강가의 대신으로 일등 탁월한 기술자를 두었다. 집웅의 간판은 새로운 직공으로 짜아진 갑절이나 큰간판으로 바뀌었다 「開店二週年記念犧牲的賣價提供」이라는 굉장한 점내 확장의 삐라에는 진정한 상업미술에 봉사하려는 우화당간판점主인 우경렬씨의 씩씩한 웅변이 다시없는 명문(名文)으로 적혀있었다. 이러고도 우화당의 선전술은 부족인것같은 기세였다

천마당은 천마당대로 게을리안했다. 자리가 천마당은 우화당보다 넓었으므로 우화당이 간판을 옆로 넓힌대신에 천마당것은 보통으로 하여도 크게 폭을 잡을수있었다. 그곳에서 고급으로 드린다는 화공(畵工)이 그린 날게 돋힌 힌말이 하늘에 부르짖으며 달리는 그림은 우화당간판에 그리 뒤지지안었다. 그사이에는 (天馬堂)이라는 석자가 순금박을 올린 조각글자(彫刻文字)로 되어있었다. 그러고 직공들은 일제히 마아크를 색여붓인 유니폼을 입었다. 그중에도 안서방은 키가적어서 분주히할 약하는양이 더잘눈에띄웠다.

M과 경렬은 마치 이런것이 서로는 상관없이 서하고 싶어 하는것처럼 표면에는 나타내지않고 은근히 경쟁하였다. 아츰에 댓문을 여러제낄때 변래의 천분을 계속하는것같이 정답게 우슴을 바꿨으며 때때로는 술을 가치 마시는수작도 하였다. 다만 그들은 이런때면 더한층 속으로 알미워마지않었으며, 이번에는 네가 못도못한 신통한 꾀를 생각해내리라고 겨누었다.

이러기를 두달이나 하였다. 그동안에 우화당은 드되어 천마당의 조수같은 세력에 휩쓸린바되고 마렀다 천마당은 전화(電話)까지 매었으며 새로운 시험으로 「네온 (neon)」간판을 취급한다는 선전을 돌렸다.

그날——. 봉래정근방에 많은 내외주점중에 한집에는 전에 목노술집에서 흔히 볼수있던 두얼굴——하나

는 우화당간판점주인 우경렬 하나는 방년 열아홉의 아릿다운 색씨가 술과 홍에 만취되어 있었다。 사나히는 계집을 깨아느면서

「너두 목노판에서 색주가로 미끄러지섰구나」

하고는 아마도 마지막인듯한 너털우슴을 커다랗게 허허허허 웃었다。 그리고 버릇이 된것같이

「세상에는 어리석은 놈들도 많다말야。 남이 게운 뚱물을 맛잇게 핥으는자식들이 있으니。 그것두 그냥이면、좋게? 돈이 부록머리를 알든지 돈주구 사서먹는자식들이 있단말야어씨」

「어되잇단 말요。 우상(偶상)」

「아무것두 아니란말일세」하고「자아、술이나 더 따러다!」

계집은 술을 갖으려 나갔다。

경렬은 취중에도 앞으로 뒤도 그를 에워싸는 무엔가 끝없는 공허를 (空虛)를 느겼으며 그것을 그는 단순한 너털우슴으로 뒤섞으려하였다。 그는 안서방하고 좋와지낸다든 홍도를 저혼자의것을 만드렀다는 사실도 없는기운을 다하야 간판점을 확장했다는 것도 모두가 마치 허공을 따려는것과같은 무력한 발악밖에는 아모것도 아님을 깨다렀다 그는 술과 홍도만을 생각할때는 반대로 기운을 얻었다。 천마당이고 똥마당이고 그따위가 다뭐냐。 집세가 뭐냐。 직공자식들의 월급좀 떼어먹었기로 무슨상관이 있느냐。 간판점이아니면 먹구살게 없단말이냐。

그는 단지 무서운것이라곤 호주머니의 돈이 얼마나 하는것 따름이었다。

한 보름후에 황금정에있는 어느 일본내지인 간판점에는 검정샤쓰아래 누렁땅요바지를 입은 이십사오세의 사나히가 일군으로 써주기를 바랐다。 주인인듯한사람이 사람은 며는 소용이 안된다한즉 젊은 사나히는 자기는 미술에 취미가 있으니까 두어준다면 별로 보수는 요구치않겠다고 재삼 청을 하는것이였다。

두기로했다——는지 안했다는지는 모른다

——昭和十年一月十二日——

後記

三四文學은 二輯에 이르러 同人制가 되자, 한개의 「안데판단」의 形式으로 解放되었다. 그러나 그. 純粹性을 잃었든 以前의 文學으로 도라가는 데서만, 참된 文學의 새로운 方向을 胚胎할수있다는 것만은 우리들의 아울너 斷言하는 바이다.

이러한 意味로서만 「三四文學」의 同人은 制約되고 또한, 이러한 意味로서만 우리들은 새로운 同人을 반기는 것이다. 우리는 決코 友誼와 流派를 强要하지는 않는다. 그러나 이것은, 友誼와 流派에 對하야, 洽從하다는 것과는 當初부터 意味가 달른 것이다.

「絕緣하는 論理」는 作頹한 朝鮮詩壇에, 한개의 反省을 提起하고, 「피로움가운데의 微笑」는, 文學作品에있어서, 本質的內容이, 된다는 作家의 人間性에對한 한개의 哲學的考察。 乞並讀. 그리고 「寫實主義(論議)의 進步」는 論議上으로본, 寫實主義의 問題。 劇의 本質問題를 詳論한 「劇藝術의 本質問題」 以后에도 寂寥한 新界를 爲하야 紙面의 一部를 提供할 作定이다.

「단순한鳳仙花의哀話」·「旁」은 입이 詩歌의 새로운方向을 指示하였고, 아울너 「鄕과太陽」·「가을二題」·「여주(藝技)」의 取材에서, 「病室의 窓」…… 依으로 진, 詩欄은 不陷落의 城壘로본다는 것은, 오로지 나혼자의 偏見일가,

그리고 趙豐衍君은 四十枚의 力作을 寄送하야 創作欄의 不振은 一掃하였다

文壇諸氏의 사랑에 넘치는, 詩文의 好意를 深謝하며, 이번號부터, 우리들의 編輯은 맡어보게되였음에 臨하야 여러 支持者諸氏들의 期待에 어그러지지않은 信用있는 雜誌를 만들도록 一心精力을 다할것을 盟誓하고 끝으로이번에 追加新入한 崔林淶, 崔暎海, 洪以燮諸君을紹介한다.

(李時雨·鄭玄雄)

三四文學 第三輯

昭和十年二月十五日 印刷
昭和十年三月一日 發行

編輯兼發行人 申百秀 京城[illegible]洞四五
印刷人 朴仁煥 京城公平洞五五
印刷所 大東印刷所 京城公平洞五五
總販賣 北星堂 京城寬勳洞一二三 振替京城二二四〇〇
發行所 三四文學社 京城崇[illegible]洞四五 電話光一九一七

隔月刊行·第四輯·昭和十年五月發行
一部 15錢 郵稅 2錢

車相瓚先生編著

朝鮮四千年秘史

四六判極美洋裝四百餘頁
極上質紙・寫眞數十葉入

本史야말로 朝鮮에서 처음으로 發表된歷史다 上下四千年동안에 깊이깊이 秘藏되야 누구나 아즉發表하지못한 重要珍奇한歷代史實을 青吾車相瓚氏가 開闢社在勤十五年間에 苦心血誠으로 넓이 材料를 蒐輯하고 깊이 硏究를 加하야 비로소 내여놓은秘中秘史다。그內容의어떠한것은 구태여 여기에詳述치않고 夜雷李敦化先生의 序文一節만 紹介하야도 足히 짐작할수있을것이다。

夜雷李敦化先生文

前略――車相瓚先生은 通俗朝鮮四千年秘史라는 一部의好著를社會에提供하게되였다 그秘史의內容은 무엇보다도 大衆에게歷史的敎養을줌에큰效果가있을것은 論할것도없거니와 趣味上으로보와 小說보다도津津한맛이있고 筆致의流暢함이 文藝의味를加添한點에서 確實히斯界에큰榮光을주었다할수있다 이글이한번社會에發表됨에있어 朝鮮의大衆은 입으로朝鮮을이약이하게되고 朝鮮의살림사리를말하게되리라믿는다 朝鮮사람으로朝鮮의意識을가지게됨에 큰힘이있으리라믿는다 歷史의硏究家、歷史의學徒가이에參考材料를어들것은 오히려둘재問題요. 朝鮮大衆으로 朝鮮을안다하는것은 現代大衆敎養問題에있어 여간큰功勞가아닌것을 再三 推賞을마지아니한다……下略……

定價壹圓五拾錢 京城府寬勳洞一四二 振替京城二二四〇〇 北星堂 發行

며——커피ㅣ없는 찻종지의 식어진 白色은、애나아닌 어느 豐조아 女性의 皮膚와같은 貴族的 存在를聯想식히기 때문이다。

내가 다음에 紹介할 小說(도 詩도 아무것드아닌글)은 以上과같은 前提를 두지않고는 너무나 無謀한짓이라고 스스로 告白한다。왜그러냐하면 本質的으로 깊이(深)를 느낄수없는 文學作品은 決局 虛僞이라는것을 잘알면서 나는 나의 稀薄한 生活에서 억지로라도 小說的 雰圍氣를 자아내고자하는無理한 矛盾을 犯함을 辯明하지않으면 안될줄 알기때문이다。

사람은 恒常、더구나 젊은사람은、제 周圍에 不遇한 環境만을 가졌을때、아직 건되려보지못한 世界를딘즛이 꿈꾸어보고、그에 으수한實現을 慾望하는 根性이 있다。이것은 惡이다。

말하자면 다음의小說은 나다운꿈을 그린惡의 模造品이다。

×

白樺숲속에는 가느다란 외쪽길이 하얗게 속으로 속으로 들어가고있다。그위를 젊은 男女가 步調를 느리게 걷고었다。

사람도 강아지도 나라나지 않는——때때로 白樺落葉만이 사랑스러히 두사람의 발밑으로 모여드는 슬슬한 가을의午後이다。

두사람의 이야기는 어데서 부터 始作된지 모르겠으나、이야기는 떨어지는 나무잎새와같이 이따금 이따금 이었다。

「結婚 안하셨어요?」

이것은 女子의말이다。

「아ㅣ나。아마 당신도 未婚이지?」

「……………」

「………여보、아리나、너무하는말이아니오、아직 結婚안했느냐말는。」

「……………」

「三年이라歲月은 지나놓고보면 금새지만、 그동안에變한걸로보면 못처 變하는거야……。」

그는 이말을 하고는 제법 한숨을 내쉬었다。

三年前에 두사람이 이곳을 것고 있었을적은 男子는 失職한 文學靑年、女子는 失職한孤兒였다。 그러던그들이 映畫와같은 三年사이에 卒地에 男子는 鑛山에 달려가 千金을었고、女子는 보도 듣도 못한 伯母에게서 遺産을 相續받었다。(꿈같은 幸運인저)

사람의마음은 白樺나무가아니니까、거죽이變하면 속도變한다。女子는 相當한財物을얻은뒤에는 마치 男子의存在를 잊었던것처럼、그보다 芮한것은 아조 난생처보는 사람처럼 푸대접을 하는것이었다。 —— 이것이 男子의 한숨의 자아낸 根源이다。(언제적부터의 아리나 이냐)

「아리나!」

男子의 소리는 애뜻한 情緖를 품고、그의손은 女子의허리를 껴안으려하였다。

「아리나! 나와結婚합시다!」

女子는 가볍게 男子의손을 떨쳤다。男子는 다시 손을 대지않고、그러나 이번에는 더욱 거센소리로

「내가 무슨 無理한請하요? 우리들은 前부터 約束한것이 아니요?」

「…………」

「왜、말이없오?」

「………그렇지만……」

「그렇지만——」

「………約束은 實行이 아니얘요」

「그約束은 거짓이었나!」

「愛情에對한 約束은 借用證書와는 달너요」

「무었이 다르단말이오」

「몰라요」

女子는 오든길을 되처 거렀다。男子는 말없이 날내 따러와서는 이내 억개를 서로하게되었다。

「R씨!」

女子는 沈痛한語調로 이렇게 男子를 부른담에

Ecce Homo 後裔

백 수

日記는槪略할수있는隊伍의神秘인假裝의무두래기보기어늘때、

敎授한노ㄷ여ー 尖銳한주둥아리는網膜音이南極과北極에서

無色에진것은모두廢墟다.

움추어서있는양배추가溫室에맺은파나나앞에꾸러앉어、

트리오의存滅은紛紛하든破片의裝飾을共鳴하였고、

우나배의燦爛을爲한飄飄는앵무로裝飾하였다。

紅菊

鄭榮水

綿綿히 느려본 七年後
우리 菜苑에
[illegible]그리운 紅菊이 지금도 피외다」
한―바다 洪도운 波濤는 갖으리

殿宮의陳은 이지러운것같으나

由緖있는 紅燭은 넌굽번다시괴어

나의손은 또 紅燭을잡고

아담한 [illegible]節 사랑의脈膊에ㆍ 그윽히 떨고있나、

그러나 이제는

흰옷님은 그대일홈은 닞고말고

쌀껵지쏟에 내손 만국 쌉던

그대의 야릇한情도 닞엇노라、

어느日曜日날의話題

李 孝 哲

그눈이모어있든곳에비가나렸다 이마을鐵嶺內教會의젊은牧師님은[illegible]

에서배웠다는 그노오란菜蔬밭과 도갈은우슴을또한번試驗할수있었고 咸鏡道의

雄辯家、 나는절반은먹으랴고土曜日날晩餐에일우러맞우어두었든

그나라의아가씨들은데불고그나라의사ㅅ[illegible]房에서[illegible]불은[illegible]이고있었다。

지금、[illegible]을가지고왔든이가바로[illegible]오빠에요[illegible]와[illegible]

[illegible]

그[illegible]에게[illegible]川을수있든가。 거기서불이여호아의悲劇은[illegible]을하드라고、

[illegible]房[illegible]의방내따[illegible]은花[illegible]을곤치고있었다。

10

수염·굴관·집신

鄭炳鎬

躍動하는에ー덴이누룬해빛으로彩色되든그날아침 잔정이의川谿峽間의드링크속엔、
「久遠의歎潮운武器삼는모나●리사의肖像畫一幅?
不滅의努力운作品삼은有翼彫刻시피우스로胸像?
그리고、자랑이만집으로꼬은씩씩한세집신한커리ー나만히그곳운占據하얏고………」

綠色光射가限無子界운물드리든그날지녀、미성이의到着瞬間처드렁크속엔、
「모나、리사의아뉫다운입술가엔국직한수염이뚜덧이그려젓고、
剛健한퍼우스트머리가엔삼엽진굴관이씨니웃쓰여잇으며、
아아、씩씩함운자랑든그집신속이날기받기떼어짓옵운………△

(昭和十年三月十八日東京을떠나지고)

[illegible]

A

나의마음바다엔、무ー진의변화인조그마한도요리가너울너울떠다니고、ENNUI의색체돋은벽구의한생은칠ー칠공간을감드나이다.

B

유ー단갑은도토리는각금각금나의여나지에차지와선ー(to do or not to do)………ENNUI의백구、영원의나의AVEC의혼동빛시광이우슈꽃을드릴때SUCCUBI의입술은빈적박니고ENNUI의입짐을엄청나게도고쉬하나이다.

C

수처바든나의혼、위축된나의몽은하로에도넷번이나행동빈곤을죄매이고、이슬맺친거울에작고만작고만ENNUI를그리나이다。

昭和十年一月十八日東京에서.

12

城

韓 泉

우리들의城은、성성城과같은어리개의城의마련은세계의운동자였다、 오늘건강치못한城이라고앓
리지고반城기슭에는、 밤마의꾸드리운하는치입바람며난나의풍선이허우적거리고、 지난시절의
너와나와의城의城은싸고도는、 자욱한城의비밀이、 곰팡이의온실그늘의꼬리처럼운명의앞가린
눈보라속에서、 잠시의희망들이주부러져가는、 이래또온리즘속의보람없는오후여!

13

너슨너운비단나뷔의나래도헛되고、 스처가는제비의나래도헛되고、 오월을저매하든꽃의화와의오천도헛되고、 복장의고요하고푸른빛도헛되고、 세월갈은온풀밭의아미망그후의이야기는、 오늘어느城안의의ㅅ바르ㅅ수에서、 거문고의순순을뜯고있은가、 우중충한성서에도、 뭄마중따러나가보아도、 그것도밤주면매잔빠고나공원의뻰치에서、 터없는세월을갑거먹어보아도……파파와맘마의인지꽃과、 순히와나의그것이어찌먼、 그리도한숨없는숨바퀴안에서그눈진천국으로거닌고있는지……

짠城안의비굿난운터의지새비인수리개에게는、 숲안의병아리들의유방이닌유방보다나은、 황혼하고섹스인아라베스끄는자인치않는가보이! 짠城기슭에지느레미와같은윤동이답보로—할대

14

우리의근심에다이바지하는에스페란토는강빈의반딧불이다。언어와언어의울타리밖으로모가로넘는언어와언어의、미끄러운스타일의군자와글자의、또한언어와언어의……공인날하이킹은、수너모스러의수정고드름처럼곱게나넨둥쓰지않았으면……

화원같은레토리크의쥬피트의화살마저그리워질녁인、님의펜끝에서설레는그네는、숙성한공주보담더-아갑쟎、ㄱㄴㄷ……레반련의떼속에사모친새월같은반만연의그네의세월도、잠깐의면섬속으로휴양시켜보내자！ ……노을빛낀바비론의城벽이어！ 그속에잠자든……진수와가나리아의아씀이둔잡윤재치고、빌레먹은임금꽃이새록새록피어나고새가울면……봄이오면우리뜰의城의성성城과같은어머개의城의마던은우주의래양이며라。

孤獨

林 玉 仁

平和로운 靜寂에쌓여 默想과 誠言만이 그女子의生活이잇고 義務엿다。

오호……사랑하는이뉘고? 「책」 그다음엔 「默想」이라고 그의對答은 明瞭하엿다。

새로生活이 新生은비최여 빛이그에게 一切을이야기한다 오호 그나그뿐이랴!

저창밖에 나리는나슥한비ㅅ소래 그는 눈을감엇다 미운눈물이 두뺨에굴러떠러진다

沈默 感激 平和 따에숨여드는 孤獨 그女子는 웨칫다。

「내사랑하는 님의音聲이여 부드러운 당신의소대 이답니다」라고。

雨 頌

金 晋 燮

이제로부터서는 차차로 거슨여름보기드믈든비가 내리기始作한데다. 變化의쏘하는봄비로부터 變調한가을비에니르기까지 或은凉冷하게 或은滂沱하게 或은 Andante 또 或은 「Pianissimo」 또 不意히내리는비가 極度로節約된自然속에사는都會人의가슴에까지도문뜻 强烈한自然感은니르키면서 乾燥한六據을 남김없이적金時期는 이제始作된것이다. 잠으로 비는 눈과함가지 都會人에게남은오죽하나의想함없는太古時代를意味하며 오죽하나의微妙한原始的自然에屬한다. 거울에 便利하게떠는片片自然이언고번淸의因을수미가사는곳에까지 고요히고요히신고와 우리에게 여러가지의아름나운詩趣를니르킬수있음에못지안케 또한비는 우리에게 爽快하고淸新한情感을多樣多貌하게니르킬수있는것이다, -- 이제 小論가 雨頌--篇은講讀에바치게 「雨頌」을擇한것은 지난겨울에 門

쌓읍바바다가 드되어 잊지못하고 따뜻한봄을나지하게 되니 그代價을 비의自然에求한다느니보담은 칩이되면 철따러 요사이 엇떤지 비自體가 限없이기더기때문이다. 火體 비라는것은 勿論 누구의意見을 무다더보와도 그릏겠지만 왔다가가는게고 개였다가는오는 말하자면 滿足의結果로서나며 世論이殺하면 써 그치는바쁠이다 아한다는것이 나의 持論이다. 이러하여야만 모든것은 그自身의秩序속에 더욱明朗한精神을 獲得할수가있다. 「노아」의大洪水는 光榮있는四十日間의長霖의結果였다고 한다. 그結果가 반다시 洪水에는 니르지안는다하드래도 밤낮으로비만오고 햇빛이조곰즘나타나다가도 또다시내리는비에 숨키어지고마는 支離한장마가繼續되면 모든사람의마음은 沈鬱하게되고 焦燥하게되여 가정에는 世上을祖呪하고 하날을睚眦하고 特히 무얏보다도

비나오는날을싫어하고 우비를싫어한다. 自然도 진의기이러지만 비
是認은 미우나 나쁜것이기이러운것으로인한。 事實에있어 비
는 大部分의사람에게 感情상나쁜[illegible]이다。 오즉 그
[illegible]用[illegible]뿐이 [illegible]의[illegible]心[illegible]하는[illegible]尖한만
이 다 [illegible] 얼마나많이 이 [illegible] 日[illegible]어[illegible]하야
問[illegible]에[illegible] [illegible]의[illegible]하[illegible]이다, 참으
로[illegible] 너무도直接的으로 이다[illegible] 이
[illegible]이에[illegible] 經驗하고있는까닭이다. 그들은 雨
後의[illegible]에있어서[illegible]하고 [illegible]의
理에[illegible]하야마저안는것이다、그는[illegible]에있어서는 오늘과가
[illegible]의[illegible]에도不拘하고 모든自然現像은 오히려 다
[illegible] 그러나 [illegible]人으로 말하면
[illegible] 그[illegible]은[illegible] [illegible]갖지아니
하므로 그[illegible]이 [illegible]日勤者[illegible]와雨
[illegible]의[illegible] 이같은 모든[illegible]의비
에 不[illegible]을느끼어[illegible]수없는것이다. 이리하야 都
會人은 [illegible]이 [illegible]한데가 人[illegible]의[illegible]에作用하는바影響
[illegible]하야 그때문에[illegible]할수없는沈鬱속에서 어
[illegible]하여야[illegible]。「[illegible]생각하여보오마 雨後 비가오
면 [illegible]이아닌것이다、첫재도不快한것은 젖은발이다
[illegible]자랑하는都會地의紳士淑女들서 [illegible]의情한[illegible]
뿐이아니다 [illegible] 까지되시고오는것이 [illegible]로비때문에젖은

排擯이며 비내리는에곰이된구두인대야、어찌 이 情感한고
의所行을容赦할수있으랴! 비을讚美하며는詩人들을가지비
웃을듯나도 비내졌는신발의不快感을생각하면 비에對한
一排의恒溫心이 니며나지안는다고는할수없다。 그러하야
問題는 勿論이에그치지안는것이다。 우리는 더욱나아가
우리는 우리自身이그것을따라가기를사랑하나 나른사람이다
고답더는것을싫어하는都會地의日勤者가 特히비오는날에
우리의에게야할衣服에 私備옷이 濕을한수먹뿌리고는進
亡간 아주도 憐心한記憶을찾어낼수있으며 또는 못처럼
비온느고비을느든11월11의遊火한理想이 訓치안었든비
에젖어해되어부너지고마렀든 아주도원통하야참을수없는
지나간記憶、또는 愛人을訪하야 特別한마음으로장만하
야든 或은한송이의비단꽃이 或은한쌍의組이 不幸한게
非常徵求하는듯이 貪慾스리운소낙비에侵하야 속속수리
젖고야마렀든에맞는記憶等其他의만치不快한記憶는 우리
외生活속에서찾어낼수가있다。 니러한 가지가지의回想은
더드므면 어떠한意味에있어서도 우리가적어도都會에사
는以上 비를讚美할 人間이안될것은 疑心할수없다。 그러
나 우리가 우리의性急한마음을痛悶排擊하고 조금쯤이
에對하야 反省할餘裕를갖는다면 이따위 區々한記憶은
可히問題될거미가아니다 비의弊害를 구타어떤 이러한記
憶속에찾는다면 우리는 그反面에는 또한恒常 비의利

森이流行하고있는形式을 例證치않을수없다 假令 비가 오니까 떠나가라든愛人이 좀더우리곁에남어있을수도있는것이며 비가오니까 틈범없이찾어올머인伏兵의 언제나잘은詰難의危을 免할수무있는것이며 또어디서 우리는 省略하여도좋은많은用務 많은會合이 不意의降雨로依하야 決然히斷念될수있는데서 由來하는바 洌洌한快感은 一々히列擧할必要는없을것이다。大體 떠러진구두를신고 흙물이들어간다고해서 비가싫다는것은 추이라하여도 吝嗇한感想이다。두다리를操縱하야 길을다니는以上엔 晴雨를不問하고 무얼보담도 신발 만속이 急先務일것은 두말할것이없다。참으모 泥靴가 所謂人生三悲의一者모서 指摘되는것도 理由없지않타할수있다。그러하야 많은사람이 泥靴를끄을고다니지않는다는것은 多幸한일이다。비에對하야 安全한신발을신고있을뿐이아니마 모든사람이사람마다 將次오는休日에잔뜩처맘은단꿈이 비때문에깨여진記憶을가지고있다고는할수없는것이며 또는 路上에서 偶然히大雨를만나 암ㅅ速力을내여 다름질을했어도 끝에빠진새양쥐가된身勢를짓고야마렀다는수도있을수없는데에야 少數人이두블게겪은바不遇한例를가지고 구타여비를원망할수도 가만히생각하여보면 없는일이아니냐?! 이러하야 우리는 都會의비를 限없이警笑하라는者이지만 우리가 비를警笑하라기때문에는

우리는 먼저 비에對한무리를불러치고 비에對한무리속으로 몸을집어넣지않으면아니된다。비에對한무리란 두말할것도없이 바닥창이두어운구두를신은사람을意味하며 職份을갖지안는健全한사람을意味하며 이름이되여 따든사람들이休暇를利用하야 避暑를갈때에도 오히려恒常한없이 炎熱의都會를死守하고있는사람들은 그것은意味한다。風雨災難에對하야 우리가이를避할수있는 집이다는安全地帶를갖는다는것은 고마운일이지만 이安全地帶인우리들의집窓門에 우리가서로거네여 거리와거리의모든生活이 霏霏히내리는細雨에가비허덥히어 巨大한몸을沈湎식히고있는情景을볼때 누가果然그마음이기뿌지않다할수있으랴 이집은 勿論 우리自身에關한 집이아니고 다른사람에게서빌린집이며 이집은 또 或은 좁아서지정이며 或은더러워서 곳 이사가라는境遇에處하고있는때라도 우리는 이때만은 부슬부슬내리는이실비의不易의陰鬱을鑑賞함으로依하야 이집은 벌서 좁지아니하며 이집은 벌서 더럽지않을뿐아니라 狹窄間 속집히潛在하야떠나지않든轉宅의欲望도 全然問題가되지않는다。비는한個의詩歌로서 우리앞에君臨하야 이限없이큰魅力은 不安하기 그지없는貸家들 그리운自邸로化하게하고 避할수없는煩悶을 存在의愉悅로하게한다。비의偉大한淨化力은 그領域속에든모든사람에게서 그들의괴로운現實

1 9

을떼앗고 그것에代置하되 보다深遠한超現實로써하는것이다。 거미거미의ㆍ는構造物을洗滌할뿐이아니바 그것은 맛보 人間의腦髓까지를洗滌하는것이다。 비가 노래하는 或은들니고或은들리지않는精純한節奏는 가장高尙한音樂에屬할것이다。 그것은 하나의音樂일뿐이아니바 또한그것은 絶幻無雙한一幅의活畵이기도한다。 우리가 喫茶店에나「카페ㅡ」에앉어서 데마슴 장대같이내리는비를기가 분간없시 유리창을매마미 바람은 거리와거리를칩쓰러 紳士의帽子를날니고 婦人네들의雨傘을뒤집는騷亂한情狀을 客觀的으로玩味할수있을데 누가 果然 이에快感을부르짓지않을것이다? 내 아직 經驗이지음으로 人生의生活이 얼마나한幸福을 우리에게 約束한던지는 敢히推斷키어려우나 적어도現在의내생각같어서는 이만한幸福感을맛볼수있는「시유에숀」도 이人間生活속에서는 그다지많이찾을수는없는것같이보인다. 이때에 우리가마시고있는 한잔의茶 한잔의麥酒는 二倍으로 三倍으로 맛이느러가는것을 到底히否定할수없다。 더욱이나 우리가 재채기를하고 咳嗽을하며 젖은옷을훅훅떨고들어오는無意한被害民을 安樂椅子에깔을고이고보게되면 그것은 참으로 얻기어려운一服의淸凉劑아닌수없다。 勝利하얏든우리는 이때 疲勞를닞을뿐아니라 瞬時동안 근심을닞고 지정을낫고 맛보흔이는 自己自身까지를忘却하는것이다, 우리는 뜻하지안니한火災의一幕演劇에 入場料도支拂함이없이 여기서完全히鑑賞할수있으니 이와같은雨神의神妙한戱弄에 어찌우리는愉快을느끼지아니할수잇스랴! 비란元來 사람의判斷을反撥하고 測候所의豫作意味까지疑心케하도록 狂地에내리고 또그치는데 떠도다 도다하지않는猛激한맛이있는것이지만 여름의더운날같은때 난데없는一陣狂風이 突如히 소낙비를데리고오면 참으로 이곳에서 우러나는滋味야말로 津津하다한수있다。 天下의行人은 뚝닥더지는비와 滂沱에코게놀내여 瞬時는이不穩한形勢에어찌할바를모르다가 間斷는極치間隔하므로 곧東奔西走 서로버티를부되치가면서 避할場所를求하야徘徊하는것이다, 勿論 이러는中에 或은불둥벙에빠지는紳士를 或은땅바닥에미끄러지는老人을 或은치마자락을눕히건어들고다름질하는淑女를ㅡㅡ이하늘의不意의發作 이하늘의淪陷한押韻詩에 拍手와喝采를아끼지아니하고 依然欣悅하는見後의무미무미속에發見하기란너무도容易한努力에屬한다, 이리하야 五槓히도混亂한數瞬이經過한뒤에 모든不運한行人이 그들의不運한몸을 집집의家과家에 곽부청을겨우얻어天下는 오로지 한曲調의요란한雨聲속에가처고요히숨지기지안을때 우리가爲一自動車에便히안저 곳곳에不安과不平을숨기고잇는 平和한거리거리를지나게되면 [illegible]이것또한 限없이깃겁지아니

한가? 아니다 우리는 우리가 開放 집門을 닫어시자 비가또다시기始作만해도 발서 하눌의攻擊을免할수잇엇든 우리의好感에 敏捷히感觸하야 齊悅의情을禁할수없서는 아니한가? 아까 우리는 길으로돌아오는길에 一對의 젊은男女가 이번서散步가는것을보고 議論히 恐縮을깨 다랐을뿐이아니다 그警戒이도愉快한마음이 더욱愉快해 짐은니젓을수없는것이지만 이제 비가突然히快活한雰氣 를潤澤하고잇음을보게되니 만서우리는 그들에게美貌의 念을니모질必要없는 當然이없나. 그러좋은評價과 그외고 은美人은 可憐하게도 이비내 흠뻑 젖고마랐을것이아 너냐? 비는 밝으로 비가와야營業잇이없는모든사람에 게對하야 하나의營業이되며 하나의信仰뿐만한벗이되 는것이다 이것은 비가 우리에게對策을提供하는바 한一例에不過하지만 또는 細雨가끊스하게나디 部的 의論理은 긴데진히는程度로 본지를 닦어떤때가은애는 니햇빛보람도 조그하고무드덥고 또의괴한비를 차라리 맞고다님이 特히情緒있음을 果然누가는끼지아니하랴? 이런데엔 빈門徑가 淚分을잣을것이겠서 왜운지어 힘 없이 거이우는散步함을봄도 無情히愉快하나 部分이며 가에띠는정형은 大綱 이러한것만으要約될수잇는것이지 만 그러므로서 비에對한議論은 三個의目明한事實로서 當然히 承認되지아니하면아니될것인이 또한좋님있다

그러나 어거서 사담은 道德과論理의이곳에와서서 나의周圍에 斷然 反對를說明할지도모른다. 即 이道德家의意見에依하면 우리가 비를집버하는깃은 비目的에對한 純粹無緣한喜悅이라기보담은 다른사람이 비에依하야 被害를입는것을즐기는惡意속에 그殺本動機를 둔다는것이다. 嚴格한뿐인論理的見地에서보면 果然 그러해凡純히말하야버릴수도잇을것이다. 그러나 特히이境遇에因해서는 道德은 結局 結果的한한個의理論에不過한理由이생지안타. 무어라하야도 人生의自然한事實은 마튼사람이집에서빗쥐다고비끼려지는깃을보면 또는장맛하야公에돈來잔을때더욱더우는것을보면 우리와의利害關係를떠나서 엇전지그것을까닭업시우습고도젼거운것은 前當然하야우는까닭이다. 우리가마음이낫는까닭으로서 웃는것이決코아닌 말하자면人間道行의이더한自然스러운집에對한道德的判斷은 人性善惡의先天的問題에까지파고드러가야비로소解決될수잇을것은두말한것도업지만 양만道德이어긔시그러치안키못命수하여도 모든사람은 다든사람이비에젓는것을보게되면 엇전지自然히愉快하여지는마음을 禁止하을니친수잇습을어찌하랴! 비에젓지안을수도잇는境遇에 비에젓는것이失手인것을 한번肯定하여보면 이失手인失手로서設하되우습으로서臨한은 차라리더욱아름다운道德이마말할수도잇다 비맞는사람을보고一

[illegible]을려하는것이 한편 自殺이라고할수업다 이러한것은 古來 비를버디 道德이 放히 容喙할수잇는超道德的問題로 시 人間의藝術感에 그本來의面目을벗거서 비를賞讚하나 안을개한다. 道德이잇지되엿든 如何間에 우리는 비를 讚美치안을수업는것이지만 勿論 또 우리는 다른사람 이 비의被害를입는것을보고 그것이 즐거운 오주한劍의 理由로시만 비를讚美하는것은아니다. 비는 비自體로서 도 價値가잇는다 [illegible] 春雨를들에. 듯시며 가 리는거나는 快感은 [illegible] 안에서도받혀야거니와 [illegible] [illegible] 新鮮한 [illegible] 大地가 新鮮한비를가젓대 地上의 [illegible] 맑음을 [illegible] 이다! 正直하게 말하면 비를미워한다는 [illegible]人도 비가내리면서 新鮮하기 짝이업는 自然에 숨이 숙엿든 [illegible]한 [illegible]을드는것이다 [illegible] 그곳의 [illegible] 이 快活되지 [illegible] 이아니다 [illegible] [illegible] 와 [illegible] 수 [illegible] 우리의 [illegible] 도 이 [illegible] 하는 [illegible] 의 [illegible] 면 [illegible] 시며 公園에서 [illegible] 수잇 는 [illegible] 草原도 乾燥無味한 [illegible] 에서. [illegible] 는것 이다 참으로 모든사람이 비를 [illegible] 의 親愛한 [illegible] 가 되리어 [illegible] 것은 [illegible] 한 인이다 다른 모든것을 [illegible] 지안는다 [illegible] 도 우리는 어 [illegible] 에 [illegible] 다 [illegible] 의 [illegible] 하야 바람수는 [illegible] 天下가 [illegible] 時에이 [illegible] [illegible] —— 이는 참으로 우리같가난한 [illegible] 에 [illegible] 한 [illegible]的[illegible]이다" 이러한 [illegible] 이 [illegible]. 例의 平凡한것이 바 면 우리는 비의 偉大한 [illegible]主義者 얼마든지 史上에 求하야 [illegible] 집 [illegible] 을 드러 말할수가 잇스나 그것은 이곳에서는 略 하기로 한다.

(昭和十年四月)

사·에·라

鄭玄雄

오늘의 藝術

「新奇하다」「새롭다」하는것은 오늘에와서는 아모 魅力을주지못하게되였다。

印象派以後로부터 至今까지 어지러울만큼 多樣의 新奇와 探興와 破壞를 본우리는 이제는 여기에滿腹됨에도 滿腹되여 오래동안의 戰爭으로 모든恐怖와 體驗에 無感覺해진國民처럼 새롭다하는것에對하야 厭症을늣길망정 新鮮도刺戟도없어젔다。 新奇하다는 다만그것으로問題視하든것은 임이지나간歷史다。 여기에있어 藝術의正統을차저 다시 過去에關心하며는것은 當然한일이다。

現代忘却

過去와絶緣하라 過去를破壞하라 는말은어려番드렸었다。 이와같은意味로서 瞬間現代를忘却하는것도 有意義하다。

現代性과地方色

現代를 한거름진니 直接古典에逆行을한다하드라도 現代에呼吸하는以上 宿命的으로古典과 同一한것은될理가없다。 現代性은無意識中에 어떠한形態로든지 반뜻이 거기에 存在해있을것이다。 地方色이라는것도 이거와같이 宿命的으로 가지고있다 잇는다。 今日的으로 西歐를따와도 民族的色彩는 後日必然的으로 나타날것이다。

藝術과遊戲

勿論 藝術은遊戲가아니다 그러나 그것이 純粹한것ㅣ(造型藝術等)일사록 자칫하면 遊戲가될危險性을 가젔다、 藝術이遊戲가되는第一의原因은 理論에奴隸가되는데있다。 現代詩 現代畫에는 理論의傀儡가된 詩篇의遊戲 文字의遊戲 色彩의遊戲가있엇다。

文學과繪畫

文學은 때々로 繪畫에影響을준다。 그것은 文學이造型藝術에對하야 態度또內容的인것을 强要한에 있다 即 造型藝術의價値를 思想的 內容的인것에 設定하고 그機能이 文學과同一하다生覺하는곳에서 이러나는誤謬다。 繪畫는 그機能에있어 文學과本質的으로 틀닌다。 繪畫는 心情이나 想像보다도 視覺的

感性에訴하는藝術이다.

內容的인것

詩面에 어느思想을表現한다는것은 不可能한일은아니나 繪畵는 그性質自體가 內容的인것을表現하는대 消極的不便하고 그効果에있어도 다른藝術(文學이나 映畵)보다 消極的稀薄하다. 萬一에繪畵의領域을 內容的이라는角度로서 規定한다면 은제까지 文學이나 映畵의背後에埋沒되어버릴것이다. 繪畵는끝까지 色彩와 포름의길을向하야 거러가는運命을 진히고있다.

時間性과空間性

映畵가動的이요 時間性과空間性을 併有한에反하야 繪畵는 靜的이요 空間性以外時間性이라는 到底히表現할수업다 이靜的이라는곳에 繪畵의本領이있고 創造性이있다.

空間的藝術위에 無理로 時間的要素를添加하려하얐든곳에 未來派의根本的錯誤이있었다.

通俗性

通俗性이라는것을 排斥할必要도업고 두려워할必要도업다. 通俗은藝術에障碍가되지안을뿐더러 才能이있고 獨創性이있으면 가장高級하게 洗練된形態로서 作品에낱아난다 通俗性없는傑作은드물다. 「피카소」의 가장抽象的作品에조차 어느程度通俗性을 發見한다.

諸流派의研究

여러가지流派를 研究하는것은 暗中模索의 意味가 아니요 自己自身을접어確實히하려함이다.

固執

確然한信念밑에서그것의是非는 고사하고 自己에게反作用을하는 또는 自己의興味圈外에있는 모든것을 蔑視하는固執도 어느過程에있어서는必要하다.

不可解한것에對한尊敬

그것이 무엇인지도 모르면서 不可解한것 奇異한것에對하야 多大한興味와尊敬을가지고본다. 이것은 批評的精神의缺落이라는것보다 憫憐에갓가운 悲慘의感을이르키게된다.

回顧

發展過程에있는作家로써 自己의過去를回顧하려는心情이 이룬때에는 임이 消極的退步에있거나 求할수없는缺落에있는것이다.

熟練

經驗이라는 熟練이요 熟練은 時日을거듭하였다는以外 意味가없다. 熟練은 職工에게必要하다 藝術家는 恒常探求者여야하고 作闢者여야한다.

孤獨

多端하고散漫한生活속에서 優秀한作品이나올수없다 藝術家에있어서는 孤獨은 그를 深思식이고 가장힘있게하고 純粹하게한다. 그렇다고 이것은 外部的情勢에 沒交涉을말함이아니다.

無視

理解한後에無視가있다. 當初부터 無自覺하고 無關心한대에 無視가있을理없다.

十九世紀의藝術至上主義와 二十世紀의藝術至上主義

詩評

金起林 「[illegible]」(카톨릭靑年)이制[illegible] 나지못하였고, 아나가는곳에는、[illegible]이난다. 이러이지의미래이 다에스「[illegible]」(中央)은詩工의[illegible] 강이따이아몬드의[illegible]스므니케하는[illegible] 하나이、金起林[illegible]의그의스피지어 [illegible]하게한다 [illegible]의詩語 [illegible] [illegible]은、스스[illegible] 수잇다는[illegible]이다、‥‥그러고[illegible]에있어서[illegible]과不純[illegible]외에 카나[illegible]과의키스는、스사로[illegible]의[illegible] 문[illegible]하기고、必然的으로대아더[illegible] 外의[illegible]關[illegible]하지않는다. —엇지하야사남[illegible]은、表現가운데서人間作은[illegible]하는것인가、(「동은」)로대지이[illegible]하야도엘[illegible]더지안으면안된[illegible] [illegible]의[illegible]은、正히수日의詩人의[illegible]的이다、[illegible]的인그의옛세이를、[illegible] 的「紅[illegible]」(카톨릭靑年)아닌다은[illegible] 詩、그러나作品의存在作의[illegible]시[illegible] 存在한다는것은、一種의一文學의大衆小說」이다」藝術的[illegible]이라함은、[illegible]

[illegible]의[illegible]서[illegible]의[illegible]、[illegible]의[illegible]가미키지않는다 그러한[illegible]工的[illegible]에는 수[illegible]과[illegible]하얏다고[illegible]할은 나와[illegible]方法인가、다만「[illegible]形 [illegible]과스[illegible]、[illegible]화스런에는、[illegible] [illegible]의[illegible]가잇다[illegible]은、이게 시[illegible]잇는事實이다、「[illegible]」이이 至며、[illegible]한것이다、이러 [illegible]의詩人에잇서시[illegible]、그리고미[illegible]의 [illegible]한다、미[illegible] 시[illegible]이다 그리고[illegible]의[illegible] 一[illegible]가[illegible]하는[illegible]잇는 「印象[illegible]—」[illegible]의[illegible]、李[illegible]「正式—[illegible]」(카톨릭靑年)[illegible] [illegible]이[illegible] 이[illegible]이조[illegible]지 나[illegible]에[illegible]이없는[illegible]、나 [illegible]의時間[illegible]한[illegible]는한사람이다、作品에나타나는[illegible]의[illegible]가지고[illegible]한[illegible]이[illegible]고모는[illegible]、[illegible]지 이의[illegible]가안이고[illegible]이나 그대고詩의[illegible]力의問題그[illegible]는、[illegible] 의사회에[illegible]問題를보인다고싶작하는것은、한게의[illegible]보아다「그것은어느[illegible]이어[illegible]거나、어느[illegible]이더[illegible]거나[illegible]不[illegible]한것이다[illegible](카톨릭正)[illegible] 一가운의도노도구[illegible](카톨릭靑年)[illegible] [illegible]의[illegible]、李[illegible]、[illegible]의[illegible]한다는것은、무엇이다고하는[illegible] [illegible]한[illegible]인가 李[illegible]의詩의[illegible]은、[illegible] 노이가서주다[illegible]한다、[illegible]「[illegible]」(中央)마이아몬드의光彩에[illegible]하야、 ブレー수가[illegible]지안는[illegible]은、[illegible]的이다、다이아몬드의[illegible]、王[illegible]에다[illegible]이 아몬드[illegible]나서[illegible]하는사람과、[illegible]이 아몬드[illegible]가지고王[illegible]주지는사람과、[illegible]게의다이아몬드[illegible]에지[illegible]하야 앗[illegible]이에어미[illegible]한[illegible]이、[illegible]하다 그러나「[illegible]」은[illegible]과[illegible]이[illegible]소히[illegible]行한作品이다、(以下略)

詩는다이아몬드인가、[illegible]의나사못과[illegible]의나사못이비슷하다고[illegible]는[illegible]의[illegible]品이라고하는「[illegible]」[illegible]은、[illegible]的인가、아닌가、十九世紀의藝術至上主義와二十世紀의藝術至上主義、

李時雨

春調

—(兩章時調)—

張應斗

瓜茨를 받고나니 봄은이리 가쁘온데、 수심은 어느틈으로 가슴깊이 든돼네、
湖心에 사분사분 저순치는 梅花떨기、 내혼자 웃고지내도 안이없지 않으리、

窓에서 뚱가는내 이기쁨은 또무잇고、 이봄을 같이즐길이 내게어이 없는지、
山路은 거닐다가 문뜩깨처 보고보니、 어데서 끼어왔는지 꽃이손에 쥐였네、

乙亥

憂鬱의 片片

—近咏十六—

李 燦

一

네 순욱후도 삼년해ㅅ 소아리 고되저 속도
번번히 몯잡수시면서
그놈으로도 새로두세시까지 숩상사•잔비와리
또 허덕이시는 어머니
보다몯하야 생각다몯하야
눈물먹음고 쉬직하기를 결심했네 아아 취직하기를 결심했네

二

잘가거라 잘가거라 부되 부되 잘가거라 단천이라 삼백리ㅅ 긴윤 청루에 팔녀가는 도라지야
두달얻혼 압뒤ㅅ집애 살면서 남모르게 정든 너와나
아아 이네가슴 리지며누나 빼개지려누나

三

이밤은 어이 지내는야 눈보라치는 이추운 밤은 손•발은 얼구며 귀끝 얼구며 쪽한삼도 몯이루며
따쓰한 가마ㅅ목에 두다리 뻗고 누으려니 아아 문득나는 그속의 네생각에 가슴이 터지는것갈다

四

어떨냐 어떨냐 네범세 어떨냐
산길 천리 붙진 침미 머ㅣㄴ 타향서 압는 빛아

퇸지 도는 시간마다 이미 기다렸지 우단
하고 또 보쟎
아아 오늘도 네께서ㄴ 소식이 없으려나

五

정답게 안테 거느리고 훈타하는 빛 바리
우며 싸락눈 나리는 악•두•에서 남보르게 한
숨지었네 아아 안해, 본 잇다해도 그처럼어되
근 동행은 고사하고,
만조차 번번히 않는 내산님 새삼시리 녹거지시

六

얼마나 기다렸으랴 언마나 노여하랴
나가번 을 책•사보내지 사•쓰•도 사보내지한
그친구
마음이야 빈했으랴만 도시 많듯한 가세와
이무 우단이 지나 석달도 다되도록……
아아 면목이 없어 이뵙다ㄴ 퇸지도 못하
는 내심사어

七

오늘도 기다리마든 쉬•직•처• 소식이 없고
어머님 병환도 덜니지않고
끄•넘없이 아이가 보채고 술꾼들이 떠들고
독•서•가 되랴 찬•작•이 되랴 연달어 피운 마•고
•고꽁치반 재•ㅅ•먼해 수두룩
은은히 울너오는 저녁종소리 드로니 아아
술고조차 싫어진다

八

암빠—ㅇ 암빠—ㅇ
찰싹은 피꿈는 반밤거리에서 멀너오는 암
빠—ㅇ 암빠—ㅇ
궁상한 어민 풍•이외 구슳은 저소리어
아아 오늘밤에ㄴ 거녁이나 먹었는지 숨옷
이나 입었는지

九

어중이 떼중이 숲에 끼워 너만대미 제잔대미
눈 쓸넌 남•문•룡진온 연•당거•리•모 꾸으리지는 너
씨씨하고 번이울돈 징•드룬 내ㅅ친구야
아아 너는 오늘밤도 그•추•두•모 가는야

一〇

내 술욕한지 얼마나 되누 손꼽아보니 석
달하고 또 사흘
이긴동안 무연했담 참정만 무얼했담
번민•우술에 본온 백여 눈물•한숨으로만
지내ㅅ단말가
아아 내 난노 너빰이라도 갈기고싶다 후더
때리고싶다

昭和九年十二月北靑에서

미ー라祭

劉 演 王

낡은 王國의 遺物이 아직것 남아있는 산
간거리에 나왔다
五月이 파란 푸른水彩畫를 그린 風景을
치고
色色이 아롱이 褪色한「사라센」비단으로
늙어 빠진 몸뚱아리를
감는 옛 天痴者의 꿈터。

칼 메고 派守보는 兵丁 하나 없다。

나는 어드데루 갈가
눈알을 굴려보고
「부헝이」눈처럼 커ー진 두 눈알。
바로 내 앞에있는
果字 같은「빠ー」의 瑠璃窓안에서
陳列된 시들은 꽃들이 작구 박갓을 내다본다。
산「미ー라」의 行列이다。
列지은 超모던「택시」안ー엔「모뎅」인형
「미ー라」의 標本을 싣고

喇叭든 前衛가 구멍뚫린 喇叭을 불면
낡은 樂器를 가진 軍樂隊는
숨없는 樂器를 작구만 고른다
「미ー라」들은 音色잃은 合唱을 하고。

오늘이「미ー라祭」。

나도 行列에끼여 그들과 步調를 마추워본다。
「ー어데루 가는게오?」
그들은 對答이 있을理없다。
그렁면 나도 산「미ー라」가 된다。

行列은「카ー페」를 지난다。
「麻雀코ー랍」을 거처 다시「카ー페」를 지나
솟은 규목을 만날때마다。
여기 저기서 산「미ー라」들이 오속대며
기여나온다。

오늘이「미ー라祭」。

「콩크리트」와「피라밋」에서

「一에집프」의 詐은 除生의 道案을
繼承한 現代美容師의 약은 솜씨에 속아빠
진 한 「미-라」들、
이어쁜 「미-라」로 扮裝한 게집하나가 내
앞을 스처나가면
香像한 전눈 「미-라」가 힘없 나붙보은
미-라」의 우合한 친다。

네거리 練路合場에 왔다 ―
모이드는 「미-라」의 行列―
난쟁이 守錢奴이 引率한 行列도 왔고
가지가지 색다른 行列이 저이번 나오는
은 왔다.
그러데도 音樂隊는 門衣로 扮衛한 純朴한 行列은
꿋꿋한 시간鋼에 여관의 서-쪽에서 온다。
繼合合行樂隊는 맞지도않은 舞踏曲을 숨니-!
산 미-라」들은 그 音樂소리에 따추어
네거리 廣場을 비ㅇ글 빙글 돌며
알수없는 「미-라」의 춤을 춘다。

오늘이 미-라祭。

더이들은 지기있는 鍾閣의 쇠북鍾이 인
세 숨던지나 알고있는냐?
××新聞社 特派員인 「오로바이」君은 벌로
向하야 달리고
빠르지못한 人力車夫도 반재개 뒤를 따른다
오늘밤 夕刊에는 무슨 記事가 特號活字로
실리리노。

산 미-라」의 行列은 간다。
그들은 억지로 많은 바출생각도 없이
얼구리 步調를 어질 심사도 보이지않으며
東으로 西로 南北으로-- 行列은 쉬새없이
이어진다.
간수속 미-라 들은 새모이 간티고
앞뒤에 있는 낯익은 「미-라」들은
어둠속 저골목으로 슬쩍슬쩍 빠저나간
「너이들은 大體 어데로 가는거냐?」
나는 音樂없는 高聲을 친다
그들은 들은체않고 끈임새없이 行進한다。

오늘이 미-라祭。

아、나는 어떻게면 이行列에서 다시 빠저날고
미-라祭는 언제나 끝이 나리노……。

30

보리고개

呂 尙

五六月 햇닙은 꼬닥꿈 헌수라는 모닥불
또아지색기 수수팡에 묻어놔 상그러매고
상추잎 시큰머둔 조보는 지산
겨우 기넘던 그동은 고개끝이 고개뿐보누나
이 꼬띠고개 어쩌나 넘으려노 어떻게 넘어、

고개ㅣ 높지도않은 낮지도않은
고개ㅣ 보이지도않는 안보이지도않는
그러나 넘다빠지고 해뜨면 또넘어

31

고달퍼 쉬잖한곳 쉬고간곳조차없는
아득한 보리고개 몇千里 멀었든고
종달새때만 넘나리는 보릿내라 이고개,

이고개 넘지못해 우는이
이고개 오르다 쓸어진이
이고개 내리며 설워하는이
누군가이던고 얼마이던고

그는 혼자만 넘으면가 휘상 가잖았가?
젓먹이 조카는 어이하며
고개ㅣ 가슴에 품고며오르는 저 보리고개
어찌나 넘으며 쉬고 잉히어 넘으며나
끄집고 밀고 넘어야허이 가야만처이ㄴ

——(끝)——

橋畔

洪以燮

나니가거나 오니의 짧자숙즛는 午後
垂楊의 橋畔에서
牧羊의 노래를 부르노라

이곳은
푸른한울과 흰구름이 水面을 스치고

3 1

고달퍼 쉬잔한숨 쉬고간곳조차없는
아독한 보리고개 몇千里 몇百里요
종달새떼만 넘나리는 보얀내라 이고개、

이고개 넘지못해 우는이
이고개 오르다 쓸어진이
이고개 내리며 설워하는이
누구이던고 얼마이던고

그는 혼자만 넘으련가 휫수 가잖았가?
젓먹이 조카는 어이하며
고개ㅣ 가슴에 품고며오르는 저 보리고개
어찌나 넘으며 업고 이히어 넘으며나
끄집고 밀고 넘어야하이 가야만쳐인

——(끝)——

橋畔

洪以燮

나니가지나는디의발자욱좃은午後
垂楊의橋畔에서
牧羊의노래한가로느다

이곳은
푸른한울과친구들이水面을스치고

빈밤한울의별빛도깃드리더라

그날부터저날로끝없이흘러가는물이어

「흘러라흘러라久遠이……」

「모든不純은씨처가거라맑고맑게……」

꽃피고낡지는이다렷가는

「소와도야지가상으로팔녀가는길이오」

「웃음과깁븜을모르는人間이지나는길이다」

乙亥녀름—

아모것도없는風景

崔暎海

큰번관。 미수룸한비탈。 혼자선 빼。 글자、 긴글자、 아지노모도공장、 또글자。 건축용지。 눈。
눈、 눈。 눈、 짝대기、 뚱뚱한작대기。 연기、 소리。 가는기차。 소리、 연기、 소리。 오는기차、
소리。 소리、 큰소리、 우으로오르는짝대기。 떨어지는짝대기。
날르는연기。 뿌연연기、 가는기차。 소리、 소리、 큰소리。 소리。 소리。 돌아서는기차。 선기
차。 어머、 머리、 다리、 다리。 다리。 팔、 팔、 팔、 팔、 소리。 소리、 큰소리、 소리。 적은소리、
가는기차。 큰번관、 미수룸한비탈、 긴 철로。 다라나는철로、 글자、 긴글자、 혼자 선 글자、
연기。 눈、 눈、 눈、

驪駒歌

李時雨

幸福에對한우리둘외이야기속에서、不幸의全部를빼냇자、남는것은決코幸福은안이다。그女子를떤幸福의記憶는、十年같은山너머로떠나는날이다。幸福은、다른이에게도없는것이닛가、그런코나에게도있는것이겟지。나는그女子의生日날을외이고、춘삼에는바람이부는날이다。幸福과같은。不幸과같은。

后記

三四文學은 第三冊이나온지滿四個月이지난 今日에야겨우 第四冊이나오게되었다。

그러나이것은 同人들의誠意가不足하거나또는怠惰하였기때문은아니다。實際經驗하야본이는 누구나느끼는 바일것이나、이러한일은純粹한熱과誠意만으로이루어지는것이아니다。남모를苦心과・(答辯에만하면) 誠意을 다하건만、여러가지不純한條件이 다음으로부터다음으로附隨하야못살게구는것이다。(中略)

×

三四文學創刊以來、號마다새롭고新穴한作品을收錄하야 새로운이땅의 詩壇에發展을促進시킨。詩人諸君의作品十三篇을실었다。다만 紙面에있어서 [illegible]한것은 遺憾이다。

×

斬新한[illegible]와[illegible]한[illegible]보 [illegible]을試驗한、新時代의、沈滯하고 不快한輕快하게 [illegible]의[illegible]은 또막[illegible]으로적어[illegible]文壇에、또다一頁을 빌만한것이다。

×

金海發氏는 누구보다도 그중熱心히우리들의에순분의하나인데、이번에는特히『雨[illegible]』一篇을寄稿하였다。이것은同人들의光光으로알며 感謝하여마지않는바입을報告한다。(原稿를얻어놓고、서너달식 머므로두게한것은 編輯[illegible]金海發氏에게 새로히謝過할것이나)

三四文學第五輯은 적어도 八月下旬에는 店頭에나타날것이라는約束을 굳게했고 붓으로 讀者의注意을빈다。

(編輯所)

社告

金大均作「一週間」、徐明濟作『海濱』의小說二篇을事情에依하야掲載치못함。『海濱』만은追后發表。

今月부터出版所를京城府[illegible]七〇[illegible]所으로移轉

今月부터月刊으로發行

原稿期日每月七日限

三四文學 第四輯

昭和十年七月廿日 印刷
昭和十年八月一日 發行

編輯兼發行人 李[illegible]吉
印刷人 朴仁煥
印刷所 大東印刷所
發賣所 北星堂
發行所 三四文學社

一部 15錢 郵稅2錢

la littérature des

TROIS QUATRE

5

AUTOMNE

LIBRAIRIE SAIQUI

1936、10、

詩 世紀律 三四文學

體溫說

申百秀

한 아파아트에서 여러달이나 함께 묵으면서 우리는 아주 친다워졌다。

내가 든은 십이호실은 이층응접실 바루 옆구리였다。

이 아파아트는 현벽과 붉언 양철집웅이 잘 어울려보이는 삼층집이었다。삼층은 집웅이 숫되히 올라서서, 그 집웅으로 창이 다막다막 달이어있다。집웅의 페인칠이 버꺼지고, 그 대신 빌겋게 녹이 써돋은것이며, 현벽이 검게 절고 누런물이 배어있는게, 이 근방의 뒷골목다운 풍경과 잘 어울이어 보였다。

신유꾸에끼 [illegible] 마진편골목으로 한오분 들어슨곳에 이 집이 걸쭘히 있다。

판장집이 빽빽히 들어서있는 골목은 끝다은데없이 길게 뻗었다。이 아파아트정문오른편으로 어줍은 골목이 있다。비스듬이 서남쪽으로 면한 정문앞이 될바위 밝았지만, 아래층은 눈 어둡고 컴컴 하다。정문옆에 층계가 있고, 그리로해서 이층에 올라스면 십일호실이다。여기가 명조의 방이고, 나는 그 건너편이다。건너편이래도 내방옆에는 응접실이 있어서 방문이 맞우보게 되도록은 안생겼다。십일호실 다음방이 십사호실이다。십사호실은 오히려 내방에서 맞보인다。사요꼬라는 여자가 혼자 들어있다。

사요꼬는 곳잘 응접실을 차지한다。응접실은 명색뿐이고 실상은 층계난간에 붙어서 삼조크의 가량되는 횟깅이다。동그런 테이블이 하나 있고, 거기밭에서 의자가 둘, 내방벽에 기대서 푹신한 소파가 하나, 그뿐이다。

사요꼬는 그 소파에 안저서 잡지를 보거나, 실로 무얼 짜거나 한다。

사요꼬는 목소리가 곱다。사요꼬의 곱게 나오는 음성은, 나의 귀를 아든하게시리 적시고, 유아스럽게 구비넘는다。부드러히 동글맛을 품은 사요꼬의 노래를 처음 방구경왔을때 듣고, 나는 혼도할도가수가 아닌가 했다。집주인여편네는 내가 들여는 방을 안내하면서 카페사람이라고 광겨주었다。

나의 방은 서편으로 창이 있다。창밖은 골목이다。나는 창앞에다 채상과 걸상을 드려놓았다。구월의 더위는 어지간하였지만, 나는 마진편방보다 일원 싼바만에 이리로 정해버렸다。명조방이 십일호이고 사요꼬의 방이 십사호, 그와 맞갈은방이 십육호인데 그방이 십이호실과함께 비어있었다。

마찬가지로 페스와 수도가 딸이고, 벽에붙은 의거미가 있다。의거리는 풀로 갈이어서, 한아는 이끔을 쌓게 되있고, 그밑으로 함직한 설합이 두칭 달어있다。정작 의거리편은 문짝께 거울이 다 많이었다。그러나 폭이 좁아서 옷을 가부서너번만너면 꽉 한것같다。

방 한편벽에는 나무로한 침대가 있다。스프링도 없이 그냥 푹신푹신한 보료같은것이 두툼

2~16

거리의 風景

세루로이드우에쓴詩

朱永涉

(F·I)
○地下鐵道口로쏘다저나오는 사람들
(O·L)
○森林같이드러찬빌딩·수많은들창
(O·L)
○거리를지나가는사람들——움지기는다리
(O·L)
○거러오는사람들의얼굴——假面을세운다
(假面이빈다,
멀리서들리는自動車크랙숀——가까워지면서)
○自動車 速度——70마일
○시그널—— 赤에서靑(突然化)
○十字路를橫斷하는사람들의긴—行列
○입벌린거지
(O·L)
○입벌린휴지통
(O·L)
○입벌린煖火爐
(다미아의노래가 길건너로 들려온다)
(카메라移動)
○차례차례나오는商店쇼—윈도우
데파—트·果物전·冊房·洋服店·菓子房·국밥집·寫眞館·프로리스트·
○쇼—윈도우앞에모혀드는사람들
(O·L)
○쇼—윈도우에싸히는人形들
○낮에나온 夜市場의고함소리
○몰려선사람들
웃는얼굴·멍하니드려다보는얼굴·好奇心에깜박이는눈·커다랗게벌린입·
○포켓속으로들어가는 뭇사람의손
○도루나오는손——입맛다시는얼굴
○다리새로빠저나오는삽살개
○삽살개와입맞추는늙은貴婦人
(떼드아이뷰—로)
○거러가는사람들의帽子의行列
○茶집속에停止된人間들
○들창넘어보히는사람들의다리
○처진구두한커레가 피곤하게걷는다
(카메라移動)
○머리를숙이고 두손을주머니에넣고 거러가는無表情한사나이
○群衆속에 섞여서 밀려간다
(O·L)
○군중의행렬이整列한隊伍로變한다
○銃劍와歡呼에가득찬사나이의얼굴(大寫)
○또다시, 어지러운行列

○머리를숙인채번뇌가는사나이
○누런얼굴에 빨간루ー쥬를내밀고지내가는 「거리의天使」 (天然色)
○그뒤를쪼처가는뿔떡같은男子
○救世軍의同情가마
(0·L)
○商品을한아름안고나오는사람
○굽실굽실절하는다리없는거지
○때무든모자속에놓여앉은동전여섯닙
○아까부터 그것을노리고섰는無表情한사나이
(0·L)
○모자속에가득쌩이는 金貨(天然色)
○놀래는두눈(大寫)
○돈을욹수리잡이움켜쥐고다러나는사나이
○다러나는 쇼ー윈도우
○다러나는 다리
○다러나는 전선스대
○다러나는 軌道
○두팔을벌리고 들어오는사나이 (當面을덮는다)
(0·L)
○다러나는사나이의잔등(멀어지면서)
○앞으로달려오는 電車
○앞으로달려오는 自動車

(크래슌의交響樂)
○앞으로달려드는 뻴딩
○軌道中央에너머지는 사나이
○스하를는 自動車·電車·오로바이·
○몰려드는 군중
(0·L)
○거리에나온金魚항——욕작북작숨쉬는고기떼·입 (大寫)
(0·L)
○森林같은이겹치는뻴딩·크레ー인
(0·L)
○皿을그리는線路·돌아가는벨트·山같이쌓이는物品·
○사나이의가슴우로거러가는다리,
(0·L)
○사나이가幻想할수있는모ー든것
(救急鐘소리)
牧歌와푸른하늘·森林·시냇물·빨내하는女人네·빙글빙글돌아가는風車·赤旗·鐘閣·乘火하는犧牲·
(싸이렌交響樂)
○다시, 鐵橋·뻴딩·軌道·거리·群衆·
○사나이의가슴을짓고거러가는구두ーー커다란발바닥
○둘러싼뻴딩中央을쭗고 에레베ー타가全速力으로올나간다
(0·L)
○고무風船이올나간다
○스크린을채우는 고무風船——터진다
(鼓外방울소리)
○四方에서들어오는汽車·電車·自動車·
○빙글빙글돌아가는뻴딩
(다미아의노래다시계속)
○地下道出口로쏘다저나오는 사람들
(0·L)
○森林같이드러찬 뻴딩·수많은들창
(0·L)
○거리를지나가는 사람들(한동안)
(0·L)
○安全地帶에몽켜선사람들
(머리우로카메라後退)
(노래같이고)
○街路燈에불이켜진다
○街路燈이점점멀어진다——죽는다
○헌나비한마리가 팔랑팔랑 날아온다
○스크린을 가득 채운다
(「도바」)

달 밤

宋 永 杓

● 停車場

달빛이 鐵道를꽂이간다

　　鐵道는 曲線을그리고 介川으로다리난다

介川 건너편에서 고양이가 鐵道를밟고온다

그림자 도 없는 달밤에 汽車가떠난다

달도 고양이도 鐵道도 아ー무것도없어진다

機關車。郵便車。貨物車。食堂車。寢臺車。

　　　　　　　　등불킨三等客車

시그날이파ー란등을키구있는동안

진ー列車가지내간다————허리를구

　피고그믐날森林같은다리ㅅ속으로들어갔다

　　　　뒤에는

고양이도없고 흰, 新聞紙조박도없고 비인벤또갑도없고…………

어스름ㅅ달이 되었는데

두줄기 鐵道는 번쩍인다。

● 海 邊

보름달 이 산을넘어왔다。

흰 모래밭에는 능글스런소래가

조개껍질사이로 기어 단닌 다

바다밑에서는게색거들이기어나와서

조개껍데기속에담긴달빛을업드린다

고기 비늘 같은 물결속에 달빛이 넘친다。

섬넘어로바람이불드니
물결보다많은고기떼가 海岸가득이몰려와서
물결속에담긴 달빛을 짤닥•짤닥 다ー삼켜버렸다。
(오ー덴사이)
海 岸 에 는
조개껍질도없고
고기새끼도없고
보름달도없어졌다
뒤에는
灰色빛 하늘과
희멀거스름한 水平線 과
달없는 물결과
누ー런모래밭이 남었을뿐이다

急 行 列 車

들창을열고 손수건을흔들어라
들창에입김을호리고 까물까물 먼山을그려라

午後의急行列車는 巨大한로맨티스트,
꿈이깨지거든 헌벌이아니라도汽笛을울려라

저녁때 비맞은집웅이 애처롭다
電線줄이 올랐다내렸다 들창을엿본다

時間없는思念이하루에도몇번 전송없는프렐폼을떠난다
외롭게우렁차게 새벽의北國을달리는機關車같이····

三等손님의꿈을실은急行列車가
驛長이잠자는停車場을휘파람불며다려난다。

리 極 王

마 네 킹 人 形

1

밤과 낮이 빙빙 도라오는 이 琉璃宮은
눈섭이 좋은 마네킹人形들이 산다는 나라。

가슴은 서로 다르다、서로 모르다、
눈만이 한가지 瞬賦를 가지고、

이제 빙긋이 우슴하는 마네킹人形。

구렝이 처럼 우리의 血脈이 상기 귀운데
어느 나라를 떠나는 새로운 손님만 그리워 한다。

애뜻한 눈물 한방울 못가진 마네킹人形。

험상한 몸에 얼룩진 紋飾을 가려야하기에
언제나 假裝舞踏衣를 즐기게 되었다 한다。

벌서 몇번이나 되푸리하는 그 수상한 포-즈!

제서 제 마음을 내어바리곤、
일제 不安을 잊고저 幸福을 바란다지만
끝내 그들의 一生은 도르고 도는 마네킹人形。

2

너는 흠없는 어린입술을 아조 싫어하고
구슬 처럼 아껴 둔다 하지만은、

탐스레 봉곳이 부우른 것이
젖이 고이지 아는 너의 乳房이어!

너의 아들은 너를 닮었다、
너의 딸도 너를 닮었다、

透明만한 너의 집이 그러도 燦爛스러우니?
오늘도 그 勤勞를 너는 잊지도 않었구나。

너의 눈이 빛나기는 하다만은
아까운 눈물이 고만 자졌도다。

너의 입은 얌전이 담으러젔다만은
아스름한 우슴이 흐르며라。

너의 아들은 너를 닮었다。
너의 딸도 너를 닮었다。

너보다 훌륭한 것으로 만들고 싶다드니、
너는 그대로 模型를 좋아만 하는구나。

어제ㅅ밤·머리맡에두었든반달은·가라사대사팔두·이라고
오늘밤은·조각된이라리아거울조각·앙고라의수실은드렷슴
마·마음의헨타아키이·버리그늘소아지처럼흐러진곳이오면

어보소

鄭 炳 鎬의

鳥는鳥·鳥 혹은 陜川따라海印寺·海印寺면系園

NO·NO·3·MADAME

水曜日 觀音菩薩 하 퍼 구 멍 에 든 법 에 몸
土曜日 如來菩薩 신 후 재 에 든 뭘 에 몸

HALLOO···四·三··月

자욱일 련상에나고 묘유일 권도에나고 바람불면 배꽃피고
사해일 더욱에나고 인신일 사람이되고 미었도다 샨데리아

I WED A TOY BRIDE

李　　　箱

1 밤

작난감新婦살결에서 이따금 牛乳내음새가 나기도한다. 머(ㄹ)지아니하야 아기를낳으려나보다. 燭불을끄고 나는 작난감新婦귀에다대이고 꾸즈람처럼 속삭여본다.

「그대는 꼭 갓난아기와같다」 고……………

작난감新婦는 어둔데도 성을내이고대답한다.

「牧場까지 散步갔다왔답니다」

작난감新婦는 낮에 色色이風景을暗記해갖이고온것인지도모른다. 내手帖처럼 내가슴안에서 따끈따끈하다. 이렇게 營養分내를 코로맡기만하니까 나는 작구 瘦瘠해간다.

2 밤

작난감新婦에게 내가 바늘을주면 작난감新婦는 아모것이나 막 찔른다. 日曆. 詩集. 時計. 또 내몸 내 經驗이들어앉어있음즉한곳.

이것은 작난감新婦마음속에 가시가 돋아있는證據다. 즉 薔薇꽃처럼……………………

내 거벼운武裝에서 피가좀난다. 나는 이 傷차기를곷이기위하야 날만어두면 어둔속에서 싱싱한蜜柑을먹는다. 몸에 반지밖에갖이지않은 작난감新婦는 어둠을 커―튼열듯하면서 나를찾는다. 얻는 나는 들킨다. 반지가살에닿는것을 나는 바늘로잘못알고 아파한다.

燭불을켜고 작난감新婦가 蜜柑을찾는다.

나는 아파하지않고 모른체한다.

봄 과 空 腹

黃 順 元

밤알은 밤싹같은 싹이 엄튼 밤이었다.

眞空속인데도 갓없이 열린 밤송이송이가 흔들렸다.

位 置

차라리 무성한 햇빛을
코도 벌룽거리며 빨기만 해
化石처럼 굳어버릴 까부다.

돌멩이를 두치어
부서 앉지는 하늘키를 앝었다.
마을 굴뚝을 헤는 눈에는
생활의 거리가 있었다.

꼬리새린 개인양 호롯이
생각의 베지를 배배이는 동안
그림자는 몰래 발이랑을 걸었다.

벌덕 빛을 어즈럽히며 눈어섰다.
그림자가 겁내어 눈어났다.
나는 나를 버리고 돌아섰다.
그림자가 뒤에서 떠 밀쳤다.

잠시 나는 사리 못잡힌새
한입 능니만 하품을 깨물어
비베먹은 잇자욱을 내었다.

외사기가외는心理

백수

바다에모다다르기 그립은그리라면鄕愁를모르는까치의榮譽보다더끔없는하품 그눈을가리어서걷기로하자 잠이든가작기 여름이되면바다바다바다바다바다와[illegible]

昨日

李時雨

왼쪽으로 왼쪽으로 벋듣이 기우러지거나 로맛티그의 나무나무요
오-마담·보봐리이와같이 新時代의 [illegible]은 新婦와같이 갈갈이 찢저 버러졌으나 薔薇와같이 붉은 꽃들의 송이 송이
오날도 아름다운 하날 얼-니
[illegible]은 少女와같이 가는목소래로 로오레마이를 부르거나 昨日과같이 눈물을 흘니거나……나도 젓말은 울고 있었다.

SURREALISME

李 時 雨

(새로운詩의이야기가나오면 朝鮮에서는 곧李箱이를 끄집어내지만. 그것은Amateur들의 宿命的인感動에不過하다。(여기서宿命的이라고한말은 文壇上의아카데미즘을 意味함) 外國의누가 精神은運動에不過하다고하았으므로 感動이나習慣等도 亦是運動일런지모른다。 非難的으로말한다면. 여기에내가李箱이를들었지만 이것은반다시李箱이가아니라도좋고. 내가李箱이에對하야 말없다고 생각하는것은. 그것은Amateur들의 宿命的인感動에不過하다。 即李箱이는 Amateur가아니다。 여기서내가말하고자하는것은. 새로운포에지이에對한 科學的認識과 및 그詩的實踐에있어서 三四文學同人들이 如何히運動과感覺하았는지 포에지이의開發線을測定하는1936年度의Compass와 新鮮한이開花를 보아라。) 以上은 三四文學 • 5輯에對한 廣告文이었으나. 文中에. 여기에내가 李箱이를들었지만……………………以下. 即李箱이는 Amateur가아니다까지의 文章은. 남에게解釋하면. 李箱이에게對한卑劣한辨明같에서不愉快하나. 其實은조곰도李箱이에게對한 卑劣한辨明이아니라는點을 李箱이에게對하야와는또말니. 나의純白性에對하야 다시한번辨明하고싶다。 即李箱이는 Amateur가아니다。 여기서내가말하고자하는것은. 따라서以下는Amateur라면가. Amateurish라면가. 或은亞流……………이라면가의 說明的인若干의考察이다。

Amateur。Amateur들에게는 現代主義라는말과 現代主義的이라는말을 區別하지못하는모양같다。 鄭芝溶氏는 자금아름다운抒情詩를 잘쓰신다。 林和等은 자금 鄭芝溶氏보다도 잘못쓴다。 또 金起林氏의全體主義는 常識的으로내려도 생각할수있으니까 Amateurish이며此種의折衷說은如何한效果를期待하고 合理性이라고하는 幻想에서도잠헌 停止이며 죽엄이다。(金氏의詩論은全體主義라고하는것이있다하면그것은얼마나孤獨한꿈이라는것에는誤解하지아니하므로. 그것은언제던지愛昧하다。) 그러나 變化가없는Condition을 ... 하는것은. 從屬力의問題를考慮삼을必要가없을만치 이이지하다고하면고만이지만. 從屬力과自發는언제던지 固定되어있다고생각하는者가 亞流이라고하는것은 속일수없는事實이다。 그리고 사람들이 앗테리이를읽는것은 한個의本能인것같다。 또어떤種類의사람들은 本能을잊어버릴아고 앗테리이와對決를두지만. 나의本能이회미하야질때. 정작앗테리이의神性은 明確한明暸함을가지고 또한種類의다른本能을. 現象하는것이었다。 하나는질거움이라고하면. 하나를슬픔이라고불너도좋다。 일직이나는. 小說을읽고批評을享受하아도. 批評을表現으로서享受하는 快感함을 經驗한記憶이있으니. 藝術에. 이같은不幸이 있다고하는것은……………다음에 (詩와思想와를 結合시킬아고하면서. 또自己自身과같이 不安定한線의. 두個의對照을相等시킬아고 無限히努力할때. 그것을알루는者가 精神에는加速하는 저 距離의하나를白日下에 그리면서 우리들은無力한가운데 몸을두지않으면않된다) 고앗테리이가말했다면. 이距離그대로를앗테리이의 不幸이라고들더라도. 그사히에는아모런Mistake이없다。

그리고世上에는往往. 新聞에는×××이라고報道하았지만 其實은××名인지누가아느냐라면가. 朝鮮에는只今 ... 보다도 더잘하는사람이얼마던지있다면가. 朝鮮에는 오히려담배가有助하다면가. 어데서들고오는지——히新聞이나무엇을 ... 하지않는 ... 人이나 生命保險外交員들이있으나. 나는K氏의詩論을읽으면. K氏의얼굴이 以上의 ... 人이나 生命保險外交員들의얼굴과 점점비슷하야지는것같애서 우서죽겠다. 대소롭지못한일이 무엇이 그러 대소로우냐。 逆說의正體는아마이런곳에고양이와같이숨어서있는지도모른다。 그러나 ... 語가그態態의藝術을버린다면. 그것은거이그림자에不過할것이라고 K氏는말하나 날보고말하라면. 逆說家는逆說以上의藝術은 이世上에는다시없다고 妄執하는人間에不過하다。 言語의藝術性을말할나고 言語의藝術性을 ... 하는林和等도. K氏의에피고오넨에不過하다。 金起林等도 亦是K氏의亞流이며. 其實은林和等은 金起林等의亞流에不過하다。 임화등이云云하는言語의 ... 性은 말하자면Sports 과같은 言語의生理性을 ... 하는데불이나. 金起林등은 注目할만한逆說家이다。 運動이라면가. 感動이라면가. Amateur와. Amateurish다면가. Intelligible과. Unintelligible…………等의區別은 내마음대로아모렇게나解釋해서區別하았지만. 讀者諸君이 이區別을明確히認識하지못하고誤解하았다면. 諸君

은文學批評의어느한期의테스트에 能히堪當할수없다고
말할수밖에없다。(常識)을中心으로하는 메타피직쓰의
完全한一範疇에對하야。(일곱빛의(Emph에서) 이常識
의에스프리를가리켜 便宜上俗眼的에스프리 或은常識
的에스프리라고불러서 一般普通一般的에스프리와 區
別하야나는 使用하였다。以上은, 言語의健康性의一小
斷面에不過하나, 이것이임화‧김起林등의 言語의Barb
arism 과의區別이다。言語의健康性을 言語의全體性이
라고불러도좋고 言語의運動性이라고불러도 無關하나
要約한다면 言語의아름다움이라는 一言에갈린다。

(이에反하야中野의素質은 插野의그것과는거이對蹠的
인것이어서, 그의 客觀性은 新人中드물게보는 新人
이다 (여기서 新人이라는말은, 얼굴이새롭다는 자단
한意味)가까운例로 適確한描寫가이를말하며, 또그의
아마츄어및슈한部分은, 좋은意味의아마-츄어릿슈이며,
그의客觀性과함께 그의明日을約束하는것이다.) 나는
月刊文學‧(世紀)創刊號의(Amateur와 Amateurism)에서
以上을說明하야, 插野이常識的인素質을가졌다고하
면 中野의素質은, 非常識的인素質이며.(이것은 그의
客觀性을 가리킴。) 中野은톨스토이나 지이드氏의小說
을읽어도 조금도影響을받지않는다는 意味다。이곳으
로부터小說을始作할수있는것은, 幸福한 環境에자라난
우리들Younger generation의 特典며, 한作家가되기까
지의過程을 적어도五年以上은短縮하는것으로생각된다
고하았으나, 떠스트에프스키나 톨스토이로부터始作한
文學靑年들과의差異를 여기서는區別할나고하았다。우
에서中野의素質을가리켜 非常識的인素質이라고부른것
은, 現象的인解釋에조친것이었으나, 常識이라는意味를
眞正히解釋하야본다면, 中野의素質은 非常識的이아니
라, 오히려常識的이라고부르는便이 正當한것이다。眞
正한常識主義는 正當한狀態이며, 虛榮이나게으름에盲
目的으로反動하거나, 女子나戀愛를, 닥치는대로無視하
거나하고난다음에오는슬픔은, 孤獨한천질속으로과드러
가는 내自身이었다。老人이孤獨하아지는것도, 亦是價
値判斷力을喪失하기때문이겠지만, 또그림그리는靑年들
이상인과區別하고자 머리를길게기르거나하는것도, 亦
是포오쓰의反動에不過하며, 常識主義는 此種의歪曲된

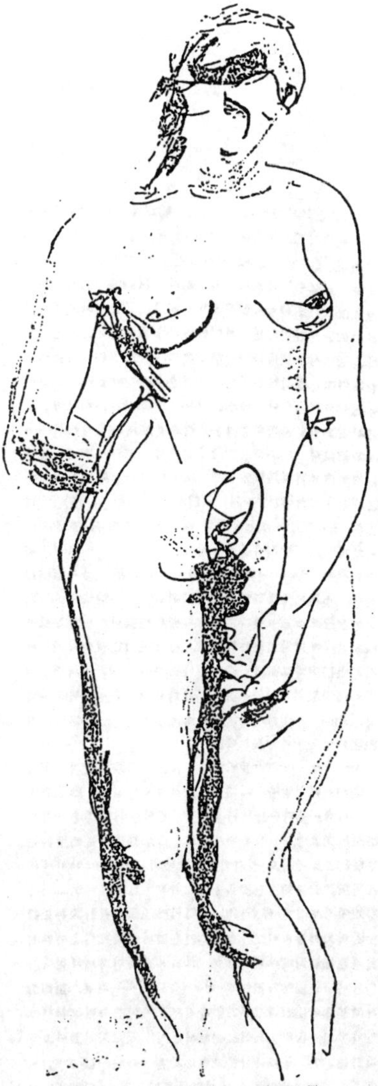

吉鎭燮

포오쓰를訂正한다。어머니나. 아주머니와같이平常한生活은. 이平常한生活에이르기까지에는 참일없는술픔과 鬪爭이있었다。法律學生들은 辯護士가된다고 東京에서一心精力으로를 工夫한다。또나는체홉의父傳은理解못하나. 체氏의小說에서 이平常한生活을 發見한수있는것은 무엇이라고하는질거움일까。체氏의이當은滋味의아마츄어릿슈한部分은. 그의溫厚한人品에서由來함인지. 또는체氏以前에 諸君典型가存在하았었다고한다면 그것은반다시典型의手法에를넘었다고보아야만된 그의아름다운手法에서부터오는것일지. 이같은部分은 또한우리들이고ㄱ도오의小說를읽어보드래도 容易히指摘할수있는部分이다。生과같이같이없는 永遠한 生活의싸움。그러나 生活과암싸우고 大體우리들의[illegible]을어다가依持할수있단말이냐。그러나. 싸우는者에게不幸은없고. 不幸은. 싸움이끝난다음에야 오는것이다。例컨대 結婚함과같이。(나는이러한 Genre 에서 新聞라던가雜誌의缺點를 생각한다。)

以上의論理를展開시킨다면. 新聞함이란 果然 思索이對象을發見함에다름없는것에는 틀림없으나. 그러나對象이없는思索은. 또이것은大體 무엇이라고하는술픔이란걸이냐。이. 觀念과도比較함만한 詩適한世界가 끝藝術의世界이냐。이猛烈한思索은 드디어한개의精神의 날이까지 올너가는것이다。그리고또 이것은戀愛와도比較할만한 詩人의. 아름다운온갖感情이다。

鄭芝溶。일즉이 나의 딸하나와아들하나를 드린일이 있기에. 혹은 이밤에 그가 皷笛를 가추지 않고 오망이면. 문밖에서 가벼히 사양하겠다! 무엇이라고하는 아름다움。그러나또. 무엇이라고하는 思索이냐。어느사람은 이思索을 다시없이사랑하며. 鄭芝溶氏는또이로서 아름다웁게滿足하신다。요사히鄭氏가. (中央)其他에 寄稿하신短文을 가끔쓰시는것을愉快하게읽은적이있으나. 다섯로막의Paragraph은. 貧弱한 逆說에不過하며. 그의교만함에對하야서는 나는사시꾼 내어던질수밖에는없다

鄭芝溶。蓮닢에서 蓮닢내가 나듯이. 그는 蓮닢내가 난다던가. 以下 推薦한나의暗示를 繼續하자! 海峽을 넘어 옮겨다 심어도 푸르더라. 海峽이 푸르듯이라던가는. 結局類似라니보다도 類似에拒抗하는 充分히客觀的인 抽象의世界이다。또한. 함초롬 저저 새초롬하기는새레 회회털어다듬고나슨다고 鄭氏는말하시지만. 그의修辭法은 한로막의어쩔수없는 逆說?에 不過하다고 나는생각하았다。오피스의我勞에해열치럽 쏟려왔다던가. 新語와睡眠의內容을 안길이없다。性慾하는검은밤. 그는鳥卵처럼희다. 무엇이라고하았으면좋을넌지. 담뇨에갓을씨우자! 도어른안으로잠긴다。나갈으면이같이로막처서쓰겠다. 그리고 부끄럽기도하나잔억는다。끔직한 비이도스테이크같은것도! 더거나. 벗긴묘 회딴너고나 거북치럽 興奮한다等의스노비숨等. 아모리鄭芝溶詩集을 읽어보아도 健康함이라거나 明朗함이라는것은조금도없고. 따라서以後에 鄭氏의逆說가있을수있다고하면. 이러한그의스노비숨以外의部分에는 있을수없다고도생각하아보았다。왜그러냐하면 鄭氏自身의藝術이 죽逆說의藝術에不過하기때문에! (以前에 佛教宗氏의(가을의모노로구)를가르켜 내가鄭芝溶의逆說이라고指摘한것도 未是이러한部分을가리킴이었으며. 以後白鶴某의純眞함에. 얼마간의期待를갖는것도 未是抒情의길은 이러한것과의人間的인싸움에있다고 믿고있기때문이다) 바다나. 海峽이나 유리窓等에무슨芸術이. 또한명藝의實在的把握인 情緖의아름다움이있느냐. (情緖의遊戲이다.) 情緖의缺如를가르켜. 鄭氏의詩는理知的이니무어니하는者가있으나. 이것은또이것만으로만본다면. 저에게 鄭氏와같은理知의素質이없다는弱点을 숨기지않는点. 同情의餘地는있으나다. 批評은 個人의弱点을 無視한다! (鄭芝溶詩集에도. 成功한作品은二三篇은있다는것을 알고있는者가있느냐!)

抒情詩의本質은. 內包的인깊이에 있는것이라고 나는생각하는것이나. 詩人이이깊이를追求하는論理를喪失하고. 對象의周圍를追從하는것으로 간신히한개의軌道를見失하지않을야고하는卑屈함은. (此種의詩로서는 단지現象的으로만본다면. 金氏의비다나끔붕어. 新聞其他近作全部를 指摘할수있다) 對象에 佛敎徒와같이反抗함으로써. 한개의깊이에까지集中시킬야고하야熱烈하면. 浪漫主義의에스페리(esprit)에도反하는것이라고 말할수밖에없다。此種의論理의貧困함을가리커 사람들은詩가말너버렸느니 詩를짜내느니하지만. 이것을다른또한개의觀點으로觀察하아본다면. 矛盾함이없는 抵抗에는. (디엘숀이없는 抵抗. 먼저말한所謂간신히軌道를 見失하지않을냐고하는경우에 存在하는. 事物其自體의消極的인 抵抗力을가리킴) 요설의代身에 倦怠함 (說出의不充分)이있을뿐이요. 即요설이없는存在에는. 即抵抗이없는證據이므로. 抵抗은 均整이며. 抵抗은. 요설이며. 따라서抵抗은 理解의手段이며. 요설이라는것은. 言로 抽象的모델을製作하는 唯一의論理일것이다。複雜한事物을 理解하기爲하야서는 몸소事物에부대치어 避하지않는곳에 詩人으로서의신세리리라던가. 엑더엑터가 비로소問題되는것이며. 即抵(抵抗)이라던가. 均整이라던가는 끝古典精神의明快性이다。鄭氏의Paragraph이나. 論理的인抒情詩에는感嘆이없으나. 一단對象이主觀으로規律됨을 拒否하는境遇에는 따라서別個의터고

리겁이必要되므로. 古典主義는 現象的으로는 此種의 論理의貧困으로부터 出發하였다고 明言하여도 過言은아닐것이다 이같이 鄭氏의詩가古典主義에도歸屬한다는것은. 나는鄭氏의(아름다운抒情詩)는 理解할수 있으나. 鄭氏의(아름답지않은抒情詩)는 무슨意味인지 仔細히알어볼수가없다. 鄭氏의韻律의길이를 理解못하는것은 나의無能한탓이겠지만. 餘白의難解함(批評이없는 批評)에對하야서는. 나는鄭氏의 無詩學에 그責任을 轉嫁시키고싶다.

같으로 원악 技術其自體에 Mannerism은없다. 鄭氏의技術을對할때. 누가이點을指摘한者없고. 단지 Mannerism의技術을 謬說의批評家가 謬說한데不過하였다. 精神은. 運動이다. 運動속에는. 無限한 自由와. 그리고運動自身은 스사로의Energie로서 Propeller와같이 運動하지않는一切를 粉碎한다. 이것은 眞理다. ─謬說은 結局 謬說임에不過한것과 마찬가지理由로. 여기에내가運動이라고하였지만. 하어디에 (外國의누가精神은 運動에不過하다고하였으므로………) 公式의.(運動과아울너. 이로서 運動의 二種類의다있을 說明한셈이다.

追記; 以上으로서 내가이곳에서말하고자하였던 概要는大体說明되었다고 믿는다. 그러나 이것은아직한 個의序說에 不過하다. 생각하면 詩는또한 永遠의序說일런지도 모르겠다. 가령 나도한번(黑과白)과같은 傑作을써보겠다하야. 自己와自己의思想과의사히에는. 떼어질수없는 間隙이있다고하는것을모른다. 新時代는 이宿命的인間隙을떼굴나고工夫하야. 諸君들亦是 結果에있어서는 結局. 思想에到達하기까지의工夫가아니나 더비슷겠지만. 이러한것은. 오히려通俗的인생각에 不過하다. 空間을 生活手段으로한것은 近代科學以後의 타落이다고는 와레리이의指摘한바이다……………豫定한Page의餘白이있으므로 이機會에 아주 우에서채 말이못하였던 金起林·李箱兩氏에對하야 간단히批解하야보겠다.

要컨대. 感性을心理的으로본다는것은 한個의主知의 作用이지만. 金氏는우리들이感性을心理的으로본다는것을 理解하지못하므로 (나는이點을 金氏에對하야. 主知의缺如로서 指摘하고싶다.)이메이지의斷片的結合이니 印象主義니主觀의무어니하야 自己는客觀主義를主唱하시는것같으나. 내가먼저말한主知의作用이야말로純粹하게 客觀的인作用이며. 나는여기서 金氏의客觀에對한思考의通俗的인點을 指적하고싶다. 主知의作用이라고하면 우리에게 거기서반다시秩序라는것을생각케 하나. 印象主義라고하면. 우리들은거기서아모런秩序도 생각할수없으므로 이點은金氏의判斷力이 아직 批評的으로 訓練되지못하였다는 비難을할수밖에없다 金氏는客觀이라는말을 主觀에對하는 客觀. 即現實(政治問題는 政治라던가. 社會라던가를(의미함)으로서 現象的으로解釋하신것같으나. 내가말한客觀은 客觀性이라고하는 即純全히哲學的인解釋이다. 따라서 그가말하는客觀의追求는. 哲學的으로는 純全히主觀의追求에不過하며. 나아가서는 그가旣히그곳에秩序를要求한다면 이러도勿論 主知의作用에는틀림없으나. 그것은Anthropology의問題에屬하므로 問題밖이다. 以上이金氏의主唱하는 全體主義의根底이나. 要컨대什至·리아리즘을 通過하지못한 金氏가. 主知라는말을 理知라는말의程度로 理解한能力밖에 없다는곳에 그의[illegible]가있다. 即二十世紀에서는 形態와心理를 한個한個의分離으로서. 獨立시키었으므로 다시結合시킨대면 二十世紀에서는 한個한個의分離으로서 다시結合시킬수밖에는없는일이다. 理知라고하는것은. 원숭이가약다는셈으로말하자면 猿然과같이 한個의本能에不過하며. 우리들은 鄭芝溶氏에게서도 원숭이와같은理知는 얼마던지發見될수있으므로 당신의全體主義는 한個의Mannerism에 不過하다. 當身같이말하신다면. 우리들의精神은 처음부터 全體的이다. 心理와形態를 分離시켜라. 心理와形態의獨立은 必然的으로 實在와方法을獨立시킴!

映畫는 그機械性을가지고. 進行하고있는實在全體에서 그形態描寫만을獨立시켰으며. Proust는記憶이라고하는方法으로서 實在의進行과는關係없이 그안의心理描寫만을 獨立시키었다. 勿論以上의獨立은. 全體로서의래아리즘이다는問題와는딸이 한個의獨立한方法論으로분제. 그것은비로소創造的價值를 갖이게된다. 換言한다면 形態描寫와心理描寫와를 獨立的으로描寫할줄아는것이. 即새로운詩人의資格이다. 이메이지에對하야. 이메이지보다는 事物을. 現實이라던가. 思想의이름으로 이메이지를가볍게생각하는者. 내가자금 이메이지니무어니云云하는것은 이메이지의方法으로 實在의흐름에抵抗할나고하는 即한個의方法性으로부터말하는것이므로 센티멘타리즘도 現實도없다. 成功하는경遇에는이메이지가明確하야진다.

象徵詩에對하야; 象徵詩는. 나는아름다운例證로例評하지않음가하였다. 그러나 批評面에없고. 批評의例證에興味가있다는것은. 注意할만하다. 요약으로 例評한다면; 例證가모에지이를 彫刻하야나가나. 實로 例證와面과의사히는종이한겹이어서 튀어나온대면. 그의스노비슴은 이사히에서튀어나오겠다. (即그의例證속에는 유모어라거나 그의精神이있는게된다.)진실도 枯